Trevas

SEPTIMUS HEAP

++ SEXTO LIVRO ++

Trevas

ANGIE SAGE

ILUSTRAÇÕES DE MARK ZUG

Tradução
Waldéa Barcellos

ROCCO
JOVENS LEITORES

Título original
SEPTIMUS HEAP
Book Six
DARKE

Copyright texto © 2011 by Angie Sage
Copyright ilustrações © 2011 by Mark Zug

Todos os direitos reservados.
Nenhuma parte desta obra pode ser reproduzida ou transmitida por qualquer forma ou meio eletrônico ou mecânico, inclusive fotocópia, gravação ou sistema de armazenagem e recuperação de informação sem a permissão escrita do editor.

Edição brasileira publicada mediante acordo com a
HarperCollins Children's Books, uma divisão da HarperCollins Publishers.

Direitos para a língua portuguesa reservados
com exclusividade para o Brasil à
EDITORA ROCCO LTDA.
Av. Presidente Wilson, 231 – 8º andar
20030-021 – Rio de Janeiro – RJ
Tel.: (21) 3525-2000
rocco@rocco.com.br | www.rocco.com.br
www.facebook.com/roccojovensleitores

Printed in Brazil/Impresso no Brasil

Preparação de originais
FRIDA LANDSBERG

CIP-Brasil. Catalogação na fonte
Sindicato Nacional dos Editores de Livros, RJ.

S136p   Sage, Angie
    Trevas / Angie Sage; ilustrações de Mark Zug; tradução de Waldéa Barcellos. – Rio de Janeiro: Rocco Jovens Leitores, 2013 – Primeira edição.
    584 p. – il. – 18cm. – (Septimus heap; v.6)
    Tradução de: Septimus heap, book six: darke
    ISBN 978-85-7980-165-5
    1. Magos – Literatura infantojuvenil. 2. Magia – Literatura infantojuvenil. 3. Literatura infantojuvenil inglesa. I. Zug, Mark. II. Barcellos, Waldéa, 1951-. III. Título. IV. Série.
113-00125   CDD – 028.5   CDU – 087.5

O texto deste livro obedece às normas do
Acordo Ortográfico da Língua Portuguesa.

Para meu irmão, Jason,
com amor

SEXTO LIVRO

Prólogo: **Banido** 13
1 • A Visita 22
2 • Visitas 30
3 • Véspera de Aniversário 38
4 • Aprendizes 52
5 • Fugitivos 63
6 • A Escolha 73
7 • A Portadora do Livro 86
8 • Química 98
9 • **Talismãs** Encantadores 108
10 • Lá em Cima 121
11 • Um **Domínio das Trevas** 131
12 • Bumerangue 142
13 • Gothyk Grotto 156
14 • Desvio do Dan da Adaga 169
15 • O Antro do Fim do Mundo 179
16 • **Convocação** 189
17 • Princesa Bruxa 196
18 • O Emissário 208
19 • A **Câmara de Segurança** 218
20 • O **Cordão de Isolamento** 232
21 • **Quarentena** 242
22 • Ethel 254
23 • A **Cortina de Proteção** 264
24 • **Coisas** no **Palácio** 274
25 • Simon e Sarah 286
26 • Ausências 291

27 • A Ponte de Bott 303
28 • **Lacre** Hermético 307
29 • Retirada 315
30 • Na Casa do Dragão 325
31 • Treco de Cavalo 339
32 • Dia do Reconhecimento 348
33 • Ladrões na Noite 359
34 • A Grande Porta Vermelha 373
35 • A Noite Mais Longa do Ano 382
36 • Lá Fora 394
37 • Irmãos 406
38 • A Banheira de Porcos 420
39 • Descida 429
40 • *Annie* 441
41 • Riacho da Desolação 452
42 • Os **Salões das Trevas** 462
43 • Calabouço Número Um 476
44 • A Torre dos Magos 485
45 • Dragões 495
46 • **Sincronicidade** 504
47 • **A Grande Extinção** 519
48 • Restauração 535
49 • O Escriba Hermético Chefe 552
O que aconteceu durante o
Domínio das Trevas
e depois 567

Trevas

Prólogo: Banido

É uma noite tempestuosa e **Sinistra**. Nuvens negras pairam baixas sobre o Castelo, envolvendo numa névoa opaca a pirâmide dourada no alto da Torre dos Magos. Nas casas lá embaixo, as pessoas se debatem num sono inquieto, quando o ronco dos trovões entra em seus sonhos e faz com que pesadelos despenquem do céu.

Muito acima dos telhados das casas do Castelo, a Torre dos Magos ergue-se como um imenso para-raios, com luzes **Mágykas** em tons de roxo e índigo dançando em torno de seu iridescente brilho prateado. Dentro da Torre, o Mago encarregado de Tempestades de plantão percorre a penumbra do Grande Saguão de um lado a outro, verificando o **Monitor de Tempestades** e vigiando a janela **Instável**, que tem uma tendência a entrar em pânico durante temporais. O Mago encarregado de Tempestades está um pouco nervoso nesse plantão. Geralmente a **Magya** não é afetada por tempestades, mas todos os Magos têm conhecimento do Grande Ataque de Raios de Outrora, que, por um curto período, esgotou toda a **Magya** da Torre dos Magos e deixou os aposentos do Mago ExtraOrdinário muito chamuscados. Ninguém quer que isso volte a acontecer – muito menos, o Mago Encarregado de Tempestades, durante seu plantão.

No alto da Torre dos Magos, em sua cama de dossel, ainda não chamuscada, Márcia Overstrand solta um gemido enquanto um pesadelo conhecido passa, bruxuleante, pelo seu sono. Um forte estrondo de trovão parte da nuvem acima da Torre e segue inofensivo para a terra pelo **Para-raios** invocado às pressas pelo Mago Encarregado de Tempestades. Presa em seu pesadelo, Márcia senta na cama, de repente, com o cabelo escuro cacheado todo despenteado. De súbito, seus olhos verdes se arregalam quando um fantasma roxo atravessa a parede e, derrapando, para ao lado de sua cama.

– Alther! – diz Márcia, sufocando um grito. – O que você está *fazendo*?

O fantasma alto, com os longos cabelos brancos presos para trás num rabo de cavalo está usando vestes de Mago ExtraOrdinário manchadas de sangue. Ele parece alvoroçado.

– Eu de-tes-to quando isso acontece – diz ele, ofegante. – Acabei de ser **Atravessado**. Por um raio.

– Sinto muito, Alther – responde Márcia, de mau humor. – Mas não entendo por que você tinha de vir me acordar só para me dizer isso. Pode ser que *você* já não precise dormir, mas, sem dúvida, eu preciso. Seja como for, você teve o que mereceu, por sair por aí no meio de uma tempestade. Não consigo imaginar por que foi querer fazer uma coisa dessas... aaai!

Mais um estrondo, e um relâmpago ilumina o vidro roxo da janela do quarto de Márcia, fazendo com que Alther pareça ser quase transparente.

– Eu não estava lá fora para me divertir, Márcia, acredite em mim – diz Alther, com o mesmo grau de mau humor. – Eu vinha vê-la. Como *você* mesma pediu.

– Como eu pedi? – diz Márcia, sonolenta. Ela ainda está no meio de seu pesadelo sobre o Calabouço Número Um... um pesadelo que sempre vem quando uma tempestade dança em torno do alto da Torre dos Magos.

– Você pediu... *ordenou* seria uma descrição melhor... que eu descobrisse o paradeiro de Tertius Fume e viesse avisá-la quando o encontrasse – diz Alther.

De repente, Márcia fica desperta.

– Ah – diz ela.

– Ah, mesmo, Márcia.

– Quer dizer que você o *encontrou?*

— Isso mesmo — diz o fantasma, todo satisfeito.

— Onde?

— Onde você acha?

Márcia afasta as cobertas, sai da cama e veste seu grosso roupão de lã. Faz frio no alto da Torre dos Magos quando o vento sopra.

— Ora, faça-me o favor, Alther — diz, irritada, ao enfiar os pés nos chinelos roxos com formato de coelho, presente de aniversário que Septimus lhe deu. — Se eu já soubesse, não perguntaria, certo?

— Ele está no Calabouço Número Um — diz Alther, baixinho.

Márcia deixa-se cair sentada na cama, de repente.

— Ah — diz ela, com o pesadelo passando diante de seus olhos com o dobro da velocidade. — Droga.

Dez minutos depois, surgem dois vultos em trajes roxos seguindo apressados pelo Caminho dos Magos. Os dois estão tentando se proteger da chuva insistente que o vento sopra pelo Caminho, **Atravessando** o primeiro vulto e encharcando o que vem logo atrás. De súbito, o primeiro vulto envereda por um pequeno beco, acompanhado de perto pelo segundo. O beco é escuro e fedorento, mas, pelo menos, é abrigado da chuva quase horizontal.

— Tem certeza de que é por esse lado? — pergunta Márcia, olhando de relance para trás. Ela não gosta de becos.

Alther reduz a velocidade para caminhar ao lado de Márcia.

– Você se esquece – diz ele, com um sorriso – de que eu vinha aqui com bastante frequência, não faz tanto tempo assim.

Márcia estremece. Ela sabe que foram as visitas constantes de Alther que a mantiveram viva no Calabouço Número Um.

Alther está parado ao lado de um cone enegrecido, feito de tijolos, que parece uma das muitas **Cadeias** não utilizadas ainda espalhadas pelo Castelo. Um pouco relutante, Márcia junta-se ao fantasma. Sua boca está seca, e ela se sente enjoada. É nesse lugar que seu pesadelo sempre começa.

Imersa em pensamentos, Márcia espera que Alther destranque a pequena porta de ferro, toda enferrujada. O fantasma lança para ela um olhar irônico.

– Não vai dar, Márcia – diz ele.

– Hã?

– Quem dera que eu pudesse – diz Alther, nostálgico –, mas infelizmente você vai ter de abrir a porta.

Márcia volta a si.

– Desculpe, Alther. – Ela tira do cinto de Maga ExtraOrdinária a Chave Universal do Castelo. Somente três dessas chaves chegaram a ser feitas, e Márcia tem duas delas: uma que é só sua, por ser a Maga ExtraOrdinária, e outra que ela está guardando para o dia em que Jenna Heap se tornar Rainha. A terceira está perdida.

Fazendo um esforço para manter a mão firme, Márcia enfia a chave na fechadura e a gira. A porta se abre com um rangido, que, de imediato, a leva de volta a uma apavorante noite de neve, quando uma falange de guardas a jogou pela porta adentro, fazendo com que despencasse para o meio da escuridão.

Um cheiro terrível de carne em decomposição e abóbora queimada se espalha pelo beco, e um trio de gatos curiosos da vizinhança berra e volta correndo para casa. Márcia gostaria de poder fazer o mesmo. Nervosa, ela passa o dedo pelo amuleto de lápis-lazúli – símbolo e fonte de seu poder como Maga ExtraOrdinária –, que usa em torno do pescoço; e, para seu alívio, ele ainda está ali, não como da outra vez em que ela passou por essa porta.

A coragem de Márcia retorna.

– Certo, Alther – diz ela. – Vamos pegá-lo.

Alther abre um sorriso, satisfeito por ver Márcia de novo em plena forma.

– Venha comigo – diz ele.

O Calabouço Número Um é uma espécie de chaminé profunda e escura, com uma escada comprida presa à parte interior da metade de cima. A metade de baixo não tem escada e é forrada com uma espessa camada de ossos e lodo. A forma roxa de Alther desce a escada flutuando, mas Márcia pisa com cuidado, com muito cuidado, em cada degrau, entoando baixinho um Encantamento de **Proteção**, com um **Envolver e Preservar** a postos tanto para si mesma como para Alther – pois nem mesmo os fantasmas são imunes aos Turbilhões das **Trevas** que giram em torno do fundo do Calabouço Número Um.

Devagar, bem devagar, os vultos vão descendo para a espessa penumbra e o denso mau cheiro do calabouço. Estão descendo muito mais do que Márcia imaginava. Alther lhe garantira que sua presa estava "só à espreita perto do alto, Márcia, e não havia motivo para preocupação".

Mas Márcia está preocupada, começando a temer que se trate de uma cilada.

– Onde ele *está*? – diz ela, chiando.

Uma risada grave e reverberante responde a sua pergunta, e Márcia por pouco não solta as mãos da escada.

– Lá está ele! – diz Alther. – Olhe, lá embaixo. – Ele aponta para as profundezas estreitas; e, muito abaixo de onde eles estão, Márcia vê a cara de bode de Tertius Fume, lançando um olhar maléfico para eles, um verde espectral refulgindo no escuro. – Você consegue vê-lo. Pode fazer o **Banimento** daqui mesmo – diz Alther, resvalando para seu jeito professoral com a antiga aluna.

– A chaminé concentrará o sortilégio.

– Eu sei – diz Márcia, irritada. – Cale-se, por favor, Alther.

Ela começa a entoar as palavras de que todos os fantasmas têm pavor – as palavras que irão **Bani**-los para os **Salões das Trevas** para sempre.

– Eu, Márcia Overstrand...

O vulto esverdeado de Tertius Fume começa a subir pela chaminé na direção deles.

– Estou lhe dando um aviso, Márcia Overstrand... pare agora com esse **Banimento**. – Sua voz áspera ecoa em torno deles.

Tertius Fume causa arrepios em Márcia, mas ela não se abala. Prossegue com a recitação, que deve durar exatamente um minuto e ser completada sem hesitação, repetição ou divergência. Márcia sabe que o mais leve tropeço significa que ela deve começar de novo.

Tertius Fume também sabe. Ele continua a se aproximar, subindo pela parede como uma aranha, lançando insultos, fórmulas contrárias e fragmentos absurdos de canções contra Márcia, na tentativa de fazê-la desistir.

Mas ela não se deixa influenciar. Continua, obstinada, bloqueando o fantasma. No entanto, quando entra nas linhas finais do **Banimento** – "seu tempo nesta terra terminou. Você não verá mais o céu, o sol" – Márcia vê com o canto do olho o fantasma de Tertius Fume se aproximando cada vez mais. Uma fisgada de preocupação a percorre – *o que ele está fazendo?*

Márcia chega à última linha. O fantasma está a centímetros dela e de Alther. Ele olha para o alto, empolgado, quase exultante.

Márcia termina o sortilégio com as palavras temidas: "Pelo poder da **Magya**, para os **Salões das Trevas**, eu o estou..."

Quando Márcia chega à última palavra, Tertius Fume estende a mão até onde Alther está e se **Funde** com o dedão do pé de Alther, que recua para evitar o contato, mas é tarde demais.

– "**Banindo!**"

De repente, Márcia está sozinha na chaminé do Calabouço Número Um. Seu pesadelo tornou-se realidade.

– Alther! – berra ela. – Alther, onde você está?

Não há resposta. Alther foi **Banido**.

✢1✤
A VISITA

Lucy Gringe conseguiu o último lugar na barca que saía do Porto ao amanhecer. Ela se espremeu entre um rapaz que segurava uma galinha agressiva e uma mulher magra, de aparência exausta, enrolada numa capa de lã. A mulher, que tinha olhos azuis constrangedoramente penetrantes, olhou de relance para Lucy e desviou o olhar. Lucy deixou a sacola cair junto dos pés, para marcar seu lugar. Nem morta ela ia fazer a viagem inteira até o Castelo em pé. A mulher de olhos azuis ia ter de se acostumar ao aperto. Lucy girou o rosto e olhou de volta para o cais. Viu o vulto molhado e solitário de Simon Heap, parado bem na beira, e lhe deu um rápido sorriso.

Era uma manhã fria e desolada, com uma ameaça de neve no céu. Simon estremeceu e tentou retribuir o sorriso. Ele levantou a voz para se fazer ouvir por cima dos baques e pancadas que acompanhavam a preparação da vela da barca.

– Trate de se cuidar, Lu!

– E você também! – respondeu Lucy, dando uma cotovelada para tirar a galinha da frente. – Volto no dia depois da Noite Mais Longa do Ano. Prometo!

Simon fez que sim.

– Está com as minhas cartas? – gritou ele.

– Claro que estou – respondeu Lucy. – *Quanto é?* – disse ela ao garoto que estava cobrando a passagem.

– Meio xelim, querida.

– *Não* me chame de querida! – retrucou Lucy, irritada. Ela remexeu na bolsinha e largou um monte de moedinhas de latão na mão estendida do garoto. – Isso dava para eu comprar meu próprio barco – disse ela.

O garoto deu de ombros. Entregou-lhe um bilhete e passou adiante, para a mulher de roupas sujas de tanto viajar, que estava sentada ao lado de Lucy e era, na opinião dela, uma estrangeira recém-chegada ao Porto. A mulher deu uma grande moeda de prata – meia coroa – ao auxiliar da barca e esperou paciente quando ele se atrapalhou com o troco. Quando ela agradeceu com cortesia, Lucy percebeu o estranho sotaque, que fez com que se lembrasse de alguém, mas não conseguiu identificar quem seria. Naquela hora, Lucy estava com frio demais para pensar direito – e bem ansiosa. Fazia muito tempo que não voltava para casa; e agora, sentada no barco, rumando para o Castelo, Lucy se sentia um pouco assustada com a ideia. Não sabia ao certo como seria recebida. E também não gostava de deixar Simon sozinho.

A barca do Porto estava começando a se mexer. Dois trabalhadores das docas estavam empurrando a embarcação estreita e comprida para longe da margem; e o auxiliar da barca içava a vela vermelha e gasta. Lucy acenou entristecida para Simon, e a barca foi se afastando do cais, para seguir na direção da maré veloz, que subia pelo meio do rio. De vez em quando, Lucy olhava de relance para trás e via o vulto solitário de Simon ainda parado no cais, com o cabelo louro e comprido voando com a brisa, a capa de lã desbotada panejando atrás dele como asas de mariposa.

Simon ficou olhando a barca até ela desaparecer na névoa baixa que pairava sobre o rio para o lado do Brejal Marram. Quando o último vestígio da barca sumiu, ele bateu com os pés no chão para aquecê-los e partiu para o labirinto de ruas que o levaria de volta a seu quarto, no sótão da Alfândega.

No alto da escada da Alfândega, Simon abriu com um empurrão a porta muito desgastada que dava para seu quarto e passou pela soleira. Um frio profundo atingiu-o com tanta força que o deixou sem fôlego. Ele percebeu na mesma hora que havia algo de errado – seu quarto no sótão era frio, mas nunca *daquele jeito*. Esse era um frio das **Trevas**. Atrás dele, a porta bateu com violência; e, como se fosse do fundo de um túnel longo e profundo, Simon ouviu a tranca passar de um lado a outro da porta, tornando-o prisioneiro em seu próprio quarto. Com o coração aos pulos, forçou-se a olhar. Estava determinado a não usar nenhuma das suas antigas técnicas das **Trevas**, mas algumas, uma vez aprendidas, entravam em ação automaticamente. E uma dessas era a capacidade de **Ver** em meio às **Trevas**. E assim, ao contrário da maioria das pessoas que, se tiver a infelicidade de olhar para uma **Coisa**, verá apenas sombras inconstantes e relances de decomposição, Simon viu a **Coisa** em todos os seus detalhes fantásticos, sentada na sua cama estreita, **Vigiando**-o com os olhos semicerrados. Ela lhe causou náuseas.

– Bem-vindo. – A voz grave e ameaçadora da **Coisa** encheu o quarto e fez uma série de arrepios descer pela espinha de Simon.

– Q-que... – gaguejou Simon.

Satisfeita, a **Coisa** percebeu a expressão de pavor nos olhos verde-escuros de Simon. Ela cruzou as pernas longas e magricelas e começou a roer um dos dedos descascados enquanto encarava Simon com ódio.

Não muito tempo atrás, o olhar de uma **Coisa** não teria significado nada para Simon. Um dos seus passatempos durante o período de residência no Observatório nas Áridas Terras do Mal tinha sido o de desafiar a encará-lo as **Coisas** que ele de vez em quando **Invocava**. Mas agora Simon quase não conseguia suportar olhar na direção daquele monte de trapos e ossos em decomposição sentado em sua cama, muito menos enfrentar seu olhar.

A **Coisa** tomou conhecimento da relutância de Simon e cuspiu uma unha enegrecida no assoalho. Uma rápida lembrança do que Lucy diria se encontrasse *aquilo* no chão passou pela mente de Simon. E pensar em Lucy simplesmente lhe deu coragem suficiente para falar.

– Bem... o que você quer? – sussurrou ele.
– *Você* – disse a voz sepulcral da **Coisa**.
– *E-eu*???
A **Coisa** olhou para Simon com desdém.
– V-você – zombou ela.
– Por quê?
– Vim **Buscá**-lo. De acordo com seu contrato.
– Contrato... que *contrato*?
– O que você firmou com seu falecido Mestre. Você ainda está **Amarrado** por ele.
– *O quê?* Mas... mas ele morreu. DomDaniel morreu.
– O Detentor do Anel de Duas Faces não está morto – recitou a **Coisa**.

Simon, supondo, como pretendia a **Coisa**, que o Detentor do Anel de Duas Faces só pudesse ser DomDaniel, ficou horrorizado.

– DomDaniel *não* morreu?

A **Coisa** não respondeu à pergunta de Simon. Ela simplesmente repetiu suas instruções.

— O Detentor do Anel de Duas Faces exige sua presença. Você atenderá de imediato.

Simon estava chocado demais para se mexer. Todos os seus esforços para deixar as **Trevas** para trás e começar uma vida nova com Lucy de repente pareceram em vão. Ele apoiou a cabeça nas mãos, perguntando-se como podia ter sido tão tolo a ponto de pensar que poderia escapar das **Trevas**. Um estalido numa tábua do assoalho fez com que levantasse os olhos. Viu que a **Coisa** avançava em sua direção, com as mãos ossudas estendidas.

Simon pôs-se de pé de um salto. Não se importava com o que acontecesse, mas ele não ia voltar para as **Trevas**. Correu para a porta e puxou a tranca, mas ela não se mexeu. A **Coisa** estava bem perto, atrás dele agora, tão perto que Simon podia sentir o cheiro de podridão e o gosto amargo na própria língua. Ele olhou de relance pela janela. Era uma queda e tanto.

Com a cabeça a mil, Simon foi recuando para perto da janela. Talvez, se pulasse, pudesse pousar na sacada dois andares abaixo. Talvez conseguisse agarrar o cano da calha. Ou, quem sabe, se içar para cima do telhado?

A **Coisa** o encarava com desagrado.

— Aprendiz, você virá comigo. Ou serei forçada a **Buscá**-lo? — Sua voz encheu de ameaça o quarto de pé-direito baixo.

Simon resolveu tentar o cano da calha. Escancarou a janela, saiu meio desajeitado e agarrou o grosso cano preto que descia pela parede dos fundos da Alfândega. Um uivo de raiva veio atrás dele; e, enquanto tentava lançar os pés do peitoril da janela, Simon sentiu uma força irresistível que o puxava de volta para o quarto. A **Coisa** tinha lançado sobre ele um sortilégio de **Busca**.

Muito embora Simon soubesse que não havia como resistir a uma **Busca**, ele se agarrou com desespero ao cano enquanto seus pés eram puxados com tanta força que ele se sentiu como a corda num cabo de guerra. De repente, o metal enferrujado, escondido por baixo da grossa tinta preta do cano da calha, se soltou nas suas mãos, e Simon voltou a toda a velocidade para dentro do quarto, com o cano e tudo mais. Colidiu com violência contra o corpo ossudo, embora asquerosamente macio, da **Coisa**, e caiu no chão. Sem conseguir se mexer, Simon ficou ali olhando para cima.

A **Coisa** deu-lhe um sorriso de superioridade.

– Você virá comigo – recitou ela.

Como um boneco quebrado, Simon foi arrastado até ficar em pé. Saiu cambaleando do quarto e, como um robô, desceu aos trancos a escada estreita e comprida. À sua frente, a **Coisa** deslizava. Quando saíram para a beira do cais, a **Coisa** tornou-se não mais que uma sombra indefinida, de modo que, quando Maureen da Pastelaria do Cais do Porto olhou para cima depois de abrir as venezianas, tudo o que viu foi Simon atravessando rígido o cais, rumando para a escuridão da Rua da Maré. Maureen passou a mão pelos olhos. Achou que devia ter entrado alguma poeira neles. Tudo em torno de Simon parecia estranhamente nublado. Maureen acenou animada, mas Simon não retribuiu. Ela sorriu e prendeu a última veneziana na posição aberta. Aquele tal de Simon era esquisito. Sempre com a cabeça em algum livro de **Magya** ou entoando algum encantamento.

– Tortas prontas em dez minutos. Vou guardar uma de legumes com bacon para você! – gritou ela, mas Simon tinha sumido nas ruas transversais, e Maureen de novo enxergou com clareza pelo cais vazio.

Quando uma pessoa é alvo de uma **Busca**, não há interrupção, nem descanso, nem alívio, enquanto ela não chegar ao lugar para o qual está sendo **Buscada**. Por um dia inteiro e metade de uma noite, Simon cruzou charcos, atravessou sebes e seguiu tropeçando por caminhos pedregosos. A chuva o encharcava, os ventos o agrediam, a neve o congelava, mas ele não podia parar por nada. Prosseguia sem trégua, até que, por fim, à fria luz cinzenta da aurora do dia seguinte, atravessou um rio gelado, saiu da água, seguiu cambaleando pelo orvalho do início da manhã e escalou um muro coberto de hera, que estava se desfazendo. Bem no alto, foi arrastado para dentro de uma janela de sótão e carregado para um aposento sem janelas. Quando a porta foi trancada atrás dele, e ele foi deixado sozinho, jogado no chão, nu, Simon já não sabia – nem se importava em saber – onde estava, ou quem era.

✢ 2 ✢
Visitas

A noite e um chuvisco frio caíam velozes quando a barca do Porto atracou junto ao Cais Novo, um píer de pedra recém-construído, exatamente abaixo da Casa de Chá e Cervejaria de Sally Mullin. Acompanhados de diversas crianças, galinhas e trouxas, os passageiros, exaustos, se levantaram com dificuldade de seus lugares e desceram cambaleantes pela prancha de desembarque. Muitos foram se encaminhando a passos pouco firmes pela trilha batida que levava à Casa de Chá e Cervejaria, para se aquecer junto ao fogão e se abastecer com os quitutes especiais de inverno de Sally: cerveja Springo, servida quente com especiarias, e bolo quente de cevada. Outros, loucos para entrar em casa e se posicionar diante de uma lareira quentinha, continuaram a caminhada longa e difícil morro acima, passando pelo ponto turístico do lixão do Castelo, até o Portão Sul, que costumava permanecer aberto até a meia-noite.

A ideia de subir a ladeira não agradava nem um pouco a Lucy Gringe, principalmente porque ela sabia ser provável que a rota da barca do Porto fosse levá-la ao lugar aonde ela queria ir. Olhou de relance para a mulher sentada a seu lado. Lucy tinha tentado evitar seu olhar esquisito e perturbador durante a primeira metade da viagem; mas, depois que a mulher lhe tinha feito uma pergunta hesitante sobre como chegar ao Palácio – que era o local onde Lucy ia cumprir sua primeira tarefa –, as duas passaram o restante da viagem em uma conversa animada. A mulher agora ia se levantando, cansada, para acompanhar os outros passageiros.

– Espere aí! – disse-lhe Lucy. – Tenho uma ideia. *Por favor...* – gritou ela para o auxiliar da barca.

– Sim, querida? – disse ele, virando-se para ela.

Com algum esforço, Lucy fingiu que não ouviu o "querida".

– Onde vocês vão passar a noite? – perguntou ela.

– Com esse vento do norte, vai ser no estaleiro de Jannit Maarten – respondeu ele. – Por quê?

— Bem, eu só estava me perguntando... — Lucy deu seu melhor sorriso para o auxiliar da barca. — Eu só estava *me perguntando* se vocês poderiam nos fazer o *grande favor* de nos deixar num embarcadouro no caminho até lá. A noite está tão fria. E escura também. — Lucy estremeceu, de modo significativo, e olhou entristecida para o auxiliar da barca, com seus enormes olhos castanhos. Ele estava perdido.

— É claro que podemos, querida. Vou falar com o capitão. Onde você quer desembarcar?

— No Embarcadouro do Palácio, por favor.

— No Palácio? Tem certeza, querida? — disse o garoto, piscando, surpreso.

Lucy refreou um impulso de berrar: "Não me chame de querida, seu esquisitão!"

— Lá mesmo, por favor — disse ela. — Se não der muito trabalho.

— Querida, nada que seja para *você* dá muito trabalho — disse o esquisitão. — Mas eu mesmo não teria imaginado que você fosse ao Palácio.

— É? — Lucy não tinha muita certeza de como entender isso.

— É. Você sabe que aquele embarcadouro é mal-assombrado, não sabe?

— Isso não me preocupa — disse Lucy, encolhendo os ombros. — Eu nunca vejo fantasmas.

A barca do Porto partiu do Cais Novo. Fez uma curva em U no trecho largo do rio, balançando de modo assustador quando cruzou a correnteza e as ondas agitadas pelo vento. No entanto, assim que rumou rio abaixo, tudo voltou a se acalmar e, cerca de dez minutos depois, ela estava parando junto ao Embarcadouro do Palácio.

– Pronto, querida – disse o auxiliar da barca, lançando uma corda em volta de um dos postes de atracação. – Divirta-se. – E piscou um olho para Lucy.

– Obrigada – respondeu Lucy, bastante formal, levantando-se e estendendo a mão para sua vizinha. – Chegamos.

A mulher sorriu para Lucy, com gratidão. Levantou-se com esforço e desembarcou atrás dela.

A barca do Porto foi se afastando do embarcadouro.

– Vejo você por aí! – berrou o auxiliar da barca.

– Não se eu avistá-lo primeiro – resmungou Lucy. Voltou-se então para sua companheira, que contemplava o Palácio, maravilhada.

Era realmente um belo quadro – um prédio longo e baixo, de pedra antiga, cor suave, janelas altas e elegantes com vista para gramados bem-cuidados, que se estendiam até o rio. De cada janela bruxuleava uma vela, fazendo com que a construção inteira tremeluzisse como mágica, no crepúsculo que se adensava.

– Ela mora *aqui*? – sussurrou a mulher, num sotaque melodioso.

Lucy fez que sim rapidamente. Ansiosa por seguir adiante, começou a subir, determinada, pelo caminho largo que levava ao Palácio. Mas sua companheira não foi atrás. A mulher ainda estava no embarcadouro, conversando com o que parecia ser um espaço vazio. Lucy suspirou... por que ela sempre tinha de escolher gente esquisita? Sem querer interromper a conversa unilateral da mulher, que parecia ser séria, porque agora ela fazia que sim, cheia de tristeza, Lucy prosseguiu, caminhando na direção das luzes do Palácio.

Ela não se sentia bem. Estava cansada, com frio e, acima de tudo, começava a se afligir com o tipo de acolhida que teria no Palácio. Pôs a mão no bolso e encontrou as cartas de Simon. Apanhou-as e franziu os olhos para enxergar os nomes escritos com a letra dele, grande e cheia de voltas: *Sarah Heap. Jenna Heap. Septimus Heap.* Devolveu para dentro do bolso a endereçada a Septimus e manteve nas mãos as endereçadas a Jenna e Sarah. Lucy suspirou. Tudo o que queria fazer era voltar correndo para Simon e saber que estava "Tudo bem, Lucy-Lu", mas Simon tinha lhe pedido que entregasse as cartas à mãe e à irmã; e, qualquer que fosse a opinião de Sarah Heap a seu respeito, Lucy teria de entregá-las.

Sua companheira agora vinha apressada atrás dela.

– Lucy, peço desculpas. Acabei de ouvir de um fantasma uma história muito triste. Triste, tão triste. O amor da sua vida, e da sua morte, foi **Banido**. Por *engano*. Como algum Mago poderia cometer um erro desses? Ai, é terrível. – A mulher balançava a cabeça. – Realmente terrível.

– Imagino que seja Alice Nettles – comentou Lucy. – Simon me contou que tinha ouvido dizer que alguma coisa medonha tinha acontecido com Alther.

— É. Alice e Alther. Que tristeza...

Lucy não tinha muito tempo para fantasmas. Pelo seu jeito de pensar, todos estavam mortos. O que importava era estar com a pessoa que se queria enquanto se estivesse *vivo*. E esse era, pensou ela, o motivo pelo qual ela estava de volta ao Castelo naquele momento, estremecendo com o cortante vento norte que vinha soprando do rio, cansada e com vontade de estar bem aconchegada numa cama quentinha.

— Vamos em frente? — disse Lucy. — Não sei como você está, mas eu estou congelando.

A mulher concordou, em silêncio. Alta e magra, toda enrolada na capa grossa de lã para se proteger do frio, ela pisava com cuidado, seus olhos brilhantes esquadrinhando a cena, porque, ao contrário de Lucy, não via um caminho largo e vazio. Para ela, o caminho e os gramados que o cercavam estavam lotados de fantasmas: criados que se apressavam, jovens princesas brincando de pique, pequenos pajens, antigas rainhas perambulando por entre arbustos inexistentes e idosos jardineiros do Palácio empurrando carrinhos de mão espectrais. Ela seguia com cuidado, porque o problema de ser uma Vidente de Espíritos era que os fantasmas não saíam do caminho para ela. Eles a viam justo como mais um fantasma, até que ela os **Atravessasse**. E aí, é claro, eles ficavam horrivelmente ofendidos.

Sem perceber absolutamente nenhum fantasma, Lucy seguia depressa pelo caminho; e os fantasmas, alguns dos quais já bem familiarizados com Lucy e suas botas, eram espertos e saíam da frente dela. Não demorou para que Lucy chegasse ao caminho superior, que cercava o Palácio, e ela se voltou para dar uma olhada na companheira, que tinha ficado bem para trás. Deparou com uma cena estranhíssima: a mulher vinha subindo pelo caminho dançando na ponta dos pés, ziguezagueando para lá e para cá, como se estivesse participando de uma das danças antigas do Castelo, mas sozinha. Lucy abanou a cabeça. Isso não lhe parecia promissor.

Dali a um tempo, toda alvoroçada e ofegante, a mulher juntou-se a ela, e Lucy seguiu sem dizer uma palavra. Tinha decidido passar pelo caminho que circundava o Palácio e se dirigir à porta principal, em vez de se arriscar a alguém ouvir suas batidas na enorme quantidade de portas laterais e da cozinha.

O Palácio era um prédio comprido, e demorou pelo menos uns dez minutos para Lucy e a mulher, por fim, cruzarem a ponte plana de madeira sobre o fosso decorativo. Quando iam se aproximando, um menino pequeno abriu o acesso noturno, uma portinha embutida nas grandes portas duplas da entrada principal.

– Sejam bem-vindas ao Palácio – disse Barney Pot, com a voz aguda, resplandecente numa túnica palaciana cinzenta e calças vermelhas de malha. – Quem desejam ver?

Lucy não teve a oportunidade de responder.

– Barney! – Veio lá de dentro uma voz cantada. – *É aí* que você está! Você tem de ir dormir. Amanhã é dia de escola.

A companheira de Lucy empalideceu.

Barney olhou lá para dentro.

– Mas eu *gosto* de trabalhar na porta – protestou ele. – Por favor. Só mais cinco minutos.

– Não, Barney. Já para a *cama*.

– *Snorri?* – disse a voz hesitante da mulher.

Uma garota alta, de olhos azul-claros e cabelo comprido, louro, quase branco, enfiou a cabeça pela portinha noturna e espiou a escuridão lá fora. Ela piscou, olhou direto para além de Lucy e abafou um grito.

– Mamãe!

– Snorri... ah, *Snorri!* – gritou Alfrún Snorrelssen.

Snorri Snorrelssen atirou-se nos braços da mãe. Lucy sorriu com alguma inveja. Quem sabe, pensou ela, aquilo não era um bom sinal? Talvez, mais tarde naquela noite, quando ela batesse à porta da casa do guarda do Portão Norte, sua mãe ficasse igualmente feliz por *vê-la*. Talvez.

✢ 3 ✢
VÉSPERA DE ANIVERSÁRIO

Mas naquela noite Lucy não chegou a ir à casa do guarda do Portão Norte. Sarah Heap não deixou.

— Lucy, você está encharcada e exausta — disse Sarah. — *Não* vou permitir que saia perambulando pelas ruas de noite num estado desses. Vai acabar morrendo de frio. O que você precisa é de uma boa noite de sono numa cama bem quentinha. E, além disso, quero saber tudo sobre Simon. Agora vamos ver o que se pode encontrar para vocês comerem...

Agradecida, Lucy concordou em ficar. O alívio que sentia diante da acolhida de Sarah fez com que, de repente, seus olhos se enchessem de lágrimas. Foi com prazer que ela se deixou conduzir pelo Longo Passeio, junto de Snorri e Alfrún, e se sentou ao lado da lareira na salinha de estar de Sarah Heap, nos fundos do Palácio.

Naquela noite, enquanto o vento trazia do Porto lufadas de neve, a sala de estar de Sarah Heap era o aposento mais quentinho do Palácio. Empilhados na mesa estavam os restos da célebre caçarola de feijão com linguiça de Sarah; e agora todos reuniam-se em torno da lareira acesa, tomando chá de ervas. Espremidos ali com Lucy e Sarah, estavam Jenna, Septimus e Nicko Heap, bem como Snorri e Alfrún Snorrelssen. Snorri e Alfrún estavam sentadas bem juntas, falando baixinho, enquanto Alfrún segurava com força a mão de Snorri. Nicko estava ligeiramente afastado de Snorri, conversando com Jenna. Sarah percebeu que Septimus não falava com ninguém e tinha os olhos fixos no fogo.

Estavam ali também diversos animais: uma grande pantera negra que atendia pelo nome de Ullr, sentada aos pés de Alfrún; Maxie, um cão de caça aos lobos, velhíssimo e fedorento, deitado diante do fogo, com um leve vapor se desprendendo de seu pelo; e Ethel, uma pata arrepiada, sem penas, que usava um novo colete tricotado. Ethel sentara-se confortavelmente no colo de Sarah, mordiscando com delicadeza um pedaço de linguiça. Jenna percebeu, com desaprovação, que a pata estava engordando. Ela suspeitava que Sarah tivesse tricotado o colete novo porque o velho tinha ficado pequeno demais. Mas a mãe de Septimus gostava tanto de Ethel que Jenna apenas admirou as listras vermelhas e os botões verdes ao longo do dorso, sem dizer nada sobre a circunferência cada vez maior da pata.

Sarah Heap estava feliz. Segurava na mão uma carta preciosa de Simon, que já lera e relera, e agora sabia de cor. Tinha de volta seu velho Simon – o Simon *do bem,* o Simon que ela sabia que ele sempre fora. E agora aqui estava ela planejando a festa do aniversário de catorze anos de Jenna e Septimus. Catorze era um marco importante, especialmente para Jenna, como Princesa do Castelo; e nesse ano Sarah, por fim, viu seu desejo satisfeito: os festejos do aniversário tanto de Jenna como de Septimus deveriam se realizar no Palácio, em vez de na Torre dos Magos.

Sarah olhou de relance para o velho relógio sobre o console da lareira e reprimiu um sentimento de irritação por Silas ainda não ter voltado. Ultimamente, Silas estava o que ele chamava de "ocupado", mas Sarah não acreditava – conhecia o marido bem o suficiente para saber que ele estava aprontando alguma. Ela suspirou. Quem dera ele estivesse ali para compartilhar esse momento de todos eles juntos.

Deixando de lado esses pensamentos sobre Silas, Sarah sorriu para Lucy, sua futura nora. Estar com Lucy ali dava-lhe a sensação de que Simon também estava junto, pois havia momentos em que Lucy reproduzia o jeito sério e determinado de Simon falar. Um dia, pensou Sarah, talvez ela conseguisse ter consigo *todos* os seus filhos e Silas *também,* embora não tivesse certeza de como todos caberiam na salinha de estar. Mas, se um dia tivesse essa oportunidade, daria o melhor de si para acomodá-los.

Septimus também estava vigiando o relógio; e às 8:15 em ponto ele pediu licença e deixou a reunião. Sarah observou o filho caçula, que tinha crescido e se tornado meio desconjuntado nos últimos meses, levantar-se do braço do sofá velho onde estava empoleirado e passar com cuidado entre as pessoas e pilhas de livros, indo na direção da porta. Com orgulho, ela viu as divisas roxas de Aprendiz Sênior cintilarem na extremidade das mangas de sua túnica verde, mas o que mais a alegrava era a segurança tranquila e discreta do filho. Bem que ela gostaria que ele penteasse o cabelo com mais frequência, mas Septimus estava se transformando num belo rapaz. Sarah jogou um beijo para o filho. Ele sorriu um pouco constrangido, pensou Sarah, e saiu da aconchegante sala de estar para o frio do Longo Passeio, o largo corredor que percorria toda a extensão do Palácio.

Jenna Heap saiu sorrateira atrás dele.

– Sep, espera um pouquinho – gritou ela para Septimus, que se afastava num passo acelerado.

Septimus, a contragosto, foi mais devagar.

– Tenho de estar de volta às nove – disse ele.

– Você ainda tem muito tempo – respondeu Jenna, alcançando-o e andando a seu lado, compensando os passos largos do irmão com seus passinhos menores e mais rápidos. – Sep, você se lembra de eu ter lhe contado na semana passada que tinha alguma coisa realmente assustadora na escada do sótão? Bem, ainda tem.

Na verdade, ficou pior. Nem mesmo Ullr quer ir lá. Olha só os arranhões que provam o que estou dizendo. – Jenna arregaçou a manga debruada de ouro e mostrou a Septimus uma confusão de arranhões de gato no seu pulso. – Eu o levei ao pé da escada e ele entrou em pânico total.

Septimus não se impressionou.

– Ullr é um gato **Vidente de Espíritos**. É natural que, às vezes, fique apavorado com todos os fantasmas por aqui.

Jenna não estava disposta a se deixar convencer.

– Mas não parece que sejam fantasmas, Sep. De qualquer maneira, a maioria dos fantasmas do Palácio **Aparece** para mim. Eu vejo *milhares* deles. – Como que para provar o que dizia, Jenna cumprimentou com elegância, um verdadeiro cumprimento de Princesa, pensou Septimus, o que aos olhos dele pareceu não ser nada mais que ar. – Veja só. Acabei de ver as três cozinheiras que foram envenenadas pela governanta ciumenta.

– Sorte sua – disse Septimus, apressando-se tanto que Jenna foi forçada a quase correr para manter-se ao seu lado. Eles seguiam depressa pelo Longo Passeio, passando das chamas bruxuleantes de uma vela de sebo com pavio de junco, para entrar nas sombras e voltar à claridade da vela seguinte.

– E eu *veria*, se fossem fantasmas – insistiu Jenna. – Mas *não são*. Na realidade, todos os fantasmas também estão se mantendo longe daquela parte do corredor. O que é mais uma prova.

– Prova do quê? – perguntou Septimus, contrariado.

— De que existe alguma coisa do *mal* por lá. E não posso pedir a Márcia para dar uma olhada, porque Mamãe ia ter um ataque. Mas você já é quase tão bom quanto Márcia, não é? Então, *por favor*, Sep. Por favor, é só você vir ver.

— Papai não pode fazer isso?

— Papai não para de dizer que vai olhar, mas nunca cumpre. Está sempre fora, por aí. Você sabe como ele é.

Eles tinham chegado ao grande saguão de entrada, com a claridade de uma floresta de velas iluminando a elegante escadaria e as portas antigas e pesadas. Finalmente Barney Pot tinha ido dormir, e o saguão de entrada estava vazio. Septimus parou e se voltou para Jenna.

— Olha, Jen, eu *preciso* ir. Tenho um monte de coisas para fazer.

— Você não acredita em mim, não é? — Jenna parecia exasperada.

— Claro que acredito.

— Há! Mas não o bastante para ir verificar o que está acontecendo lá em cima.

Mas Septimus tinha a expressão fechada que Jenna vira tantas vezes ao longo dos meses anteriores. Ela a detestava. Era como se, quando olhava nos brilhantes olhos verdes do garoto, houvesse ali algum escudo que o protegesse dela.

— Tchau, Jen — disse ele. — Preciso ir. Amanhã é um dia importante.

Jenna fez um esforço enorme para se livrar da decepção. Ela não queria que Septimus fosse embora com aquela sensação desagradável entre eles.

– Eu sei – concordou ela. – Tenha um feliz aniversário, Sep.

Jenna achou que Septimus ficou um pouco surpreso.

– Ah... é mesmo. Obrigado.

– Vai ser tão legal amanhã – disse ela, enfiando o braço no braço relutante do irmão e indo com ele na direção das portas do Palácio. – É incrível nós dois termos nascido no mesmo dia, você não acha? É como se fôssemos gêmeos. E ainda por cima na Noite Mais Longa do Ano, que é tão fantástica, com o Castelo todo iluminado. Como se fosse especialmente para nós.

– É. – Septimus parecia estar pensando em outra coisa, e Jenna podia ver que tudo o que ele queria era sair porta afora o mais rápido possível. – Eu *preciso* ir mesmo, Jen. Nos vemos amanhã ao anoitecer.

– Vou com você até os portões.

– Vai? – Septimus não pareceu muito entusiasmado.

Os dois seguiram pelo caminho da entrada, Septimus apressado, Jenna quase correndo a seu lado.

– Sep... – disse Jenna, sem fôlego.

– O que foi? – Septimus pareceu desconfiado.

– Papai diz que você está no mesmo estágio do Aprendizado em que ele estava quando desistiu.

– Hum. Parece que estou.

– E ele disse que uma das razões para desistir foi porque ia ter de fazer um monte de coisas com as **Trevas** e não queria trazer esse troço para casa.

Septimus parou de andar tão depressa.

— Houve muitas razões para Papai desistir, Jen. Tipo, ele ter ouvido falar da **Demanda** cedo demais, e Mamãe enfrentar dificuldades cuidando de tudo sozinha, porque ele precisava trabalhar de noite. Todo tipo de coisa.

— Foram as **Trevas**, Sep. Foi o que ele me disse.

— Hã. Isso ele diz *agora*.

— Ele está preocupado com você. E eu também.

— Pois não deveria — disse Septimus, irritado.

— Mas, *Sep*...

Septimus já estava farto. Impaciente, soltou-se do braço de Jenna.

— Jen, por favor, *me deixe em paz*. Tenho coisas para fazer e estou indo agora. Nos vemos amanhã. — Com isso, Septimus partiu a passos largos, e dessa vez Jenna não o impediu.

Com os passos esmagando ruidosamente a fina camada de gelo, Jenna voltou devagar pelo gramado, esforçando-se para segurar o choro. Septimus nem mesmo lhe desejara um *"feliz aniversário"*. Enquanto entrava infeliz no Palácio, Jenna não conseguia parar de pensar nele. Nos últimos tempos, vinha se sentindo como alguém de fora na vida do irmão — alguém irritante de quem era preciso guardar segredos. Para compreender melhor o que estava acontecendo com Septimus, Jenna tinha começado a fazer perguntas a Silas a respeito do seu próprio período como Aprendiz de Alther, muito tempo atrás; nem sempre gostava do que ouvia.

Jenna não estava a fim de voltar para o grupo feliz reunido em torno da lareira na sala de estar de Sarah. Ela pegou uma vela acesa de uma das mesas do saguão e subiu pela larga escadaria de carvalho entalhado, que levava até o primeiro andar. Seguia devagar pelo corredor, com os passos abafados pelo carpete gasto, cumprimentando com um gesto de cabeça os diversos fantasmas que sempre **Apareciam** quando viam a Princesa. Passando direto pelo corredor curto e largo que dava acesso ao quarto, Jenna decidiu dar mais uma olhada na escada do sótão. Septimus tinha feito com que ela ficasse imaginando se, de fato, não estava preocupada à toa.

Uma vela de junco ardia com chama firme ao pé da escada, e Jenna se sentiu agradecida, porque só de olhar o lance de escada nua, com os degraus de madeira gasta desaparecendo na escuridão, já lhe dava arrepios. Dizendo a si mesma que Septimus provavelmente tinha razão e que não havia com que se preocupar, ela começou a subir a escada. Disse a si mesma que, se chegasse lá em cima sem nenhum problema, deixaria toda aquela história para lá. Mas, quando faltava um único degrau para o topo da escada, Jenna parou. Diante dela havia uma escuridão profunda que parecia se mexer e mudar enquanto ela olhava. A impressão era que a escuridão estava *viva*. Jenna ficou confusa. Por um lado, estava apavorada; no entanto, de repente se sentiu exultante. Ela teve a sensação estranhíssima de que se penetrasse na escuridão veria tudo o que sempre desejara ver, até mesmo sua mãe verdadeira, a Rainha Cerys. E, quando pensou em conhecer a mãe, a sensação de terror começou a sumir, e Jenna ansiou por entrar na escuridão, no melhor lugar onde se poderia estar no mundo inteiro – o lugar pelo qual sempre tinha procurado.

De repente, ela sentiu uma batidinha no ombro. Virou a cabeça e viu ali, olhando assustado para ela, o fantasma da governanta que **Assombrava** o Palácio, à procura de duas princesas perdidas.

– Saia daí, Esmeralda, saia daí – disse o fantasma, lamuriando-se. – Aí dentro estão as **Trevas**. Saia daí... – Esgotado pelo esforço de ter **Causado** a batidinha no ombro de Jenna, o fantasma da governanta desapareceu, ficando muitos anos sem ser visto.

O desejo de Jenna de entrar na escuridão evaporou-se. Ela deu meia-volta e desceu correndo a escada, de dois em dois degraus. Só parou de correr quando chegou ao corredor largo e bem iluminado que levava a seu quarto e viu a figura simpática de Sir Hereward, o fantasma antiquíssimo que vigiava as portas duplas de seus aposentos.

Sir Hereward empertigou-se.

– Boa noite, Princesa – disse ele. – Vejo que está indo cedo para a cama. Dia importante amanhã. – O fantasma sorriu. – Não é todo dia que uma Princesa completa catorze anos.

– Não – disse Jenna, desanimada.

– Ah, já sente a pressão dos anos que avançam, estou vendo. – Sir Hereward reprimiu um risinho. – Mas deixe-me lhe dizer o seguinte: não há por que se preocupar com os catorze, Princesa. Olhe só para mim, já tive *centenas* de aniversários... na realidade, perdi a conta deles... e estou ótimo.

Jenna não pôde deixar de sorrir. O fantasma estava tudo, menos ótimo. Empoeirado e desbotado, com a armadura amassada, ele perdera um braço e uma boa quantidade de dentes. Ela havia notado recentemente, quando ele tirou o capacete, que também lhe faltavam a orelha esquerda e um bom pedaço daquele lado da cabeça. Além do mais, é claro, ele estava *morto*. Mas isso não parecia incomodar Sir Hereward. Severa, Jenna resolveu parar de se sentir tão triste e aproveitar a vida. Septimus acabaria por superar fosse lá o que fosse, e tudo voltaria a ficar bem. Na verdade, amanhã ela iria ao último dia da Feira dos Mercadores para lhe comprar alguma coisa de aniversário que o fizesse dar uma risada – alguma coisa mais divertida que a *História Completa da Magya* que ela já tinha comprado para ele na Livraria Bruxesca de Wyvald.

– Pronto. Assim está melhor – disse Sir Hereward, radiante. – Você vai ver que o aniversário de catorze anos é empolgante para uma Princesa. Agora, ouça esta. Isso fará você se alegrar. Como se põe uma girafa num guarda-roupa?

– Não sei, Sir Hereward. Como *se* põe uma girafa num guarda-roupa?

– Abre-se a porta do guarda-roupa, põe-se a girafa lá dentro e fecha-se a porta. Então, como se põe um elefante no guarda-roupa?

– Não sei. Como *se* põe um elefante num guarda-roupa?

– Abre-se a porta, tira-se a girafa e põe-se o elefante lá dentro. Ha... ha... ha...

– Isso é tão bobo, Sir Hereward – disse Jenna, rindo também. Sir Hereward abafou uns risinhos.

– Não é? Quer dizer, tenho certeza de que se poderia fazer caber os *dois*, caso se tentasse de verdade.

– É... bem, boa noite, Sir Hereward. Nos vemos amanhã.

O fantasma antiquíssimo fez uma reverência. Jenna abriu as majestosas portas duplas e entrou no quarto. Quando as portas se fecharam, Sir Hereward retomou seu posto de guarda, com vigilância redobrada. Todo fantasma do Palácio sabia que os aniversários podem ser ocasiões perigosas para uma Princesa. Sir Hereward estava determinado a que nada acontecesse a Jenna no *seu* turno.

Dentro do quarto, a Princesa não conseguia se acomodar. Sentia uma estranha mistura de empolgação e melancolia. Inquieta, foi até uma das janelas altas e afastou as pesadas cortinas vermelhas, para contemplar o rio. Observar o rio à noite era algo que ela adorava fazer, desde quando Silas tinha feito para ela uma caminha embutida no armário nos Emaranhados, onde havia uma janelinha com vista direto para a água lá embaixo. Na opinião de Jenna, a vista de suas imponentes janelas no Palácio era extremamente inferior à vista do seu armário – do antigo poleiro nos Emaranhados, de onde ela podia ver a maré encher e vazar, o que sempre a deixara fascinada. Muitas vezes, havia alguns barcos pesqueiros atracados a uma das grandes argolas embutidas nas muralhas lá embaixo, e ela ficava observando os pescadores, enquanto limpavam sua pesca e remendavam as redes. Aqui tudo o que via eram barcos distantes, passando para lá e para cá, e o luar refletido na água.

Naquela noite, porém, não havia lua. Jenna sabia que se tratava da última noite da lua minguante, e que ela só nasceria quase na hora do amanhecer. A noite do dia seguinte – a do seu aniversário – seria uma noite de lua negra, e o céu permaneceria escuro. Mas, mesmo sem a lua, o céu noturno ainda estava lindo. O vento tinha dispersado as nuvens, e as estrelas cintilavam com nitidez.

Jenna fechou atrás de si as cortinas pesadas, de tal modo que ficou no espaço escuro e frio entre elas e a janela. Ficou ali imóvel, esperando que seus olhos se acostumassem com a escuridão. Sua respiração quente começou a embaçar a janela. Ela limpou um pedaço do vidro e espiou na direção do rio.

De início, ele parecia deserto, o que não foi surpresa para Jenna. Não eram muitos os barcos que saíam à noite. E então ela percebeu um movimento junto do embarcadouro. Com ruído, esfregou um pouco mais a janela e forçou os olhos para enxergar lá fora. Havia alguém no embarcadouro... era *Septimus*. Ele dava a impressão de estar conversando com alguém, mas não havia ninguém à vista. Jenna percebeu de imediato que ele conversava com o fantasma de Alice Nettles – pobre Alice Nettles, que perdera seu Alther uma segunda vez. Desde a terrível perda, Alice tinha **DesAparecido** e se habituara a perambular pelo Castelo, à procura de Alther. Ela era a fonte da voz incorpórea que, às vezes, sussurrava no ouvido das pessoas: "Para onde ele foi? Você o viu? Você o viu?"

Jenna cobriu o nariz com as mãos em concha para proteger o vidro da própria respiração e ficou com o olhar fixo na noite.

Viu Septimus terminar a conversa e ir embora a passos vigorosos, apressando-se ao longo do rio, na direção do portão lateral que o deixaria perto do Caminho dos Magos.

Jenna teve vontade de escancarar a janela, descer pela hera – como tinha feito muitas vezes antes –, atravessar correndo os gramados, apanhar Septimus de surpresa e lhe contar o que acabara de acontecer no alto da escada do sótão. O Septimus de antes teria vindo com ela, na mesma hora. Mas não agora, pensou Jenna, entristecida. Agora Septimus tinha coisas mais importantes a fazer – coisas secretas.

De repente, percebendo o frio que estava sentindo, Jenna saiu de detrás das cortinas e foi até a antiga lareira de pedra, onde três achas enormes estavam queimando. E, enquanto estava ali em pé, com as mãos estendidas para o calor, diante do fogo crepitante, perguntou-se sobre que assunto Septimus e Alice estariam conversando. Sabia que, mesmo que ela perguntasse, ele não lhe contaria.

Alice não era a única que tinha perdido uma pessoa querida, pensou Jenna com tristeza.

⤤4⤦

APRENDIZES

Na manhã de seu aniversário de catorze anos, Septimus estava de pé antes do nascer do sol. Ele limpou e arrumou depressa a biblioteca da Pirâmide – como fazia todas as manhãs, mesmo no dia de seu aniversário. Encontrou um presente de Márcia, desembrulhado, escondido embaixo de uma pilha de livros aguardando registro. Era uma **Lupa** de ouro e prata, pequena, porém muito bonita. Presa ao cabo de marfim havia uma etiqueta roxa com a seguinte mensagem: *Para Septimus. Feliz Aniversário* **Mágyko** *de Catorze Anos. Com amor, Márcia.* Septimus pôs a **Lupa** no bolso com um sorriso. Não era frequente Márcia assinar seu nome "com amor".

Alguns minutos depois, a pesada porta roxa que protegia a entrada dos aposentos da Maga ExtraOrdinária se abriu, e Septimus rumou para a escada de prata em espiral, na extremidade do patamar, dando os primeiros passos numa visita que vinha fazendo todos os dias desde seu retorno das Ilhas de Syrena. Supondo que não houvesse nenhum Mago já de pé tão cedo, pôs a escada em velocidade de emergência e desceu como um raio até o sétimo andar. Tonto, mas revigorado – não há nada como uma descida de emergência para acordar a gente –, Septimus saltou da escada e seguiu meio cambaleante pela penumbra do corredor na direção de uma porta com a identificação NFERMARIA (o "E" tinha desaparecido recentemente com um encantamento malsucedido de um Aprendiz Ordinário).

A porta da NFERMARIA abriu-se em silêncio, e Septimus entrou numa sala circular, pouco iluminada, com dez camas dispostas como os números no mostrador de um relógio. Somente duas delas estavam ocupadas – uma, por uma Maga que tinha caído da escada da Torre dos Magos e quebrado o dedão do pé; a outra, por um Mago idoso que tinha se "sentido um pouco esquisito" no dia anterior. Dois dos lugares que corresponderiam a números no mostrador do relógio estavam ocupados por portas – aquela pela qual Septimus tinha acabado de entrar; e outra, no que seria o lugar do número sete, que saía da enfermaria. No centro, havia uma escrivaninha circular, no meio da qual estava sentada a Maga do plantão noturno e a nova Aprendiz da enfermaria, Rose. Rose, com os longos cabelos castanhos puxados para trás das orelhas, estava ocupada como sempre, fazendo anotações no seu caderno de projetos e inventando novos **Talismãs**.

Septimus aproximou-se. Rose e a Maga lançaram-lhe sorrisos amistosos. Elas o conheciam bem, pois ele fazia visitas todos os dias, embora, em geral, não tão cedo.

— Tudo igual — sussurrou Rose.

Septimus fez que sim. Fazia muito tempo que ele desistira de esperar algum comentário diferente.

Rose levantou-se da cadeira. Era sua função acompanhar as visitas à Câmara de **DesEncantamento**. Septimus acompanhou-a até a porta estreita, instalada na parede do espaço das sete horas. Sua superfície tinha um aspecto mutante, típico do efeito produzido pela forte **Magya** da Torre dos Magos. Rose colocou a mão na superfície e a retirou depressa, deixando uma rápida imagem roxa da palma e dos dedos. A porta se abriu, e ela e Septimus entraram na antecâmara. A porta fechou-se atrás deles, e Rose repetiu o processo em mais uma porta. Essa também se abriu, e dessa vez Septimus entrou sozinho, num pequeno quarto pentagonal imerso numa forte luz azul.

— Vou deixá-lo agora — sussurrou Rose. — Pode me chamar se precisar de alguma coisa ou... bem, se houver qualquer mudança.

Septimus fez que sim.

Era inebriante o cheiro de **Magya** na câmara, pois ali dentro era permitido que uma suave força de **DesEncantamento** atuasse livremente. A força girava em sentido anti-horário, e Septimus sentia o calor na pele, pinicando como água salgada que seca depois de um banho de mar. Ele ficou imóvel e respirou fundo algumas vezes para se equilibrar. Para qualquer um que tenha alguma **Magya**, é estranho ficar perto de um **DesEncantamento**; e as primeiras vezes em que entrara na câmara, Septimus tinha sentido uma forte tontura. Agora que estava acostumado, ele apenas se sentia meio oscilante por alguns momentos. No entanto, algo com que nunca conseguira se acostumar era a visão inquietante do casulo de **DesEncantamento** – uma rede delicada feita da lã de carneiro mais macia, não fiada – que parecia flutuar no ar, embora estivesse, de fato, suspensa por invisíveis **Faixas para Repouso**, inventadas por um Mago ExtraOrdinário no passado remoto.

Sentindo-se como se estivesse andando debaixo d'água, Septimus foi aos poucos se aproximando do casulo, abrindo caminho entre remoinhos de **DesEncantamento**. Envolta na lã havia uma figura tão impalpável que, às vezes, Septimus receava que pudesse desaparecer a qualquer momento. Mas até agora Syrah Syara, a ocupante do casulo, tinha resistido a desaparecer – apesar de esse ser um risco conhecido do **DesEncantamento**. E quanto mais o processo avançava, mais o risco aumentava.

Septimus olhou para o rosto azulado de Syrah, que refletia a luz da câmara e parecia quase transparente. Seu cabelo castanho tinha sido trançado com perfeição, dando-lhe uma aparência arrumada, como a de uma boneca – tão diferente da Syrah impetuosa e desgrenhada pelo vento que ele tinha conhecido na ilha de Syrena.

– Oi, Syrah – disse ele, baixinho. – Sou eu, Septimus.

Syrah não reagiu, mas Septimus sabia que isso não significava necessariamente que ela não estivesse ouvindo. Muitas pessoas que tinham saído com sucesso do **DesEncantamento** conseguiam relatar conversas que tinham ocorrido na câmara.

– Vim cedo hoje – continuou Septimus. – O sol ainda não nasceu. Quero lhe dizer que não vou poder vir vê-la nos próximos dias. – Ele parou para ver se suas palavras surtiam algum efeito. Não houve a menor reação, e Septimus se sentiu um pouco contrariado... tinha tido alguma esperança de que uma sombra de decepção aparecesse no rosto de Syrah.

– É minha **Semana das Trevas** que está chegando – continuou ele. – E... bem... eu queria lhe contar o que vou fazer. Porque você já passou por isso e sabe como parece apavorante antes de se começar... e não posso contar a mais ninguém. Quer dizer, não posso contar a ninguém que não tenha completado um Aprendizado com um Mago ExtraOrdinário. O que exclui quase todo mundo, restando somente Márcia e você, na verdade. É claro que antes o Alther ainda estava por aqui, bem... você sabe o que aconteceu. Ah, sei que ele é um fantasma e que há vários fantasmas de Magos ExtraOrdinários e de Aprendizes por aí; mas Alther é... quer dizer, *era*... diferente. Ele me parecia real, como se ainda estivesse vivo. Ah, Syrah, sinto falta de Alther. Sinto mesmo. E... é isso o que eu queria lhe contar... vou trazer Alther de volta. *Vou mesmo*. Márcia não quer que eu vá, mas a escolha é *minha*, e ela não pode me impedir. Todos os Aprendizes têm o direito de escolher o que fazer em sua **Semana das Trevas**, e eu já escolhi. Vou descer aos **Salões das Trevas**.

Septimus fez uma pausa. Perguntou-se se não teria contado coisas demais a Syrah. Se ela realmente podia ouvi-lo e se compreendia cada palavra que ele dizia, então tudo o que tinha feito fora deixá-la sozinha e preocupada com ele. Septimus disse a si mesmo para não ser bobo. Só porque, aos poucos, havia começado a se importar com o que acontecesse a Syrah, isso não significava que ela se importasse com ele com a mesma intensidade. De fato, disse a si mesmo, se ela realmente percebia suas visitas, era mais provável que sentisse alívio com a perspectiva de um descanso. Ele deu um sorriso amargo. Veio à sua cabeça uma frase que Jenna lhe dissera mais de uma vez nos últimos tempos: "Nem *tudo* gira em torno de você, Sep."

Sentindo-se pouco à vontade, ele encerrou a visita.

– Assim, hum, adeus então. Vou ficar bem e, sim, espero que você também. Nos vemos quando eu voltar. – Septimus gostaria de dar um rápido beijo de despedida em Syrah, mas não era possível. Uma pessoa no processo de **DesEncantamento** não pode ter ligação com nada que esteja em contato com a terra. Era por isso que as **Faixas para Repouso** que mantinham Syrah suspensa tinham sido uma invenção tão importante. Com sua **Magya**, elas rompiam a ligação com a terra e permitiam que o **DesEncantamento** funcionasse. Na maior parte do tempo.

Septimus saiu da Câmara de **DesEncantamento**, passou pela antecâmara e saiu para a enfermaria. Rose deu-lhe um aceno amistoso, que ele retribuiu rapidamente. E, ainda se sentindo constrangido, ele deixou a enfermaria e seguiu de volta pelo corredor, falando consigo mesmo: "Nem *tudo* gira em torno de você, seu palerma."

* * *

No entanto, naquele dia, na Torre dos Magos, parecia que, fosse um palerma ou não, tudo *girava*, sim, em torno dele. Para um Aprendiz, o aniversário de catorze anos era especial – por ser duas vezes o **Mágyko** número sete; e era natural que todos os moradores da Torre dos Magos quisessem dar parabéns a Septimus, principalmente porque não havia a expectativa de nenhum banquete de aniversário naquela noite. A Torre dos Magos não tinha digerido bem a determinação de Sarah Heap de que Septimus fosse ao Palácio naquela noite.

Contudo, enquanto cumpria suas tarefas matinais – entregando a vários Magos os **Talismãs** solicitados, **Encontrando** um par de óculos perdido, ajudando com um encantamento difícil no quarto andar –, Septimus detectou um toque de melancolia em todos os votos de feliz aniversário. A Torre dos Magos era famosa pelas fofocas, e parecia que cada Mago sabia que Septimus estava prestes a embarcar em sua **Semana das Trevas** – aquela única semana que separa o Aprendiz Ordinário do ExtraOrdinário. Isso, apesar do fato de a programação da **Semana das Trevas** supostamente ser um segredo.

E assim, com os numerosos "parabéns", vinham também votos fervorosos de "muitos anos de vida, Aprendiz". Em suas tarefas, foi oferecida a Septimus uma quantidade de presentes variados, todos desembrulhados, como era a tradição entre Magos, para evitar a **Colocação** de criaturas, um antigo truque das **Trevas** que, no passado, dera algum trabalho a Márcia. Um par de meias roxas "para dar sorte", tricotadas à mão, um pacote de bananas de mascar autorrenováveis e três escovas **Mágykas** para pentear o cabelo estavam entre os que ele aceitou, mas a grande maioria era de **Talismãs de Proteção**, e todos esses Septimus recusou com cortesia.

Quando desceu a escada para chegar ao Saguão da Torre dos Magos na última tarefa de todas, Septimus sentiu-se perturbado pela tristeza por trás dos parabéns. Era estranho, pensou ele. A impressão era que alguém muito próximo tinha morrido ou – o que lhe ocorreu no instante em que saltou da escada – que *ele próprio* estivesse prestes a morrer. Septimus foi andando devagar pelo piso **Mágyko** e macio, que lhe desejava não apenas UM FELIZ ANIVERSÁRIO DE CATORZE ANOS, APRENDIZ, mas também TENHA CUIDADO, APRENDIZ. Ele deu um suspiro: até mesmo o piso estava envolvido.

Septimus bateu na porta da sala do Mago de plantão, que ficava meio escondida ao lado das enormes portas de prata da saída da Torre dos Magos. Quem a abriu foi Hildegarde Pigeon, uma jovem em vestes impecáveis de Submaga Ordinária. Septimus sorriu; ele gostava de Hildegarde.

– Parabéns! – cumprimentou-o Hildegarde.

– Obrigado.

– É um grande dia, o dos catorze anos. E também é o aniversário da Princesa Jenna.

– É. – Septimus se sentia um pouco culpado. Tinha se esquecido de comprar um presente para ela.

— Parece que vamos vê-la mais tarde. Por volta do meio-dia, pelo que disse Madame Overstrand. Mas ela não me pareceu satisfeita.

— No momento, Márcia não anda muito satisfeita com nada — disse Septimus, perguntando-se por que Jenna não lhe dissera nada sobre uma visita à Torre dos Magos.

Hildegarde percebeu que nem tudo estava bem.

— E então... *seu* dia está sendo legal?

— Bem, acho que sim. Acabei de passar pela Câmara de **DesEncantamento**. Aposto que você está feliz por não estar mais lá.

— Acertou em cheio — disse Hildegarde, com um sorriso. — Mas ela funcionou. E vai funcionar para Syrah também. Não se preocupe.

— Espero que funcione — disse Septimus. — Vim buscar minhas botas.

— Ah, sim. Peraí um instantinho. — Hildegarde desapareceu nos fundos da saleta e voltou trazendo uma caixa com a seguinte inscrição em letras douradas: "Terry Tarsal, atendimento com hora marcada." Terry, havia pouco tempo, tinha melhorado sua imagem.

Septimus levantou a tampa e deu uma espiada ali dentro. Pareceu aliviado.

— Ah, bom — disse. — Terry consertou minhas botas velhas. Márcia estava ameaçando forçá-lo a me fazer um par novo de botas verdes com *cadarço roxo*.

– Puxa! – disse Hildegarde, sorrindo. – Não é um visual legal.
– Não. Não mesmo.
– Tem uma carta para você também. – Hildegarde entregou-lhe um envelope que tinha sido dobrado e estava um pouco úmido. Septimus olhou para ele. Não conseguia identificar a letra, mas parecia estranhamente familiar. E então entendeu por quê. Era uma mistura da sua letra com a do pai.
– Hum, Septimus – disse Hildegarde, interrompendo seus pensamentos.
– Sim?
– Sei que não deveria dizer isso, já que o assunto é confidencial e tudo mais, mas... bem... eu só queria lhe desejar boa sorte. E não vou parar de pensar em você.
– Ah, sim, obrigado. Obrigado, Hildegarde. Valeu mesmo.

O rosto de Hildegarde ficou levemente rosado, e ela voltou a desaparecer na saleta do Mago de plantão.

Septimus enfiou a caixa de sapatos debaixo do braço e se dirigiu para a escada de prata em espiral, com a carta na mão. Só quando estava de volta em seu quarto, no vigésimo primeiro andar da Torre dos Magos, e com a porta bem fechada, foi que ele rasgou o envelope e leu:

Caro Septimus,
Espero que você tenha um feliz aniversário de catorze anos.
Imagino que esteja surpreso de receber uma carta minha, mas gostaria de pedir perdão pelo que lhe fiz. Não tenho nenhuma des-

culpa, a não ser dizer que imagino que eu não estava com a cabeça funcionando direito naquela época. Creio que meu contato com as **Trevas** me deixou meio maluco. Mas assumo a responsabilidade por isso. Na noite do seu Banquete do Aprendiz, eu saí, de maneira deliberada, em busca das **Trevas**, e esse foi um erro totalmente meu. Espero que um dia você me perdoe.

Tenho consciência de que você já está bem avançado no Aprendizado e deve ter um conhecimento muito maior. Mas, mesmo assim, espero que não se importe com um conselho de seu irmão mais velho: Cuidado com as **Trevas**.

Com meus melhores votos,
Simon (Heap)

Septimus sentou-se na cama e soltou um assobio baixinho. Sentia-se um pouco assustado. Até mesmo Simon parecia ter conhecimento da sua **Semana das Trevas**.

⊁5⊰
FUGITIVOS

Enquanto Septimus relia a carta, sentado, a mensageira que a trouxera estava sofrendo uma crise de pés gelados. Nem mesmo os dois grossos pares de meias listradas que Lucy Gringe costumava usar no inverno adiantavam alguma coisa naquela manhã fria, enquanto ela se mantinha escondida nas sombras da casa do guarda do Portão Norte, tentando reunir coragem para se apresentar para sua mãe. Lucy chegara cedo à casa do portão. Queria falar com o pai primeiro, antes que sua mãe viesse trazer para ele o chocolate do início da manhã. Apesar dos modos grosseiros do pai, Lucy sabia que Gringe ficaria felicíssimo em vê-la.

— Papai tem coração mole, no fundo — dissera ela a Simon, antes de partir. — É Mamãe que vai dar trabalho.

Mas o plano de Lucy tinha ido por água abaixo. Ela fora surpreendida pelo inesperado surgimento de um puxadinho improvisado ao longo da lateral da casa do portão, do lado da estrada que levava à ponte. Uma placa no puxado anunciava o estabelecimento como CAFÉ LA GRINGE, de onde vinha o cheiro (infelizmente) inesquecível do ensopado de sua mãe. O cheiro vinha acompanhado pelo do som, também inconfundível, de sua mãe cozinhando: ruídos estridentes de tampas de panelas, resmungos e xingamentos, além de batidas e baques mal-humorados.

Lucy ficou parada na penumbra, pensando no que fazer. Com o tempo, o cheiro horrível do ensopado levou-a a uma decisão. Esperou até que sua mãe estivesse olhando para dentro de uma das panelas fundas de ensopado e então, com a cabeça erguida, passou direto pelo CAFÉ LA GRINGE. Deu certo. A sra. Gringe, que estava imaginando se alguém perceberia o camundongo que tinha caído na panela e morrido afogado durante a noite, nem levantou os olhos.

Gringe, um homem atarracado, com o cabelo quase raspado e usando um engordurado gibão de couro, estava sentado na casa do guarda-portão. Procurava, assim, evitar o vento gelado que soprava do Fosso e, o que era mais importante, o cheiro do ensopado.

Era um dia tranquilo. Todos no Castelo estavam no último dia da Feira dos Mercadores – que tinha demorado mais que o normal naquele ano – ou estavam ocupados com os preparativos para as festividades da Noite Mais Longa do Ano, quando haveria velas acesas em todas as janelas do Castelo. Assim, além de recolher bem cedo naquela manhã o pedágio de alguns sonolentos Mercadores do Norte, Gringe não tivera nada melhor a fazer do que lustrar as poucas moedas recebidas – tarefa que tinha assumido da sra. Gringe, agora que ela estava, como ele se queixava com frequência, obcecada com o ensopado.

Quando olhou para a recém-chegada, que ele supôs que viria aumentar sua escassa pilha de moedas, Gringe, de início, não reconheceu a filha. A jovem de olhos castanhos e sorriso nervoso parecia adulta demais para ser sua pequena Lucy que, ausente, tinha cada vez se tornado mais criança na lembrança carinhosa de Gringe. Mesmo quando a jovem disse *"Papai!"*, um pouco chorosa, Gringe continuou a olhar para Lucy sem compreender, até que seu cérebro frio e entediado, por fim, fez a associação. E, em seguida, ele se pôs de pé de um salto e deu um enorme abraço em Lucy, levantando-a do chão.

– Lucy! Lucy, *Lucy!* – repetiu ele, aos gritos.

Uma onda de alívio dominou Lucy: *tudo ia dar certo*.

Uma hora depois, sentada na sala acima da casa do portão, com os pais (enquanto o auxiliar da ponte cuidava da ponte e o ensopado se cuidava sozinho), Lucy tinha corrigido essa opinião: *era possível que tudo desse certo, se ela tivesse muito cuidado e não contrariasse demais sua mãe...*

A sra. Gringe estava a mil, recontando pela enésima vez a longa lista das transgressões de Lucy.

— Fugiu com aquele garoto *medonho* dos Heap, sem se importar nem um pouco comigo ou com seu pai, sumiu esses últimos dois anos sem uma palavra sequer...

— Mas eu escrevi para vocês — protestou Lucy. — Só que vocês nunca responderam.

— Você acha que eu tenho tempo para escrever cartas? — perguntou a sra. Gringe, ofendida.

— Mas, *Mamãe*...

— Tenho uma casa para cuidar. O ensopado para fazer. Tudo *sozinha*. — A sra. Gringe lançou um olhar significativo para Lucy tanto quanto para Gringe, que, para seu desagrado, agora parecia estar incluído nos delitos de Lucy. Ele se apressou a interferir.

— Ora, ora, querida. Lucy já está crescida. Ela tem mais o que fazer do que morar com os velhos...

— *Velhos?* — exclamou a mulher, indignada.

— Bem, eu não quis dizer...

— Não é à toa que pareço velha. Toda aquela preocupação. Desde os catorze anos ela não parou de correr atrás daquele garoto Heap. Fugindo com ele às escondidas, até mesmo tentando se *casar* com ele... pela madrugada! E causando uma encrenca terrível para nós com os Guardas do Palácio. E, depois de tudo aquilo, aceitamos ela de volta por pura bondade, e o que ela faz?

Foge de novo! E nunca escreveu uma palavra. Uma palavra... – A sra. Gringe pegou um lenço manchado de ensopado e começou a assoar o nariz ruidosamente.

Lucy não esperava que fosse ser tão difícil. Olhou de relance para o pai.

Pede desculpas, disse ele sem emitir som.

– Hum... Mamãe – começou Lucy.

– Que foi? – respondeu ela com a voz abafada.

– Sinto... sinto muito pelo que fiz.

– Sente mesmo? – A sra. Gringe levantou os olhos, surpresa.

– Sinto, sim.

– Ah. – A sra. Gringe assoou o nariz, fazendo barulho.

– Escutem, Mamãe, Papai. É que eu e o Simon queremos nos casar.

– Imaginei que vocês já tivessem feito *isso* – resmungou a mãe, em tom de acusação.

Lucy fez que não.

– Não. Depois que fugi para procurar Simon... e eu o encontrei, sim – (Lucy não acrescentou "para seu governo", como teria feito não muito tempo atrás) –, bem, depois que o encontrei, percebi que eu queria que nos casássemos *direito.* Quero me casar vestida de noiva...

– Vestida de noiva? Hummm! – disse a sra. Gringe.

– É, Mamãe, é isso que eu quero. E quero que você e Papai estejam presentes. E os pais de Simon também. E quero que vocês fiquem felizes com isso.

— Felizes! – exclamou a sra. Gringe, amarga.
— Mamãe... *por favor,* escute. Vim aqui para convidar você e o Papai para virem ao nosso casamento.

A mãe ficou sentada ali por algum tempo digerindo aquilo, enquanto Lucy e Gringe aguardavam ansiosos.

— Você *está* mesmo nos convidando para seu casamento? – perguntou ela.

— *Estou,* Mamãe. – Lucy tirou do bolso um cartão amassado com a borda de fita branca e o entregou à sra. Gringe, que forçou os olhos para examiná-lo, toda desconfiada. De repente, ela se levantou e prendeu Lucy num grande abraço.

— Minha filhinha – disse ela. – Você vai se *casar.* – Olhou para Gringe. – Preciso de um chapéu novo.

Ouviu-se de repente o barulho de botas subindo a escada que levava à sala, e o auxiliar da ponte entrou, impetuoso.

— Quanto se cobra de um cavalo? – perguntou ele.

— Cê sabe o que cobrar – disse Gringe, irritado. – Deixei a lista com cê. Cavalo e cavaleiro: uma moedinha de prata. Agora trata de ir pegar o dinheiro antes de eles desistirem de esperar pelas suas perguntas idiotas.

— Mas e se for *só* um cavalo? – insistiu o garoto.

— Como, um cavalo fugido?

O garoto fez que sim.

— Cobra do cavalo o que ele tiver na bolsa – disse Gringe, levantando os olhos para os céus. – Ou cê pode segurar o cavalo e cobrar do dono quando ele aparecer. O que *cê* acha?

— Num sei – disse o auxiliar da ponte. – Foi por isso que vim perguntar.

— Melhor eu ir resolver isso – disse Gringe, com um forte suspiro, levantando-se.

— Vou lhe dar uma mãozinha, Papai – disse Lucy, sem querer ficar sozinha com a mãe.

— Essa é a minha menina – disse Gringe, sorrindo.

Gringe e Lucy encontraram um grande cavalo negro amarrado a uma argola na parede da casa do portão. O cavalo olhou para Lucy, e Lucy olhou para o cavalo.

— Trovão! – exclamou Lucy, espantada.

— Não – disse Gringe, olhando para as nuvens. – Pra mim, parece mais que vem neve.

— Não, Papai – retrucou Lucy, afagando a crina do cavalo. – Esse cavalo é *Trovão*. O cavalo de Simon.

— Ah! Foi assim que cê chegou aqui?

— Não, Papai. Não vim a cavalo. Peguei a barca do Porto.

— Bem, melhor assim. Fiquei meio preocupado. Ele tá sem sela, sem nada. É um perigo montar desse jeito.

Lucy não estava entendendo. Fez um carinho no focinho de Trovão, e o cavalo tentou aninhar a cabeça no seu ombro.

— Oi, Trovão. O que *você* está fazendo aqui? – Trovão olhou para ela. Havia uma expressão no fundo dos olhos do cavalo que Lucy bem que queria entender. Simon saberia do que se tratava, pensou ela. Ele e Trovão sempre sabiam o que o outro estava pensando. Simon e Trovão... De repente, Lucy entendeu. – Simon! Aconteceu alguma coisa com Simon. Trovão veio me contar! Gringe ficou preocupado. Mais encrenca não, pensou. A sra. Gringe tinha razão. Desde que Lucy conhecera o garoto dos Heap, algo sempre dava errado. Ele olhou para a expressão preocupada da filha e, não pela primeira vez, desejou que, no passado, ela tivesse conhecido um rapaz simpático e não misterioso do Castelo.

– Lucy, querida – disse ele, com delicadeza. – Vai ver que nem é o tal Trovão. Tem um monte de cavalo preto por aí. E, se for ele, bem, não quer dizer nada de ruim. Na verdade, é um golpe de sorte. O cavalo se soltou. Atravessou toda essa distância pela Terra Cultivada, sem ninguém roubar ele, o que já é um milagre. Acabou entrando no Castelo e *agora* encontrou você. – Gringe tinha muita vontade de fazer tudo parecer bem para Lucy. Ele lhe deu um sorriso de estímulo. – Olha, querida. Vamo conseguir pra ele uma sela e todos esses trecos de cavalo, e cê pode voltar pro Porto nele. Muito melhor que naquela barca fedorenta.

Lucy deu um sorriso inseguro. Ela também queria que tudo estivesse bem.

Trovão relutava enquanto Lucy o conduzia à cocheira nos fundos da casa do portão. Quando ela foi embora, depois de lhe dar feno fresco e água e cobri-lo com uma manta quentinha, Trovão tentou ir atrás dela. Lucy fechou depressa a parte inferior da porta da cocheira. Trovão passou a cabeçorra pela parte aberta da porta e olhou para ela com ar de censura.

— Ai, Trovão, me diz que Simon está bem. *Por favor* — sussurrou ela.

Mas Trovão não dizia nada.

Minutos depois, a sra. Gringe desceu para dar uma olhada no ensopado. Chegou bem a tempo de ver Lucy, fitas ao vento, seguindo em disparada pelo labirinto de casas encostadas nas muralhas do Castelo. Convencida de que Lucy estava fugindo de novo, a sra. Gringe foi batendo os pés até a panela de ensopado mais próxima, fincando um garfo com raiva. Ficou satisfeita, porém, quando viu que o camundongo tinha se incorporado perfeitamente ao grude marrom.

Lucy não estava fugindo. Estava indo na direção da escada de acesso ao caminho que seguia pelo alto das muralhas do Castelo e que a levaria à Torre de Atalaia do Portão Leste — sede da Agência de Ratos Mensageiros, a cargo de Stanley, seus quatro ratinhos (agora já crescidos) e seus amigos e seguidores.

Enquanto percorria a trilha das muralhas, Lucy compôs uma variedade de mensagens para Simon. No instante em que, ofegante, abriu a portinha da Torre de Atalaia do Portão Leste e entrou na Agência de Ratos Mensageiros, ela já decidira mandar um texto curto e simples (e barato): *Trovão aqui. Tudo bem com você? Responda pelo portador. Beijos Lu.*

Meia hora depois, Stanley acabava de pegar a barca do Porto que partia no meio da manhã. Não sabia ao certo se devia se sentir lisonjeado ou contrariado por Lucy ter insistido que não confiava em nenhum outro rato para levar a mensagem. Depois de passar meia hora escondido num cesto de peixe, tentando evitar o gato da barca, Stanley concluiu que estava mesmo contrariado. Ia percorrer toda aquela distância até o Porto só para entregar um boletim meteorológico. Além disso, só agora se dava conta de quem era o destinatário da mensagem – Simon Heap, que pertencia à família Heap, de Magos. E quanto a isso Stanley tinha a mesma opinião da sra. Gringe: os Magos da família Heap eram pura encrenca.

6
A Escolha

Enquanto Gringe procurava "trecos de cavalo", Septimus estava em conferência, como Márcia dizia. Ele encontrava-se na sala de estar de Márcia, sentado num banquinho ao lado do fogo, com seu Diário do Aprendiz, encadernado em couro azul e dourado, pousado nos joelhos. Abrira-o na página que dizia "**Semana das Trevas**".

Havia algum tempo que Márcia estava apreensiva com a **Semana das Trevas**. Apesar de saber que a **Magya** mais poderosa que Septimus empregaria no estágio seguinte de seu Aprendizado exigia uma ligação pessoal com as **Trevas**, isso ainda a assustava. Alguns Magos ExtraOrdinários se sentiam perfeitamente à vontade com as **Trevas**. Tinham prazer em fazer uso do delicado equilíbrio entre as **Trevas** e a **Magya**, acertando-o como um mecânico habilidoso ajustaria um motor com precisão e, ao mesmo tempo, extraindo de sua **Magya** até a última gota de poder. Márcia, porém, preferia recorrer o mínimo possível à **Magya das Trevas**, confiando mais em seu poder **Mágyko** pessoal. Alguns puristas poderiam ter dito que ela não era equilibrada em sua prática da **Magya** (embora ninguém dissesse isso na frente dela). No entanto, a verdade era que os Magos mais poderosos encontravam o equilíbrio perfeito – e era esse o objetivo principal da **Semana das Trevas**. Esse era o período em que o Aprendiz ExtraOrdinário adquiria experiência pessoal com as **Trevas**, e isso lhe permitiria prosseguir na direção de uma capacidade **Mágyka** que estivesse em harmonia com tudo – até mesmo com as **Trevas**.

Márcia tinha mais um motivo para se sentir inquieta quanto à **Semana das Trevas** de Septimus. Recentemente ela vinha notando que a Torre dos Magos exigia mais **Magya** do que de costume para manter-se em perfeito funcionamento. Houvera uma série de defeitos sem importância – um dia a escada tinha parado de repente, sem motivo, e o piso começara a mostrar uma ou outra mensagem truncada. Na semana anterior, os Magos precisaram **Exterminar** uma grave invasão de aranhas das **Trevas**. E bem na véspera Márcia precisara restabelecer a **Senha** das portas duas vezes. Cada um desses incidentes por si não a teria preocupado – eram coisas que podiam acontecer vez ou outra –, mas o efeito cumulativo deixara Márcia ansiosa. E era por isso que ela agora falava com seu Aprendiz.

— Sei que a escolha é sua, Septimus, mas eu preferiria que você não começasse sua **Semana das Trevas** *logo agora*. Márcia estava mal equilibrada numa ponta do sofá. Isso porque a maior parte do sofá já fora ocupada por um homem esguio, de barba pontuda, enrodilhado como um gato, em sono profundo. Seus dedos longos e elegantes estavam pousados com delicadeza no veludo roxo do sofá de Márcia, uma cor que fazia forte contraste com o amarelo do seu traje e do seu chapéu, que parecia uma pilha de argolas de tamanho decrescente, equilibrada no alto da cabeça. Essa estranha figura adormecida era Eugênio – o gênio de Septimus –, que tinha entrado em hibernação. Ele já estava dormindo havia quatro semanas, desde que o tempo tinha começado a esfriar para o inverno. Sua respiração era lenta e regular, com exceção de um ronco forte que lhe escapava de vez em quando.

Não era do agrado de Márcia ter de dividir seu sofá, mas ela preferia isso à alternativa de Eugênio acordado. Não fazendo caso de um súbito *rrrronco* do gênio, ela abriu o Almanaque do Aprendiz – um livro grande e antigo, encadernado no que um dia tinha sido couro de um verde vivo –, que equilibrava no joelho. Márcia foi virando devagar as páginas de pergaminho até encontrar o que procurava. Com seus pequenos óculos de armação de ouro ela examinou, sem pressa, o texto escrito.

— Por sorte, você se tornou Aprendiz numa ocasião que lhe permite uma ampla escolha de quando vai fazer isso. Na verdade, você tem sete semanas depois da Festa do Solstício de Inverno para empreender sua **Semana das Trevas**. Não é mesmo, Marcellus?

— Olhando por cima dos óculos para um homem sentado diante de Septimus numa cadeira de espaldar reto, Márcia o desafiou a discordar dela.

Era apenas a segunda vez que Márcia convidava Marcellus Pye para seus aposentos na Torre dos Magos, e ela o fazia por um desejo de cumprir uma velha tradição. No passado, o Alquimista do Castelo — que Marcellus fora um dia — era consultado a respeito da escolha do início da **Semana das Trevas** do Aprendiz ExtraOrdinário. O momento em que um Aprendiz entrava sozinho no reino das **Trevas** era importante, e era de conhecimento geral que os Alquimistas tinham uma ligação muito mais próxima com todos os assuntos das **Trevas**, para não falar em sua espécie de obsessão pelo momento mais propício.

A consulta ao Alquimista tinha naturalmente sido abandonada com a extinção da Alquimia no Castelo. Mas agora, pela primeira vez em muitos séculos, com a presença de Marcellus Pye, havia mais uma vez um Alquimista disponível. Depois de pensar muito, Márcia decidira incluir Marcellus na conversa. Agora se arrependia da decisão. Algo lhe dizia que seria difícil lidar com ele.

Era espetacular o brilho de Marcellus Pye à luz do fogo. Ele usava um casaco longo de veludo negro com forro de pele, que apresentava uma profusão de refulgentes presilhas de ouro. O que havia de mais incomum nele, porém, eram os sapatos. Longos e pontudos, em couro vermelho macio, eles se afilavam em tiras finas de couro de quase um metro de comprimento que terminavam em fitas pretas, amarradas pouco abaixo dos joelhos de tal modo que ele não tropeçasse (muito) nelas. Algum observador, se conseguisse parar de olhar para aqueles sapatos por um instante, veria também que, abaixo do cabelo escuro penteado de forma a cobrir sua testa, dando-lhe um ar antiquado, ele também usava um pequeno par de óculos de armação de ouro. Além disso, tinha um livro no colo, embora o seu fosse menor que o de Márcia. O livro, de sua própria autoria, era o *Eu, Marcellus*. Marcellus Pye estava consultando com cuidado a última parte do livro, intitulada "O Almanaque", antes de responder à pergunta de Márcia.

– Pode ser verdade, de acordo com o calendário do Aprendiz – disse ele. – Mas...

– Mas *o quê?* – interrompeu Márcia, irritada.

– *Rrrrum... rrummmm!*

– Meu Deus, que barulho foi esse?

– É o Eugênio, sr. Pye. Já lhe disse antes. Ele *ronca*. Como eu queria que me escutasse.

– Eugênio?

– *Já lhe disse...* o gênio de Septimus. Não lhe dê atenção. É o que eu faço.

– Ah, sim. Pois bem. Como eu estava dizendo antes de ser interrompido, de acordo com meu próprio Almanaque, que fornece detalhes muito mais precisos, e que meu Aprendiz ajudou a...

– Seu *ex*-Aprendiz – disse Márcia, mal-humorada.

– Nunca revoguei o Contrato de Aprendizagem dele, Márcia – contestou Marcellus, com o mesmo grau de mau humor. – Eu o considero meu Aprendiz.

Septimus se contorceu, constrangido.

– Aquele seu Contrato não tinha valor – retrucou Márcia, recusando-se a deixar para lá. – Septimus não estava livre para tornar-se seu Aprendiz. Ele já estava preso por contrato como *meu* Aprendiz.

– Creio que você vai descobrir que ele foi *meu* Aprendiz antes de chegar a ser seu. Na realidade, mais ou menos *quinhentos anos* antes – disse ele, com um leve sorriso que Márcia achou profundamente irritante.

– No que diz respeito a Septimus – contrapôs Márcia –, foi o *seu* Aprendizado que veio depois. E é *Septimus* que importa. De fato, ele é a própria razão para nós dois estarmos aqui neste momento... porque nos preocupamos com a segurança dele, não é mesmo, sr. Pye?

– *Isso* nem é preciso mencionar – disse Marcellus Pye, todo formal.

– E assim vou repetir o que eu disse antes, caso também lhe tenha escapado. Septimus dispõe de um período de sete semanas em que pode começar a **Semana das Trevas**. Estou preocupada com a ida dele hoje à noite, bem na lua negra, como você sugeriu...

– E como *ele* deseja – interrompeu Marcellus.

– Deseja porque você sugeriu, sr. Pye. Não pense que não sei disso. Se Septimus iniciar sua **Semana das Trevas** hoje à noite, ele correrá um perigo maior do que em qualquer outra noite. Seria muito melhor que ele esperasse a lua cheia, daqui a duas semanas, quando será menos arriscado para ele e também para a... – A voz de Márcia foi sumindo. Ela temia que, se Septimus entrasse nas **Trevas** numa hora tão poderosa, essa entrada desequilibrasse ainda mais a **Magya** na Torre, mas não queria de modo algum expor suas preocupações a Marcellus Pye. Não eram da conta dele.

– Menos arriscado para ele e para a... o *quê*? – perguntou Marcellus, desconfiado. Ele sabia que Márcia estava lhe escondendo alguma coisa.

– Nada com que *você* precise se preocupar, Marcellus – respondeu Márcia.

Marcellus ficou contrariado. Fechou o livro com violência e pôs-se de pé. Fez uma ligeira reverência antiquada.

– Maga ExtraOrdinária, como você solicitou, dei minha opinião. Lamento que não seja do seu agrado, mas repito: *a noite de lua negra é a ocasião mais eficaz para Septimus embarcar em sua* **Semana das Trevas**. É a ocasião mais eficaz para ele ir; e, como me parece, *eficaz* é o que Septimus deseja que ela seja. Ele agora está com catorze anos, completados no dia de hoje, creio eu. – Marcellus sorriu para Septimus. – Considera-se que a idade de catorze anos é suficiente para a tomada de decisões importantes, Márcia. Creio que você deveria respeitar isso. Não tenho mais nada a acrescentar e lhe desejo um bom dia. – Marcellus fez mais uma reverência, desta vez mais inclinada, e se dirigiu para a grande porta roxa.

Septimus levantou-se de um salto.

– Vou chamar a escada para você – disse ele.

Marcellus tinha enfrentado alguma dificuldade com a escada na subida e chegara aos aposentos de Márcia um pouco tonto e descabelado.

Enquanto Septimus acompanhava Marcellus Pye ao longo do patamar, o antigo mestre olhou para trás para ver se Márcia não tinha enviado alguma criatura enxerida atrás dele. Como não viu nada, falou baixinho.

– Septimus, espero que você se dê conta de que eu jamais o teria aconselhado a entrar nas **Trevas** neste período se não tivesse alguma coisa para você que realmente acredito que vá protegê-lo totalmente. – Marcellus fixou os profundos olhos castanhos no Aprendiz que acreditava ser seu, mas que poderia não ser, dependendo do lado que se apoiasse. – Eu me importo com você tanto quanto Madame Márcia Overstrand.

Septimus enrubesceu um pouco e fez que sim.

– Não mencionei isso diante de Márcia – continuou Marcellus Pye – porque acredito que mesmo agora existem coisas que deveriam ser mantidas fora do conhecimento da comunidade de Magos. Eles são *muito* fofoqueiros. Mas com você, como meu Aprendiz de Alquimia, é diferente. Venha me ver hoje à tarde. Quero lhe dar uma coisa.

– Obrigado, Marcellus – disse Septimus, fazendo que sim. – Vejo você mais tarde.

Septimus ajudou Marcellus a entrar na escada e a ajustou para descer no modo delicado – em geral usado para Magos idosos e pais em visita. Ficou olhando Marcellus Pye, aparentemente jovem, sumir de vista, e deu um sorriso. Era nos pequenos detalhes que Marcellus deixava transparecer a verdadeira idade.

Septimus voltou para seu lugar junto da lareira. Ele e Márcia passaram algum tempo ali, sentados, em silêncio, até ela rompê-lo.

– Não quero perder meu Aprendiz. Mais que isso, Septimus, não quero perder *você*.

– E não vai perder. Prometo – respondeu Septimus.

– Não faça promessas que não pode ter certeza de cumprir – disse-lhe Márcia.

Fez-se um silêncio.

– *Rrrrruummm... rrruummmmm.*

– Puxa vida! – resmungou Márcia, lançando um olhar irritado para o gênio. – Septimus, eu não quis falar nisso na frente do sr. Pye, mas estou preocupada com uns probleminhas recentes que tivemos aqui na Torre. Entrar nas **Trevas** é uma via de mão dupla, porque pode abrir canais para as **Trevas** virem também nesta direção.

– Eu sei – disse Septimus. – Pratiquei **Barreiras** a semana passada inteira.

– É, praticou, sim. Mas ainda é arriscado... e especialmente na lua negra. Estou lhe pedindo que reconsidere sua decisão e vá na lua cheia.

– Mas Marcellus diz que esse é o melhor momento para trazer Alther de volta – disse Septimus. – Provavelmente será minha *única* chance.

— Marcellus! O que ele sabe? — contestou Márcia. E então, sabendo que não estava jogando limpo, prosseguiu. — *Alther* concordaria comigo.

— Como você pode saber o que Alther pensaria? — retrucou Septimus. — Você nem mesmo sabe se ele ainda *pensa*.

— Ai, Septimus, *pare com isso* — protestou Márcia. — Você não sabe quantas vezes desejei ter interrompido aquele **Banimento** a tempo. Não se passa um dia em que aquele instante terrível não volte à minha mente. E, depois, ter de contar para Alice... — Ela balançou a cabeça, sem conseguir continuar.

Os dois ficaram mais algum tempo em silêncio, e, em seguida, Septimus falou:

— Márcia?

— Sim?

— Você sabe que vive dizendo que precisamos ser francos um com o outro?

— Siiiim?

— *Ruuummmmm... Ruuummm*.

— Tem uma coisa que quero lhe perguntar e quero que você seja franca comigo.

— *É claro* que vou ser, Septimus. — Márcia parecia ofendida.

— Se você fosse eu e tivesse essa única oportunidade para trazer Alther de volta, apesar de todos os riscos, você a aproveitaria?

— Mas eu não *tenho* essa oportunidade. Já estive nas **Trevas** e, por isso, sou **Conhecida**. Não há como eu conseguir entrar nos **Salões das Trevas** agora.

Septimus levantou-se e ficou parado junto do fogo. Ele sentia que precisava da vantagem de um pouco mais de altura.

– Você não respondeu à minha pergunta – disse, olhando de cima para Márcia.

– Não, acho que não respondi – disse Márcia, com humildade.

– Então, se você fosse eu e tivesse essa chance única de trazer Alther de volta, *você a aproveitaria*?

Seguiu-se um silêncio que nem os roncos de Eugênio ousaram invadir. Por fim, Márcia respondeu.

– Sim – disse ela, baixinho. – Acho que sim.

– Obrigado – disse Septimus. – Então vou hoje à noite. À meia-noite.

– Muito bem – disse Márcia, com um suspiro. – Vou preparar as coisas. – Ela se levantou, apanhou o Almanaque do Aprendiz e saiu da sala para seu escritório. Voltou alguns minutos depois, trazendo uma grande chave de ferro numa alça de cordão preto.

– É melhor você ficar com ela agora, antes que eu mude de ideia – disse a Septimus. – É a chave do Calabouço Número Um.

Septimus guardou a chave no seu bolso seguro e o abotoou. Ela lhe parecia muito pesada – um peso que ele preferia não carregar. Pensou que ficaria feliz quando já não precisasse dela.

– Vai dar tudo certo. Vou levar comigo uma coisa para me proteger – disse Septimus, na esperança de fazer Márcia se sentir melhor.

Márcia ficou muito contrariada.

– Se esse tal de Marcellus Pye lhe prometeu alguma bugiganga Alquímica como **Talismã de Proteção**... (ele prometeu, não prometeu?)... não se atreva a acreditar que vá fazer a menor diferença. Porque *não vai*. Todo o efeito vai ser o de enganar você com uma falsa sensação de segurança. Os recursos da Alquimia não passam de truques de mágico, Septimus. Só conversa e nenhuma ação. Nada que eles fizeram chegou um dia a funcionar. Era tudo puro *lixo*.

– Mas, Márcia, tenho certeza de que Marcellus...

– Marcellus! Pode se esquecer de Marcellus. Septimus, você precisa contar *somente* consigo mesmo e com seus próprios poderes **Mágykos**. – Márcia olhou para o relógio e deu um suspiro. – Já é meio-dia. Como se não bastasse eu ter de aturar um Alquimista enxerido, a qualquer instante, agora, vai chegar à minha porta uma *Princesa* enxerida, declamando alguma coisa daquela droga de livro de letras tremidas, que é o tormento da vida de todo Mago ExtraOrdinário. Neste instante, eu realmente estaria muito melhor sem essa história de aniversários de catorze anos. – Com isso, Márcia saiu furiosa para seu escritório.

Septimus ficou um tempo sentado, olhando para o fogo, curtindo o silêncio, a não ser por um ronco ocasional. Pensou no que Márcia dissera. Bem no fundo, sabia que ela estava errada quanto a Marcellus: nem toda a Alquimia era bobagem. Ele tinha visto isso com os próprios olhos. Mas sabia que Márcia nunca aceitaria. O aumento da tensão antes da **Semana das Trevas** era terrível, pensou Septimus. De algum modo, ela gerava uma barreira entre você e todas as pessoas de quem você gostasse. Septimus realmente queria a aprovação de Márcia para o que ia fazer, mas quem ia entrar nas **Trevas** era ele, não Márcia. E tinha de agir do seu próprio modo, não do dela.

— *Rruuummmmm.*

Septimus levantou-se. Estava na hora de ir ver Marcellus.

✣ 7 ✣
A Portadora do Livro

A Princesa enxerida teve, como Septimus, uma manhã de aniversário de uma formalidade incomum. Exatamente às nove horas uma mulher alta, trajada em vestes do Palácio tão antigas que tinham, de fato, longas fitas douradas pendentes das mangas, bateu com firmeza nas portas do Palácio.

O Mago Porteiro de plantão estava tomando o café da manhã. Por isso, foi Sarah Heap quem acabou vindo abri-las.

— Quem é? — perguntou, de mau humor.

— Sou a Portadora do Livro — anunciou a mulher, com arrogância. Sem esperar convite, ela entrou, majestosa, trazendo consigo um cheiro penetrante de naftalina e um levíssimo odor de peixe.

— Os presentes ficam na mesa — disse Sarah, indicando uma mesa grande com uma pilha de embrulhos coloridos. — Só vamos abri-los hoje à noite.

A Portadora do Livro não fez a menor menção de seguir na direção da mesa. Ela se agigantou diante de Sarah, parecendo mais alta por conta dos enormes tufos de cabelo branco empilhados de modo precário no alto da cabeça e presos no lugar por uma louca variedade de pentes. Ela olhou para Sarah sem acreditar.

— Mas eu sou a *Portadora do Livro* — disse ela.

— Eu sei. Você já disse. É muita gentileza sua. Jenna adora ler. É só pôr ali na mesa. Agora, com licença, eu realmente preciso ir. Você sabe onde fica a saída. — Sarah indicou as portas, que ainda estavam escancaradas.

— Saída? — A mulher não conseguia acreditar. — Não vou *sair*. Vim ver a Princesa. Agora, minha boa mulher, preciso que se dê o trabalho de anunciar minha presença.

Indignada, Sarah começou a chiar, mas Jenna chegou bem nessa hora, o que impediu o aumento das hostilidades.

— Mamãe! — disse ela, vindo correndo do Longo Passeio. — Você viu meu... ah! — Jenna parou e ficou olhando para a mulher alta e arrogante no antigo uniforme do Palácio. O velho traje cinza e vermelho com suas fitas douradas causou nela uma sensação estranhíssima, transportando-a de volta àqueles poucos dias assustadores que tinha passado no Palácio no Tempo da medonha Rainha Etheldredda. – Quem... quem é você? – gaguejou.

A Portadora do Livro abaixou-se numa reverência profunda, com suas fitas longas e frágeis caindo com elegância no chão empoeirado.

– Vossa Alteza – sussurrou ela. – Permita que lhe apresente meus humildes parabéns neste seu Dia do Reconhecimento. Sou a Portadora do Livro. Vim visitá-la como visitei sua mãe; como minha mãe visitou a mãe dela e como a mãe de minha mãe visitou a mãe que a antecedeu. Vim trazer-lhe *o Livro*.

Sarah sentiu a necessidade de traduzir.

– Ela lhe trouxe um livro, Jenna. Legal, não é? Já lhe disse para deixá-lo na mesa, porque só vamos abrir os presentes hoje à noite.

A Portadora do Livro voltou-se abruptamente para Sarah.

– Senhora, eu lhe pediria que se calasse. Pode voltar a seus afazeres, quaisquer que sejam.

– Olhe aqui... – começou Sarah. Mas foi interrompida por Jenna, que começava a compreender que alguma coisa importante estava acontecendo.

– Mamãe – disse Jenna. – Tudo bem. Acho que é... *você sabe*... coisa de Princesa. – Ela se voltou para a mulher e falou com sua melhor voz de Princesa. – Obrigada, Portadora do Livro. Permite que lhe apresente minha mãe, madame Sarah Heap?

A Portadora do Livro fez uma reverência só para constar.

– Peço desculpas, sra. Heap. Supus por seu traje que fosse uma serviçal.

– Tem muito trabalho a fazer por aqui, e alguém tem de fazê-lo – retrucou Sarah.

– Você pode conversar com Jenna na minha sala de estar se quiser um lugar aquecido. Acabei de acender a lareira. – Com isso, ela se afastou, com a cabeça erguida, uns fiapos soltos do cabelo cor de palha balançando com raiva, enquanto seguia pelo Longo Passeio em busca de Silas Heap.

A Portadora do Livro olhou com desaprovação para Sarah, que ia se afastando. Também não suavizou a expressão quando se voltou para Jenna.

– Uma sala de estar *não* será adequada para uma ocasião importante como essa – disse ela. – Manda a tradição que a Apresentação se realize na Sala do Trono. Quem sabe você não faria a gentileza de me mostrar o caminho?

A última vez em que Jenna estivera na Sala do Trono tinha sido quinhentos anos atrás, no Tempo da Rainha Etheldredda. O lugar não lhe trazia boas lembranças. Antes – ou para seguir com rigor a ordem cronológica –, depois dessa ocasião, ela estivera na Sala do Trono somente uma vez, e, por sorte, não se lembrava de nada. Tinha sido nesse exato dia, catorze anos atrás, que sua mãe verdadeira, a Rainha Cerys, tinha sido morta com um tiro. A ideia de entrar na Sala do Trono a deixava abalada, especialmente neste dia.

– A Sala do Trono está trancada – disse Jenna, com frieza. – Eu não a uso.

Pela primeira vez, a Portadora do Livro encarou Jenna com algo que se assemelhava a aprovação.

– É claro que você não a usa, Princesa. É exatamente como deveria ser. Até hoje, você não teve a menor necessidade dela. Mas hoje, a ocasião de seu aniversário de catorze anos, é o dia do seu primeiro compromisso oficial. De acordo com a tradição, ele se realiza na Sala do Trono... como você sabe. – A Portadora do Livro sorriu para Jenna como se as duas estivessem sacando a mesma piada, uma piada que só elas tinham inteligência suficiente para entender. Jenna conhecera garotas desse tipo na escola e não gostava delas. Nutria o mesmo sentimento pela Portadora do Livro.

Jenna estava a ponto de retrucar que, não importava qual fosse a ocasião, ela não ia destrancar a Sala do Trono para ninguém; e, de qualquer modo, não tinha a chave, quando Silas apareceu. Ela sentiu que precisava de apoio.

– Papai – disse ela, esquecendo-se das maneiras de Princesa em sua aflição por lhe ter sido pedido que abrisse a Sala do Trono.

– Papai, nós *não* temos a chave da Sala do Trono, *não é mesmo*?

Silas surpreendeu-a. Do bolso, tirou uma chave pesada, cravejada com pedras preciosas vermelhas, e a apresentou a Jenna com uma pequena reverência.

– Para de bobeira, Papai. – Jenna riu, fazendo questão de não pegar a chave. – Você não precisa fazer reverência.

– Pode ser que eu deva, agora que você está com catorze anos – disse ele, sério.

– *Papai?* – Jenna começou a ficar preocupada. O que estava acontecendo? Parecia que alguma coisa estava prestes a mudar, e isso ela não queria.

Silas estava pouco à vontade.

– Márcia me falou na semana passada a respeito... hã, *dela*.

– Ele indicou a Portadora do Livro, que estava cada vez mais insultada. – Márcia me deu a chave e disse que, a partir dos seus catorze anos, é possível que, a qualquer instante, Seja a Hora Certa.

– Certa para *quê*? – perguntou Jenna, zangada. Detestava quando as pessoas organizavam coisas sem lhe falar e, depois, esperavam que ela aceitasse tudo. Aquilo a levou de volta a seu aniversário de dez anos, quando, de repente, foi afastada da família. E, como sempre, Márcia estava envolvida.

– Você sabe para quê, meu amorzinho – disse ele, em tom conciliador. – Para você ser coroada rainha. Agora já tem idade suficiente. Não quer dizer que vá ser coroada agora; só que já é possível. E é por isso que essa senhora...

A Portadora do Livro lançou um olhar irado para Silas, que tossiu e pigarreou.

– Hum, quer dizer que essa senhora *importantíssima, formalíssima* apareceu aqui hoje. Ela tem o cargo hereditário de Portadora do Livro. E, por tradição, *você* recebe o livro na Sala do Trono. – Silas captou o olhar de Jenna. Ela estava contrariada. – É, assim... simbólico, sabe? Daquilo que você vai ser um dia.

– Então, por que você não me disse nada? – perguntou Jenna.

– Nem para Mamãe?

Silas pareceu aflito.

– Não quis estragar seu aniversário, nem para você, nem para sua mãe. Sei como você encara a Sala do Trono. Desculpe. Acho que devia ter contado.

– Ah, tudo bem, Papai – disse Jenna com um suspiro. – Faço meu papel, desde que você venha e *me ajude com a chave*. Ok? – Ela lançou um olhar significativo para Silas.

– Ah... Ok. Certo. Eu vou junto.

A Portadora do Livro fez objeção.

– Essa é uma cerimônia particular. Não é correto que qualquer um a presencie – disse ela.

– Ele não é qualquer um – retrucou Jenna. – É meu pai.

– Ele *não* é seu pai.

– *Não* é mesmo – disse Jenna, explodindo. – É claro que não é. É meu aniversário hoje, e você não ia esperar que *meu pai* aparecesse por aqui, ia? – Jenna pegou o braço de Silas. – Esse é o meu *pai*. Ele está aqui. E ele vem comigo. – Com isso, Jenna e Silas subiram pela majestosa escadaria até o primeiro andar com passos vagarosos e firmes. A Portadora do Livro não teve alternativa a não ser ir atrás deles.

Chegaram à parte externa das enormes portas duplas que davam acesso à Sala do Trono, que ocupava o centro exato do Palácio. As portas eram revestidas com folhas de ouro tão antigo e tão desgastado que deixava ver o vermelho por baixo. Jenna achava que elas eram lindas, mas não tinha nenhuma intenção de abri-las.

– Ok, Papai? – disse ela.

Silas fez que sim. Ele enfiou a chave na fechadura, e Jenna pensou ter visto uma pequena faísca de **Magya** – pelo menos, ela esperava que sim. Silas virou a chave. Deu meia-volta e não avançou mais.

– Está **Emperrada** – disse ele. – Tente você, Jenna.

Para alívio de Jenna, foi impossível mover a chave.

– Está – concordou ela. – Está **Emperrada**.

A Portadora do Livro exibia uma clara expressão de desconfiança.

– Quer tentar? – perguntou Jenna, oferecendo-lhe a chave.

A Portadora do Livro pegou a chave, enfiou-a na fechadura e fez uma tremenda força para girá-la. Jenna pôde ver que ela não estava para brincadeiras e torceu para que o encantamento de Silas resistisse. E resistiu. Relutante, depois de muitas torcidas e cutucadas na fechadura, a Portadora do Livro devolveu a chave.

– Muito bem – disse ela, com um suspiro. – A Sala Reservada também serve.

Jenna se conteve para não perguntar por que a mulher não tinha dito isso logo no início. Ela calculou que já sabia a resposta. A Portadora do Livro queria se expor à glória refletida na Sala do Trono. Jenna havia conhecido muita gente como ela, no Palácio da Rainha Etheldredda, onde começou a aprender a lidar com essas pessoas.

A Sala Reservada era destinada a ser um espaço privado para a Rainha vestir seus trajes de cerimônia e para onde ela poderia se retirar a partir da Sala do Trono, se necessário. Era empoeirada e escura, mas Jenna gostava dali e, muitas vezes, usava-a como um lugar tranquilo para trabalhar. Com a Portadora do Livro seguindo-a de perto, ela entrou na Sala Reservada. Silas pediu licença e foi embora. Dessa vez, Jenna não se opôs.

A Sala Reservada era comprida e estreita, tendo numa extremidade uma janela alta com vista para o Caminho dos Magos. Uma cortina esfarrapada no lado direito da sala encobria a porta de acesso à Sala do Trono, pela qual era impossível passar porque Jenna tinha mandado pregar uma tábua larga de um lado a outro. O aposento era muito gelado, mas um fogo estava pronto para ser aceso na pequena lareira. Jenna pegou o atiçador da lareira e acendeu uma chama amarela no meio do musgo seco na base do fogo. Ela usou a chama para acender as velas também, e logo a sala estava iluminada com uma luz amarela, parecendo estar bem menos fria do que realmente estava.

Com muita afetação, a Portadora do Livro acomodou-se em uma pequena escrivaninha abaixo da janela. De uma série de poltronas descombinadas, mas confortáveis, Jenna escolheu aquela em que costumava sentar-se enroscada para ler: uma poltrona vermelha e dourada, com um monte de almofadas e um pé meio inseguro. E a empurrou mais para perto do fogo.

Foram três horas longas e entediantes, mas, no final, enquanto estava em pé à porta do Palácio vendo a Portadora do Livro se afastar majestosa no caminho de Entrada, com as fitas esvoaçando ao vento frio que vinha do rio, Jenna segurava na mão um livrinho vermelho intitulado *A Rainha Governa*.

Ela voltou direto para a Sala Reservada e fechou a porta com uma sensação de alívio por ter o lugar de novo só para si. Depois, puxou a poltrona ainda mais para perto do fogo e olhou para o livrinho de couro vermelho. Ele era tão delicado. O couro desbotado era suave ao toque, bem gasto – o que ela percebeu com um tremor e arrepios – pelos dedos de sua mãe, sua avó e as muitas antepassadas antes dela. As folhas, douradas nas bordas, eram feitas de um papel delicado, tão transparente que estavam impressas somente numa face. A ortografia era absurda, e a letra era pequenina e cheia de espirais e arabescos, motivo pelo qual a Portadora do Livro tinha levado tanto tempo para ler – e explicar – todo o conteúdo. Mas agora que estava, por fim, sozinha com seu livro, Jenna foi direto para a página que mais queria reler:

Protocolo: Torre dos Magos
(N.B. Substituir P-E-C por Rainha, se for o caso)

Depois das três horas de instrução, Jenna agora sabia que P-E-C significava Princesa-à-Espera-da-Coroação. Havia duas seções que eram de particular interesse.

Seção I: O DIREITO DE SABER
A P-E-C tem o Direito de saber todos os fatos referentes à segurança e bem-estar do Castelo e do Palácio.
O Mago ExtraOrdinário (ou, em sua ausência, o

Aprendiz ExtraOrdinário) é obrigado a responder todas as perguntas da P-E-C com franqueza, em termos completos, e de imediato.

Jenna sorriu. Gostava daquelas palavras, mas estava disposta a apostar que Márcia não ia gostar. Leu a segunda seção com mais cuidado ainda.

SEÇÃO II: SEGURANÇA DO PALÁCIO
Cabe à P-E-C avaliar se uma questão está relacionada à Segurança do Palácio. Caso essa avaliação seja positiva, ela poderá convocar o Mago ExtraOrdinário ou o Aprendiz ExtraOrdinário para auxiliá-la a Qualquer Momento. Essa Convocação terá prioridade sobre todos e quaisquer outros assuntos na Torre dos Magos. Que Assim Seja.

Hu-hu, pensou Jenna. Estava claro que Sep não tinha lido isso.

Ela releu o segundo texto, sorrindo para as linhas vermelhas, pesadas, riscadas à mão, abaixo das palavras "P-E-C", "Qualquer Momento" e "todos". Parecia que ela não era a única Princesa-à-Espera-da-Coroação que enfrentava esse tipo de problema. Gostou muito do que estava escrito ao pé da página numa caligrafia diferente, mas igualmente determinada: "Os Magos são substituíveis. A Rainha, não."

Como um gato, Jenna desenroscou-se da poltrona. Levantou-se, abafou o fogo e fechou a porta da Sala Reservada, deixando que voltasse a se acomodar na sua tranquilidade. Ela iria direto à Torre dos Magos, para praticar um pouco de avaliação. Agora mesmo.

Na saída, Jenna deu de cara com Sarah que, com a ajuda de Billy Pot e da cozinheira, tinha começado a pendurar bandeiras no saguão de entrada.

– Dolly já foi? – perguntou Sarah.
– Quem?
– Dolly Bingle. Que trabalha na peixaria junto do Cais Novo. Eu *sabia* que já a conhecia. Engraçado como ela ficou diferente com uns adornos dourados e o cabelo fora de uma rede de pescar.

– A Portadora do Livro era *Dolly Bingle*? – Jenna estava perplexa.

– Era, sim. E Dolly sabe muito bem quem eu sou. Vou querer hadoque mais barato da próxima vez que for lá – disse Sarah, com um sorriso malandro.

☩➤8☥☩
QUÍMICA

Ao descer pelo caminho de entrada do Palácio, Jenna lembrou-se de ter passado por ali com Septimus na noite anterior. A lembrança ainda a perturbava; mas agora, com o livro *A Rainha Governa* bem guardado no bolso, ela também se sentia contrariada. Septimus a tinha tratado como se ela não passasse de uma criança irritante. E aqui estava ela de novo, correndo atrás dele, pronta para lhe dar a oportunidade de se comportar exatamente da mesma forma. Por que precisava da opinião dele sobre o que estava acontecendo no sótão do Palácio? Ele não era a única pessoa que sabia das coisas — havia alguém muito mais perto que, de fato, teria prazer em ajudar.

Daí a alguns minutos, Jenna estava parada do lado de fora do Escritório de Tradução de Línguas Mortas do Larry. Respirou fundo e se preparou para entrar. Jenna não gostava de Larry, e Larry deixava claro que não gostava de Jenna. Ela, porém, não levava nada para o lado pessoal porque, ao que sabia, Larry não gostava de *ninguém*. O que tornava muito estranho, pensou ela, que Besouro não só tivesse aceitado um emprego como escriba de transcrições de Larry, mas que, agora que sua mãe tinha se mudado para o Porto, estivesse morando ali também.

Preparando-se para os comentários cáusticos que sempre acompanhavam sua entrada, Jenna encostou o ombro na porta da loja e deu um empurrão (a porta era famosa por estar sempre emperrada – Larry preferia que as pessoas quisessem mesmo entrar na sua loja). A porta foi escancarada com uma facilidade incrível. Jenna atravessou voando a loja e colidiu com uma pilha de manuscritos sobre a qual estava mal equilibrado um vaso alto, aparentemente caríssimo.

Ao som do risinho rouco de Larry, que vinha do mezanino, Besouro executou um voo impressionante para pegar e salvar o vaso, no instante em que este ia se espatifar no chão.

– Oi, tudo bem com você? – perguntou, ajudando Jenna a se levantar.

Sem fôlego, Jenna fez que sim.

Besouro pegou-a pelo braço e a conduziu pela loja até a biblioteca nos fundos, falando em voz alta:

— Suas traduções já estão prontas, Princesa Jenna. Quem sabe você não quer dar uma olhada?

À medida que iam saindo do alcance dos ouvidos de Larry, Besouro mudou de assunto.

— Sinto muito mesmo por essa história da porta. Não tive tempo de avisá-la. Larry lubrificou as dobradiças ontem à tarde e pôs o vaso no alto dos manuscritos. Desde então, ele fica sentado lá em cima no mezanino esperando que as pessoas façam exatamente o que você acabou de fazer. Ele já cobrou o preço do vaso quebrado a três pessoas. E elas pagaram.

— *Três?*

— É. Ele cola o vaso de novo depois de cada vez.

Admirada, Jenna balançou a cabeça.

— Besouro, eu realmente não sei por que você quer trabalhar aqui. Isso sem mencionar *morar* aqui. Mesmo porque Márcia lhe ofereceu um posto na Torre dos Magos.

— Adoro os manuscritos antigos e suas línguas esquisitas — disse Besouro, dando de ombros. — E estou aprendendo todo tipo de coisa. Você não acreditaria no que as pessoas trazem para nós. Além do mais, não sou **Mágyko**. A Torre dos Magos ia me deixar maluco.

Jenna concordou. A Torre dos Magos a deixaria maluca também. Mas trabalhar para Larry teria o mesmo efeito.

— Sabe de uma coisa? — disse Besouro, como se tivesse lido seu pensamento. — Depois de trabalhar para Jillie Djinn, até que

Larry não é tão mau assim. E gosto de morar no Caminho dos Magos. É divertido. Quer um **RefriFrut**?

– Tem algum com sabor de chocolate? – perguntou Jenna com um sorriso.

– Não, sinto muito. – Besouro pareceu abatido. – Eles só vêm em sabores de frutas.

Jenna pegou do bolso seu adorado **Talismã** de chocolate.

– A gente podia experimentar pôr isso aqui neles – disse ela.

– Podia – disse Besouro, em dúvida. – Larry! – gritou ele. – Vou tirar um intervalo.

– Dez minutos e *nem um segundo a mais* – veio o resmungo de lá de cima.

Jenna acompanhou Besouro até uma cozinha pequena e incrivelmente imunda, bem nos fundos da loja.

– Parabéns – disse Besouro, meio envergonhado. – Eu... Eu tenho uma lembrancinha para você, mas ainda não embrulhei. Pensei que só fosse encontrá-la hoje de noite.

Jenna também parecia constrangida.

– Ah, puxa. Não foi por isso que eu vim. Eu não estava esperando nada.

– Bem. E desculpe a bagunça – disse Besouro, de repente vendo a cozinha com os olhos de Jenna. – Larry fica uma fera se eu fizer uma limpeza. Ele diz que o mofo faz bem para a gente.

– O lodo também? – perguntou Jenna, olhando para o saco de cenouras virando lama no chão.

Besouro sentiu-se péssimo.

— Vamos à Sanduíches dos Magos — disse ele. — Larry está me devendo algum tempo. Cerca de dez minutos depois — após Jenna ter presenciado a atitude nova e impressionante de Besouro dizendo a Larry que ia tirar sua hora de almoço *agora* e que, dessa vez, ia ser de fato uma hora inteira — os dois estavam sentados a uma mesinha perto da janela, no café recém-aberto nos altos da Sanduíches dos Magos.

O casal chamava a atenção. Besouro usava sua túnica azul e dourada de almirante; e, pelo menos dessa vez, seus cabelos negros e densos estavam se comportando exatamente como ele queria. O diadema de ouro de Jenna brilhava suave à luz da pequena vela que se encontrava numa poça de cera em cima da mesa. Ela estava sentada, ainda bem enrolada na capa vermelha, forrada de pele, aquecendo-se aos poucos depois do gelo lá de fora, enquanto olhava ao redor da sala de pintura exuberante, com suas janelas embaçadas. Com alívio, Jenna percebeu que ninguém olhava para ela (os integrantes da Cooperativa da Sanduíches dos Magos não eram a favor de sistemas hierárquicos e agiam de acordo com seu modo de pensar). Ela se sentia como uma pessoa comum — uma pessoa adulta comum, *saindo para almoçar*. E, melhor que isso, estava de novo feliz e animada com o aniversário.

— O que você vai querer? — perguntou Besouro. Ele ofereceu a Jenna o menu, que estava coberto de piadas compreensíveis apenas para os funcionários da Sanduíches dos Magos e de desenhos coloridos de sanduíches, mas que não apresentava a menor pista do que eles poderiam conter.

QUÍMICA 103

Jenna escolheu uma pilha alta e triangular de pequenos sanduíches, chamada de "Edificação". Besouro escolheu um sanduíche grande em formato de cubo, chamado "Química". Pegou o menu e foi até o balcão fazer o pedido. (A Sanduíches dos Magos era contra ter uma equipe para servir às mesas. E isso também mantinha baixos os gastos com salários.) Besouro voltou trazendo dois RefriMágikos especiais, que era o que eles tinham de mais parecido com um **RefriFrut**. Com um floreio, ele pôs diante de Jenna um copo rosa e verde.

– Morango com hortelã – disse ele. – É novidade.

– Obrigada – disse Jenna, de repente, ficando tímida. Sair daquele jeito com Besouro era diferente de estar com ele da forma que estava acostumada. Parecia que Besouro tinha a mesma sensação, pois os dois ficaram por alguns minutos olhando atentos pela janela, apesar de lá fora não se poder ver nada além de um Caminho dos Magos invernoso, com umas duas pessoas apressadas carregando caixas com velas, para preparar a iluminação da Noite Mais Longa do Ano.

– Na verdade – disse Jenna, por fim –, eu queria lhe pedir uma coisa.

– Queria? – Besouro ficou satisfeito.

– Sim. Pedi a Sep ontem de noite, e ele não quer *mover uma palha*. – Besouro ficou bem menos satisfeito. Jenna não percebeu e prosseguiu. – Sep anda esquisito ultimamente, você não acha? Já lhe pedi algumas vezes, e ele sempre inventa uma desculpa.

Besouro agora se sentia de fato *insatisfeito*. Estava cheio de estar em segundo lugar, depois de Septimus. Na realidade, esse era um dos motivos pelos quais tinha recusado a oferta de Márcia de um cargo na Torre dos Magos.

– Edificação! Química! – veio um grito de lá do balcão.

Besouro se levantou para apanhar os sanduíches, deixando Jenna com uma ligeira sensação de ter dito alguma coisa errada. Ele voltou com uma pilha oscilante de triângulos e um cubo enorme.

– Puxa! – disse Jenna. – Obrigada. – Com cuidado, ela pegou o triângulo do alto da pilha e deu uma mordida. Era uma mistura deliciosa de lascas de peixe defumado e pepino, com o famoso molho da Sanduíches dos Magos.

Besouro encarou seu grande cubo com desânimo. Tratava-se de um bloco sólido de meia forma de pão, no qual tinham sido perfurados nove túneis, recheados com geleias e molhos de cores diferentes; e do túnel no centro subia uma pluma de vapor. Besouro logo se deu conta de que tinha cometido um erro. Simplesmente *sabia* que, quando fosse tentar comer o sanduíche, o recheio viscoso e colorido escorreria pelo seu rosto e pingaria na mesa, fazendo com que ele parecesse uma criança. Por que não tinha escolhido uma coisa simples?

Besouro começou a serrar seu cubo. O recheio multicor foi se espalhando pelo prato e formou uma poça espessa, nas cores do arco-íris. Besouro começou a enrubescer. Seu sanduíche era um desastre total.

– E então... hum, o que era mesmo que você queria que Sep fizesse? – perguntou ele, tentando desviar a atenção do seu prato.

– É alguma coisa que está acontecendo no Palácio. No sótão – disse Jenna. – Ninguém tem permissão de subir lá, desde aquela história de Papai e do Quarto **Lacrado**. Nem eu vou lá. Mas, às vezes, quando estou no quarto, ouço passos acima da minha cabeça.
– Vai ver que são ratos – disse Besouro, aflito, olhando para "Química". – Junto do rio há alguns enormes.
– Passos *humanos* – sussurrou Jenna.
– Mas alguns fantasmas fazem barulho de passos – disse Besouro. – É uma das coisas mais fáceis para um fantasma **Causar**. E fantasma *não falta* no Palácio.
Jenna fez que não. Fora isso o que Silas e Sarah tinham lhe dito também.
– Mas, Besouro, alguém está usando aquela escada. Dá para ver que não há poeira no centro dos degraus. Achei que era Mamãe, porque ela realmente perambula um pouco durante a noite quando não consegue dormir. Mas, quando lhe perguntei, ela disse que não ia lá em cima havia séculos. Por isso, ontem, decidi subir para dar uma olhada.
Besouro ergueu os olhos da bagunça irremediável no seu prato.
– O que você viu?
Jenna contou a Besouro o que tinha acontecido na noite anterior. Quando terminou, Besouro já exibia um ar consternado.
– Isso não é bom. Parece que vocês podem estar com uma **Infestação** – disse ele.
– O quê? Tipo baratas ou algo semelhante? – Jenna não estava entendendo.

– Não. Não quis dizer *esse* tipo de infestação. Era assim que a gente chamava no Manuscriptorium. Imagino que os Magos deem um nome diferente.

– Para o quê?

Besouro também baixou a voz. Não era bom falar das **Trevas** num local público.

– Para quando alguma coisa das **Trevas** se instala na casa de alguém. Parece mesmo que alguma coisa pode estar tentando estabelecer – ele olhou ao redor para se certificar de que ninguém o escutava – um **Domínio das Trevas**.

Jenna estremeceu. Não estava gostando nem um pouco daquilo.

– O que é um **Domínio das Trevas**? – sussurrou.

– É uma espécie de território enevoado de **Trevas**. Ele pode acumular muito poder se não for exterminado rapidamente. Cresce extraindo o poder das pessoas, e as atrai com promessas de todas as coisas que elas mais desejam.

– Você está dizendo que pode ser que haja *mesmo* alguma coisa maléfica no sótão? – Jenna estava com medo. Até agora ela não tinha acreditado de verdade.

Pelo que Jenna tinha acabado de lhe contar, Besouro achava que era muito provável.

– Bem, estou. Sabe? Acho que você devia mesmo chamar Márcia para dar uma olhada.

– Mas, se eu pedir a Márcia para vir hoje, Mamãe vai ter um treco. – Jenna pensou um pouco. – Besouro, eu queria muito um conselho seu antes. Se você disser que é – ela olhou ao redor – um *você-sabe-o-quê*, aí, sim, vou direto falar com Márcia. Prometo.

Besouro não pôde recusar.

– Tá bem – disse ele.

– Ah, *obrigada* – disse Jenna, com um sorriso.

Besouro tirou do bolso seu querido relógio.

– Digamos que eu chegue, vejamos... por volta das três e meia. Isso me dá tempo de apanhar um **Talismã de Proteção** no balcão de **Talismãs** da Torre dos Magos. Ainda vai estar claro a essa hora. Ninguém quer chegar perto desse tipo de coisa depois que escurecer.

Foi então que Jenna se lembrou de que, na última vez que Besouro a ajudara, ele tinha perdido o emprego.

– Mas e Larry? E seu emprego?

– Não se preocupe – disse Besouro, abrindo um sorriso. – Eu dou um jeito com Larry. Ele me deve muito tempo de trabalho. E ele é legal, desde que você lhe diga o que é que está fazendo. Ele não tem nada de parecido com Jillie Djinn. Então, não se preocupe com *isso*. Três e meia no Portão do Palácio?

– Ah, obrigada, Besouro. *Muito obrigada mesmo.* – Jenna deu uma olhada no prato de Besouro, onde a bagunça viscosa começava a espumar de modo assustador. Ela empurrou sua pilha de sanduíches para o meio da mesa. – Vamos dividir os meus. Eu não tenho como comer todos eles.

┼┼9┼┼
Talismãs Encantadores

Besouro e Jenna saíram do calor aconchegante da Sanduíches dos Magos para o cinza gelado do Caminho dos Magos. Alguns flocos de neve esparsos chegaram até eles, soprados pelo vento, e Jenna se aconchegou melhor na capa vermelha forrada de pele. Besouro abotoou bem a túnica de almirante e enrolou no pescoço o longo cachecol de lã.

– Ei, Besouro! – alguém gritou.

Um rapaz alto e de uma magreza inacreditável vinha na direção deles, da parte alta do Caminho dos Magos. Ele acenou e ganhou velocidade.

– Bom dia, Princesa Jenna – disse o rapaz, ofegante. Ele inclinou a cabeça, e Jenna se sentiu embaraçada.

– E aí, Raposa – disse Besouro.

– E aí, Besouro – respondeu Raposa, batendo com os pés no chão e esfregando as mãos. Seu nariz longo e pontudo brilhava como um triângulo vermelho vivo fixado no meio do rosto magro e pálido. E os dentes não paravam de bater. Ele parecia estar tiritando na túnica cinza de escriba. – San... sanduíche de salsicha? – perguntou ele.

Besouro fez que não.

– Hoje não, Raposa. Preciso ir apanhar um **Talismã de Proteção** na Torre dos Magos.

Raposa abriu um sorriso, com os dentes ligeiramente pontudos refulgindo à luz acolhedora das janelas da Sanduíches dos Magos.

– Ei, não vá procurar a concorrência. Você está falando com o Escriba-chefe dos **Talismãs**.

– Desde quando?

– Desde hoje de manhã, *exatamente* às oito e cinquenta e dois – respondeu Raposa, imitando com perfeição sua chefe, a srta. Jillie Djinn, Escriba Hermética Chefe.

– Puxa! Ei, parabéns! – disse Besouro.

– E seria uma honra, sr. Besouro, se você concordasse em ser meu primeiro cliente.

– Tá bom – respondeu Besouro, sorridente.

– Vamos só cumprir as formalidades, certo?

– Na verdade, Raposa – disse Besouro, meio constrangido –, não quero entrar no Manuscriptorium.

— Nem precisa. A partir deste momento, como me autoriza meu posto de Escriba-chefe dos **Talismãs**, acabo de estabelecer o pioneiro serviço móvel de entrega de **Talismãs** do Manuscriptorium.

Raposa tirou do bolso o que parecia ser um caderno comum de escriba e soltou o lápis da presilha.

— Muito bem — disse Raposa, com o lápis a postos. — Apenas algumas perguntas, sr. Besouro, e eu lhe garanto que teremos o perfeito **Talismã de Proteção** para você. Ao contrário da política do Balcão de **Talismãs** da Torre dos Magos, que defende os **Talismãs** de uso geral, nós adaptamos nossos **Talismãs** às suas necessidades pessoais. Uso interno ou ao ar livre?

— Hum... interno — respondeu Besouro, um pouco confuso com o papo de vendedor de Raposa.

— Em cima ou embaixo?

— Do que você está falando?

— Num sei. Mas parece legal, né?

— *Raposa.* — Besouro riu. — Por um instante estranho achei que você realmente soubesse o que estava fazendo.

— Mas eu *sei* o que estou fazendo — protestou Raposa. — Só estou tentando dar mais emoção, só isso. Se é *interno* ou ao ar livre é tudo o que preciso saber.

— E a potência? — perguntou Besouro.

— Humm... — disse Raposa. — Tinha me esquecido disso. Pequena, média ou grande... não, não é isso o que quero dizer.

— Mínima, alta ou máxima — sugeriu Besouro.

– É, é isso aí. Então, qual cê vai querer?

Besouro olhou de relance para Jenna.

– Máxima – disse Jenna. – Só por segurança.

– Combinado. Vou ver o que temos. Entrega no local de trabalho em uma hora, ok?

– Obrigado. É só perguntar por mim. Diga que é a trabalho.

– Pode deixar, Besouro. Então, sanduíche de salsicha amanhã?

– Combinado. A gente se vê, Raposa.

Com isso, não muito diferente de uma grande garça caminhando por um banco de areia, Raposa dirigiu-se para a porta multicolorida da Sanduíches dos Magos.

Dez minutos depois, Jenna perambulava pela Feira dos Mercadores do Norte. Procurava um presente de aniversário divertido para Septimus, mas também estava evitando ir para casa antes da hora marcada com Besouro. Jenna sabia que, se voltasse para o Palácio, Sarah iria encontrá-la, e acabariam discutindo novamente sobre as cartas enviadas por Simon. Ao contrário de Sarah Heap, Jenna lera apenas uma vez a carta que Simon lhe mandara e a deixara pregada no chão do seu quarto. Quando Sarah lhe perguntou o que ele tinha dito, Jenna não quis se estender.

– Pediu desculpas – foi a resposta.

Todos os anos os moradores do Castelo compareciam à Feira dos Mercadores para refazer seus estoques de provisões para o inverno: tecidos de lã, velas, lampiões, peixe salgado, carnes e frutas secas, lã de carneiro e peles, antes que o Grande Gelo chegasse e isolasse o Castelo por cerca de um mês e meio. As pessoas também comiam as tortas quentes, nozes tostadas e bolos fofos, além de beber litros e mais litros da enorme variedade de bebidas quentes preparadas com especiarias que estavam à venda. E quando se cansavam de fazer compras, sentavam-se e ficavam olhando malabaristas, engolidores de fogo e acrobatas, que se apresentavam no espaço reservado diante do Escritório dos Mercadores.

Apesar do caos aparente, a feira tinha uma organização meticulosa. Eram rigorosos os padrões aplicados a todos os mercadores; os pontos de venda eram distribuídos de acordo com um rígido sistema de licenciamento e a feira em si era dividida em setores de acordo com o tipo de mercadoria vendida. Em geral, a Feira dos Mercadores do Norte era um evento bem-ordenado, mas o movimento aumentava no último dia, e ela estava apinhada de gente. A multidão passava de uma banca para outra, aproveitando preços baixos, comprando coisas que realmente não eram necessárias, "só por segurança", valendo-se de uma última oportunidade para comprar presentes para a Festa do Solstício de Inverno. Os Mercadores do Norte, altos e de olhos claros, apregoavam seus produtos a plenos pulmões, tentando vender todos os artigos avulsos que ninguém quisera levar... até o momento. A insistência nas vozes cantadas era transmitida por cima do rebuliço, fazendo com que as pessoas se lembrassem de que faltavam apenas alguns dias para a Festa do Solstício de Inverno e, depois dela, viria o Grande Gelo.

Todos os anos de sua vida – menos um, aquele em que tinha completado dez anos – Jenna visitara a seção de artesanato, conhecida como o Corredor dos Artesãos. Esse Corredor era um setor relativamente novo. Ele se estendia além do local oficial da feira, espalhando-se ao longo da rua e dando a volta no grande círculo calçado com tijolos, no final do Caminho Cerimonial. À medida que Jenna ia crescendo, passou a perambular pelo Corredor, planejando em silêncio a lista de presentes perfeita para seu aniversário. Ela raramente recebia qualquer coisa que estivesse na lista, mas isso não lhe tirava o prazer de sonhar. Nesse ano, na feira principal, Jenna não tinha encontrado nada que chegasse a ser divertido para dar a Septimus e decidiu passar pelo Corredor dos Artesãos para uma última olhada. Enquanto abria caminho às cotoveladas, passando pela área de peles e couros e sentindo o cheiro penetrante de pele de Foryx, Jenna percebeu com ironia que o respeito normal do povo do Castelo para com a Princesa não se aplicava à feira.

Por fim, ela saiu para os cheiros muito mais agradáveis do Corredor dos Artesãos. Com sua antiga sensação de expectativa de aniversário, Jenna começou a percorrer o Corredor, olhando o que havia nas bancas. Depois de duas voltas no círculo, Jenna ainda não encontrara nada divertido para dar a Septimus, mas desconfiava que a razão tinha mais a ver com seus sentimentos em relação a Septimus que com qualquer mercadoria oferecida ali. Decidiu, então, ir à sua banca preferida – a de talismãs e joias de prata –, que vira perto da Barraca de Registro do Corredor dos Artesãos.

A banca pertencia a Sophie Barley, uma jovem e talentosa criadora de joias do Porto. (Ao contrário do resto da feira, o Corredor dos Artesãos tinha bancas disponíveis para quem não fosse Mercador do Norte. Essas bancas costumavam ser ocupadas por moradores do Porto, pois o povo do Castelo preferia comprar em vez de vender na feira.) Jenna ficou surpresa ao descobrir que quem estava cuidando da banca não era a simpática Sophie, mas três mulheres de aparência estranha trajadas em diversos tons de preto. Atrás da banca, numa velha poltrona, estava uma senhora idosa, com o rosto coberto por uma grossa camada de maquiagem branca e com os olhos fechados. Cuidava da velha um vulto frágil, envolto numa capa preta enlameada, com um capuz enorme.

– Uuuh, é a *Princesa*! – Jenna ouviu um sussurro nervoso escapar de dentro do capuz.

– Deixe isso comigo, palerma – foi a resposta que veio da mulher de aparência mais feroz na banca, a que era obviamente a chefe e tinha um olhar muito agressivo, como Jenna viu quando levantou os olhos com rapidez.

A chefe ficou olhando para Jenna.

– *Em que* posso ajudá-la? – perguntou ela.

As duas outras atendentes da banca – uma mulher magricela, com o cabelo preso no alto da cabeça como um espigão, e uma baixinha e atarracada, com manchas de comida na frente da roupa – se cutucaram e reprimiram risinhos por trás da chefe.

A última coisa que Jenna queria era ajuda. Sophie sempre a deixava à vontade para olhar e experimentar qualquer coisa que quisesse. E Sophie, com toda certeza, não arrancava da sua mão a primeira coisa que pegasse, dizendo "Isso aqui é meia coroa.

Não damos troco. Pode embrulhar, Daphne", e foi o que a chefe-de-olhar-assustador fez com o pingente delicado em forma de coração com asinhas minúsculas que Jenna pegara do mostrador de veludo.

– Mas eu não quero comprar – protestou Jenna.
– Então, por que o pegou?
– Eu só queria dar uma olhada.
– Você pode dar uma olhada nele no mostrador mesmo. *Pegar* custa mais caro.

Jenna encarou a mulher. Tinha certeza de que já a tinha visto em algum lugar – e suas asseclas também.

– Cadê Sophie? – perguntou ela.
– Quem?
– Sophie. Sophie Barley. Esta banca é *dela*. Onde ela está?

A chefe-de-olhar-assustador mostrou uma fileira de dentes enegrecidos.

– Ela não conseguiu vir. Está um pouco... *enrolada* no momento. – As duas capangas deram risinhos desagradáveis.

Jenna começou a se afastar. As joias não pareciam nem de longe tão legais sem Sophie.

– *Espere um instante!* – gritou uma voz alta, em tom urgente. Jenna parou e se virou. – Nós temos **Talismãs** lindos. E não cobramos se você só pegar no **Talismã**, *cobramos*?

– Cala a boca, Dorinda! – A chefe-de-olhar-assustador girou nos calcanhares, olhando com ódio para o vulto encapuzado em pé ao lado da velha. – *Sou eu* que estou fazendo isso. – A chefe voltou-se para encarar Jenna, e sua boca se contorceu numa espécie de U. Jenna pôde perceber que era para ser um sorriso. – Temos mesmo uma linha nova e encantadora de **Talismãs**, Princesa. Muito bonitos. Totalmente *encantadores*, na verdade.

Seguiu-se uma estranha sequência de explosões, que Jenna achou que talvez fossem risadas, mas também era possível que a mulher estivesse se engasgando com alguma coisa. Era difícil dizer.

A chefe indicou duas caixinhas de madeira bem na frente da banca. Curiosa, Jenna olhou para elas. Eram totalmente diferentes do restante das joias de Sophie. Aninhado em penugem branca no interior de cada caixa estava um pequeno passarinho, como uma pedra preciosa. Os passarinhos tinham um lindo brilho azul-esverdeado e tremeluziam como os martins-pescadores que, no passado, Jenna adorava apreciar da janela nos Emaranhados. Contra a sua vontade, Jenna ficou fascinada. Contemplou os passarinhos, admirada com suas minúsculas penas, com tantos detalhes, que ela quase podia acreditar que eles eram de verdade. Hesitando, estendeu um dedo e afagou a plumagem de um deles – e retirou a mão, de repente, como se tivesse sido picada. *O passarinho era de verdade.* Era macio, quentinho e estava ali respirando depressa, apavorado.

A velha na poltrona abriu de repente os olhos como uma boneca que acaba de ser colocada na posição sentada.

– Apanhe o passarinho, querida – disse ela, com uma voz gemida, procurando engambelar Jenna.

Jenna deu um passo para trás e fez que não.

A chefe-de-olhar-assustador virou para trás e olhou com ódio para a velha.
– Eu disse para *deixar por minha conta*, não disse? – reclamou, irritada. – Idiota!
– *Uuuuh!* – Veio um grito abafado de horror do vulto encapuzado.
A velha não era tão decrépita quanto Jenna tinha imaginado. Ela se levantou ameaçadora da poltrona e apontou uma unha comprida e imunda para a chefe-de-olhar-assustador.
– Nunca, *jamais* volte a falar comigo desse jeito – disse ela, chiando a voz.
A chefe-de-olhar-assustador ficou tão branca quanto o rosto excessivamente maquiado da velha.
– Desculpe. Br... – Ela se conteve a tempo. – Desculpe – murmurou.
De repente, Jenna se deu conta de quem eram as encarregadas da banca.
– Ei! – exclamou ela. – Vocês...
A chefe-de-olhar-assustador debruçou-se e amarrou a cara para Jenna.
– Nós... *o quê*? – disse ela, em tom de desafio.
Jenna achou melhor não dizer que achava que elas eram do Conventículo das Bruxas do Porto.
– Vocês não são legais! – disse ela, meio sem jeito. Depois, saiu apressada, e as cinco bruxas, ela estava certa, deram sonoras gargalhadas.

* * *

O Conventículo das Bruxas do Porto ficou observando Jenna desaparecer no meio da multidão.

— Eu sabia que não ia funcionar — disse, entristecida, Daphne, a gorducha com as manchas de comida. — É difícil pegar Princesas. As bruxas de Wendron tentaram e não conseguiram.

— Ora — bufou a chefe-de-olhar-assustador, cujo nome era Linda. — As bruxas de Wendron são umas bobocas. Ainda têm muito a aprender. E *eu estou* louca para lhes dar umas lições. — Ela riu de um modo desagradável.

Um choro ululante veio do vulto encapuzado sentado ao lado da velha, que, sem dúvida, era a Bruxa Mãe do Conventículo das Bruxas do Porto.

— Mas ela não levou o passarinho. Não levou o passarinho!

— E cale a boca você também, Dorinda — rosnou Linda. — De qualquer modo, não faz diferença... ela tocou no passarinho, não tocou?

Linda inclinou-se sobre os dois pássaros pequeninos. Inspirou fundo e, então, expirou, lançando o que parecia uma longa pluma de fumaça cinza que foi se enroscando em torno deles. O manto do seu hálito pousou sobre as caixinhas, e as bruxas se juntaram para observar. Daí a alguns instantes pôde-se ver um pouco do bater de asas, e duas aves diminutas e iridescentes saíram voando das caixas. Veloz como um gato, Linda agarrou os passarinhos no ar e os exibiu em triunfo, um em cada mão.

As outras bruxas assistiam, impressionadas.

De algum lugar nas suas vestes negras esfarrapadas Linda tirou uma pequena gaiola de prata numa corrente, mais bonita e delicada que qualquer outra joia da banca. Ela desatarraxou o fundo da gaiola, abriu a mão direita e bateu a gaiola por cima do passarinho. Com um dedo ajudou a enfiar o passarinho em pânico na gaiola. Ele ficou muito apertado ali, mesmo sendo tão pequeno. Rapidamente, Linda virou a gaiola de cabeça para baixo e atarraxou de novo o piso. Depois, passou a corrente por seu pescoço, de modo que a gaiola ficasse suspensa pela corrente como um pingente exótico. Dentro da gaiola o passarinho piscava, atordoado.

– Um refém – informou Linda às outras bruxas.

Elas fizeram que sim, impressionadas e, como sempre acontecia com relação à Linda, um pouco assustadas.

Linda levou o punho esquerdo até junto da gaiola e foi desdobrando os dedos devagar. Dentro da sua mão estava o outro passarinho, tremendo. Ele deu um pio desesperado ao ver o companheiro na gaiola e se calou. Linda levantou o passarinho até a altura dos olhos e começou a murmurar alguma coisa numa voz baixa e ameaçadora, sempre no mesmo tom. O passarinho ficou ali, na palma da sua mão, petrificado. Linda terminou as palavras medonhas que estava dizendo, e o passarinho saiu voando e pairou no ar, olhando para a gaiola de prata suspensa do pescoço encardido de Linda. Linda apontou um dedo de unha comprida para o fragmento de azul que adejava ali, e o passarinho desapareceu. InVisível, saiu voando num trajeto hesitante, que acompanhava o caminho de Jenna de volta para o Palácio.

– Periquitos amorosos! – comentou Linda, com sarcasmo.
– *O amor* não passa de lixo – disse ela, rindo. – Mas é um lixo útil. Eu *ainda* estou com aquele passarinho na palma da minha mão. – Ela exibiu a palma vazia e fechou rapidamente a mão. – *E* também com a Princesa.

✢➤10⬅✢
LÁ EM CIMA

Jenna e seu passarinho invisível chegaram ao Portão do Palácio ao mesmo tempo que Besouro. Ele estava alvoroçado.

— Achei que ia me atrasar — disse ele, bufando. — Raposa... Escriba-chefe dos **Talismãs**, uma ova.

— Quer dizer que ele não é? — Jenna ficou surpresa.

— Até que ele é... se, ao menos, Jillie Djinn deixasse. Raposa disse que, quando voltou, Jillie Djinn tinha apanhado todos os **Talismãs** e levado para a Câmara Hermética para o que chamou de *levantamento de estoque*, e não deixou que ele os pegasse.

Jenna levantou os olhos para os céus.

— Essa *mulher*. Ainda bem que você saiu de lá, Besouro — disse Jenna, preocupada. – Mas quer dizer que você não está com um **Talismã de Proteção**?

– Tudo bem – disse Besouro, com um sorriso. – É provável que eu não precise de um. Seja como for, estou com isto aqui, que Raposa encontrou no Armário de Pendências. – Do bolso interno superior de sua túnica de almirante tirou um pedaço de madeira, pequeno, achatado e ligeiramente curvo, e o mostrou a Jenna. – Raposa acha que ele será mais útil que um **Talismã de Proteção**. Ele disse que um comandante de navio entrou lá há uns dois dias e o trocou por um **Talismã de Amor**. É um treco que funciona ligado às batidas do coração. Você o usa perto do coração, assim... – Besouro pôs o **Talismã** de volta no bolso superior esquerdo. – Raposa diz que, se você ficar realmente apavorado, ele sabe disso e o leva de volta ao último lugar em que você esteve em segurança. Vamos?

Besouro e Jenna seguiram pelo caminho de entrada do Palácio, debaixo de uma nuvem escura que o vento tinha trazido do Porto. Jenna não queria se encontrar com Sarah logo naquela hora e, por isso, seguiu pelo caminho que dava a volta pelos fundos do Palácio. Quando chegaram à pequena porta de acesso ao torreão, na outra ponta, um vento frio e forte vinha soprando do rio, e grandes gotas de chuva gelada começavam a cair. Jenna abriu a porta com um empurrão, e eles entraram. A porta se fechou com violência numa rajada súbita de vento, e o barulho reverberou pelo Longo Passeio.

Dentro do Palácio estava mais escuro do que de costume. Quando Nicko tinha, enfim, voltado para casa, são e salvo, Jenna havia comemorado o fato de tanto Septimus como Nicko estarem mais uma vez no Castelo, pedindo a Maizie Smalls, que acendia os archotes no Caminho dos Magos, que viesse morar no Palácio. Em troca de dois quartos com vista para o rio e ceia todas as noites, Maizie concordara em acender uma vela em cada quarto do Palácio, além de iluminar o Longo Passeio com archotes de junco. Mas Maizie só começava a "operação luz acesa", como ela a chamava, meia hora antes do pôr do sol. E, apesar de estar tão escuro, ainda faltava mais de uma hora para isso.

Jenna sempre achou o Longo Passeio horripilante, com sua estranha variedade de objetos nas paredes; e naquela tarde, com a luz do dia sumindo, ela o achou ainda mais horripilante. Foi assim que, quando Besouro pegou sua antiga lanterna dos Túneis de Gelo (uma das lembranças que guardava do tempo do Manuscriptorium) e acendeu sua luz azul e espectral, exatamente quando eles passavam com sorrisos abertos por um trio de cabeças encolhidas, Jenna deu um grito estridente e, em seguida, tapou a boca com a mão.

— Desculpa — disse ela, um pouco envergonhada. — Levei um susto.

— *Uuuuuuuuuh* — fez Besouro, simulando a voz de um fantasma, segurando a luz abaixo do queixo e sorrindo.

— Ah, *não,* Besouro... isso é ainda mais horrível!

Besouro desviou a luz do seu rosto e a direcionou para o corredor largo, espantosamente longo. Por mais forte que fosse seu feixe luminoso, ele não atingiu o final.

– Para dizer a verdade, também estou um pouco assustado – disse ele, num meio sussurro, dando uma olhada para trás. – Não paro de achar que tem alguma coisa esvoaçando atrás da gente... mas não consigo ver nada.

Jenna também olhou ao redor. Tinha tido a mesma sensação, mas não quis dizer nada. A palavra *esvoaçando* fez com que ela se lembrasse dos pássaros pequeninos, tremendo em suas caixas. Falou em voz alta, para se tranquilizar mais que qualquer outra coisa:

– Não, não tem nada atrás de nós.

O pequeno pássaro **InVisível** pousou por alguns minutos numa das cabeças encolhidas, com as asinhas ínfimas cansadas de precisar mantê-lo no ar tanto tempo; e, depois, continuou atrás de Jenna.

Eles passaram depressa pela porta da sala de estar de Sarah Heap e por uma porta com os dizeres PANFLETOS DO PALÁCIO LTDA rabiscados a giz, que era o escritório de Silas. Jenna ficou satisfeita em ver que as duas salas estavam vazias. Logo chegaram a uma escada estreita e subiram para o primeiro andar do Palácio. Ali havia principalmente suítes de aposentos particulares nos fundos do prédio com vista para o rio, bem como outros recintos públicos, entre eles a Sala do Trono, trancada, na frente do prédio. O largo corredor do andar superior era abafado, discreto. Cortinas grossas e empoeiradas cobriam muitas das janelas e portas que deixavam passar correntes de ar; e pelo centro se estendia o que era conhecido como o mais longo tapete do mundo, que, na verdade, tinha sido tecido ali mesmo, no corredor, por um grupo ambulante de tapeceiros.

Eles caminharam em silêncio pela penumbra. Jenna não esperava ver ninguém; mas, quando passaram pelo quarto de Maizie Smalls, a porta se abriu e Maizie saiu apressada.

– Ah! – disse Maizie, surpresa. – Ah, olá, Princesa Jenna. E Besouro. Eu não esperava topar com *você*. – Maizie lançou um olhar de reprovação para Besouro. – Não aqui *em cima*.

Besouro enrubesceu, mas esperou que estivesse escuro demais para alguém notar.

– Você está adiantada, Maizie – disse Jenna, bastante irritada.

– Hoje é a Noite Mais Longa do Ano, Princesa Jenna. Preciso acender todos os archotes antes do anoitecer; e sempre dou uma mãozinha com as decorações no Caminho. É uma correria louca. – Maizie pegou um pequeno relógio do bolso e o consultou, apressada. – Então, já acendi todas as velas novas no andar de cima, e o sr. Pot vem acender as do andar de baixo. Está tudo resolvido. – Um forte ruído de chuva gelada batendo nos lanternins do telhado fez com que os três olhassem para cima. – Tempo terrível para estar lá fora – disse Maizie. – Preciso ir.

Besouro e Jenna prosseguiram num silêncio constrangido e passaram apressados pelo corredor largo que dava acesso às portas duplas do aposento de Jenna, sob a guarda do fantasma de Sir

Hereward, cujo vulto apagado levantou seu único braço fantasmagórico numa saudação. Pouco tempo depois, eles chegaram aos pés da escada do sótão.

– Ah! – exclamou Jenna. A entrada da escada estava coberta por uma velha cortina de veludo vermelho, que fora espetada na parede com uma quantidade de pregos grandes e enferrujados. Jenna reconheceu o trabalho de Silas Heap na mesma hora.

– Papai deve ter acabado de instalar isso – sussurrou ela. – Quer dizer que ele *deu* ouvidos ao que eu disse...

Besouro olhou para a cortina velha.

– Está um pouco improvisado – disse ele.

– Papai é assim.

– Suponho que ele tenha posto algum tipo de **Portão de Segurança** aí – disse Besouro. – E que tenha pregado a cortina para disfarçar. Os **Portões de Segurança** às vezes têm uma aparência muito esquisita. Quer que eu dê uma olhada?

– Sim, por favor, Besouro – disse Jenna, concordando.

Besouro sacou seu canivete. Acionou a ferramenta para-arrancar-de-paredes-pregos-longos-e-enferrujados e começou a fazer exatamente isso. De imediato, um pedação de reboco se soltou, e a cortina caiu na sua cabeça com um ruído abafado – *tum*.

– Afe! – Besouro tentava respirar enquanto a cortina o envolvia numa nuvem de poeira e aranhas mortas. – Ufa... eca! Me larga! *Me solta!*

A cortina não fez o que lhe pediam; e Besouro, convencido de ter sido atacado por alguma coisa nociva de lá do sótão, começou a

golpeá-la com sua ferramenta para-arrancar-das-paredes-pregos-longos-e-enferrujados.
— Aaai... *socorro*!
— Besouro, Besouro! — gritou Jenna, tentando arrancar a cortina de cima dele. — Besouro, fica *sem se mexer*. Para de lutar! Sua voz acabou conseguindo se fazer ouvir.
— Hã? — disse a cortina.
— Besouro, por favor, fica parado só um instante. E para de tentar matar a cortina.
A cortina se acalmou, e com esforço Jenna conseguiu puxá-la de cima de sua presa numa nuvem de pó.
— *Atchim!* — Besouro espirrou.
Jenna olhou para a pilha de cortina esfarrapada no chão e riu.
— Besouro: um. Cortina: zero.
— É — disse Besouro, sem achar tanta graça assim. Ele espanou o pó da túnica de almirante e, em seguida, hesitante, agitou o braço, atravessando o espaço que a cortina tinha coberto.
— Não há nenhum **Portão de Segurança** ali — disse ele. — Ou, se houve, veio abaixo com a cortina. Imagino que pudesse estar **Ligado** a ela. Pensando bem, eu realmente senti um formigamento quando caiu em cima de mim. Foi isso que me fez pensar que eu... bem, que eu estava sendo atacado. Não foi pânico, sabe. Foi estranho mesmo.
— Então... se Papai realmente *instalou* ali algum tipo de barreira e agora ela sumiu, a gente não devia ir falar para ele? — disse Jenna.

– Eu podia dar uma olhada, primeiro – disse Besouro, precisando muito fazer alguma coisa construtiva depois da luta com a cortina.

– Bem...

Sem querer deixar passar a chance de impressionar Jenna, Besouro subiu a escada rapidamente, antes que ela tivesse tempo de dizer não. A voz de Jenna foi atrás dele.

– Besouro, acho que você não deveria...

Besouro parou e se virou.

– Está tudo bem – disse ele.

– *Não parece* que está bem – disse Jenna. Ela podia ver a escuridão instável, já conhecida, pairando no alto da escada.

– Vou só dar uma olhada rápida para a gente poder contar para Márcia exatamente o que está acontecendo.

Jenna acompanhou Besouro escada acima. Ele parou e a impediu de avançar.

– Não, Jenna – disse ele, em tom bastante formal. – Deixe que eu faço isso. Afinal de contas, foi você quem me pediu.

Jenna olhou para o alto da escada, acima de Besouro.

– Mas, Besouro, aquela névoa esquisita ainda está lá. Eu tinha me esquecido de como ela é apavorante. Acho que devíamos chamar Papai, ou, quem sabe, até mesmo Márcia. Acho, sim.

Besouro não quis ceder.

– Está tudo certo – insistiu ele. – Eu disse que ia dar uma olhada, e é o que vou fazer. Ok?

Alguma coisa no jeito de Besouro se postar ali fez com que ele parecesse tão firme, tão no comando, que Jenna sentiu que devia recuar.

– Ok – disse ela, relutante. – Mas, por favor, tenha cuidado.

– Claro que vou ter. – Besouro tirou do bolso da túnica de almirante uma corrente comprida, soltou dela o relógio e o colocou na mão de Jenna. – Só vou demorar uns segundos. Vou dar só uma olhada para ver o que está acontecendo. Se eu não voltar em... digamos... três minutos, você pode ir buscar Silas, ok?

Jenna fez que sim, sem muita segurança.

Besouro seguiu pela escada longa e reta, consciente de que a garota observava cada movimento seu. À medida que se aproximava do alto, uma sensação de medo o dominou, e ele parou. À sua frente, a não mais que três degraus, havia uma parede de um negrume que se mexia, turbilhonava, dançava. Com nitidez, não era a penumbra de um fim de tarde de inverno misturada com emanações de algum encantamento antigo que, bem no fundo, Besouro tinha tido esperança de que fosse.

– Dá para ver alguma coisa? – A voz de Jenna chegou até ele. Já parecia que ela estava muito longe.

– Não... não vejo nada.

– Acho que você devia descer.

Era essa também a opinião de Besouro. Mas, quando olhou para trás e viu Jenna lá embaixo, olhando para ele com ar de expectativa, achou que tinha de seguir em frente. E assim, decidido a não *repetir* diante de Jenna sua atitude de pavor, Besouro se obrigou a subir os últimos degraus até o alto da escada.

De lá de baixo, Jenna viu alguns filamentos saindo da escuridão e se enroscando em torno dos pés de Besouro. No alto da escada, Besouro foi totalmente dominado por um desejo repentino de entrar na escuridão. Estava convencido de que seu pai estava à sua espera ali. Acreditou que o encontraria, bastando para isso que entrasse no remoinho de névoa cinzenta. Foi o que ele fez. Deu um passo adiante... e desapareceu.

Jenna viu Besouro sumir. Olhou para o relógio dele e começou a contar os minutos. Acima dela, adejava um pequeno pássaro invisível, contando longos minutos de pássaros, esperando, alerta para o momento em que pudesse levar a Princesa para casa, para seu companheiro aprisionado.

⊹➤11⊰⊹
Um Domínio das Trevas

Besouro entrou na escuridão, e uma onda de felicidade o arrebatou. De repente, percebeu que seu pai não havia morrido por causa de uma picada de aranha, como a mãe e uma antiga carta de pêsames com letras desbotadas remetida pelas autoridades do Porto sempre tinham contado. Seu pai estava *vivo*. Não só vivo, mas ali naquele exato lugar, esperando para ver Besouro, seu *filho*.

Sentindo-se como se estivesse andando com botas de chumbo no fundo de um mar escuro e turbilhonante, Besouro foi penetrando cada vez mais na escuridão, como se estivesse em um sonho. Tudo parecia abafado, e sua respiração estava lenta. Sombras pouco nítidas de **Coisas** – apesar de Besouro não vê-las como tal – movimentavam-se e oscilavam nas bordas da sua visão, repuxando suas roupas, empurrando-o para seguir adiante. Com a sensação de que este era o momento mais importante da sua vida, Besouro ia devagar, quase com reverência, consciente de que tudo o que precisava fazer era abrir a porta certa para encontrar lá dentro a pessoa que ele sempre quisera encontrar.

Besouro avançou pelo corredor que parecia interminável, passando por quartos onde havia altas pilhas de colchões velhos, armações de camas e mobília quebrada – mas em nenhum deles estava o sr. Beetle. Ao se aproximar do fim do corredor, Besouro ouviu o som de um espirro. Seu coração deu um salto. Era ali. O espirro era do seu pai – ele *sabia*. O que sua mãe lhe dissera tantas vezes? *Se ao menos seu pai não fosse alérgico a praticamente tudo, não teria inchado como um balão quando aquela aranha o picou e ainda estaria vivo.* E aqui, no fim do corredor, estava o pai – espirrando exatamente como sua mãe dizia que ele fazia. Nervoso, Besouro aproximou-se do quarto de onde tinha vindo o espirro. A porta estava entreaberta, e, através dela, Besouro pôde ver um vulto deitado numa cama estreita, com os cobertores puxados para tapar as orelhas. Enquanto Besouro entrava na ponta dos pés, o vulto foi sacudido por mais um espirro violento. Besouro parou. As palavras que ansiava dizer, mas nunca tivera a quem dizê-las, estavam ali, na ponta da língua. Ele respirou fundo e deixou que saíssem.

— Olá, Papai. Sou eu, B...

— O quê? — O vulto na cama se sentou.

— Você! — exclamou Besouro, chocado. — *Você*. Mas você não é meu... Merrin Meredith, com o cabelo todo arrepiado, o nariz quase em carne viva, pareceu ainda mais chocado que ele. Merrin deu outro espirro fortíssimo e assoou o nariz no lençol.

Besouro voltou a si e se deu conta de que *nunca* ia ver o pai. Foi dominado por uma imensa sensação de perda, que logo deu lugar ao medo. Sua mente se desanuviou, e ele, de repente, se deu conta do que tinha feito: entrara num **Domínio das Trevas**. Besouro fez um esforço para manter a calma. Olhou para Merrin, que era uma imagem triste de se ver, sentado e encurvado, na cama. Seu cabelo comprido e oleoso caía desordenado sobre uma recente erupção de espinhas; os dedos magros e ossudos remexiam nervosos no cobertor enquanto o polegar esquerdo, inchado e sem cor, exibia o pesado Anel de Duas Faces que Besouro se lembrava de tê-lo visto usar no que lhe pareciam ser os velhos tempos no Manuscriptorium.

É só Merrin Meredith, disse Besouro a si mesmo. *É um perfeito palerma. Nem em um milhão de anos ele conseguiria criar um* **Domínio das Trevas** *decente*.

Mas Besouro não conseguia se convencer totalmente disso. O que era apavorante era que, assim que entrou no quarto de Merrin, recuperou a razão. E se Merrin, de fato, estivesse estabelecendo um **Domínio das Trevas**, era exatamente isso que Besouro teria esperado que acontecesse. Merrin estaria no centro exato do **Domínio** – no olho do furacão –, onde tudo é calmo e livre de perturbações das **Trevas**. Um jeito de verificar era dar um passo para fora do quarto, mas Besouro não gostava da ideia de correr esse risco. Ele sabia que num **Domínio das Trevas** a noção de tempo e espaço da pessoa podia mudar. No que podia parecer terem sido alguns passos, era possível ter-se, de fato, percorrido quilômetros – às vezes, centenas de quilômetros. E, na verdade, ele tinha a impressão de que andara muito mesmo pelo corredor. E se ele não estivesse mais no Sótão do Palácio? Podia estar em qualquer parte – nas Áridas Terras do Mal, no Riacho da Desolação, no Calabouço Número Um... *em qualquer lugar*.

Besouro decidiu que sua única chance era convencer Merrin de que seu **Domínio das Trevas** tinha fracassado e conseguir sair dali com ele. Desse jeito, faria uma passagem de volta em segurança. Seria difícil, mas talvez funcionasse. Cuidando para não dizer mentiras – porque as mentiras podem nutrir qualquer coisa das **Trevas** –, Besouro respirou fundo e deu início ao ataque.

– Merrin Meredith, o que está fazendo no Palácio? – perguntou ele.

– *Atchim!* Eu poderia lhe perguntar a mesma coisa. Foi demitido por mais alguém? Não tem nada melhor para fazer que ficar bisbilhotando no quarto dos outros?

– Você deve saber tudo sobre como se bisbilhota – retrucou Besouro. – E, quanto a ser demitido, soube que Jillie Djinn finalmente recuperou a razão e demitiu *você*. Por que demorou tanto, eu não sei.

– Aquela vaca idiota – disse Merrin, fungando. Besouro não discordou.

– Seja como for, ela não me demitiu... não por muito tempo, de qualquer modo. Jillie cara-de-hadoque Djinn agora faz o que eu digo, porque estou com *isso*. – Merrin fincou no ar seu polegar esquerdo, provocando Besouro com o Anel de Duas Faces: um grosso anel de ouro com duas caras malévolas entalhadas em jade verde-escuro.

Besouro olhou com desdém para o anel.

– Lixo do Gothyk Grotto – disse ele, debochando.

– Isso demonstra tudo o que *você* sabe, cérebro de besouro – retrucou Merrin. – Este é o *verdadeiro*. Aqueles escribas bobocas não se atrevem mais a se meter comigo. Sou eu que mando naquela espelunca. – Merrin estava gostando de se gabar para Besouro. Disfarçadamente, ele enfiou a mão debaixo do travesseiro para se certificar, pela vigésima vez naquele dia, de que o *Índice das Trevas* ainda estava lá. Estava. O livro pequeno, porém mortífero, que Merrin obtivera durante o período em que trabalhara para Simon Heap no Observatório – e que o conduzira ao Anel de Duas Faces – estava amarrotado e um pouco úmido, mas deu a ele uma súbita injeção de autoconfiança. – Logo vou dar as cartas no Castelo inteiro. É melhor aquele palerma do Septimus Heap e seu dragão de dar pena começarem a tomar cuidado, porque qualquer coisa que ele saiba fazer, eu posso fazer dez vezes melhor! – Merrin abriu os braços, expandindo seu alcance. – Ele não tem a menor condição nem de começar a fazer *isso*.

— Fazer o quê? – disse Besouro. – Ficar escondido no sótão do Palácio, *fungando*? – Besouro achou ter visto uma chispa de incerteza passar pelo rosto de Merrin.

— Não. Você sabe o que quero dizer. *Isso aqui*. E consigo trazer para cá qualquer pessoa que eu queira. Ontem fiz a Princesa metida pôr um pé aqui dentro. E hoje de manhã fiz o velho Mago Heap enfiar a cabeça idiota aqui. Os dois ficaram apavorados e fugiram, mas não tem importância. Conseguimos o que era necessário.

— Conseguimos? – perguntou Besouro.

— É. Eu não estou sozinho. Você trate de se cuidar, seu *escribinha*, porque hoje eu *o* peguei pra valer. – Merrin riu. – Você achou que estava entrando para ver o palerma do seu *pai*!

Besouro tinha se esquecido de como Merrin era abominável. Reprimiu o impulso de lhe dar um soco. Como Jenna, sem dúvida, lhe teria dito, não valia a pena.

— Estou aqui – disse Besouro – porque a Princesa Jenna me pediu que investigasse uns ruídos no sótão. Eu lhe disse que deviam ser ratos, e acabou que eu estava certo. É um rato grande e *pateta*.

— Não me chame de pateta – irritou-se Merrin. – Vou lhe mostrar quem é o pateta aqui. *Você*. Você caiu direitinho.

— Caí no quê? Nesse seu quarto fedorento? – perguntou Besouro, zombando.

Merrin começou a parecer menos seguro.

— Você não percebeu nada? – perguntou.

— Um monte de velharia imprestável e quartos vazios – respondeu Besouro, desdenhoso, com cuidado para continuar dizendo a verdade.

— Só isso?

Besouro percebeu que estava ganhando e evitou dar uma resposta direta.

— Merrin, do que você *está* falando? — perguntou, aborrecido.

A autoconfiança de Merrin o abandonou de repente, e seus ombros arquearam.

— Nada nunca dá certo — gemeu ele, erguendo os olhos para Besouro, como se esperasse compaixão. — É porque eu não estou bem. Eu conseguiria se não estivesse com esse resfriado horrível.

— Conseguiria o quê?

— Não é da sua conta — disse Merrin, rabugento.

Besouro calculou que estava na hora de fazer alguma coisa. Ele se virou para ir embora, na esperança de ter feito o suficiente para convencer Merrin de que seu **Domínio das Trevas** tinha fracassado.

— Tá bom. Estou indo — disse ele. — Vou dizer aos Heap onde podem encontrá-lo. — E começou a se dirigir lentamente para a porta.

— Não! Ei, peraí! — gritou Merrin.

Besouro parou. Ele sentia um alívio imenso, mas não queria demonstrar.

— Por quê? — perguntou.

— Por favor, Besouro, *por favor*, não conta para eles. Não tenho para onde ir. Estou *péssimo*, e ninguém se *importa*. — Merrin examinou o lençol em busca de um lugar limpo e assoou o nariz ali, com estrondo.

– E a culpa é de quem?
– Ah, imagino que seja *minha* – disse Merrin. – A culpa é sempre minha mesmo. Simplesmente não é *justo*. – Ansioso, ele girou o Anel de Duas Faces.

De repente, uma rajada de chuva gelada tamborilou na janela. Merrin olhou para o alto, querendo inspirar pena.

– Besouro. Tá... tá frio lá fora. Tá chovendo e já está quase escuro. Eu não tenho para onde ir. *Por favor, não conta.*

Besouro continuou, apressado, com seu plano.

– Olhe, Merrin, Sarah Heap é boa gente. Ela não vai botá-lo na rua, não nesse seu estado. – Besouro calculou que ao dizer isso também estava dizendo a verdade. – Ela vai cuidar de você até você melhorar.

– Vai mesmo?

– É claro que vai. Sarah Heap se dispõe a cuidar de qualquer coisa. Até mesmo de *você*.

Não restava a Merrin nem um pedacinho de lençol seco. Ele assoou o nariz no cobertor. Besouro continuou a fazer pressão.

– Por que você não vem comigo lá para baixo, onde está bem aquecido?

– Está bem, então – disse Merrin. Ele tossiu e se deixou voltar a cair no travesseiro manchado. – Ah... acho que estou fraco demais para me levantar.

– Não seja ridículo. Você só está com um resfriado – disse Besouro, com sarcasmo.

– Tou com uma... *gripe*. Vai ver que é mesmo uma... pneumonia.

Besouro ficou se perguntando se Merrin poderia, pelo menos dessa vez, estar dizendo a verdade. Ele, de fato, parecia estar doente. Os olhos estavam brilhantes e febris, e ele parecia ter dificuldade para respirar.

— Eu vou com você... Eu me entrego, sim — disse Merrin, chiando. — Mas você tem de me ajudar. Por favor.

Relutante, Besouro foi até a cama. Ela cheirava a sujeira, roupas úmidas, suor e doença.

— Obrigado, Besouro — sussurrou Merrin, com um olhar estranho por cima e para além do ombro de Besouro. Os pelos na nuca de Besouro começaram a incomodá-lo, formigando, e a temperatura no quartinho gelado caiu mais alguns graus. Merrin estendeu a mão suja de meleca e, quando Besouro se inclinou, fazendo um esforço para segurá-la, Merrin se sentou, de repente, na cama, empertigado, e agarrou seu braço. Como garras de aço, os dedos ossudos apertaram o antebraço de Besouro. O anel no polegar de Merrin se fincou na sua carne e começou a queimar. Besouro abafou um grito.

— Nunca, *jamais* me chame de pateta – disse Merrin, chiando, com o olhar fixo para além do ombro de Besouro. — *Eu* não sou pateta... *você* é que é.

Besouro sentiu um calafrio. Ele sabia que alguma coisa muito perniciosa estava atrás dele e não se atreveu a olhar. Besouro não respondeu. De repente, sua garganta estava seca.

Atrás de Besouro havia uma quantidade de **Coisas** que tinham percebido que Merrin estava perdendo o controle sobre o

Domínio das Trevas. Merrin as tinha obtido nas Áridas Terras do Mal, cerca de um ano e meio antes, quando se apoderara do Anel de Duas Faces. Uma vez que o anel atingiu seu pleno poder, Merrin **Convocou** as **Coisas** para o Palácio, porque tinha o que chamava de "planos". A autoconfiança de Merrin voltara.

– Você está no meu **Domínio das Trevas** e sabe disso – disse ele, exultante. – E eu *sei* que você sabe.

Besouro cambaleou. O anel de Merrin fazia com que fisgadas de dor subissem pelo seu braço e penetrassem na sua cabeça. Ele se sentia enjoado e muito, muito tonto. Tentou se afastar, mas Merrin o segurava com firmeza. Com a mão livre, Merrin tirou debaixo das cobertas um livrinho muito manuseado e o agitou, vitorioso, diante de Besouro.

– Está vendo isto? Eu já o li *inteiro,* e tenho como fazer coisas que você nem consegue imaginar – sussurrou Merrin no ouvido de Besouro. – Me aguarde, *escribinha*. Vou mostrar a todo mundo neste Castelo fedorento e naquele Manuscriptorium metido a besta que deveriam ter sido legais comigo. Eles vão se arrepender pra valer. Este Palácio agora é *meu,* não da Princesa boboca. E o Castelo será meu, e eu vou ter tudo o que quiser. Tudo! – De tanta empolgação, Merrin cuspia enquanto falava. Besouro estava louco para limpar o cuspe da bochecha, mas não conseguia se mexer. Era como se Merrin o prendesse com tenazes. – E aquele idiota do Septimus Heap vai se arrepender de ter roubado meu nome. Vou pegá-lo, você vai ver. *Eu vou* ser o único Septimus Heap por aqui. A Torre dos Magos será *minha*. O Manuscriptorium será *meu*, e vou ter um dragão dez vezes melhor que aquele Cospe-Fogo carcomido, no qual ele anda se exibindo por aí. Você vai ver!

– Só em sonho mesmo – retrucou Besouro, parecendo mais confiante do que realmente se sentia. A lenga-lenga de Merrin o assustara. Havia um tipo de poder tão louco por trás dela que Besouro quase acreditou nele.

Merrin não se deu o trabalho de responder. Com uma das mãos imobilizando Besouro e a outra segurando o livro aberto, ele passou a entoar as palavras da página, numa voz grave e monótona. Uma névoa das **Trevas** começou a envolver Besouro. Quando Merrin se aproximava do final da recitação, as palavras terríveis chegavam a Besouro como se ele estivesse lá embaixo, num abismo escuro e profundo. Seu coração estava disparado e, com o medo que o dominava, ele mal conseguia respirar. Sua visão foi se fechando tanto que tudo o que conseguia ver era um túnel, com Merrin lá no fim, agitando o livro e abrindo sua enorme boca vermelha para dizer...

Mas Besouro não chegou a ouvir o que Merrin disse. Com seu último esforço consciente, ele estendeu a mão e arrancou o livro das mãos de Merrin.

– **Suma!** – gritou Merrin, e então: – Ei! Me devolve o livro! Mas Besouro não o devolveu. Besouro tinha sumido.

✛➤12✚✛
BUMERANGUE

Besouro estava em algum lugar escuro e desconfortável... muito desconfortável. Espremido num espaço mínimo, dobrara os joelhos junto ao peito e torcera os braços por cima da cabeça. Tentou se mexer, mas era tão apertado ali que parecia estar preso num torniquete. Esforçou-se para não entrar em pânico.

O que Merrin tinha feito com ele?

O desconforto estava se transformando rapidamente em algo muito mais perigoso.

Um formigamento percorria suas pernas, e ele já não conseguia sentir os pés. Suas mãos estavam comichando e dando a sensação de dormência. A mão esquerda segurava firme o livro que ele tinha arrancado de Merrin e estava enfiada no mesmo canto em que sua cabeça estava entalada. Os joelhos e os cotovelos comprimiam-se contra alguma coisa dura e doíam – *doíam de verdade*. Mas o pior era a sensação avassaladora, mais forte a cada instante, de que, se ele não se esticasse *agora*, iria enlouquecer.

Besouro respirou fundo algumas vezes e tentou dominar o pânico. Abriu muito os olhos, fixando-os na escuridão; mas, embora alguma luz parecesse estar se infiltrando ali, vindo de algum lugar, ele não conseguia entender nada. A pouca quantidade de luz ajudou Besouro a se controlar, e ele descobriu que conseguia mover, só um pouquinho, os dedos da mão direita. Cheio de dor, ele os esticou, deu batidinhas nas paredes do confinamento e, depois, as arranhou, tentando descobrir de que material eram feitas. Uma lasca debaixo de uma unha deu-lhe a resposta – madeira. Uma forte fisgada de medo o transpassou – *ele estava no próprio caixão*. Besouro ouviu um grito incontrolável, desesperado, como o de um animal apanhado numa armadilha, e um calafrio desceu por sua espinha. Demorou alguns segundos para se dar conta de que o grito tinha vindo dele mesmo.

Por baixo do som das batidas do seu coração, Besouro começava a perceber que ruídos vinham se infiltrando de algum lugar fora do caixão. Eram sussurros abafados, sem nitidez. Em sua prisão escura, a imaginação de Besouro entrou em modo acelerado. Ele tinha lido que **Coisas** murmuravam. Especialmente quando estavam com fome... ou seria com raiva? Ele tentou se lembrar. Será que **Coisas** sentiam fome? Será que chegavam a comer? Se comessem, será que *o* comeriam? Talvez estivessem só com raiva. Mas "com raiva" também não era bom. Na realidade, era provável que fosse pior. Mas que diferença fazia? Nesse exato momento, ele daria qualquer coisa para sair do caixão, poder esticar os braços e as pernas e endireitar a espinha. Na verdade, enfrentaria com prazer mil **Coisas**, em troca da capacidade de se esticar mais uma vez até sua altura normal.

Besouro deu um forte gemido. Os sussurros aumentaram o volume e abafaram as batidas do seu coração. E então um dos lados do caixão começou a tremer. Besouro fechou os olhos. Ele sabia que a qualquer instante uma **Coisa** arrancaria o lado do caixão, e isso seria o fim de tudo. Se tivesse sorte, teria alguns segundos para se esticar, para estender as pernas e os braços contorcidos... mas só se tivesse sorte. E depois disso? Depois disso, seria o fim para ele. Besouro pensou em sua mãe e reprimiu um soluço. *Mamãe, ah, mamãe.* Ela nunca ia saber o que tinha acontecido com ele. Mas, talvez... talvez fosse melhor assim... Com o som dos sussurros agitando-se, Besouro preparou-se para o pior.

De repente, o lado do caixão foi arrancado. A luz entrou. Besouro caiu do Armário de Pendências do Manuscriptorium, aterrissando no chão com um baque. Alguém deu um grito.

— Caramba, é *você* – disse Raposa, assustado.

Besouro estava caído de costas, atordoado. Sentia-se como uma gelatina que tivesse sido tirada da forma, antes de atingir a consistência certa. Hesitante, ele abriu os olhos e se descobriu

olhando de baixo direto para o nariz de Raposa, que não era seu melhor ângulo.
– O quê? – resmungou com a voz muito fraca.
Um monte de escribas estava reunido em torno dele.
– Ei, Besouro, tudo bem com você? – perguntou uma garota de cabelos castanhos e curtos, e ar preocupado. Ela se ajoelhou no chão e o ajudou a se sentar.
Besouro fez que sim, devagar.
– Tudo bem, obrigado, Romilly. Estou bem. *Agora*. Mas achei que estava prestes a ficar... hum, nada bem. – Ele balançou a cabeça, tentando se livrar de todos os pensamentos apavorantes que o tinham invadido durante os últimos minutos.
De repente, ressoou uma voz horrivelmente familiar.
– O que está... *atchim*... acontecendo aqui, sr. Raposa?
– Nada, srta. Djinn – disse ele, surpreso, pondo-se de pé de um salto. – Só um pequeno... hã... acidente, com alguma coisa no Armário de Pendências. Um **Talismã** bumerangue. Ele... voltou. De forma inesperada.
O vulto baixo e gorducho da Escriba Hermética Chefe, envolto em suas vestes de seda azul-marinho, estava em pé na entrada da Câmara Hermética, do outro lado do Manuscriptorium. Por sorte, graças às suas medidas de corte de custos, as luzes bem fracas não permitiam que ela visse com clareza o que estava acontecendo na penumbra ao lado do armário.
Jillie Djinn espirrou mais uma vez.
– Parece que você não consegue manter o controle sobre um único **Talismã**, sr. Raposa – disse ela, irritada. – Se houver mais

um incidente... *atchim*... *atchim*... como esse... *atchim*, serei forçada a repensar sua recente nomeação.

— Eu... eu... — gaguejou Raposa.

Jillie Djinn assoou o nariz, com muito barulho e enorme atenção a detalhes. Não foi bonito de se ver.

— Diga-me, então, por que não me entregou o **Talismã** para o levantamento de estoque? — perguntou ela.

Romilly pôde ver que Raposa não encontrava uma resposta.

— É só que ele acabou de voltar, srta. Djinn — disse ela.

— Srta. Badger, minha pergunta foi para o Escriba dos **Talismãs**, não para você — disse Jillie Djinn. — E exijo uma resposta do Escriba dos **Talismãs**.

— É só que ele acabou de voltar, srta. Djinn — repetiu Raposa.

Jillie Djinn não ficou satisfeita.

— *Atchim!* Bem, agora que voltou, eu o requisito para o levantamento do estoque. *Imediatamente*, sr. Raposa.

— Me passa ele aqui, Besouro — sussurrou Raposa, em pânico.

— Depressa. Antes que ela venha apanhar.

Por fim, Besouro entendeu o que tinha acontecido. Enfiou a mão ainda trêmula no bolso esquerdo superior da sua túnica de almirante, tirou dali o pequeno pedaço curvo de madeira polida e o entregou a Raposa.

— Valeu, Raposa — murmurou ele.

As altas escrivaninhas no Manuscriptorium estavam escuras com aquela iluminação fraca, como árvores num entardecer de inverno. Raposa seguiu por elas a passos largos até o outro lado do Manuscriptorium e entregou à Escriba Chefe o pequenino Bumerangue. Jillie Djinn pegou-o e olhou para Raposa, desconfiada.

— O que todos os escribas estão fazendo fora das escrivaninhas? — perguntou ela.

— Hã. Bem, tivemos um probleminha — disse Raposa. — Mas já está resolvido.

— Que tipo de... atchim... problema?

— Humm... — A rapidez no pensamento não era o ponto forte de Raposa.

— Bem, sr. Raposa, se não consegue me explicar, terei eu mesma de ir ver o que aconteceu. Ora, pela madrugada, faça o favor de sair da frente.

Raposa oscilava diante de Jillie Djinn, como se estivesse protegendo um gol invisível. Mas infelizmente ele também não tinha talento para ser goleiro. A Escriba Hermética Chefe tirou-o do caminho com uma cotovelada e partiu em meio às fileiras de escrivaninhas muito juntas.

Os escribas, que tinham formado um círculo de proteção em volta de Besouro, ficaram vendo a bola de seda azul-marinho rolar na sua direção. Eles se aglomeraram num grupo cerrado e se prepararam para o ataque de Jillie Djinn.

— O que *está acontecendo*? — perguntou ela. — *Por que* não estão trabalhando?

— Foi um acidente — disse a voz de Romilly, do fundo do grupo.

— Um *acidente*?

— Alguma coisa caiu do armário de modo inesperado — disse Romilly.

— Os acidentes *costumam* ser inesperados — observou Jillie Djinn, ácida. — Anote agora no registro de acidentes todos os detalhes, bem como a hora *exata* do incidente, atchim... atchim... e traga o registro para eu assinar.

— Sim, srta. Djinn. Só vou antes ao ambulatório fazer um curativo. Não demoro.

— Está bem, srta. Badger. — Jillie Djinn fungou, contrariada. Ela sabia que alguma coisa não estava certa. Tentou espiar por cima da cabeça dos escribas, mas, para sua irritação, descobriu que os escribas mais altos, arrebanhados pelo perspicaz Sebastian Ewe, cuja cabeça sempre batia no marco da porta, estavam reunidos em torno dela.

— Com licença, srta. Djinn — disse um deles, um rapaz magricela, de cabelos castanhos finíssimos. — Enquanto a srta. Badger está no ambulatório, eu queria saber se a senhorita poderia verificar meus cálculos. Não tenho certeza se calculei direito a média dos segundos que as pessoas se atrasaram para sua primeira hora marcada durante as sete últimas semanas. Acho que pus uma vírgula decimal no lugar errado.

Jillie Djinn deu um suspiro.

— Sr. Partridge, será que você nunca vai entender a vírgula decimal?

— Tenho certeza de que estou *quase* entendendo, srta. Djinn. Se puder dar só mais uma repassada comigo, sei que tudo vai ficar claro.

Partridge sabia que Jillie Djinn não resistiria a dar uma explicação sobre a vírgula decimal. E assim, enquanto Partridge reprimia inúmeros bocejos e Jillie Djinn começava uma explicação tortuosa, acompanhada de muitas assoadas de nariz, Romilly Badger levava Besouro sorrateiramente para o ambulatório.

O ambulatório era pequeno e sombrio, com uma janelinha estreita que dava para o quintal dos fundos do Manuscriptorium. Espremidas no cômodo estavam uma cama encalombada, duas cadeiras e uma mesa com uma grande caixa vermelha em cima. Romilly fez Besouro se sentar na beira da cama e cobriu seus ombros com um cobertor. Besouro estava tremendo de choque. Raposa entrou, fechou a porta atrás de si, sem ruído, e ficou encostado nela.

— Você está horrível — disse a Besouro.

— Obrigado, Raposa — disse Besouro, forçando um sorriso.

— Desculpa, Besouro. Achei que o bumerangue ia levar você de volta ao último lugar em que *você* esteve em segurança. Não pensei que fosse voltar para o último lugar em que *ele* se sentiu seguro. Treco idiota.

— Não peça desculpas, Raposa. Aquele armário é cem vezes melhor do que o lugar onde eu talvez *fosse* parar. Eu só queria ter descoberto mais cedo, só isso. Não teria feito tamanho escândalo.

— Besouro abriu um sorriso envergonhado. Ele não se lembrava direito do que dissera. Sua impressão era a de que tinha gritado "Mãe", ou, ainda pior, "Mamãe", mas esperava que isso só tivesse acontecido na sua cabeça.

— Não, escândalo nenhum — disse Raposa, sorrindo. Voltou-se então para Romilly. — Tudo bem com você? Onde você se cortou?

— Estou bem, Raposa — respondeu Romilly, com paciência. — Eu não me cortei. O curativo foi um pretexto para tirar Besouro de lá.

— Ah, *entendi*. Uma saída muito inteligente.

Besouro e Raposa observaram Romilly abrir a caixa vermelha, tirar de lá uma atadura grande e a enrolar no polegar. Raposa pareceu não entender.

— Mas eu achava... — disse ele.

— Corroboração — disse Romilly, em tom de mistério. — Pronto, Besouro. Vou ver se a barra está limpa, e aí podemos deixar você sair sem que você-sabe-quem veja nada.

Raposa segurou a porta aberta para Romilly e depois a fechou sem ruído, retomando sua posição, encostado nela.

— Ela é esperta — disse ele, com admiração.

Besouro fez que sim. Ainda se sentia muito estranho, embora desconfiasse que a sensação vinha ao mesmo tempo de estar de volta no antigo local de trabalho — lugar que, no passado, ele adorava — bem como de qualquer coisa que Merrin tivesse feito.

— Ainda sentimos sua falta — disse Raposa, de repente.

— É, eu também... — murmurou Besouro.

— Aqui está horrível agora — disse Raposa. — Não é a mesma coisa desde que você foi embora. Para dizer a verdade, estou pensando em sair. E Partridge e Romilly também.

— Sair? — Besouro ficou chocado.

– É, sair – disse Raposa, abrindo um sorriso. – Você acha que Larry poderia querer mais três auxiliares?
– Quem dera – disse Besouro.
Nenhum dos dois disse nada por um instante, e, em seguida, Raposa falou:
– E então, o que você estava fazendo, Besouro? Quer dizer, por que você precisou de um **Talismã de Proteção**? E por que ele o trouxe de volta? Deve ter sido muito apavorante.
– E foi. Você sabe aquele tal de Merrin Meredith, que está sempre por aqui?
– *Ele!* – disse Raposa, com raiva.
– Bem, ele lançou um **Suma**.
– Em *você*?
– Em mim.
– Não admira que você esteja com essa cara – disse Raposa.
– É mesmo. Mas isso não é o pior. Ele está enfurnado no sótão do Palácio...
– Você está brincando!
– ... e eu acho que ele começou um **Domínio das Trevas**.
Sem conseguir acreditar, Raposa olhava assustado para Besouro.
– Não! *Não. Como?*
– Sabe aquele anel que ele usa... aquela coisa detestável com Duas Faces? Bem, sempre achei que aquilo era um anel de imitação do Gothyk Grotto, mas agora não tenho tanta certeza. Acho que talvez seja o verdadeiro.

Raposa sentou na cadeira, ao lado de Besouro. Parecia preocupado.

— Poderia ser. Até faz sentido se for — disse ele, em voz baixa.

— Ele tem algum poder sobre a srta. Djinn. Ela o deixa fazer tudo o que quer. Acho que tem medo dele. O esquisito é que tenho certeza de que ela o demitiu pelo menos três vezes, mas ele volta como se nada tivesse acontecido... e ela *nunca se lembra*. E nos últimos tempos começou a ficar muito estranha quando ele está aqui, com um ar meio vazio, como se não estivesse mais ali. É assustador.

— Aposto que é mesmo — disse Besouro.

— É. — Raposa baixou os olhos para os pés, e Besouro percebeu que ele estava prestes a dizer alguma coisa sobre a qual tinha sido forçado a pensar muito. Fez-se um silêncio enquanto Besouro esperava e Raposa organizava as palavras. — Besouro — Raposa continuou, por fim —, a questão é que isso já aconteceu aqui antes. Se lembra de toda aquela história com meu pai?

Besouro fez que sim. O pai de Raposa tinha sido o Escriba Hermético Chefe antes de Jillie Djinn. Tinha saído com desonra depois de se envolver com Simon Heap — nos seus tempos das **Trevas** — num complô para matar Márcia Overstrand.

— Sei que ninguém vai acreditar, nunca — disse Raposa —, mas meu pai jamais quis fazer toda aquela transação dos ossos para o Simon Heap. Ele não tinha a menor ideia da finalidade; não tinha mesmo. Mas disse que as **Trevas** simplesmente o foram puxando. E, uma vez lá dentro, você fica preso e não tem como escapar, por mais que tente.

Besouro concordou.

— Fui ver meu pai na semana passada — disse Raposa, hesitante.

— Você foi *ver* seu pai? — perguntou Besouro, admirado. — Mas achei que Márcia o havia banido para as Terras Distantes.

— É, ela baniu, sim. — Raposa estava constrangido. — Mas ele ficou com *tanta* saudade que voltou em segredo. Mudou de nome e agora mora no Porto. Não é uma parte muito legal do Porto, mas ele não se importa. Não vai contar para ninguém, tá bom?

— É claro que não.

— Eu agradeço. Não costumo visitá-lo muito, para evitar que alguém perceba, mas ultimamente ando muito preocupado mesmo com a situação por aqui e quis conversar com ele. Ele diz que as coisas parecem estar mal. Que o garoto Meredith está com Jillie Djinn bem na palma da mão. — Raposa apertou o polegar sobre a palma da outra mão. — Totalmente dominada. Do mesmo modo que Simon Heap dominava meu pai.

— Ele só criou encrenca desde que chegou aqui — concordou Besouro. — Eu me lembro do primeiro dia em que apareceu. Já estava usando aquele anel.

— Sabe? Também acho que não é falso — sussurrou Raposa, olhando de relance para a porta.

— Mas como ele o conseguiu, Raposa? O verdadeiro pertencia a DomDaniel.

— Bem, *esse aí* morreu.

— Mas você sabe que o anel só sai pelo Outro lado? Ele *não pode* ter decepado o polegar de DomDaniel.

— Nada me surpreenderia nesse verme — disse Raposa.

— Acho que eu deveria ir ao Gothyk Grotto para ver se eles vendem cópias — disse Besouro. — Se não venderem, vou perguntar a Márcia o que ela acha.

— Bem, não se surpreenda se um par de Magos aparecer à toa no Grotto para interrogá-lo sobre o motivo de você querer um — avisou Raposa. — Uma vez fui lá pedir uma cópia de um **Talismã das Trevas**, só para fazer uma brincadeira com nosso Partridge, e eles agiram de um jeito bem esquisito.

Umas batidinhas discretas soaram na porta. Besouro teve um sobressalto.

— Tudo bem — disse Raposa. — Código entre escribas. Barra limpa. Hora de sair.

Um minuto depois, Besouro tinha sido carregado para o lado de fora do Manuscriptorium e encontrava-se no Caminho dos Magos. O movimento ali era surpreendente. A Feira dos Mercadores tinha se encerrado ao anoitecer, e as pessoas agora vinham em bando ao Caminho dos Magos para ver o momento em que as decorações com velas fossem acesas para a Noite Mais Longa do Ano. Besouro se encostou no poste do Manuscriptorium, tentando compreender os acontecimentos da hora anterior. Viu Maizie Smalls avançando decidida na sua direção. A multidão se abria para deixá-la passar, com os rostos iluminados voltados para o alto, enquanto a observavam encostar a escada no poste e subir com agilidade, com seu flamejante acendedor de archotes pronto para a tarefa.

O grupinho de crianças que vinha seguindo Maizie por todo o Caminho reuniu-se em volta da base de prata enegrecida do poste e deu vivas quando o archote do Manuscriptorium se acendeu, lançando suas chamas para o crepúsculo cada vez mais escuro. Foi um momento feliz, mas Besouro não estava ali para aproveitar a sensação. A visão de Maizie sacudira sua memória e expulsara da sua cabeça os últimos vestígios de confusão.

– Jenna! – disse ele, abafando um grito.

Procurando se desviar dos pedestres que vinham se aproximando, ele saiu correndo pelo Caminho, rumo ao Palácio.

✣ 13 ✣
GOTHYK GROTTO

Já na metade do Caminho dos Magos, Besouro viu Jenna subindo correndo pelo outro lado. Com o cabelo comprido esvoaçando atrás dela, a luz dos archotes refletida no diadema de ouro e a capa vermelha tremulando, ela fazia com que os pedestres que se aproximavam saíssem da sua frente e os deixava olhando espantados para ela. Acima da sua cabeça, um pequenino periquito invisível tentava acompanhar seu diadema cintilante em meio à multidão enquanto ela ziguezagueava rumo à Torre dos Magos.

Besouro atravessou depressa o largo Caminho. Ele ainda tinha dificuldade para deixar de obedecer a uma das normas do Manuscriptorium, que todos os escribas se comprometiam a cumprir: *era proibido correr, gritar, praguejar, cantar e dançar no Caminho dos Magos.* Era uma norma que, durante o tempo que passou no Manuscriptorium, era levada muito a sério; e até o momento Besouro não a tinha desrespeitado. No entanto, à medida que Jenna ia desaparecendo, veloz, na direção do Arco Maior que dava acesso ao pátio da Torre dos Magos, ele descumpriu duas proibições ao mesmo tempo. Saiu correndo, aos gritos.

– Jenna! *Jenna!* – E então, quando as pessoas pararam para olhá-lo, espantadas, Besouro achou que talvez estivesse sendo desrespeitoso. E assim gritou – Ei, *Princesa Jenna.* Pare!

Jenna parou, sim, não para Besouro, mas para tentar passar pelo meio da multidão reunida em torno de Maizie Smalls, que tinha atravessado o Caminho para acender o último de todos os archotes. Quando Jenna tentou se desviar de Besouro – só mais um corpo atrapalhando seu avanço –, ele estendeu o braço para fazê-la parar.

Jenna levantou os olhos, furiosa.

– Saia da minha frente... Ah, *Besouro, é você! É você!* – Ela se atirou sobre ele para abraçá-lo.

– Uuuuh – disse alguém na multidão. – Uuuuh! *Olhem!* É a Princesa e aquele garoto que era o...

– Vamos dar o fora daqui – disse Besouro, soltando-se relutante do abraço. Ele pegou o braço de Jenna e a levou depressa dali.

– Besouro, o que *aconteceu?* Você não voltou! Fiquei com *tanto* medo. Como você chegou *aqui?* Ei, *aonde estamos indo?* – perguntou

Jenna, como uma metralhadora, à medida que Besouro a fazia atravessar o Caminho para entrar nas sombras do Atalho do Bob Magricela, um corredor muito estreito que saía do Caminho dos Magos e os levaria ao Beco dos Emaranhados.

– Vamos ao Gothyk Grotto – disse Besouro.

– *Por quê?* – Como um pônei teimoso, Jenna parou onde estava e balançou a cabeça de um lado para outro. Besouro estancou: quando um pônei para no Atalho do Bob Magricela, todo mundo para. Jenna lançou sobre Besouro um de seus melhores olhares de Princesa. – Besouro – informou ela –, não dou nem mais um passo enquanto você não me contar *o que está acontecendo.*

– Vou lhe contando no caminho, ok? – disse ele.

– Caminho para onde? Para o Gothyk Grotto, aquela *espelunca* onde todos os esquisitões ficam de bobeira?

– É. *Por favor,* Jenna, dá para a gente seguir em frente? O cheiro aqui é horrível.

– Tá bem – disse Jenna, desistindo. – Mas é bom que valha a pena.

Jenna acertou em cheio em sua descrição do Gothyk Grotto. Era uma loja suja, escura e decrépita no final do pequeno Beco do Arrepio, em algum ponto na área mais desleixada dos Emaranhados. Quando Besouro abriu a porta, o som de um rugido teatral, típico de um monstro, soou forte acima deles; e tanto Jenna como o passarinho **InVisível** deram um pulo. O passarinho se recuperou e conseguiu entrar voando bem no instante em que a porta se fechava com estrondo.

Besouro e Jenna ficaram ali parados um instante, tentando entender o lugar. De início, ele parecia estar em total escuridão, mas eles logo perceberam algumas velas bruxuleantes, que se moviam devagar, aparecendo e desaparecendo a esmo. O som sobrenatural de uma flauta nasal vinha de algum ponto distante, e o ar abafado estava impregnado do cheiro de um incenso muito forte, que fez Jenna começar a espirrar. À medida que seus olhos foram se acostumando ao escuro, Jenna e Besouro puderam ver vultos indistintos de pessoas segurando velas enquanto perambulavam por entre pilhas altíssimas e estantes pouco firmes.

De repente, uma chama se acendeu na penumbra, e eles viram um garoto alto acendendo duas velas ali perto. O garoto se aproximou e entregou as velas a Jenna e Besouro.

– Sejam bem-vindos ao Gothyk Grotto.
– Menino Lobo! – disse Jenna, abafando um grito. – O que *você* está fazendo aqui?
– Hã? – disse o que parecia ser a voz de Menino Lobo.
Jenna ergueu a vela e olhou para o garoto. Não era Menino Lobo, mas ele tinha alguma coisa que fazia com que ela se lembrasse dele. O garoto era mais ou menos da mesma altura e compleição do Menino Lobo, mas seu cabelo era curto e espigado; e, mesmo no escuro, Jenna podia ver que era preto, diferente do cabelo castanho-claro do Menino Lobo.

– Desculpe – disse Jenna. – Achei que fosse outra pessoa.

— É. Bem, sinto muito, mas não sou Menino Lobo, quem quer que ele seja. Nome legal.

— É estranho, sua voz é igualzinha à dele. Você não acha, Besouro?

— Igualzinha — concordou Besouro.

— Besouro é um nome legal também. É. Ei. Uau! Cara, você é a *Princesa*. Puxa! O que *você* está fazendo aqui?

— Viemos ver se vocês vendem cópias do Anel de Duas Faces — disse Jenna.

— Vocês *o quê*?

— Queremos saber — disse Besouro com muita clareza e bem devagar — se vocês vendem, ou em algum momento venderam, cópias do Anel de Duas Faces das **Trevas**.

— *Hã*?

— O Anel de Duas Faces das **Trevas** — repetiu Besouro.

— Puxa vida — disse o garoto.

— Então... vocês as vendem? *Algum dia* já venderam?

— Vocês realmente querem saber? — O garoto parecia bestificado.

— Queremos, sim, por favor — disse Besouro, tentando ser paciente. — Vocês já as venderam? Para *alguma pessoa*?

— É melhor vocês virem comigo — disse o garoto. — Queiram me acompanhar.

Com uma clara sensação de que tinham feito algo errado, Besouro e Jenna foram atrás dele. Acompanhá-lo não era tarefa das mais fáceis. Ele usava longas vestes negras que roçavam no chão e se confundiam com o pano de fundo. E era evidente que sabia se movimentar por ali tão bem a ponto de não precisar de uma vela ao avançar, dando voltas, entre as estantes e as pilhas, dispostas como um labirinto duplo. Jenna seguiu na frente, e seu único recurso para se manter atrás do garoto foi seguir o farfalhar do traje dele nas tábuas grosseiras do assoalho. Eles seguiram pelo caminho sinuoso através de cânions, aparentemente intermináveis, de mercadorias (o labirinto tinha sido planejado para fazer os fregueses passarem duas vezes por tudo). Ao mesmo tempo que tentavam não ficar para trás, eles também tentavam não tropeçar na variedade de ossos de gesso, capas e túnicas pretas baratas, dentaduras de Grágulas (sendo um Grágula um ser humano mítico, que chupa o sangue), garrafas de sangue artificial, baldes de bijuteria pesada, ornamentada com caveiras, **Talismãs**, fragmentos de *hamster* morto (a última onda), pilhas de livros de encantamentos populares, pilhas de jogos de tabuleiro, tinta fosforescente, potes de insetos de gelatina, teias de aranha, olhos de carcaju e milhares de outros exemplares daquilo que no Castelo era conhecido como "gótico do Grotto".

Acabaram saindo do labirinto para os fundos da loja – um lugar empoeirado com pilhas altas de caixas ainda fechadas, iluminado por longas velas pretas. O som estranho da flauta nasal era mais alto ali e vinha de detrás de uma pequena porta (pintada de preto, é claro) no fundo de um arco gótico trabalhado. O garoto acenou para que o acompanhassem e se encaminhou para a porta. Jenna foi atrás depressa, tropeçou num monte de caveiras de papelão e tentou se firmar no arco, que balançou de modo alarmante.

O garoto bateu na porta. O som da flauta nasal foi interrompido – para grande alívio deles – e uma voz gritou:
– Pois não?
– Sou eu, Matt. Estou aqui com um nove-nove-nove. É a Princesa e o antigo funcionário do Manuscriptorium.
– Muito engraçado, Marcus. Traga-me uma xícara de chá, por favor.
– Não. É verdade. Estou, sim, com a Princesa, sr. Igor. Sério.
A voz do outro lado da porta pareceu irritada.
– Marcus, já conversamos sobre contar histórias. Agora trate de trazer *meu* chá, ok?
O garoto se virou para Jenna e Besouro e encolheu os ombros.
– Desculpem. Ele fica esquisito ao entardecer. Vou lhe trazer uma xícara de chá. Depois, ele vai recebê-los.
– Mas não *precisamos* vê-lo – disse Besouro, exasperado. – Só queremos saber se vocês algum dia tiveram Anéis de Duas Faces de imitação.
– É exatamente por isso que vocês precisam vê-lo. São as normas. Sinto muito. – O garoto sorriu, como se pedisse desculpas, e voltou a desaparecer no labirinto.
– É uma idiotice – disse Jenna. – Não vou ficar aqui esperando a noite inteira.
Ela bateu com força na portinha preta e, sem esperar resposta, entrou. Besouro foi atrás.
Um homem de rosto comprido, extremamente branco, que terminava numa barba rala e pontuda, estava sentado diante de uma pequena escrivaninha, jogando paciência.

– Desta vez foi rápido, Marcus – murmurou ele, sem levantar os olhos. – Pode deixar aí, está bem? – Quando nenhuma xícara de chá apareceu em seu campo visual, o homem desviou os olhos do jogo. Seu queixo caiu. – Com mil demônios! – disse ele, ofegante. De um salto, pôs-se de pé, espalhando as cartas, e fez uma reverência desajeitada. – Princesa Jenna! É você mesma. Sinto muito. Eu não fazia ideia... – Ele olhou ao redor. – Onde está Marcus? Por que ele não disse que vocês estavam aqui?

– Bem, *Matt* disse que eu estava aqui – respondeu Jenna, confusa.

– Matt, Marcus, é a mesma coisa – disse o homem, de modo enigmático. – Ah, por favor, sente-se, Princesa. E você também, escriba Besouro. – E balançou a mão para impedir Besouro de dar explicações. – Não, não diga nada. Sei o que aconteceu. Mas um dia escriba, sempre escriba, né? Então, a que devo o prazer desta visita? Em que posso ajudá-los, hein?

– Precisamos saber – disse Jenna, sem rodeios – se vocês algum dia venderam cópias do Anel de Duas Faces.

Igor ficou ainda mais branco.

– Quer dizer que *é* um nove-nove-nove. Puxa vida, como é constrangedor. Peço-lhe sinceras desculpas. Mas faz parte das condições de nossa Licença de operar, certo? – Igor estendeu a mão por baixo da escrivaninha e apertou um grande botão vermelho. Então olhou para eles e deu um sorriso amarelo. – É claro que não passa de uma formalidade. Queiram se sentar por gentileza. – Ele indicou duas cadeiras de madeira, meio instáveis,

encostadas na parede. Enquanto se sentavam cheios de cuidado, Igor observou-os, sem tirar os olhos deles por um instante. – Bem, Vossa Alteza...
– Por favor, pode me chamar simplesmente de Jenna – interrompeu-o Jenna.
– Parece um pouco íntimo. Permite que eu a chame de *Princesa* Jenna, então? – Jenna concordou. – Bem, Princesa Jenna, se tivesse sido qualquer outra pessoa fazendo essa pergunta, eu teria de detê-la aqui até a chegada do Mago de plantão. Mas como é você, bem, nem em sonho eu a deteria contra sua vontade. Naturalmente. – Igor parecia extremamente constrangido.
– Como assim? – perguntou Jenna.
– Bem, vou lhe explicar como funciona. Temos o que chamamos de Lista de Notificação, que inclui certos objetos das **Trevas**, poções, **Talismãs**, sortilégios e assim por diante. O primeiro da lista é o Anel de Duas Faces. Como Marcus disse, ele é código nove-nove-nove. Se alguém pedir alguma coisa que esteja na lista, temos de notificar a Torre dos Magos.
– Mas por quê? – perguntou Jenna.
Igor encolheu os ombros.
– Como vou saber? A Torre dos Magos não nos diz nada. Mas meu palpite é que o conhecimento de que essas coisas existem, bem como a vontade de possuir cópias delas, demonstra um conhecimento das **Trevas** que levanta suspeitas, certo? Pode até mesmo ser perigoso. Com exceção de você, Princesa, é claro – acrescentou ele, depressa. – É claro que você tem o direito de se interessar por *tudo*. É totalmente compreensível... *totalmente*.

— E isso é um *sim* ou um *não*? — perguntou Jenna.
— Um sim ou um não o quê? — Igor parecia confuso.
— Se vocês já venderam cópias do Anel de Duas Faces.
— Com mil demônios, *não* — Igor estava chocado. — É claro que não. O que acha que somos?
— Desculpe — disse Jenna. — Eu... nós não pretendíamos nada de mau. Só precisávamos saber.

Igor baixou a voz.

— Não procure saber. Mantenha esse anel longe de seus pensamentos. Tome cuidado, Princesa Jenna. Não mexa com essas coisas. Não volte a mencionar esse objeto. — Ele ficou olhando para um ponto alguns palmos acima da cabeça de Jenna, e sua testa se franziu rapidamente. — Tenha cuidado, Princesa — murmurou ele. — Quem caminha com as **Trevas** não caminha sozinho. — Ele se levantou e fez uma reverência solene. — Seus companheiros de jornada podem não ser o que você desejaria. Marcus vai acompanhá-los.

Ainda com a sensação de que tinham feito algo errado, Besouro e Jenna seguiram Marcus — ou teria sido Matt? — em silêncio, de volta pelo labirinto. Enquanto passavam por um grande pote de dentaduras de Grágulas, Jenna parou e pegou uma.

— Quanto é? — perguntou ela.
— De graça para você — disse Matt, com um largo sorriso... ou seria Marcus.
— Ah, obrigada — disse Jenna, também sorrindo.

O garoto conduziu-os pelo labirinto e abriu a porta para eles.

– Desculpe – disse Jenna, curiosa –, mas seu nome é Marcus ou Matt?

– Matt – respondeu o garoto, sorrindo.

– Então, por que Igor o chamou de Marcus?

– Marcus é meu irmão. Somos idênticos. Igor acha que o passamos para trás, fingindo que um é o outro, mas não fazemos isso. É *tão* sem graça. Só que Igor acha que está sendo esperto e, quando dizemos quem somos, ele sempre nos chama pelo nome do outro. – Matt deu de ombros. – É assim aqui dentro. Estranho.

– Estranho – concordou Jenna.

Acompanhados pelo rugido do monstro da porta, Jenna e Besouro saíram para o vento encanado do pequeno Beco do Arrepio. Besouro voltou-se para ela, com o cabelo entrando inesperadamente em seus olhos, e as gotas cortantes da chuva gelada fazendo-o piscar.

– Quer dizer que Raposa *estava* certo – disse ele. – Merrin está com o verdadeiro. Isso é grave. Precisamos contar para Márcia imediatamente.

Jenna enrolou-se melhor na capa, puxando a borda de pele mais para junto do queixo, a fim de não deixar a chuva entrar.

– Eu sei – disse ela, com ar infeliz. – Mamãe vai ficar *tão* contrariada. Há *séculos* que ela está ansiosa pela noite de hoje. É a primeira vez na vida que vai estar comigo e com Septimus juntos no dia do nosso aniversário.

Besouro e Jenna voltaram andando em silêncio pelo Beco do Arrepio, indo na direção de uma placa enorme onde se lia PARA A TORRE DOS MAGOS. Acima deles voava o pequeno periquito **InVi-**

sível, agredido pelo vento, açoitado pela chuva, mas agora com um raio de esperança de que logo voltaria a ver seu verdadeiro amor outra vez.

– Besouro – disse Jenna.

– Hum?

– Nunca mencionei isso para ninguém, porque achei que as pessoas iam pensar que eu tinha ficado biruta ou coisa semelhante, mas acho que Merrin está morando no Palácio há muito tempo.

– O quê? – Besouro estava assombrado.

– Bem... de vez em quando, eu acho que o vejo desaparecendo numa esquina, apesar de eu nunca ter certeza. Cheguei a falar nisso com Mamãe, mas ela pensou que fosse só um fantasma. Mas você se lembra do que Barney Pot disse para tia Zelda? Que Merrin o atacou no Longo Passeio? Sei que mais ninguém acreditou, mas Barney não é de contar mentira. E, se *for* verdade, Merrin está por lá há no mínimo um ano e meio. O que é realmente assustador.

– Jenna estremeceu.

– Isso é horrível – disse Besouro. – Só de imaginar que ele está escondido lá em cima. Vigiando você. Perambulando à toa de noite...

– Ai, Besouro, para com isso! – protestou Jenna. – Não quero nem *pensar* nesse assunto.

Eles tinham chegado à placa com os dizeres PARA A TORRE DOS MAGOS, iluminada por um pequeno archote, com um fogo forte, num recipiente no alto. A placa indicava uma ruela bem clara, conhecida ali como Trilha da Torre. Eles entraram por ela e seguiram em marcha acelerada entre as casas bem-arrumadas, todas com suas velas da Noite Mais Longa do Ano já acesas nas janelas. À medida que avançavam, Besouro percebeu que Jenna estava cada vez mais inquieta.

– Estamos no caminho certo? – perguntou ela a Besouro depois de algum tempo.

– Claro que sim. – Besouro lançou para Jenna um olhar desconfiado. Ele sabia que ela conhecia muito bem os becos das proximidades dos Emaranhados.

– Mas... não parece que é.

– Mas é. Você *sabe* que é. Aqui é a Trilha da Torre. – Besouro estava desconcertado.

Jenna tinha parado e olhava ao redor, como se estivesse vendo aquele beco pela primeira vez na vida. Acima dela, o periquito **InVisível** adejava, esperançoso. Ele estava quase chegando à sua casa.

– Qual é o problema? – perguntou Besouro, olhando um pouco para o alto. Ele tinha a impressão de que algo pairava acima da cabeça de Jenna, só que fora de seu campo de visão.

Jenna voltou-se contra ele, com raiva.

– Não tem nada de errado. Para de me atormentar, Besouro. Simplesmente não vou por esse seu caminho idiota, só isso! – E com essas palavras ela se virou e voltou correndo pela Trilha da Torre. De repente, desviou para a esquerda e enveredou por um beco minúsculo e escuro: o mal-afamado Desvio do Dan da Adaga.

☩➤14☩☩
Desvio do Dan da Adaga

Besouro foi correndo atrás de Jenna, só que ele não era um corredor nato como ela. Logo perdeu de vista sua capa vermelha esvoaçante, à medida que ela se afastava, saltando por cima de poças e derrapando em esquinas cegas, passando veloz pelas curvas tortuosas do beco estreito e escuro como se tivesse descido correndo por ele centenas de vezes. Obstinado, ele acompanhava os ecos cada vez mais fracos das passadas de Jenna, e em pouco tempo passou a ouvir apenas o ruído das próprias botas batendo nas pedras. Não havia o menor sinal da menina.

De todos os becos que saíam da Trilha da Torre, o Desvio do Dan da Adaga era o pior. A passagem estreita e tortuosa tinha o nome de um assaltante e degolador famoso, que a usava como um infalível caminho de fuga. Mesmo que estivesse sendo perseguido de perto, Dan da Adaga sempre escapava e deixava seus perseguidores atarantados quando pulava no bueiro aberto no final sem saída do beco. Depois, ele rastejava pela água imunda até seu pequeno barco, que ficava atracado no rio perto de onde a tubulação desaguava.

Besouro não conseguia entender por que motivo Jenna tinha decidido seguir logo pelo Desvio do Dan da Adaga. Como ele, a princesa fora criada nos Emaranhados. Tinha estudado numa escola dos Emaranhados e também deveria ter passado na Prova de Conhecimentos dos Emaranhados, que fazia com que os alunos decorassem o mapa do local e percorressem sozinhos três trajetos cronometrados. Essa era a prova pela qual todas as crianças tinham de passar para terem permissão de se tornar Perambulantes e poder perambular à vontade pelos Emaranhados. No entanto, mesmo para um Perambulante, havia becos proibidos – e o Desvio do Dan da Adaga era o primeiro da lista.

O Desvio, como era conhecido popularmente, era habitado pelos cidadãos de reputação mais duvidosa do Castelo – aquele tipo de gente que nunca se via à luz do dia e que se esperava nunca ver à noite. Com seus prédios decrépitos e ameaçadores deixando escapar o cheiro enjoativo de podridão (e coisas piores), além do hábito dos moradores de dar empurrões em desconhecidos ou olhar de cara amarrada pelas janelas a cada eco de passos – em geral, armados e prontos para jogar um balde de águas servidas, se não gostassem da cara de quem estivesse fazendo o barulho –, o Desvio do Dan da Adaga era um lugar ao qual ninguém decidia ir, muito menos à noite.

Mas Jenna, enquanto corria, estava totalmente esquecida de tudo o que sabia sobre o Desvio. Escoltada pelo passarinho **In-Visível**, ela corria, saltando por cima de buracos no calçamento, desviando de pilhas de lixo fedorento, não fazendo caso de assobios e xingamentos vindos das janelas lá no alto nem mesmo de um tomate podre certeiro que atingiu a parte de trás da sua capa. Mais para o fim do Desvio, Jenna começou a reduzir a velocidade e, por fim, parou debaixo da luz fraca de uma lanterna enferrujada. Parou para recuperar o fôlego e olhou ao redor, sentindo-se, de repente, confusa por causa do lugar onde se encontrava. Acima da sua cabeça, a lanterna rangeu, balançando, lúgubre, acima de uma porta em péssimo estado, crivada de pregos. Atrás de Jenna havia uma janela coberta por tábuas, com dizeres desbotados:

Lê-se a Sorte a Quem Pagar.
Se Fores Forte, Podes Entrar.
Não Se Aceita Fiado.

Uma rajada de vento chocalhou a lanterna de modo alarmante. Jenna estremeceu. Onde ela estava? E o *que* estava fazendo ali? A antiga lista recitada de becos proibidos voltou à sua mente, e ela percebeu, consternada, que não só tinha descido pelo Desvio do Dan da Adaga, mas também que estava agora parada diante do famigerado Antro do Fim do Mundo, que alguns anos antes fora alvo de grande atenção quando foi submetido a um **Extermínio**, sendo **Lacrado** por uma patrulha de Magos, chefiada por nada menos que a Maga ExtraOrdinária em pessoa.

Toda criança dos Emaranhados sabia que o Antro do Fim do Mundo ficava perto do fim do Desvio do Dan; e Jenna, com plena consciência de que o Desvio era um beco sem saída, sabia que tinha de se virar e voltar por onde tinha vindo. A ideia a assustava, e ela não sentia vontade de se mexer. A lanterna rangeu, e uns respingos de chuva começaram a se infiltrar em sua capa. Jenna balançou a cabeça para se livrar de uma estranha sensação de zumbido e atordoamento.

No instante em que estava conseguindo reunir coragem para subir de volta pelo Desvio, Jenna ouviu o som de passos pesados vindo em sua direção. Ficou petrificada, grudada na parede, torcendo para não ser vista por quem quer que estivesse vindo pelo beco.

Para seu enorme alívio, foi Besouro quem chegou derrapando na curva fechada.

– Jenna! – disse Besouro, ofegante, sentindo o mesmo alívio por ver a menina à sua espera. – O que você está fazendo? Por que veio *para esse lado?*

– Eu... Eu não sei. – Era verdade. Jenna não sabia o motivo. Sua impressão era a de ter acabado de acordar de um sonho absurdo.

— Vamos dar o fora daqui — disse Besouro, olhando ao redor, inquieto. — Vamos ter de voltar pelo mesmo caminho. O beco termina logo depois daquela curva e você não vai querer parar lá.

— Eu sei — disse Jenna. — Eu *sei*.

Besouro partiu veloz, e Jenna ia segui-lo, *mas não conseguiu se mexer*. Ela se virou para ver se a capa não estava enganchada em alguma coisa, mas viu que estava solta. Deu uns puxões na túnica comprida que, para seu desalento, estava toda salpicada com lama, mas ela também não estava enganchada. Tentando não entrar em pânico, ergueu um pé e depois o outro, e nenhum dos dois estava grudado no chão — mas quando tentou mais uma vez acompanhar Besouro, não conseguiu sair do lugar.

Jenna perdeu a luta contra o pânico.

— Besouro! — berrou. — *Besooooooou...ro!* — Para seu horror, nenhum som saiu da sua boca. Lá no alto a lanterna se apagou com um chiado, e Jenna mergulhou na escuridão.

Besouro não tinha ido muito longe quando percebeu que Jenna não estava vindo atrás dele. Ficou exasperado... Que tipo de brincadeira era aquela? Agora, irritado, voltou para buscá-la; mas assim que fez a curva outra vez, viu que a lanterna acima da porta cheia de pregos tinha se apagado e Jenna não estava lá.

Besouro parou diante da porta.

— Jenna? — disse ele, meio sussurrando. — *Jenna?*

Não houve resposta. Uma saraivada de chuva fria o atingiu. Besouro estremeceu em sua túnica de almirante e deu mais uma volta com o cachecol de lã no pescoço. Ele desejou estar em outro lugar. Desejou entender o que Jenna estava pretendendo. Às vezes, simplesmente não conseguia entender o pensamento dela.

Supondo que Jenna estivesse com algum plano que não estava lhe contando e que estivesse tentando livrar-se dele mais uma vez, Besouro rumou mal-humorado para o final do Desvio, de triste fama. Não importava o que a princesa pudesse ter planejado, ele não ia deixá-la sozinha no fim do Desvio do Dan da Adaga.

O final do beco estava deserto. A irritação de Besouro começou a se transformar em preocupação. Ele espiou no bueiro aberto, ao lado do qual alguma pessoa precavida tinha posto uma tábua podre na qual a palavra "Cuidado!" estava rabiscada. Besouro sacou sua luz azul e a acionou. Então, hesitante, ajoelhou-se e espiou dentro do bueiro. Foi atingido por um cheiro medonho.

– Jenna... Jenna? – chamava, nervoso, com a voz ecoando na escuridão ali embaixo.

Não houve resposta, o que fez Besouro se sentir grato, até que uma imagem horrível passou por sua mente como um raio: Jenna caída inconsciente, lá no fundo. Ele se debruçou mais e estendeu a mão com a lanterna. Bem lá no fundo, viu as águas escuras e vagarosas do esgoto encobrindo em parte – *ah, não!* – o volume escuro de alguma coisa.

– Jenna! – gritou Besouro lá para baixo, com a voz ecoando pelo buraco do bueiro.

Por trás dele, alguém tossiu.

– Ei! Perdeu alguma coisa? – perguntou uma voz conhecida.

– Menino Lobo! – E então Besouro olhou para cima. – Ah, desculpe. É *você*.
– É, acho que acertou. Sou eu mesmo – disse o garoto. – E você, quem é?
– Besouro. Você se lembra, no Grotto... Já entendi. Você deve ser Marcus.
– Você esteve no Grotto, né? – disse Marcus, abrindo um sorriso. – Matt ainda está lá?
– Ah... sim. Está, sim. – A voz de Besouro ecoou no bueiro.
– Bom – disse Marcus. – Estou atrasado para meu turno. Eu não viria por aqui se não estivesse atrasado. Quando se pula o muro, o atalho vale a pena. – Ele olhou com mais atenção para Besouro. – Então, por que *você* veio parar aqui?
Besouro apontou sua luz azul para o bueiro.
– Acho que Jenna caiu aí dentro. Olha.
– Ei, que luz legal – disse Marcus. Ele espiou no bueiro, e Besouro apontou a luz para a forma caída lá embaixo na água. – Não. Aquilo não é ninguém – disse Marcus. – É só roupa velha e uns trecos.
Besouro não tinha tanta certeza.
– Você pode descer para ver se quiser – disse Marcus. – Ver se é... quem foi mesmo que você disse?
– Jenna. A Princesa Jenna.
Marcus deu um assobio de espanto.
– A *Princesa Jenna*? Ei, o que *ela* está fazendo por aqui? – Ele espiou lá dentro mais uma vez. – Bem, se acha que é mesmo

a Princesa Jenna, é melhor dar uma olhada. Tem uns degraus chumbados no lado, está vendo?

A última coisa que Besouro queria era descer pelo bueiro fedorento, mas sabia que não tinha escolha.

– Fico aqui de guarda – disse Marcus enquanto Besouro retirava com cuidado as duas tábuas e começava a descer. – Não deixo ninguém exigir Resgate de você.

Só a cabeça de Besouro estava visível acima da boca do bueiro.

– Exigir *o quê*?

– Um Resgate. Sabe? Quando eles empurram alguém para dentro do bueiro e só deixam sair quando a pessoa lhes tiver dado tudo o que tem.

– Tudo o que tem? – Preocupado, Besouro olhava para dentro do bueiro.

– Isso – disse Marcus, com um sorriso. – Não é legal subir correndo pelo Desvio sem roupa, posso garantir. Cuidado, os degraus estão enferrujados.

– Ah! Tá bem. – Com muito cuidado, Besouro começou a descer o bueiro. Os degraus estavam mesmo enferrujados. Davam a impressão de estar soltos da alvenaria; e quando ele, cheio de cautela, pisou com a bota no lodo do fundo, o último degrau se soltou da parede na sua mão. Ele o deixou cair na lama com um baque abafado e mirou a lanterna ao longo da tubulação.

A luz azul de Besouro não mostrou muita coisa. Ela era feita para a brancura límpida do gelo, não para a sujeira marrom do esgoto. Mas iluminou o suficiente para perceber que o volume que tinha receado ser Jenna inconsciente era, de fato, uma pilha de roupas velhas. Só para ter certeza, Besouro foi andando através da imundície, tentando não fazer caso da umidade que se infiltrava nas suas botas, e, hesitante, cutucou a pilha com o pé. Ela se mexeu. Besouro deu um berro. Um rato enorme saiu correndo para buscar refúgio na escuridão.

– Tudo bem com você? – O rosto de Marcus apareceu lá em cima na entrada do bueiro.

– Tudo bem. – Besouro estava se sentindo meio bobo. – Um rato. Dos grandes.

– Tem muito rato por aqui – disse Marcus. – E não são Ratos Mensageiros, disso eu tenho certeza. Para mim, é uma espécie totalmente diferente. Mordem assim que o veem. Cê teve sorte.

– Ah...

– Imagino que não seja a Princesa – disse Marcus.

– Não é mesmo.

– Você não vai querer ficar aí embaixo muito tempo. Está chovendo há dias. Pode vir uma enxurrada.

– Uma o quê? – Besouro não pôde ouvir Marcus com clareza, porque um trovão baixo como um afluxo de sangue à cabeça estava ressoando nos seus ouvidos.

– Uma *enxurrada*. Ai, ei! *Cuidado!*

Besouro não ouviu uma palavra que Marcus disse, mas ouviu, sim, o que estava vindo pela tubulação. Deu um salto, tentando agarrar o último degrau, só para descobrir que ele tinha sumido. Lembrou-se de que estava na lama onde ele o tinha jogado. O ronco nos ouvidos ficou mais alto, e, no instante seguinte,

Besouro percebeu que uma mão se estendia ali para baixo, com Marcus aos berros.

– Segura. Depressa!

Daí a alguns segundos, Besouro e Marcus estavam deitados no calçamento de pedras molhadas do fim do Desvio do Dan, olhando espantados para a água que passava veloz pela tubulação lá embaixo.

– Valeu – disse Besouro, meio sem fôlego.

– Sem problema – disse Marcus, bufando. – Que bom que a Princesa Jenna *não* estava lá embaixo.

Besouro se sentou. Passou as mãos pelo cabelo, como sempre fazia quando estava preocupado – e imediatamente desejou não ter feito isso. Onde Jenna tinha se metido?

⊹➤ 15 ⥃⊹
O Antro do Fim do Mundo

Jenna estava no Antro do Fim do Mundo. Enquanto gritava por Besouro, sem voz alguma, e a lanterna se apagava, Jenna tinha ouvido o rangido da porta cheia de pregos se abrindo às suas costas. Apavorada, tinha tentado correr, mas seus pés permaneceram plantados com firmeza diante da porta. E quando um braço se estendeu e uma mão agarrou a parte de trás da sua capa, começando a puxá-la para dentro, os pés de Jenna a levaram pela soleira do Antro do Fim do Mundo e esperaram pacientes enquanto uma garota, com trajes de bruxa que não pareciam deslocados no Gothyk Grotto, **Fechava** e **Trancava** a porta.

— Marissa! — disse Jenna, surpresa, mas, mais uma vez, não saiu som nenhum.

— Peixinho-dourado — zombou Marissa. Debochada, ela abriu e fechou a boca como um peixinho.

Mantendo a mão firme na capa da Princesa, Marissa empurrou Jenna ao longo do corredor de uma casa típica do Castelo: comprida e estreita. A escuridão era total, mas Marissa sabia o caminho. Ela escancarou a primeira porta que saía do corredor e empurrou Jenna para dentro de um aposento semelhante a um túnel, iluminado na outra extremidade por dois archotes de junco e um minúsculo fogo crepitando numa lareira enorme. Os archotes iluminavam o que, de início, pareceu uma cena reconfortante: uma mesa, em torno da qual um grupo de mulheres fazia uma refeição. Jenna, entretanto, não se sentiu nem um pouco tranquilizada. Sentado à mesa estava o Conventículo das Bruxas do Porto.

Todos os olhos voltaram-se para ela quando Marissa apresentou ao grupo a convidada involuntária. Quando chegaram à mesa, que tinha duas cadeiras vazias, Marissa segurou Jenna com mais força ainda, com medo de que sua presa pudesse escapar no último instante. Esse era seu primeiro teste estabelecido pelo Conventículo, e ela sabia que tinha se saído bem. Tanto o encantamento da **Mudez** como o **Travamento dos Pés** tinham funcionado, mas Marissa sabia, por experiência própria, como as Princesas conseguiam ser escorregadias, e não ia correr nenhum risco.

Marissa forçou Jenna a se sentar numa das cadeiras vazias e ocupou o lugar ao seu lado. Jenna não reagiu. Ficou olhando fixamente para a mesa à sua frente. Primeiro, porque estava determinada a não encarar nenhuma bruxa; e, depois, por uma fascinação horrorizada com o que as bruxas estavam de fato comendo. Na sua opinião, a comida era pior que a da tia Zelda... e isso já dizia alguma coisa. Pelo menos, tia Zelda fazia um esforço para cozinhar, não importava quais fossem os ingredientes esquisitos que usava, até torná-los razoavelmente irreconhecíveis; mas as cumbucas de lacrainhas salgadas que se debatiam e um grande prato de camundongos pelados, guarnecidos com um molho descorado e empelotado, demonstravam que não tinha havido o menor esforço de disfarce. Jenna sentiu que seu estômago se revoltava. Ela passou o olhar para a toalha da mesa, coberta com símbolos das **Trevas** e molho velho.

Linda – a chefe-de-olhar-assustador da banca de bijuterias – afastou a cadeira da mesa, arrastando-a no chão com um ruído de arrepiar e se pôs de pé. De modo vagaroso e ameaçador, deu a volta à mesa até onde Jenna estava. Linda chegou bem perto, e Jenna podia sentir o cheiro de mofo das vestes da bruxa, associado a um odor pesado e desagradável de rosas mortas. De repente, como se fosse lhe dar um tapa, o braço de Linda ergueu-se veloz e, apesar de querer se conter, Jenna se encolheu. Contudo, a palma aberta de Linda seguiu uma trajetória até um ponto pouco acima da cabeça de Jenna, agarrando alguma coisa no ar.

Linda baixou o punho fechado e o manteve diante de Jenna. Murmurou algumas palavras para reverter o encantamento da **InVisibilidade** e estalou os dedos. Na palma da mão da bruxa estava o pequeno passarinho fosforescente que Jenna – tanto tempo atrás, ao que lhe parecia – tinha se recusado a comprar da banca.

— Pronto, pequeno passarinho — disse Linda, com a voz delicada. — Muito bem. Você nos **Trouxe** a Princesa. Você terá sua recompensa. — Do interior de suas vestes ela sacou a gaiolinha que ficava pendurada no pescoço, tirou a corrente e balançou a gaiola e sua prisioneira diante do olhar apavorado do passarinho que estava na sua mão. — Cá está seu amiguinho. Olhe só.

Os dois passarinhos se entreolharam. Nenhum deles fez um gesto ou emitiu um pio.

Pegando a todos de surpresa, de repente, Linda jogou para o alto o passarinho que estava na palma da sua mão. Ao mesmo tempo, atirou a gaiolinha no chão. Levantou o pé para esmagar a gaiola, mas a Bruxa Mãe deu um grito.

— Linda! Pare com isso, *agora*!

O pé de Linda parou no ar.

— Você fez um trato e vai cumpri-lo — disse a Bruxa Mãe.

— É só uma droga de *passarinho* — disse Linda, com o pé pairando no ar acima da gaiolinha.

A Bruxa Mãe levantou-se com esforço.

— O risco é seu se você descumprir um trato das **Trevas**. Lembre-se disso. Às vezes, Linda, acho que você se esquece das Normas. Não é bom que uma bruxa se esqueça das Normas. É isso, Linda? — Ela se debruçou sobre a mesa, encarando a bruxa. — *Será que é?* — repetiu a Bruxa Mãe em tom ameaçador.

Devagar, Linda baixou o pé, para longe da gaiolinha.

— Não, Bruxa Mãe — respondeu, emburrada.

Daphne, a bruxa atarracada que aos olhos de Jenna parecia ter sido costurada num saco com lixo podre, levantou-se sem fazer ruído. Ela foi, na ponta dos pés, por trás de Linda e apanhou a gaiola.

— Você é medonha — disse Daphne a Linda, com coragem. — Só porque pisa nos meus carunchos gigantes o tempo todo não quer dizer que possa pisar em tudo o que existe. — Os dedos gordos, sujos de camundongo, se atrapalharam um pouco com a porta da gaiola, mas acabaram conseguindo abri-la. O passarinho preso caiu em cima da mesa ao lado de uma pilha bem-arrumada de ossos de camundongo, que a Bruxa Mãe estava usando para palitar os dentes, e ficou ali, jogado, atordoado.

Jenna assistiu com horror, o tempo todo tentando, desesperada, criar um plano, mas sem conseguir pensar em nada. Viu o passarinho que adejava — o que a tinha trazido ao Antro do Fim do Mundo — descer até sua companheira e a cutucar com delicadeza. O passarinho atordoado agitou as asas, sacudiu as penas e, alguns instantes depois, os dois foram voando inseguros para um canto escuro da sala. Jenna descobriu que sentia inveja deles.

A Bruxa Mãe voltou a atenção para Jenna.

— Ora, ora — disse ela, com uma careta assustadora. — Já temos nossa Princesa. — Ela examinou Jenna da cabeça aos pés, como se estivesse comprando um cavalo e quisesse baixar o preço. — Acho que vai servir.

— Eu *ainda* não entendo por que precisamos de uma — disse uma voz queixosa, vindo das sombras. Era de uma jovem bruxa com uma grande toalha enrolada na cabeça.

— Dorinda, já lhe expliquei o motivo — disse a Bruxa Mãe. — Eu imaginava que, com essas orelhas, sua memória pudesse ter melhorado.

Dorinda começou uma lamentação ruidosa.

— A culpa não é minha. Eu não *queria* orelhas de elefante. E também não vejo por que queremos uma Princesa. Ela só vai atrapalhar as coisas. *Sei* que vai.

— Cala a boca, Dorinda — disse Linda, irritada. — Ou vai se ver comigo.

Dorinda recuou para as sombras. Era Linda quem lhe tinha **Concedido** as orelhas de elefante.

— Como lhe expliquei antes, Dorinda, a posse de uma Princesa dá a um conventículo o direito de governar todos os outros — disse a Bruxa Mãe. — Ela se voltou para Marissa e lhe deu um tapinha no braço. — Você fez a escolha certa ao vir nos procurar, querida.

Marissa parecia toda satisfeita consigo mesma.

Como se tivessem perdido todo o interesse em sua nova aquisição, as bruxas transferiram sua atenção de Jenna para o que restava da refeição e continuaram a conversar e discutir como se ela não estivesse ali.

Jenna ficou olhando enquanto elas limpavam o resto dos ossos de camundongo e depois escolhiam as lacrainhas maiores para jogar na boca. A única coisa que lhe deu alguma satisfação foi a expressão no rosto de Marissa à medida que ela tentava se forçar a engolir uma lacrainha. O antigo conventículo de Marissa, o das Bruxas de Wendron, comia alimentos normais, colhidos na floresta. Uma vez Jenna jantara lá e, de fato, gostara da comida. Lembrou-se de que isso foi na noite em que tentaram sequestrá-la. Terminada a refeição, a Bruxa Mãe chamou com a voz áspera.

— *Fermeira! Fermeira!* Tire a mesa. *Fermeira!*

Uma figura gorducha, que Jenna reconheceu, mas não conseguiu identificar, entrou atabalhoada na sala, carregando no braço um balde como se fosse uma bolsa. Ela empilhou os pratos, raspando os restos repugnantes no balde, e saiu meio trôpega, quase sem conseguir equilibrá-los. Alguns minutos depois, voltou com o mesmo balde, mas desta vez ele continha uma mistura de Beberagem de Bruxas com um cheiro horrível, que ela serviu com uma concha nas canecas das bruxas. A enfermeira olhou de relance para Jenna sem demonstrar interesse nenhum, mas quando ia saindo de novo da sala, Jenna se lembrou de onde a vira antes. A enfermeira era a estalajadeira da Casa das Bonecas – uma hospedaria vizinha da residência do conventículo no Porto, onde Jenna tivera uma vez a infelicidade de passar a noite.

As bruxas sorveram ruidosamente a Beberagem de Bruxas e continuaram a não fazer caso de Jenna. A Bruxa Mãe inclinou a cabeça para trás e esvaziou sua caneca com ruído. Depois deu um tapinha na barriga e olhou para Jenna com um sorriso de satisfação. Assado de camundongo e insetos, acompanhado de um gole de Beberagem de Bruxas sempre melhorava o humor. A nova aquisição do conventículo não era tão ruim assim, levando-se tudo em conta.

– Seja bem-vinda, Princesa – disse a Bruxa Mãe, puxando um pedaço de orelha de camundongo preso numa falha entre os dentes. – Agora você é uma de nós.

– *Não sou, não* – retrucou Jenna sem voz, fazendo com que todas as integrantes do conventículo caíssem na risada.

– Quase não faz diferença, queridinha – disse a Bruxa Mãe, que depois de muitos anos de encantamentos de peixinho-dourado estava craque na leitura de lábios. – Hoje, quando der meia-noite, você já será uma de nós, quer queira, quer não.

Jenna fez que não com violência.

A Bruxa Mãe esfregou as mãos e examinou a menina mais uma vez.

– É. Você vai servir direitinho. – Ela deu para Jenna seu melhor sorriso, formado pela separação dos lábios e mostrando duas fileiras de dentes enegrecidos. – *Muito* direitinho.

Jenna não sabia ao certo como entender isso. Não tinha certeza se ser considerada material bom para ser bruxa era de fato um elogio.

– Você é tão puxa-saco, Bruxa Mãe – disse Linda, irritada.

– Ela vai ser uma droga de bruxa. Nós nem mesmo olharíamos para ela se não fosse uma Princesa.

A Bruxa Mãe olhou para Linda com raiva e se voltou para Marissa, que estava se tornando rapidamente sua nova favorita.

– Pois bem, esta é uma tarefa especial para você, Marissa querida. Leve a Princesa para o quarto que preparamos e faça com que vista os trajes de bruxa. Tire tudo o que ela tiver. E pode ficar com esse lindo diadema se quiser. Vai ficar bem em você.

— Não! — berrou Jenna, muda, e a mão subiu depressa para a cabeça. — Você não vai ficar com ele. Não vai.

— Ah, como eu *adoro* esse encantamento de peixinho-dourado — disse, em meio a risinhos, a bruxa com o cabelo preso num espigão no alto da cabeça.

— Quieta, Verônica — disse a Bruxa Mãe, severa. — Agora, Marissa, pode levar a Princesa.

Toda satisfeita, Marissa pegou o braço de Jenna e levantou-a da cadeira. Depois, empurrou-a na direção de uma cortina pesada, pendurada na outra ponta da sala. Jenna tentou resistir, mas seus pés a traíram e a levaram aparentemente de boa vontade com Marissa. Quando elas chegaram à cortina, a Bruxa Mãe deu mais uma ordem.

— Quando terminar, Marissa, traga-me essa bela capa vermelha forrada de pele. Aqui faz tanto frio. Dói nos ossos, dói, sim.

Linda assistiu com raiva à saída de Marissa. A posição que vinha acalentando havia tanto tempo, a de provável sucessora da Bruxa Mãe, parecia estar correndo risco. Ela se levantou. A Bruxa Mãe olhou, desconfiada.

— Linda, aonde você vai? — perguntou ela.

Linda passou a mão pela testa, como se estivesse exausta.

— Foi um dia longo, Bruxa Mãe. Acho que vou tirar um cochilo. Quero tanto estar na minha melhor forma para as... *atividade*s desta noite.

— Muito bem. Não se atrase. Começamos à meia-noite *em ponto*. Com os olhos penetrantes, a Bruxa Mãe observou Linda sair. Escutou os passos da bruxa subindo com ruído a escada. Ouviu o estalido das tábuas do assoalho do quarto lá em cima e o rangido das molas da cama de Linda. Mas o que aconteceu foi que, apesar de os passos de Linda terem subido a escada direto para a cama, Linda não tinha ido junto. Como a Bruxa Mãe nunca tinha dominado a arte de **Lançar** passos, ela não acreditava que isso fosse possível. Mas era. Quando Linda saiu da sala, seus passos subiram ruidosos pela escada e entraram no quarto. Depois pularam algumas vezes em cima da cama para fazer ranger as molas. A própria Linda, porém, tinha outro lugar para ir.

Sem perceber a tramoia de Linda, a Bruxa Mãe examinou as outras três bruxas com um ar de satisfação.

– Estamos progredindo – disse ela. – Não só por agora sermos seis em nosso conventículo, mas porque logo seremos sete... e o nosso número sete será uma *Princesa*.

De algum ponto nos fundos da casa veio um grito.

– Puxa vida, o que *será* que Marissa está fazendo com nossa querida Princesa? – disse a Bruxa Mãe, com um sorriso complacente. Mas, como Linda costumava comentar, a Bruxa Mãe estava ficando meio esquecida. E tinha se esquecido de que Jenna ainda estava **Muda**.

O grito era de Marissa.

16
CONVOCAÇÃO

Besouro chegou à Torre dos Magos, ofegante e alvoroçado. Hildegarde abriu a porta para ele. Ela pareceu surpresa.

– O que *você* está fazendo aqui? – perguntou ela. – Você e a Princesa Jenna acabam de ser motivo de um chamado de emergência do Gothyk Grotto. Deveria estar lá, aguardando a chegada do Mago de Emergências.

Besouro lutava para recuperar o fôlego.

– Eu... ela... eles... nos deixaram sair. Preciso falar com Márcia... agora... urgente.

Hildegarde conhecia Besouro o suficiente para saber que devia mandar um mensageiro direto aos aposentos de Márcia. Enquanto o mensageiro punha a escada em emergência e sumia num turbilhão azul, Besouro andava impaciente pelo Grande Saguão, sem se atrever a ter esperança de algum resultado imediato. Ele ficou tão pasmo quanto Hildegarde quando, depois de não mais que alguns minutos, um lampejo roxo surgiu no alto da escada em espiral e veio descendo veloz. Num instante, Márcia veio atravessando o saguão, apressada, na direção do inquieto Besouro.

Com uma preocupação cada vez maior, Márcia escutou a história de Besouro sobre Merrin no sótão do Palácio, o Anel de Duas Faces, o **Domínio das Trevas** e, finalmente, o desaparecimento de Jenna.

– Eu sabia – resmungou ela. – Eu *sabia*.

Márcia ouviu tudo o que Besouro tinha a dizer e entrou em ação na mesma hora. Despachou Hildegarde para o Centro de **Busca** e Salvamento no décimo nono andar da Torre dos Magos para começar uma **Busca** imediata por Jenna.

– E agora – disse Márcia – precisamos fazer uma **Convocação** ao Palácio. Não temos tempo a perder.

Foi relativamente simples **Convocar** todos os Magos da Torre. A Torre possuía um sistema antiquíssimo de comunicação interna por meios **Mágykos** que ninguém mais entendia, mas que ainda funcionava, embora Márcia não ousasse usá-lo com muita frequência. Uma fina teia de fios **Mágykos**, semelhante a uma teia de aranha, ligava todos os aposentos particulares e os espaços públicos da Torre. O ponto de controle era um minúsculo círculo de lápis-lazúli, disposto bem alto na parede ao lado das portas da Torre dos Magos. Besouro observou Márcia fechar a mão direita num punho e depois abri-la com força, emitindo uma corrente bem-direcionada de um roxo **Mágyko** que atingiu o centro do círculo. Com isso, uma lâmina de lápis-lazúli, fina como papel, destacou-se de lá e veio flutuando no ar até suas mãos estendidas. Márcia apertou o levíssimo círculo azul na palma esquerda. Depois levou a mão à boca e se dirigiu à palma com uma voz estranha sem modulações.

– **Convocando** todos os Magos, **Convocando** todos os Magos. Esta é uma **Convocação** compulsória. Queiram por gentileza encaminhar-se imediatamente, repito, *imediatamente*, para o Grande Saguão.

A recitação monótona de Márcia soou em todos os aposentos da Torre dos Magos, com a voz alta e sem distorções, como se ela realmente estivesse ali em pessoa – para grande aflição de um Mago idoso que tomava banho.

O efeito foi imediato. A escada de prata em espiral voltou ao modo normal – uma configuração que permitia acesso tranquilo a todos – e alguns segundos depois Besouro viu as capas azuis dos primeiros Magos descendo.

Magos e Aprendizes reuniram-se no Saguão – os Magos queixando-se pelo fato de a Maga ExtraOrdinária ter escolhido fazer um ensaio de **Convocação** exatamente quando estavam prestes a tomar o chá; os Aprendizes, tagarelando empolgados. Besouro estava de olho na escada para ver Septimus, mas, embora houvesse muitas vestes verdes misturadas com as azuis, as de Septimus não estavam entre elas.

O último Mago desceu da escada, e Márcia se dirigiu à multidão:

– Esta não é uma simulação de **Convocação** – disse ela. – Esta é uma **Convocação** de verdade.

Seu pronunciamento foi recebido com um murmúrio de surpresa.

– Todos os Magos devem formar um **Cordão de Proteção** em torno do Palácio na próxima meia hora. Pretendo pôr o Palácio em **Quarentena** assim que for possível.

Ecoou pelo Grande Saguão um grito abafado de choque coletivo, e as luzes no interior da Torre – que, se não tinham mais nada a fazer, refletiam os sentimentos coletivos dos Magos – assumiram um tom ligeiramente surpreso de rosa.

– Para tanto – continuou Márcia – estou lhes pedindo que saiam da Torre com o sr. Besouro. A caminho do Palácio, vocês fornecerão apoio ao sr. Besouro enquanto ele **Convoca** os escribas do Manuscriptorium.

Foi a vez de Besouro parecer chocado.

– Vocês seguirão então – prosseguiu Márcia – para o Portão do Palácio e se reunirão lá em silêncio, por favor. Devo salientar para vocês a necessidade de *silêncio absoluto*. É imperioso que nosso alvo dentro do Palácio não perceba o que está acontecendo. Fui clara?

Um murmúrio de concordância passou pelo Saguão.

– Erga o braço, Besouro, para que todos eles saibam quem você é.

Besouro obedeceu, pensando que era bem fácil saber quem ele era, já que era o único a usar uma túnica de almirante. Mas naquele momento, depois de saber que Merrin estava morando no

Palácio havia quase dois anos e que Silas Heap não tinha percebido nada, Márcia formara uma opinião negativa quanto aos poderes de observação do Mago Ordinário médio. Não queria correr riscos.

– Besouro, eu agora o declaro meu Emissário da **Convocação** – disse Márcia, com bastante formalidade. Do cinto de Maga ExtraOrdinária, tirou um pequeno rolo atado com um fiapo de fita roxa e o entregou ao garoto.

Na palma da mão de Besouro, o rolo parecia ter um peso surpreendente para seu tamanho.

– Puxa... – disse ele.

– O rolo abre com duas batidinhas – informou Márcia. – Certifique-se de segurá-lo com o braço esticado quando ele estiver se **Ampliando**, pois esse tipo de material pode ficar um pouco quente. Assim que tiver atingido seu tamanho total, bastará que você o leia. Os rolos de Emissários têm uma inteligência razoável, e este deveria responder à maioria das coisas com que a srta. Djinn o atacar. Dei-lhe um modelo argumentador – disse Márcia, com um suspiro. – Desconfio que você vá precisar dele.

Besouro também desconfiava de que precisaria.

– Além disso, Besouro, embora a Escriba Hermética Chefe seja *obrigada* a permitir que todos os Aprendizes de Escriba atendam a uma **Convocação**, ela mesma não precisa comparecer. E, francamente, eu preferiria que ela não o fizesse. Entendeu?

Besouro fez que sim. Ele entendia perfeitamente. Márcia levantou a voz, dirigindo-se aos Magos e Aprendizes ali reunidos:

– Agora, façam o favor de sair da Torre com o sr. Besouro, de modo organizado.

– Mas Septimus ainda não desceu – disse Besouro.

– Não, de fato Septimus não desceu. – Márcia parecia contrariada. – No exato instante em que eu deveria estar contando com meu Aprendiz Sênior, ele decidiu se ausentar para escutar alguma *bobajada* ridícula oferecida por Marcellus Pye. Vou despachar um Mago para buscá-lo. – E, pensou Márcia, para lhe dizer que, com toda a certeza, ele *não* vai começar sua **Semana das Trevas** hoje à noite.

Agora Besouro entendia por que era ele o Emissário – mais uma vez, era o substituto de Septimus. Isso lhe tirou um pouco do prazer. Mas só um pouco.

E assim, enquanto Márcia embarcava na **Convocação** do Castelo, que seria mais demorada, Besouro saiu da Torre dos Magos conduzindo os Magos e os Aprendizes. Como um camponês com um bando de gansos rebeldes, ele os fez descer a larga escadaria de mármore branco, atravessar o calçamento de pedras arredondadas do pátio, que estavam brilhantes e escorregadias por causa da chuva, e passar pelo Arco Maior revestido de lápis-lazúli para entrar no Caminho dos Magos.

O séquito de Besouro criou um alvoroço daqueles entre os que tinham saído para admirar a Noite Mais Longa do Ano. Nem mesmo a decoração mais luminosa podia competir com a visão impressionante de uma **Convocação** da Torre dos Magos. Com os alamares dourados em sua túnica de almirante rebrilhando à luz dos archotes, Besouro seguia altivo pelo Caminho dos Magos, encabeçando um mar de azul salpicado de verde, e a multidão se afastava, respeitosa, para deixá-los passar. Foi um momento maravilhoso, mas ele só conseguia pensar numa coisa: *onde Jenna estava?*

No décimo nono andar da Torre dos Magos, Hildegarde sentara-se diante da enorme **Lupa de Busca**, esquadrinhando o Castelo. Os três Magos encarregados de **Busca** e Salvamento, imponentes e um pouco arrogantes, ficaram contrariados por não lhes ter sido pedido que eles realizassem a **Busca**, principalmente porque Hildegarde não passava de uma Submaga, mas, como tinha sido enviada pela Maga ExtraOrdinária, não havia nada que pudessem fazer além de dar conselhos com ar de superioridade e ficar parados ali, a uma proximidade irritante.

Hildegarde fez questão de não lhes dar a menor atenção. Concentrou toda a sua energia na **Lupa de Busca**, fazendo com que ela fosse guiada por seus poderes **Mágykos**, que iam aumentando aos poucos. Entretanto, tudo o que a **Lupa** fazia era insistir em focalizar o Antro do Fim do Mundo, o lugar onde Hildegarde sabia que Besouro tinha visto Jenna pela última vez. Não era muito competente naquilo, pensou Hildegarde, entristecida. Àquela altura, Jenna já devia estar muito longe.

✣ 17 ✣
Princesa Bruxa

Enquanto Hildegarde vigiava pela **Lupa de Busca** o telhado em ruínas do Antro do Fim do Mundo, bem lá dentro na casa Linda se escondia nas sombras do lado de fora da despensa, para onde Marissa tinha levado Jenna.

Linda precisava de alguns minutos para preparar o encantamento para a metida da Marissa – um encantamento que faria as orelhas de elefante de Dorinda parecerem um truque de criança. E, enquanto repassava o encantamento pela última vez, reforçando-o, tornando-o só um *pouquinho* mais cruel (mais verrugas), Linda escutou vir da despensa o mesmo grito que a Bruxa Mãe tinha ouvido. Ocupada com o encantamento, ela não estava raciocinando direito. Também supôs que o grito fosse de Jenna, e assim esperou mais alguns segundos para Marissa poder terminar o que estivesse fazendo. Contudo, quando ruídos de sufocação atravessaram a porta, Linda começou a se preocupar.

De nada adiantaria estrangular a Princesa por ora – não enquanto elas não tivessem derrotado totalmente as Bruxas de Wendron. Ela escancarou a porta da despensa e parou, admirada. Linda ficou impressionada. Ela mesma não teria conseguido fazer melhor.

Jenna tinha prendido Marissa numa chave de cabeça – e Linda percebeu que era uma das boas também. Quando mais nova, Linda tinha sido uma grande fã de chaves de cabeça, mas agora deixava que os encantamentos fizessem esse trabalho por ela.

O rosto de Marissa assumira um tom arroxeado interessante.

– Me solta! – dizia ela, sem ar. – Me... sssolta!

Jenna ergueu os olhos e viu Linda. Marissa não estava numa posição que lhe permitisse erguer os olhos, mas, pelas botas pontiagudas com os ferrões de dragão subindo pela parte de trás, ela viu quem era.

– Faz ela... me largar – disse Marissa, num sussurro rouco.

Toque nela e você vai se arrepender, disse Jenna **Muda** para Linda.

Linda estava gostando. Adorava brigas, e uma entre uma bruxa e uma Princesa era praticamente o primeiro lugar na sua lista de preferências relacionadas a brigas. Infelizmente, porém, Linda tinha mais o que fazer e precisava resolver aquilo rapidinho antes que a Bruxa Mãe viesse mancando ver o que estava acontecendo.

– *Parabéns* – disse Linda a Jenna. – Gostei de ver. Continue assim e eu talvez até mude minha opinião a respeito de Princesas. É até possível. Agora, basta que a segure assim. *Perfeito.*

Jenna viu que Linda olhava para Marissa como uma cobra calculando o melhor lugar para atacar. Algo estava prestes a acontecer, e Jenna podia ver que não ia ser bom – especialmente para Marissa.

Linda ergueu as mãos até a altura do rosto e, em seguida, apontou os dois indicadores para a cabeça de Marissa, olhando por eles com os olhos semicerrados, como um atirador. Aquilo fez Jenna se lembrar com horror de como o Caçador um dia tinha mirado sua pistola contra ela.

– Não deixe que ela se mexa – ordenou Linda a Jenna. – Segure-a firme *aí mesmo.*

Marissa deu um gemido.

Jenna não estava gostando do rumo que os acontecimentos estavam tomando. De repente, ela se tornara cúmplice de Linda. Sabia que ela ia fazer alguma coisa muito ruim com Marissa e não queria ter nenhuma participação, mas não se atrevia a soltá-la. Se a soltasse, Marissa de imediato iria se voltar contra ela, assim como Linda. Jenna não tinha como escapar.

Devagar, Linda baixou os dedos que apontavam e, quando o fez, os dois feixes finos de luz azul brilhante seguiram dos seus olhos para pousar no rosto de Marissa. E então a bruxa começou a recitar:

– *Coração e miolos*
Arder e doer

*Sangue e ossos
Bater e gemer
Fígado e pulmão
Gritar e tremer...*

Marissa deu um uivo de pavor. Ela sabia que esse era o início do temido encantamento de **Saída**, o encantamento que retira a forma humana e a substitui por outra... para sempre. Como a maioria dos piores encantamentos de Linda, ele era **Permanente**.

— Não! — berrou Marissa. — Por favor, *nãããão*!

Os incisivos amarelos de Linda morderam o lábio inferior como sempre acontecia quando ela se concentrava. O encantamento de **Saída** era longo e complicado e exigia enorme concentração de energia, mas já tinha começado bem. Linda estava muito satisfeita com a ajuda que a Princesa dava. Era tudo muito mais fácil com uma auxiliar. Empolgada, agora passava para a parte principal do encantamento, na qual todos os órgãos Humanos de Marissa eram, um a um, reclassificados como de Sapo. Sua voz baixou para um tom grave e sem modulação, de tal modo que as palavras se confundiam numa cantilena longa e monótona.

Pelo pavor de Marissa, Jenna começava a perceber que, se a mantivesse presa na chave de cabeça, estaria colaborando com algo realmente horrível. Precisava fazer alguma coisa... mas o quê?

A recitação ameaçadora de Linda continuava, com a voz da bruxa aumentando constantemente. A penumbra na despensa foi se aprofundando e os finos feixes de luz dos olhos negro-azulados de Linda penetravam a escuridão como agulhas, ligando a bruxa à sua vítima.

— Princesa Jenna. Me solta, por favor — sussurrou Marissa em desespero. — Eu faço qualquer coisa, qualquer coisa que você queira. *Prometo.*

Jenna não acreditava nas promessas de Marissa. Ela precisava ter o que queria enquanto ainda dominava a bruxa — mas como? Estava **Muda**. Ela afrouxou muito de leve a chave de cabeça. Marissa olhou para cima, com os olhos se enchendo de lágrimas.

— Princesa Jenna. Sinto muito. *Sinto muito* mesmo. Me ajuda, por favor. Por favor, ai, *por favor.*

Jenna indicou a boca, e Marissa entendeu, murmurando algumas palavras.

— Pronto, está acabado — sussurrou.

A voz de Linda de repente retomou seu tom normal. A recitação ficou mais lenta, e mais uma vez as palavras se tornaram de uma clareza medonha:

— *Ossos de alfinete*
E glândulas venenosas,
Pele verrucosa
E mãos com ventosas...

Marissa gritou. Ela sabia que Linda estava muito, muito perto do final.

— *Por favor,* me solta — disse ela, sem fôlego.

Jenna testou sua voz.
– Conserta o treco dos pés – disse ela, com raiva.
Marissa balbuciou alguma coisa entre os dentes.
– Pronto. Acabou. Agora, por favor, por favor, *por favor*.
Com cautela, Jenna tentou dar um passinho para trás, levando Marissa junto. *Estava livre*. E soltou a chave de cabeça.
Seguiu-se o caos.
Marissa deu um salto, e Jenna passou correndo por Linda, direto para a porta. De boca aberta, Linda parou no meio da recitação. Marissa investiu contra Linda, mordendo, chutando e gritando. Linda caiu para trás com esse ataque e bateu a cabeça com um *craque* no piso de lajes de pedra.
Jenna tinha acabado de sair e seguia em disparada pelo corredor quando, através da penumbra, viu o grande vulto da Bruxa Mãe mal equilibrada nos sapatos altos, providos de ferrões, bloqueando a outra ponta.
– Marissa, é você? – perguntou a voz desconfiada da Bruxa Mãe, do meio da escuridão. – O que está acontecendo por aí?
Encurralada, Jenna voltou correndo para a despensa, bateu a porta e se encostou nela, para mantê-la fechada. Marissa estava sentada em cima de Linda e, até onde Jenna conseguia ver, tentava estrangulá-la. Com a volta de Jenna, olhou para o alto com surpresa.
– Ela está vindo – disse Jenna, sem fôlego.
Marissa olhou espantada para ela, sem entender.
– Quem está vindo?

– *Ela*. A Bruxa Mãe.

Marissa empalideceu. Achava que, quando Linda tentou lhe aplicar o encantamento de **Saída**, estava cumprindo ordens da Bruxa Mãe. Ela saltou de cima de Linda – que deu um pequeno gemido, mas não se mexeu – e apontou para a porta na qual Jenna estava encostada. Jenna se preparou para uma briga, mas uma briga era a última coisa na cabeça de Marissa.

– **Fechar, Trancar e Lacrar!** – gritou ela.

Ouviu-se um estalido leve, porém claro, vindo da porta.

– Não vai durar muito – disse Marissa –, não contra o poder *dela*. Temos de sair daqui. – Ela se dirigiu para a única janela na despensa imunda, que ficava no alto, acima de uma mesa com uma pilha de panos pretos. Marissa subiu na mesa e abriu a janela. – É a única saída. Ela é um pouco alta, mas vamos cair no macio. Aqui, vista isso. – Marissa pegou a pilha de panos pretos e a atirou para Jenna, que se abaixou. Os panos foram parar no chão ao seu lado.

Marissa ficou irritada.

– Você quer sair ou não? – perguntou ela.

– É claro que quero.

– Bem, são vestes de bruxa. Você tem de usá-las.

– Por quê?

– Porque não vai sair se não estiver com elas – disse Marissa, com um suspiro impaciente. – A janela tem uma **Barreira** que não deixa passar nenhum não iniciado.

– *Não iniciado?*

— É. Não iniciado. Não bruxas, como *você*, pateta.

A maçaneta chocalhou.

— Marissa? — disse a voz da Bruxa Mãe. — O que está acontecendo aí dentro?

— Nada, Bruxa Mãe. Está tudo bem. Quase terminei — gritou Marissa. — *Põe as roupas, depressa* — disse ela, baixinho, para Jenna. — Elas estão bem impregnadas de bruxas para enganar uma janela idiota. *Depressa!*

Jenna pegou as vestes como se estivesse apanhando uma pá de cocô de gato.

A maçaneta da porta chocalhou de novo, mais alto.

— Marissa, por que a porta está **Trancada**? — A Bruxa Mãe parecia estar desconfiada.

— Ela escapou, Bruxa Mãe. Mas tudo bem. Já estou com ela. Quase pronta! — disse Marissa, com alegria na voz. Para Jenna ela sussurrou: — *Você vai ou não vai vestir a roupa? Porque eu estou indo embora agora.*

— Tá bom, *tá bom* — sussurrou Jenna. Eram só roupas, pensou. Usar vestes de bruxa não significava nada, no fundo. Ela passou a capa preta mofada por cima da cabeça, puxou-a para baixo para cobrir sua túnica vermelha e fechou os botões depressa.

— Ficou bem em você — disse Marissa, sorrindo. — Vamos! — Ela acenou para Jenna subir na mesa, e Jenna subiu, desajeitada. Marissa abriu a janela e o ar gelado e úmido da noite entrou. — Põe o braço lá para fora.

Jenna tentou pôr o braço para fora, mas sua mão bateu numa coisa sólida, que parecia lodo congelado.

— Eca! — Ela abafou um grito e encolheu a mão.

A Bruxa Mãe, por incrível que pareça, ouvia bem.

— Marissa? — Sua voz desconfiada atravessou a porta. — Tem mais alguém aí com você?

— Só a Princesa, Bruxa Mãe — gritou Marissa, e então sussurrou para Jenna: — *Droga... as vestes não são suficientes.*

Jenna olhou para a capa preta de bruxa, que a envolvia como a noite e lhe dava uma sensação estranha. Ela lhe parecia suficiente.

— O que você está querendo dizer? — perguntou ela.

— Se você quiser sair, vou ter de fazer outra coisa.

Jenna não gostou do que parecia estar acontecendo.

— Que tipo de coisa exatamente?

A maçaneta chocalhou mais uma vez.

— Marissa, estou ouvindo vozes — gritou a Bruxa Mãe. — O que você está fazendo?

— Nada, Bruxa Mãe! Ela já está com as vestes. Vamos sair logo — gritou Marissa. E em voz baixa, para Jenna: — *Tipo eu ter de fazer de você uma bruxa.*

— *Nem pensar!*

— *Marissa!* — A maçaneta balançou com fúria. — Eu ouvi a Princesa. Ela não está mais **Muda**. O que está acontecendo aí dentro?

— Nada. Verdade. Era só *eu*, Bruxa Mãe.

— Não minta para mim, Marissa. *Deixe-me entrar!* — A Bruxa Mãe sacudiu a maçaneta com tanta força que ela caiu da porta, foi quicando pelo chão e atingiu a cabeça de Linda.

– Aaaai... – grunhiu Linda.

– O que foi *isso*? Se você não me deixar entrar *agora*, vou **Destroçar** a porta, e aí vai ter *encrenca* – berrou a Bruxa Mãe.

Marissa parecia dominada pelo pânico.

– Estou indo – disse ela a Jenna. – Pode ficar, e boa sorte para você. Não diga que não tentei. Nós nos vemos! – E, com isso, ela se içou até a janela. Já tinha passado metade do corpo quando um forte *craaaaque* veio da porta e uma rachadura comprida riscou a madeira de cima a baixo.

– Marissa. Espera! – berrou Jenna. – Faz a tal coisa... *seja lá o que for.*

A cabeça de Marissa apareceu na janela.

– Ok. É um pouco nojento – disse ela –, mas tem de ser feito.

– Ela enfiou a cabeça de volta pela janela e beijou Jenna. Surpresa, Jenna deu um pulo para trás. – Eu disse que era nojento. – Marissa abriu um sorriso. – Mas agora você é uma bruxa. Ainda não pertence ao Conventículo. Para isso teria de beijar *todas* elas.

– Não, *obrigada* – disse Jenna, fazendo uma careta.

O lascar da madeira anunciou a ponta metálica da bota da Bruxa Mãe, que passou através da porta.

– Hora de ir, Bruxa – disse Marissa.

Jenna subiu de qualquer jeito pela janela e saltou na escuridão. Aterrissou numa velha esterqueira.

– Corre! – disse Marissa, baixinho.

Com espinheiros se agarrando nelas, Jenna e Marissa atravessaram correndo o jardim abandonado, escalaram o muro e caíram no beco dos fundos. Atrás delas, a Bruxa Mãe – com o corpanzil entalado na janelinha – berrava furiosa e **Enviava** maldições. As maldições se espalharam pelo jardim, ricochetearam nos muros e **Voltaram** contra a Bruxa Mãe.

As duas bruxas desabalaram pelo escuro beco dos fundos, rumando para as luzes acolhedoras do Gothyk Grotto. Ao fechar com força a porta atrás de si, com o acompanhamento do monstro da porta, Jenna abriu um sorriso. De repente, o Gothyk Grotto parecia tão *normal*.

Marcus aproximou-se, sem se perturbar com a visão de duas bruxas na loja. Era comum as pessoas se fantasiarem nas festividades da Noite Mais Longa do Ano. Tinha acabado de vender para o pessoal da Sanduíches dos Magos todas as fantasias de esqueleto que restavam.

– Querem alguma ajuda? – perguntou ele.

Jenna deixou cair para trás seu volumoso capuz de bruxa..

– Princesa Jenna – disse Marcus, abafando um grito –, você está *a salvo!* Seu amigo, como se chama... Lacrainha... ele estava à sua procura.

A menção a lacrainhas fez Jenna sentir náuseas.

– Besouro! Ele está aqui?

– Não. Ele vai ficar feliz por você estar bem. Ele estava ficando maluco. Mas tem aqui uma pessoa da Torre dos Magos procurando por você. – Marcus piscou um olho para Jenna. – Boa sorte.

O monstro da porta rugiu de novo, e Hildegarde entrou correndo. Ela parou de repente, olhando espantada para Jenna e Marissa.

– É você! – exclamou, surpresa. A **Lupa de Busca** tinha dito que a bruxa em fuga era Jenna, mas Hildegarde não acreditara. Recuperando o fôlego, ela disse: – Princesa Jenna, *você* sabe que essas vestes são verdadeiras, não sabe?

– É claro que sei – respondeu Jenna, inabalável.

Hildegarde olhou com desaprovação para Jenna e as companhias com quem andava.

– Madame Márcia pediu-me que a levasse direto ao Palácio. Ela vai se reunir com você lá. Vestes de bruxas não são trajes adequados, e sugiro que você os tire de uma vez.

A atitude de Hildegarde contrariou Jenna.

– Não – disse ela. – Essas vestes são minhas, e eu vou continuar com elas.

Marissa abriu um sorriso. Ela podia até gostar de Jenna.

✢ 18 ✢
O Emissário

A enxurrada de Magos Ordinários estancou diante de uma pequena fachada de loja mal iluminada, a uns cem metros dali no Caminho dos Magos, no lado direito. Uma placa acima da loja anunciava o que ela era: Número Treze, Manuscriptorium Mágyko e Verificadores de Encantamentos S.A.

Besouro saiu da proteção do agrupamento de Magos e olhou para seu antigo local de trabalho, que no passado ele adorava. As janelas estavam embaçadas com a respiração de vinte e um escribas labutando lá dentro. E, através da faixa de vidro enevoado acima das pilhas de livros e manuscritos em equilíbrio precário, ele podia ver um clarão amarelo. Mas era uma vitrine lúgubre para a Noite Mais Longa do Ano – nenhum gasto desnecessário em decoração com velas era permitido sob o regime de Jillie Djinn.

Besouro sentiu pena dos escribas no trabalho enquanto o Caminho dos Magos fervilhava, mas ficou feliz por eles ainda estarem lá. Sua preocupação era com a possibilidade de eles terem saído cedo naquela noite, como sempre saíam quando ele era o Encarregado da Recepção e Faz-Tudo Geral. Mas o controle de Jillie Djinn sobre o Manuscriptorium tinha se tornado muito mais rígido depois da saída de Besouro. Ela era contra liberar os escribas antes da hora, especialmente para eles se divertirem.

Duas Magas, as irmãs Pascalle e Thomasinn Thyme, deram um passo à frente.

– Será um prazer acompanhá-lo, sr. Besouro, se precisar de companhia.

Besouro achou que toda ajuda possível seria bem-vinda.

– Obrigado – disse ele, respirando fundo antes de abrir a porta com um empurrão.

Ouviu-se um *tlim*, e o contador da entrada passou com um estalido para o número seguinte. O Escritório da Recepção estava uma bagunça, o que deixou Besouro triste. A grande escrivaninha, que ele mantinha tão limpa e organizada, dava nojo com a mistura de documentos e doces consumidos pela metade, e o assoalho não estava varrido e parecia grudar na sola dos sapatos.

Além disso, havia um cheiro forte de alguma criatura pequena e peluda que teria morrido debaixo de uma das numerosas pilhas abandonadas de papel.

Besouro passeou o olhar pela sala encardida, dando-se conta da frágil divisória, metade madeira, metade vidro, que separava o Escritório da Recepção do Manuscriptorium em si, com a antiga tinta cinzenta descascando das paredes e as guirlandas de teias de aranha descendo do teto. Ele se perguntou se era possível que não tivesse notado como tudo aquilo estava em péssimo estado quando trabalhava ali. Mas sabia que teria notado o estado da porta pequena, porém reforçada, por trás da escrivaninha, que dava para o Depósito de Livros e **Talismãs** Incontroláveis. Ela estava fechada, com duas tábuas grossas pregadas de um lado a outro. Besouro ficou se perguntando como alguém conseguia entrar lá para fazer uma limpeza. Supôs que ninguém entrasse. Era inimaginável o estado do Depósito de Livros e **Talismãs** Incontroláveis.

De repente, a porta com a metade de vidro que dava para o Manuscriptorium abriu-se com violência, e a Escriba Hermética Chefe saiu alvoroçada. Tinha na mão um grande lenço, no qual Besouro percebeu, além das letras EHC, toda a lista de suas qualificações, bordada cuidadosamente em seu contorno em cores diferentes. Então era isso que Jillie Djinn fazia em suas longas noites sozinha em seus aposentos nos altos do Manuscriptorium, pensou Besouro.

Jillie Djinn piscou surpresa ao ver Besouro com uma Maga de cada lado.

– Pois não! – disse ela, com rispidez.

Besouro vinha segurando com firmeza o rolo do Emissário, à espera desse exato momento. Rapidamente, ele deu duas batidinhas no rolo e o segurou com o braço esticado. Com um leve zumbido, um bruxuleio roxo percorreu as bordas do rolo, um sopro de calor atingiu Besouro e de repente ele estava segurando a versão em tamanho natural. Ela parecia surpreendentemente fina e delicada (porque na **Magya** a matéria não pode ser nem criada nem destruída), mas Besouro achou que aquilo só aumentava o ar de mistério e importância do rolo. Ele percebeu o olhar de Jillie Djinn e viu que ela, por um instante, ficou impressionada. Depois sua expressão normal de leve irritação voltou depressa a se afirmar.

Besouro estava decidido a ser de uma cortesia impecável.

– Boa noite, Escriba Hermética Chefe – disse ele. – Estou aqui como Emissário da Maga ExtraOrdinária.

– É o que estou vendo – respondeu Jillie Djinn, com frieza.

– E o que ela quer *agora*?

Assumindo seu papel oficial com certo prazer, Besouro começou a ler a partir das palavras que iam se organizando rapidamente no pergaminho.

– Esteja notificada de que uma **Convocação** do Castelo está em andamento. A presença de todos os Aprendizes de Escriba é **Exigida** com efeito imediato – proclamou ele.

Jillie Djinn passou direto para a irritação extrema.

– Pode dizer à Maga ExtraOrdinária que estamos ocupados com trabalho importante aqui – retrucou ela. – Os escribas do

Manuscriptorium não vão largar tudo e sair correndo quando der na telha da Maga ExtraOrdinária. – De um de seus muitos bolsos ela tirou um pequeno relógio e forçou os olhos diante dele. – Eles estarão disponíveis quando o Manuscriptorium fechar, daqui a precisamente duas horas, quarenta e dois minutos e trinta e cinco segundos.

O Emissário de Márcia Overstrand não ia engolir essa. Ele tentou – não com muito sucesso – reprimir um sorriso à medida que as palavras exatas de que necessitava iam surgindo diante dele. Saboreando o momento, Besouro leu-as em voz alta, devagar.

– Queira por bem estar notificada de que as Condições da **Convocação** estipulam que os escribas do Manuscriptorium estarão disponíveis se e quando requisitados. A recusa em liberá-los quando *solicitado* revogará seu Mandato.

Jillie Djinn espirrou em seu lenço provido de excesso de qualificações.

– *Por que* estão sendo requisitados? – perguntou ela, indignada, respingando saliva.

As palavras no pergaminho do Emissário continuaram a surgir, todas merecendo a aprovação de Besouro. Ele mesmo não poderia ter se expressado melhor.

– Por gentileza, esteja ciente de que não estou autorizado a divulgar essa informação. Quaisquer perguntas ou queixas relacionadas a essa questão poderão ser encaminhadas por escrito à Torre dos Magos, assim que a **Convocação** se encerrar. Uma resposta será dada no prazo de sete dias. Agora exijo que seus escribas sejam liberados *de imediato*. Cumpra-se.

Jillie Djinn girou nos calcanhares e se retirou de modo brusco para o interior do Manuscriptorium, batendo com força a porta frágil atrás de si. Besouro olhou de relance para suas duas acompanhantes, que pareciam perplexas.

— Tínhamos ouvido dizer que ela era difícil — sussurrou Pascalle.

— Mas não sabíamos que o caso era *tão* sério — completou Thomasinn.

— Ela está pior — disse Besouro. — Muito pior

Besouro ouviu do outro lado da divisória uma súbita explosão de conversa empolgada, seguida pelos baques de vinte e um pares de botas, à medida que os escribas pulavam para descer de suas escrivaninhas.

Mais alta que o rebuliço, veio a voz esganiçada de Jillie Djinn.

— Não, sr. Raposa, *não* se trata de uma folga. Vocês todos trabalharão mais duas horas, trinta e nove minutos e sete segundos amanhã.

A porta da recepção escancarou-se, e Raposa saiu à frente dos escribas. Ao ver Besouro, ele se espantou.

— Ei, Besouro. Se eu fosse você, ia sumindo daqui. Estamos num exercício de **Convocação**, e você-sabe-quem está de péssimo humor.

— Eu sei. — Besouro abriu um sorriso, agitando o rolo para Raposa ver. — Acabei de comunicar a ela.

Raposa assobiou baixinho. E também sorriu.

– Bem que eu podia ter pensado nisso. Quer dizer que vamos ter nossa folga na Noite Mais Longa do Ano. Obrigado, Besouro!
– Não, Raposa. Isso aqui é para valer. Vocês *estão* numa **Convocação**.
– E você está à frente dela? Estou impressionado.
– Sou só o mensageiro, Raposa. – Com um floreio, Besouro deu dois toques na ponta do pergaminho e guardou com segurança, no bolso, a versão **Reduzida**, agora muito fria. Ele levantou a voz. – Todos, por favor, saiam e se juntem aos Magos Ordinários. Devemos nos encaminhar para o Portão do Palácio, onde nos manteremos reunidos à espera de mais instruções. Assim que estiverem lá fora, queiram, por favor, manter-se em silêncio. Esta é uma **Convocação** silenciosa. Com a maior rapidez possível, por favor... Ai! Partridge, preste atenção onde põe esses seus pés gordos, ok?

– Prazer em vê-lo também, Besouro – disse Partridge, com um largo sorriso enquanto ele e Romilly Badger passavam espremidos no meio dos escribas impacientes.

A animação com a **Convocação** era contagiosa, e ninguém parecia se importar com o fato de ter de trabalhar até tarde no dia seguinte. Besouro contou os escribas que saíam até restarem somente ele e **Raposa**, na Recepção.

– Vai querer a srta. Djinn também? – perguntou Raposa, desconfiado. – Posso ir chamá-la se você quiser.

– Obrigado, Raposa, mas Márcia disse que ela preferia que não fosse.

— É. Dá para entender — respondeu Raposa. — Olha, preciso ir **Trancar** o armário de **Talismãs**. Faz parte da função. Não que eu tenha **Talismãs** no armário, mas não parece certo se eu não **Trancá-lo**.

Besouro olhou de relance para fora. A multidão de Magos, Aprendizes e escribas estava esperando, olhando para ele com ar de expectativa.

— Vá depressa — disse ele.

Raposa fez que sim e saiu correndo. Um minuto depois, ele estava de volta, acenando nervoso para Besouro.

— Besouro... ele está aqui. *De novo*.

— Quem está aqui?

— Quem você acha? O biruta do Daniel Caçador.

— *Merrin?*

— É. Seja lá como ele se chama. *Ele mesmo.*

Besouro pediu às duas Magas de escolta que levassem até o Palácio os Magos escribas que esperavam lá fora.

— Vou me reunir a vocês assim que puder — prometeu ele. — Ok — disse ele a Raposa. — Depressa. Me mostra.

Sem fazer ruído, Raposa abriu a porta que dava para o interior do Manuscriptorium e apontou lá para dentro. Besouro espiou. Tudo o que podia ver eram as fileiras de escrivaninhas altas e vazias, cada uma com sua própria ilha de luz amarela baça. De Merrin não havia o menor sinal. Nem, na verdade, de Jillie Djinn.

— Não estou vendo ninguém — sussurrou Besouro.

Raposa olhou por cima do ombro de Besouro.

– Droga. Mas eu o vi. *Sei* que vi. Pode ser que ele esteja na Câmara Hermética.

– Ele não deveria entrar *lá*! – exclamou Besouro, indignado.

– Tente você dizer isso à srta. Djinn. Ele anda por onde quer – disse Raposa, em tom sinistro, enquanto fechava a porta sem ruído. – Ele está aprontando alguma, Besouro.

Besouro concordou em silêncio. Essa devia ser a pura verdade.

– Carinha asqueroso – disse Raposa.

O carinha asqueroso estava realmente aprontando das suas. Como Raposa tinha suspeitado ele se encontrava na Câmara Hermética. Merrin aguardava e não estava gostando disso. Para passar o tempo, comia um longo cadarço de bota feito de alcaçuz, que tinha tirado da gaveta secreta de emergência para cercos, da grande mesa redonda no meio da Câmara Hermética. A gaveta agora estava entulhada com um estoque de balas grudentas de alcaçuz e seu conteúdo legítimo tinha sido largado na lata de lixo no quintal.

Merrin estava satisfeito com o trabalho daquela tarde. Estava ficando bom nesse negócio das **Trevas**, pensou. Tinha usado um **Filtro das Trevas**, conseguindo sair do Palácio bem diante do nariz de Sarah Heap, o que fora divertido, principalmente quando ele pisou de propósito no pé dela. E agora, como Jillie Djinn falara com ele com grosseria, ele também tinha resolvido esse assunto. Ela nunca mais ia fazer aquilo de novo, pensou Merrin, enquanto dava um sorriso sinistro para o Espelho antigo, encostado na parede.

Merrin olhou para a escuridão do Espelho e viu, atrás de si, o reflexo da Escriba Hermética Chefe, sentada encurvada sobre a mesa. Ele experimentou mais algumas expressões no Espelho, bateu os pés com impaciência e foi até o Ábaco, onde começou a movimentar as contas para lá e para cá, incessantemente, de um modo tão irritante que qualquer outra pessoa que não fosse a apavorada Jillie Djinn teria gritado com ele *para parar agora!*

Merrin deu um forte suspiro. Estava entediado, nem mesmo havia um escriba ali para ele atormentar. Chegou a pensar em descer ao subterrâneo e destruir algumas coisas por lá, mas tinha medo do Escriba de Conservação. Queria que as **Coisas** se *apressassem*. Por que estavam demorando tanto? Tudo o que tinham de fazer era trazer a droga do **Domínio das Trevas** com elas. Que dificuldade podia haver nisso? Impaciente, ele deu um chute na parede. **Coisas** *idiotas*.

Deixando Jillie Djinn com os olhos fixos no nada, Merrin saiu perambulando pelo corredor de sete cantos e examinou o Manuscriptorium escuro e vazio. Estranho como o lugar era assustador sem os escribas por ali. Pensou que não ia querer passar nem um minuto naquele buraco, mas que ele serviria muito bem para as **Coisas**. Elas seriam mantidas fora do seu caminho, também; e ele poderia andar por onde bem entendesse. E fazer o que quisesse. E pronto.

19
A Câmara de Segurança

Quando Besouro reassumiu seu posto à frente da **Convocação**, a pessoa que deveria estar no comando estava presa entre quatro paredes no porão de uma casa na Rampa da Cobra. Não muito acima dele, as fortes batidas de um Mago ofegante na porta da frente não foram ouvidas.

Septimus escutava a preleção de Marcellus Pye a respeito dos perigos das **Trevas** e das defesas contra elas. O tempo ia passando. Muito devagar. Até aquele instante, tinha transcorrido no mínimo uma hora de perigos, se não mais.

O Alquimista e o Aprendiz estavam sentados numa câmara sem janelas, semelhante a um túnel. A atmosfera era abafada; o ar, turvo, com emanações de velas de cera; e um leve toque de vestígios das **Trevas** deixava Septimus nervoso. Marcellus Pye sentara-se diante dele numa confortável poltrona de espaldar alto enquanto Septimus estava empoleirado sem conforto num banco de pedra nada lisa. Entre eles havia uma mesa pequena, com uma grossa camada de cera derretida, à qual mais uma vela acesa acrescentava sua contribuição.

No entanto, Marcellus parecia à vontade. Estava em sua **Câmara de Segurança** secreta, com seu Aprendiz, dando-lhe instruções sobre como se defender das **Trevas**; e, no que lhe dissesse respeito, era assim que as coisas deveriam ser. Uma **Câmara de Segurança** era algo que todo alquimista de respeito sempre possuía, mas jamais admitia. Naquilo que Marcellus agora chamava de "sua primeira vida" como alquimista, quinhentos anos atrás, ele tinha instalado sua **Câmara de Segurança** entre dois aposentos adjacentes, no porão de sua casa. O espaço fora ocupado de modo tão inteligente que nenhum dos moradores subsequentes chegou a perceber os poucos palmos perdidos de cada aposento.

Marcellus havia construído a câmara sozinho. Não tivera escolha. Nos tempos dos alquimistas do Castelo, uma das desvantagens da profissão era a de ser impossível conseguir um construtor. Assim que um construtor tomava conhecimento de que um serviço era para um alquimista, ele de repente ficava muito ocupado, caía de uma escada e "quebrava uma perna" ou tinha de viajar para visitar algum parente distante, acamado. Não importava qual fosse a desculpa, ele decerto não voltaria a ser visto. O motivo para isso era que os perigos de trabalhar para um alquimista tinham se tornado lenda entre os construtores do

Castelo, transmitidos de Mestre para Aprendiz: "Nunca trabalhe para um alquimista, garoto" (ou garota, mas geralmente garoto). "Assim que o serviço estiver pronto, com toda a certeza você será encontrado boiando de bruços no Fosso, para guardar os segredos do que acabou de construir. Por mais ouro que lhe ofereçam, simplesmente não vale a pena. Acredite em mim." Embora isso não se aplicasse a todos os alquimistas, é preciso que se diga que essa crença tinha algum fundamento.

Marcellus Pye possuía muitos talentos, mas a construção não era um deles. A parte externa da câmara era razoável porque Marcellus tinha coberto sua alvenaria grosseira instalando grandes lambris de madeira nos dois aposentos afetados pela obra. Entretanto, o interior da câmara era um horror. Marcellus não tinha percebido como era difícil levantar paredes que subissem retas – e continuassem assim; de modo que as paredes iam se aproximando cada vez mais, quase se encontrando no teto. Uma vez instalada a parede falsa por trás da qual ele mantinha seus tesouros mais misteriosos, a **Câmara de Segurança** não passava de um corredor que provocava sensações claustrofóbicas.

Septimus quase entrou em transe, embalado pelo bruxuleio da quantidade de velas dispostas nos diversos nichos e ressaltos proporcionados pelo estilo incomum de Marcellus Pye assentar tijolos. A câmara apresentava largas faixas negras da fuligem das chamas, e grossos riachos de cera desciam pelas paredes, rebrilhando à luz amarela. A única coisa que impedia Septimus de cochilar eram os tijolos na parede que fincavam suas partes pontudas nele como se o cutucassem com dedos raivosos. De vez em quando, ele se remexia, incomodado, e se encostava em outro local pontudo, um pouco diferente.

– Pare de se mexer tanto e preste atenção, Aprendiz – disse Marcellus Pye, com ar severo, de lá de sua poltrona. – Sua vida pode depender disso. Na verdade, é muito provável que *dependa*.

Septimus reprimiu um suspiro.

Por fim, Marcellus chegou ao motivo pelo qual Septimus tinha ido vê-lo.

– Suponho que você hoje à noite vá resgatar o espírito de Alther Mella dos **Salões das Trevas**, certo?

– Sim. Sim... Vou aos **Salões das Trevas**. À meia-noite. – Assim que pronunciou as palavras, Septimus sentiu um misto de empolgação e medo. De repente, tudo começava a parecer muito real.

– E vai tentar entrar nos **Salões das Trevas** pelo **Portal** do Calabouço Número Um?

– Vou, sim. Não é esse o único lugar pelo qual se pode entrar? – perguntou Septimus.

Marcellus Pye pareceu achar graça.

– De modo algum – disse ele. – Mas é o único lugar ao qual você terá tempo de chegar até a meia-noite de hoje. Existem outros **Portais**, alguns muito eficazes para questões como essa, onde você talvez descobrisse que o momento oportuno teria menos importância. Mas nenhum deles está situado no Castelo.

Deixando Septimus a se perguntar por que Márcia não mencionara esses outros Portais, possivelmente mais eficazes, Marcellus pegou a vela da mesa e se levantou da poltrona com um pequeno gemido. Com a aparência do velho que realmente era, o alquimista foi arrastando os pés ao longo da câmara até a parede falsa no final, que Septimus agora percebia ser coberta por lambris, como os aposentos externos. Marcellus pressionou a mão sobre um dos painéis, fez com que deslizasse para um lado e estendeu o braço para o espaço ali atrás. Septimus ouviu o tilintar de vidro com vidro, o chocalhar de pequenas coisas secas numa caixa de metal, o baque de um livro e, por fim, uma exclamação de alívio.

– Peguei!

Quando Marcellus voltava, arrastando os pés, Septimus quase deu um salto e saiu correndo. A luz da vela lançava sombras dramáticas no rosto do alquimista; e enquanto vinha se aproximando de Septimus, com a mão estendida, Marcellus apresentava a aparência exata que tinha apresentado quando Septimus o vira pela primeira vez: a de um homem de quinhentos anos, que tentava agarrá-lo, puxando-o através de um espelho para um mundo secreto nos subterrâneos do Castelo. Não foi um momento agradável. Aquilo perturbou Septimus mais que qualquer outra coisa no acúmulo de tensão anterior a sua **Semana das Trevas**.

Sem perceber o efeito que tinha causado, Marcellus Pye retomou, satisfeito, seu lugar junto de Septimus.

– Aprendiz, tenho na mão algo que lhe dará uma passagem segura pelo **Portal** e uma boa entrada nas **Trevas**.

Ele abriu o punho para revelar um isqueiro de pederneira, pequeno e amassado. Septimus sentiu uma decepção horrível.

O que Marcellus tinha na cabeça? Septimus possuía um isqueiro de pederneira só seu, que tinha uma aparência muito melhor do que aquele. E era provável que funcionasse melhor também... Septimus se orgulhava de conseguir acender um fogo firme em quinze segundos. Não muito tempo antes, ele e Besouro tinham feito uma competição para acender fogo, e ele tinha ganhado a melhor de cinco.

Marcellus entregou-lhe o isqueiro de pederneira.

— Abra-o — disse ele.

Septimus fez o que lhe foi pedido. Ali dentro estavam as peças normais de um isqueiro: uma pequena roda dentada, uma pederneira, umas tiras finas de pano embebidas com a conhecida cera altamente inflamável do Castelo e um pouco de musgo seco.

Já estava saturado. A frase de despedida de Márcia voltou à sua mente: "Os recursos da Alquimia não passam de truques de mágico, Septimus. Só conversa e nenhuma ação. Nada que eles fizeram chegou um dia a funcionar. Era tudo puro *lixo*."

Septimus pôs-se de pé. Márcia estava certa, como de costume. Ele *precisava* sair daquela camarazinha abafada, cheia de cera de vela escorrida, impregnada de segredos das **Trevas**. Ansiava por fazer parte do mundo normal do Castelo mais uma vez. Queria correr pelas ruas, respirar o ar puro e frio, ver a infinidade de luzes do Castelo cintilando nas janelas, observar as pessoas enquanto passavam para lá e para cá, admirando ou não a decoração de seus vizinhos. Mas, acima de tudo, queria estar com pessoas que não fossem alquimistas exigentes, de quinhentos anos de idade, que achavam que você ainda era Aprendiz deles.

Marcellus pensava de outro modo.

– Sente-se, Aprendiz – disse, em tom severo. – Isso aqui é importante.

– Não é, não – respondeu Septimus, permanecendo em pé. – É um velho isqueiro de pederneira. Só isso. Você não pode me enganar.

– Parece que já o enganei, Aprendiz – disse Marcellus Pye, com um sorriso. – Pois ele não é o que aparenta.

Septimus suspirou. Nada nunca era o que parecia ser, no que dizia respeito a Marcellus.

– Paciência, Aprendiz, paciência. Sei que esta câmara é apertada; sei que é abafada e cheira mal, mas o que vou lhe mostrar só pode ser revelado aqui dentro, porque não sobreviveria muito tempo fora das **Trevas**. – Marcellus olhou para Septimus, com ar sério. – Septimus, não posso... e não *vou*... deixá-lo enveredar indefeso pelas **Trevas**. Sente-se. Por favor.

Com mais um suspiro, Septimus sentou-se, relutante.

– Veja bem – disse Marcellus, segurando o isqueiro de pederneira. – Como todos os **Disfarces das Trevas**, isto aqui não é o que parece. E você também deverá seguir esse exemplo quando entrar nas **Trevas**.

– Eu *sei*. **Máscaras**, **Bloqueios Mentais**, **Embustes**... já fiz tudo isso com Márcia.

– Bem, é claro que fez. – O tom de Marcellus era conciliador. – Não é mais do que eu esperaria. Mas há algumas coisas às quais nem mesmo a Maga ExtraOrdinária tem acesso. É para isso que os alquimistas existem... ou *existiam*. Nós nos mantínhamos em contato com as **Trevas**. Íamos aonde os Magos não ousavam.

Septimus já suspeitava de tudo isso, tendo em vista as advertências de Márcia a respeito dos alquimistas, mas era a primeira vez que ele ouvia Marcellus admitir o fato.

– Como Aprendiz de Alquimia – prosseguiu Marcellus –, é simplesmente certo que também você saiba trabalhar com as **Trevas**. Tudo bem que os Magos enterrem a cabeça na areia como aquelas aves... ah, como elas se chamam?

Septimus não tinha certeza.

– Galinhas? – sugeriu ele.

– "Galinhas" serve. – Marcellus abafou um risinho. – Como galinhas, eles ciscam o que está à sua frente, mas não compreendem do que realmente se trata. Às vezes, chamam por outro nome, como o **Outro**, ou **Invertido**, mas isso não muda nada. As **Trevas** continuam a ser as **Trevas**, não importa como você as chame. E agora, Aprendiz, você precisa decidir se vai dar seu primeiro passo para entrar nas **Trevas** do modo dos Alquimistas – e ver o que realmente se encontra dentro do isqueiro de pederneira – ou do modo dos Magos, e não ver nada além de uma pederneira velha e um pouco de musgo ressecado. Qual vai ser sua decisão?

Septimus pensou em Márcia e soube o que ela diria. Pensou em Besouro e realmente não teve certeza do que ele diria. E então pensou em Alther. De repente, Septimus teve a sensação estranhíssima de que Alther estava sentado bem ao seu lado. Ele se virou e pensou ter visto um momentâneo lampejo roxo, uma sugestão de barba branca, que logo sumiu, deixando Septimus com a certeza de que jamais veria Alther outra vez, a menos que desse a resposta que deu.

– Do modo dos Alquimistas.

Marcellus sorriu, com alívio. Tinha ficado extremamente preocupado com a possibilidade de Septimus se aventurar a entrar nas **Trevas** no costumeiro estilo dos Magos de "*basta ter bons pensamentos, e tudo dará certo*". O velho Alquimista também se sentia só um pouquinho vitorioso. Pelo menos por enquanto, tinha reconquistado seu Aprendiz.

– Sábia decisão – disse Marcellus. – Agora, pare de agir como uma galinha e dê seu primeiro passo consciente para entrar nas **Trevas**. Septimus, você está entendendo que esse passo só deve ser dado se você realmente quiser? Você quer?

Septimus fez que sim.

– Então diga.

– Dizer o quê?

– Que você quer fazer isso. Diga "sim, eu quero".

Septimus hesitou. Marcellus esperou.

Houve um longo silêncio. Septimus tinha a sensação vertiginosa de estar prestes a passar por um limiar pelo qual nem mesmo Márcia tinha passado.

– Sim, eu quero – disse ele.

Como se alguém tivesse acionado um interruptor, todas as velas na câmara se apagaram. A temperatura caiu rapidamente.

Septimus abafou um grito de surpresa.

– Não devemos sentir medo das **Trevas**. – A voz de Marcellus atravessava a fumaça das velas apagadas.

Septimus ouviu o Alquimista estalar os dedos. De imediato, as velas se acenderam de novo, mas a câmara continuou fria – tão fria que Septimus podia ver a respiração nublando o ar com vapor. Agora Marcellus tinha toda a atenção de Septimus.

– Aprendiz, seu primeiro passo é escolher um nome para usar quando estiver lidando com as **Trevas**. Os Magos, quando chegam até aqui, em geral invertem o nome inteiro, mas não percebem como é perigoso. Você nunca se livrará das **Trevas** se agir assim. Sempre poderá ser **Encontrado**. Nós, Alquimistas, conhecemos um método melhor. Pegamos as três últimas letras do nosso nome e as invertemos. Sugiro que faça isso.

– S-U-M – disse Septimus.

– *Sum:* eu sou. – Marcellus sorriu. – Muito bom. Se precisar usar seu nome, é isso o que vai dizer. É bastante semelhante para ser considerado verdadeiro, mas não fiel o suficiente para você ser **Encontrado**. Agora chegamos ao motivo para você estar aqui: Aprendiz, você quer assumir o **Disfarce das Trevas**?

Septimus fez que sim.

– Fale – sugeriu Marcellus. – Não posso conduzi-lo por essas etapas com base num simples gesto de cabeça. Preciso de uma manifestação clara de que você quer prosseguir.

– Eu quero – disse Septimus, com a voz tremendo um pouco.

– Muito bem, Aprendiz, ponha o isqueiro de pederneira sobre o coração, desse jeito...

Septimus segurou sobre seu coração o isqueiro de pederneira, que fez com que uma fisgada gelada o transpassasse como um punhal de gelo. Marcellus continuou com suas instruções.

– Mantenha a mão totalmente imóvel. Nada de se mexer. Ótimo. Agora repita essas palavras comigo.

E assim o velho Alquimista começou, usando palavras **Invertidas** que Septimus nunca tinha ouvido antes, palavras que ele suspeitava que Márcia também nunca tinha ouvido. Elas lhe deram mais calafrios que a pressão gelada do isqueiro de pederneira, mais que o ar enregelante no interior da câmara. Quando acabou de pronunciar as últimas palavras – "Ue onedro euq missa ajes: ajetorp Sum" –, Septimus já batia os dentes de frio.

– Abra o isqueiro – disse Marcellus.

De início, Septimus achou que o isqueiro estava vazio. Tudo o que conseguia ver era o metal cinza opaco das laterais; no entanto, ao olhar mais de perto, ele ficou em dúvida se *era* metal o que via. Parecia enevoado, como se alguma coisa estivesse, mas não estivesse ali ao mesmo tempo. Hesitando, como se fosse levar uma mordida, ele enfiou o dedo na caixa. O dedo lhe informou que havia, sim, alguma coisa ali – alguma coisa macia e delicada.

– Você o encontrou. – Marcellus estava satisfeito. – Ou melhor, ele o encontrou. Isso é bom. Agora tire-o daí e trate de vesti-lo.

Sentindo-se como se estivesse numa brincadeira de "faz de conta" com Barney Pot, Septimus uniu o polegar e o indicador e segurou alguma coisa indefinível, praticamente impalpável. Sua impressão era a de estar puxando teias de aranha de dentro de um pote – teias de aranha que a aranha no pote não queria que ele pegasse. Septimus puxou com força e, quando levantou a mão, bem alto, viu que estava tirando de dentro do isqueiro de pederneira uma longa faixa de tecido fino e diáfano.

Os olhos escuros de Marcellus Pye brilhavam de empolgação à luz das velas.

– Você conseguiu... – sussurrou, parecendo sentir muito alívio. – Você encontrou o **Disfarce das Trevas**.

O **Disfarce das Trevas** fazia Septimus se lembrar de uma das echarpes ondulantes de Sarah Heap, embora Sarah preferisse cores mais vivas. Ele era de uma cor indeterminada, que Sarah teria criticado por ser sem graça. Mas era muito maior que qualquer echarpe que Sarah possuía. Septimus não parava de puxá-lo do isqueiro de pederneira, e o **Disfarce das Trevas** não parava de sair dali, caindo em ondas finas, sem peso, sobre seu colo, e tombando até o chão. Septimus começou a se perguntar qual seria seu comprimento real.

Marcellus respondeu a sua pergunta muda.

– O comprimento será o certo para o que você precisar. Agora, Aprendiz, um pequeno conselho. Sugiro que você puxe um fio dele agora. É fácil fazer isso. E o mantenha consigo. Ele será forte como uma corda e, por minha experiência, sei que pode ser útil ter um pouquinho das **Trevas** à mão, quando a gente se arrisca a entrar nesses territórios.

Não foi essa a primeira vez que Septimus se perguntou quais segredos Marcellus tivera no passado. Mas o que ele dizia fazia sentido. Septimus puxou um fio da trama frouxa e começou a enrolá-lo numa meada bem-feita. Marcellus observava, com aprovação.

– Demonstrou confiança. Lembre-se: o poder das **Trevas** nesse fio exposto começará a evaporar depois de umas vinte e quatro horas. Não o guarde em seu cinto de Aprendiz; você não vai querer perturbar nenhum **Talismã** ou **Encantamento**. Um bolso serve.

Septimus fez que sim... ele já tinha calculado *aquilo* sozinho.

– Agora sugiro que você devolva o **Disfarce das Trevas** para o isqueiro de pederneira – disse Marcellus. – Qualquer período passado fora da caixa, mesmo aqui dentro, dilui uma fração do seu poder.

– Ue ehl-oçedarga. Rovaf es-rariter. – Septimus pronunciou as palavras, seguindo as instruções de Marcellus, e o **Disfarce das Trevas** sumiu no interior do isqueiro de pederneira como um sopro de fumaça.

Marcellus encarou seu Aprendiz com satisfação.

– Muito bom mesmo. Ele lhe obedece bem. Assim que entrar no **Portal das Trevas**, abra o isqueiro e lhe diga "Arbuc Sum". Agora que ele o **Conhece**, vai ficar do seu lado como uma segunda pele. Cuidado para não usá-lo longe das **Trevas**, pois ele se reduzirá a nada, e é por isso que tenho de mostrá-lo a você nesta câmara. Faça bom uso.

– Eu farei, sim – disse Septimus, concordando.

– E uma última coisa...

– Sim?

– O **Disfarce das Trevas** pode contaminar a Magya. *Não* leve essa caixa para dentro da Torre dos Magos.

Septimus ficou consternado.

– Mas... e meu Anel do Dragão?

– Você está usando o anel. Ele faz parte de você, e o **Disfarce das Trevas** protegerá tudo o que fizer parte de você. – Marcellus sorriu. – Não se preocupe, ele continuará a brilhar como sempre para você, Aprendiz, embora outros não o vejam.

Septimus olhou para o anel, que luzia na penumbra da **Câmara de Segurança**. Ficou aliviado. Sem o anel, ele se sentiria perdido.

Marcellus emitiu sua última instrução:

– Quando voltar com Alther, como sei que voltará, você deve trazer o **Disfarce** direto para cá a fim de guardá-lo. Entendeu?

– Entendi – disse Septimus. – Obrigado. Muito obrigado, Marcellus. – Com cuidado, ele pôs o isqueiro de pederneira no bolso mais fundo e mais secreto de sua túnica de Aprendiz. – Nos vemos mais tarde. Na festa.

– Festa? – perguntou Marcellus.

– Você sabe... minha festa de aniversário. Com Jenna. No Palácio.

– Ah, é mesmo. É claro, Aprendiz. Eu me esqueci.

Septimus levantou-se para ir. Dessa vez, Marcellus Pye não o impediu.

✢ 20 ✢
O Cordão de Isolamento

Tinha anoitecido enquanto Septimus estava preso na **Câmara de Segurança**. Ele saiu para o ar puro e frio e seguiu pela Rampa da Cobra, embrulhando-se bem na capa e andando rápido para tentar se livrar do gelo que parecia ter se instalado na medula de seus ossos. Ao final da rampa, pegou a Viela dos Ratos, um beco bastante utilizado, que levava direto à parte central do Caminho dos Magos.

A Noite Mais Longa do Ano era uma das ocasiões preferidas por Septimus. Quando menino soldado no Exército Jovem, Septimus ansiava por sua chegada. Muito embora na época ele não fizesse a menor ideia de que aquele era também o dia de seu aniversário, aquilo tudo lhe parecia especial. Ele adorava ver todas as velas expostas em cada janela no Castelo. Essa prática não era do agrado do Supremo Guardião e seus companheiros, mas era um costume antigo demais para ser interrompido e tinha se tornado um pequeno símbolo de resistência. O jovem Septimus não se dava conta desse significado particular... tudo o que sabia era que ver as luzes o deixava feliz.

Agora, porém, a Noite Mais Longa do Ano tinha uma importância muito maior para ele: era um símbolo de esperança e renovação, a data de aniversário de sua libertação do Exército Jovem por Márcia. Apesar da tarefa que o aguardava naquela noite, Septimus seguia a passos largos pela Viela dos Ratos, com a familiar sensação de empolgação e felicidade percorrendo todo o seu corpo. Algumas gotinhas de chuva gelada pousaram rapidamente no seu rosto voltado para o alto enquanto ele sorria para as casas antigas, todas com uma única intrépida vela acesa em cada janela. Ele respirou o ar puro, livrando-se das emanações enjoativas da casa do velho Alquimista, e afastou de si os sentimentos de culpa em relação a Márcia e ao que ele sabia que ela consideraria uma deslealdade dele, por ligar-se a Marcellus.

Septimus estava determinado a fazer o que *ele* achava certo. Era seu aniversário de catorze anos, uma data reconhecida pelo Castelo inteiro como o início da independência. Ele já não era uma criança. Era dono do próprio nariz e tomava suas próprias decisões.

A algumas ruas de distância, o Relógio do Largo dos Fanqueiros começou a soar. Septimus contou seis badaladas e se apressou. Tinha prometido estar com a mãe antes das seis.

Quando entrou apressado no Caminho dos Magos, Septimus descobriu que as coisas não estavam exatamente como ele esperava. O Caminho estava lotado – como de costume na Noite Mais Longa do Ano –, mas em vez de gente andando à toa, batendo papo e mostrando alguma decoração mais interessante (nos últimos anos tinha havido uma competição acirrada entre quadros vivos em muitas vitrines de lojas), todos estavam imóveis, olhando na direção do Palácio. Isso já era bastante estranho, mas o que realmente deixou Septimus preocupado foi o silêncio ansioso.

– Estou surpresa por você não estar por lá também, Aprendiz – disse uma voz em algum ponto perto de seu cotovelo. Ao ouvirem a palavra "Aprendiz", algumas cabeças se voltaram na direção de Septimus.

Ele olhou para trás e descobriu, em pé ao seu lado, Maizie Smalls, que era mesmo muito pequena. Ela estava preocupada.

– Sabe? Lá no **Cordão de Isolamento**. Em volta do Palácio – esclareceu ela.

– **Cordão de Isolamento**? Em volta do *Palácio*?

– É. Estou torcendo para meu gato estar bem. Binkie detesta mudanças na rotina. Ele está velho, sabe? E... *ah*...

Mas Septimus já não estava ali. Tinha partido rumo ao Palácio. Ele abriu caminho pela multidão mais rápido do que imaginava. Assim que qualquer um via que era o Aprendiz ExtraOrdinário que forçava a passagem ou pisava nos seus pés, as pessoas recuavam respeitosas – com exceção de Gringe, que fez com que ele parasse e falou com raiva.

– Melhor se apressar, garoto. Tá um pouco atrasado, num tá não? – Mas soltou Septimus quando Lucy protestou:

– Deixa para lá, Papai. Não está vendo que ele está com pressa?

Septimus olhou com gratidão para Lucy e seguiu adiante, vendo de relance, ao passar, Nicko em conversa com o irmão de Lucy, Rupert. Mas não tinha tempo para cumprimentar Nicko. Septimus estava desesperado para chegar ao Palácio.

Quando alcançou o Portão do Palácio, Septimus se deu conta de que Gringe tinha razão. Ele estava realmente atrasado, atrasado demais. Alguns metros para dentro do Portão estendia-se pelos gramados do Palácio o **Cordão de Isolamento**: uma longa linha de Magos, Aprendizes e escribas, que cercava o Palácio, todos segurando um pedaço de cordão roxo que unia cada pessoa à próxima. Pela imobilidade e concentração dos que o formavam, Septimus percebeu que o **Cordão de Isolamento** estava completo. Septimus nunca tinha visto um **Cordão de Isolamento** de verdade, embora de vez em quando a Torre dos Magos realizasse ensaios no pátio, e alguns Aprendizes uma vez tivessem – para grande revolta de Gringe – formado um **Cordão de Isolamento** em torno da casa do porteiro do Portão Norte, como uma brincadeira. Septimus sabia que o ideal era que todos no **Cordão de Isolamento** estivessem de mãos dadas, como crianças na brincadeira popular da "ciranda em torno da Torre dos Magos", mas, para cercar o prédio mais longo de todo o Castelo, cada integrante do **Cordão de Isolamento** precisava usar um pedaço de **Cordão Condutor Mágyko**, que todos os Magos, Aprendizes e aprendizes de escribas sempre traziam consigo.

Septimus ficou parado à frente da multidão calada que observava o **Cordão de Isolamento**, tentando descobrir o que estava acontecendo. Estar do lado de fora de alguma coisa **Mágyka** dava-lhe uma sensação estranha – e Septimus não estava gostando nem um pouco daquilo. Mas ele logo começou a perceber que tinha escapado por um triz. Se tivesse chegado alguns minutos mais cedo, Márcia teria contado com a sua participação, e, com o **Disfarce das Trevas** no fundo de seu bolso secreto, ele não teria tido coragem. O alívio por não ter de explicar isso a Márcia quase compensou o fato de ele estar de fora de uma atividade **Mágyka** histórica... *quase*.

Septimus não pôde resistir à tentação de olhar mais de perto. Ele passou sorrateiro pelo Portão do Palácio e foi andando devagar pelo gramado. Quando se aproximou, viu no interior do **Cordão de Isolamento** quatro vultos que seguiam apressados na direção das portas do Palácio. Um era Márcia, é claro. O segundo, Septimus percebeu com uma fisgada de algo que poderia ter sido inveja, era *Besouro*. O garoto ocupava o lugar que deveria ter sido dele. E havia mais dois vultos seguindo atrás. Um ele teve certeza de que era Hildegarde, e o outro era uma bruxa. *O que estava acontecendo?* Septimus tinha parado a uma distância do **Cordão de Isolamento** que ele considerou segura. Ele se deu conta de que devia ter resmungado alguma coisa, porque Rose, a Aprendiz da enfermaria, que participava do **Cordão de Isolamento**, virou-se para trás. Ela sorriu para ele e pronunciou sem emitir som.

— Psiu. Silêncio.

— Por quê? — perguntou Septimus, sem voz.

Rose deu de ombros e fez uma expressão de "não faço a menor ideia".

Septimus estava fora de si de tanta frustração. Mil perguntas passavam pela sua cabeça. O que tinha acontecido? Será que Silas tinha feito alguma besteira? Onde estava Jenna? Onde estavam seus pais? Será que estavam em segurança? E então ocorreu-lhe um pensamento horrível: será que isso tudo tinha alguma coisa a ver com o que quer que fosse que Jenna tinha lhe pedido para verificar no sótão no anoitecer da véspera? *Será que tudo aquilo era culpa dele?*

Septimus começou a andar pelo lado de fora do **Cordão de Isolamento**. O ar estava frio, e uma neve com chuva caía leve, pousando nas capas de inverno dos Magos e escribas, parando por um instante tanto nos chapéus de lã como nas cabeças descobertas, antes de derreter e sumir. As mãos que seguravam com firmeza os Cordões (não eram permitidas luvas porque elas interrompiam a **Conexão**) já estavam vermelhas e geladas, e alguns dos Aprendizes mais jovens, que na empolgação tinham saído sem capa, tremiam de frio.

Mantendo os olhos no Palácio enquanto andava, Septimus tentava pensar no que Jenna lhe dissera na noite anterior. *Existe alguma coisa do mal por lá* – era tudo o que ele conseguia se lembrar. Mas sabia que não tinha dado a Jenna uma oportunidade de dizer mais nada. Em busca de pistas do que estava acontecendo, ele examinava o Palácio, que parecia o mesmo de sempre, sólido e tranquilo, na noite de inverno. Mas então algo chamou sua atenção. Uma vela numa janela do andar superior apagou-se. Septimus parou atrás de uma sequência de Magos idosos com uma variedade de chapéus de lã e cachecóis coloridos e olhou fixo para as janelas do Palácio. Mais uma vela se apagou, e depois outra. Uma a uma, como dominós caindo devagar, *clique... clique... clique...* as velas iam sendo sopradas. Septimus percebeu que Jenna tinha razão: alguma coisa do mal *estava* lá em cima.

"Você não se dispôs a ajudar Jenna porque estava tão tenso querendo manter essa sua cabeça idiota desanuviada para sua **Semana das Trevas**; e *agora* veja só o que aconteceu", disse ele a si mesmo, com raiva. "E ainda se manda para alguma câmara alquímica das **Trevas**, sabendo que Márcia não queria que você fosse. E agora, provavelmente, deixou de participar da **Magya** mais espantosa da sua vida. Seu cérebro de minhoca, é nisso que dá querer se aproximar das **Trevas**. Você começa a pensar só em si mesmo. Você se afasta das pessoas com quem se importa. E agora não tem ninguém com quem conversar; e é *isso o que você merece mesmo*."

Afastando-se do **Cordão de Isolamento** e de sua camaradagem **Mágyka**, Septimus enveredou pela noite adentro. Tinha chegado à margem do rio e corria na direção do Embarcadouro do Palácio, quando o fantasma de Alice Nettles de repente **Apareceu**. Desde o **Banimento** de Alther, Alice não **Aparecia** mais, mas ela fazia uma exceção para Septimus. Alice era o único fantasma que ele conhecia que sempre parecia reagir à temperatura; e nessa noite, apesar de ele saber que ela não tinha como sentir frio, Alice parecia congelada.

– Oi, Alice – disse ele.

– Oi, Septimus – disse Alice, com a voz distante. Voltou-se para ele; e pela primeira vez o fantasma de Alice Nettles se estendeu para tocar num ser humano. Ela pôs as mãos nos ombros de Septimus e falou: – Traga meu Alther de volta, Aprendiz. Traga-o de volta.

– Farei tudo o que puder, Alice – respondeu Septimus, pensando em como eram frias as mãos de Alice.

– Você vai hoje à noite? – perguntou ela.

A chave do Calabouço Número Um e o início de sua **Semana das Trevas** pesavam muito em seu bolso. Mas o **Cordão de Isolamento** tinha lançado os planos de Septimus em total confusão. Ele não fazia absolutamente nenhuma ideia do que acontecia ou do que Márcia estaria fazendo à meia-noite E hesitou.

– Você não está me respondendo, Aprendiz – disse Alice, olhando ansiosa para Septimus.

Septimus viu o olhar aflito de Alice e tomou uma decisão. Ele podia ter deixado Jenna na mão, mas não ia fazer o mesmo com Alice. Entraria no Calabouço Número Um, quer Márcia estivesse lá, quer não.

– Sim, Alice. Vou buscar Alther.

Um sorriso foi surgindo devagar no rosto de Alice.

– Obrigada – disse ela. – Eu lhe agradeço do fundo do meu coração.

Septimus deixou Alice perambulando pelo Embarcadouro, olhando sonhadora para o rio. Ele seguiu devagar pela margem, imerso em tristeza. Nunca – nem mesmo no Exército Jovem – Septimus tinha se sentido tão só. Percebeu como havia se acostumado a estar no centro de tudo, a ser parte integrante e importante da vida **Mágyka** do Castelo. Agora que de repente se descobria fora do Círculo **Mágyko** – literalmente fora –, ele se sentia perdido.

Septimus seguiu com passos pesados pelo longo gramado à margem do rio enquanto as águas escuras e geladas passavam por ele em silêncio. Minúsculos flocos de neve caíam e se acomodavam em sua grossa capa de lã; e a grama, sob seus pés, parecia quebradiça com a geada. Enquanto andava, Septimus sentia a presença do Palácio que se avultava à sua esquerda. Seus olhos eram atraídos para o Palácio. E cada vez que ele olhava, com uma sensação de temor, via que mais uma janela tinha ficado escura.

Não conseguia deixar de imaginar que Jenna ainda estivesse lá dentro, em algum canto, sem poder sair.

Continuou pela margem do rio, convencido de que poderia ter impedido o que quer que estivesse acontecendo com o Palácio se ao menos tivesse ajudado Jenna quando ela lhe pedira ajuda. Mas agora era tarde demais. Jenna não estava ali para pedir nada agora. Ele estava sozinho – e a culpa era só dele.

Septimus chegou ao portão que atravessava a sebe alta e dava acesso ao Campo do Dragão. Abriu-o com um empurrão. Só lhe restava uma criatura com quem podia falar – seu dragão, Cospe-Fogo.

⊹ 21 ⊹
Quarentena

Dentro do Palácio, sem saber dos acontecimentos que se desenrolavam em silêncio ao redor, Sarah Heap estava mal equilibrada no alto de uma escada de mão no saguão de entrada. À luz de um belo lustre (cujas velas Billy Pot tinha levado um total de dez minutos para acender), Sarah estava ocupada pregando uma faixa que dizia PARABÉNS PELO 14º ANIVERSÁRIO, JENNA E SEPTIMUS, acima do arco que dava para o Longo Passeio. Não ficou satisfeita ao ouvir o som de passos lá fora, se aproximando.

– Droga – resmungou Sarah, baixinho. Ela sabia que um daqueles passos pertencia a Márcia Overstrand: de algum modo,

Márcia sempre conseguia andar por toda parte como se tivesse o rei na barriga. Sarah lutava irritada contra a faixa em sua cabeça. Só Márcia mesmo para chegar antes da hora, pensou ela. Bem, ela ia ter de dar uma ajuda até a festa começar. Só Deus sabia tudo o que faltava fazer. *Epa...* Para começar, ela podia firmar a escada de mão.

O som dos passos mudou de rangidos de cinzas esmagadas no caminho para decididos *cliques* de píton roxo na madeira quando atravessaram a ponte sobre o fosso ornamental. Atrás deles vinham os passos igualmente decididos – mas menos arrogantes – dos acompanhantes de Márcia.

As portas do Palácio foram abertas, e os *cliques* percorreram o piso de pedra do saguão de entrada, parando junto da escada de Sarah.

– Sarah Heap – disse Márcia, em alto e bom som.

Por que, perguntou-se Sarah, contrariada, Márcia precisava ser tão autoritária? Ela se virou, com o martelo erguido, os dois últimos pregos presos entre os lábios.

– Murg? – disse Sarah, finalmente dignando-se olhar para as visitas ali embaixo. – Ah, Burr e Hurrr – disse ela, realmente feliz de ver dois dos companheiros de Márcia, Besouro e Hildegarde, apesar de menos satisfeita ao ver a jovem bruxa que estava com eles. Ela tirou os pregos da boca. – Vocês chegaram cedo. Mas uma ajuda seria bem-vinda. Para preparar uma festa, é sempre preciso fazer mais do que se imagina.

– *Mamãe* – disse a jovem bruxa.

Sarah quase deixou cair o martelo.
— Céus, Jenna. É *você*. Eu não sabia que a festa ia ser à fantasia.
— Mamãe, *não* é, mas... — começou Jenna, querendo explicar antes que Márcia entrasse de sola.
Sarah pareceu não aprovar.
— Bem, não sei por que você está andando por aí com essa roupa de bruxa. Você realmente não devia. Não é bonito.
— Desculpe. Tudo está muito corrido, mas...
— E você vem me dizer isso? Ainda nem estamos prontos para a festa, e agora...
— *Mamãe*, presta atenção...
— A festa está cancelada — disse Márcia.
Sarah deixou cair o martelo, que por um triz não atingiu o pé direito de Márcia.
— *O quê?* — disse, furiosa.
— Cancelada. Você e todo mundo no Palácio têm cinco minutos para sair.
Sarah desceu da escada rápida como um raio.
— Márcia Overstrand, como você se *atreve*?
— *Mamãe* — disse Jenna. — Escuta, por favor. É importante... Alguma coisa...
— Obrigada, Jenna, mas eu cuido disso — disse Márcia. — Sarah, é minha função garantir a segurança do Palácio. Um **Cordão de Isolamento** já está cercando o prédio, e agora vou pô-lo em **Quarentena**.
— Olhe só, Márcia — disse Sarah, exasperada. — Não há nenhuma necessidade de exagerar desse jeito. Não sei o que Septimus

ou Jenna andaram lhe dizendo sobre a festa, mas você realmente não deveria dar atenção. O pai deles e eu estaremos aqui e não temos nenhuma intenção de deixar que as coisas fujam ao controle.

– Parece que *já fugiram*, Sarah – disse Márcia. Ela levantou a mão para Sarah parar de protestar. – Sarah, ouça bem, *não* estou falando da festa. E acho que posso dizer que o fato de você e Silas morarem aqui parece não ter sido nenhuma proteção contra *absolutamente nada*. Na verdade, estou surpresa, e até bastante decepcionada, por Silas ter permitido que isso acontecesse.

– É só uma festinha de aniversário, Márcia – disse Sarah, de mau humor. – É *claro* que permitiremos que ela aconteça.

– Sarah, pelo amor de Deus, dá para você *escutar* o que estou dizendo? Não estou falando da festa de aniversário – retrucou Márcia, igualmente mal-humorada. – E pode parar de balançar esse martelo para lá e para cá também.

Sarah olhou para o martelo na mão, parecendo surpresa de encontrá-lo ali. Ela deu de ombros e o colocou na escada.

– Obrigada – disse Márcia.

– Então do que você está falando? – perguntou Sarah.

– Estou falando de seu *inquilino* no sótão.

– Que inquilino? Não temos inquilinos – respondeu Sarah, indignada. – As coisas podem às vezes ficar um pouco difíceis, mas ainda não precisamos abrir uma hospedaria no Palácio. E, mesmo que isso fosse necessário, creio que não precisamos de sua permissão, muito obrigada. – Sarah fechou a escada de mão com força demais e começou a carregar todo aquele peso para o Longo Passeio. Besouro adiantou-se e pegou a escada das mãos dela.

— Obrigada, Besouro — disse Sarah —, é muita gentileza sua. Com licença, Márcia, mas tenho mais o que fazer. — Com isso, ela começou a reunir o que restava das serpentinas espalhadas pelo chão.

— Mamãe — disse Jenna, entregando-lhe algumas serpentinas caídas. — Mamãe, por favor. Tem alguma coisa horrível aqui. Nós precisamos...

Mas Sarah não estava com disposição para escutar.

— E você trate de tirar essa capa de bruxa agora mesmo, Jenna. O cheiro é medonho... igualzinho ao de uma capa de verdade.

Márcia levantou a voz.

— Este é meu último aviso. Estou prestes a pôr este prédio em **Quarentena**. — Ela pegou seu relógio e o pôs na palma da mão. — De *agora* em diante, vocês têm cinco minutos para desocupar o recinto.

Isso foi demais para Sarah. Ela se levantou e, irritada, com as mãos nos quadris e o cabelo despenteado, levantou a voz ainda mais alto.

— Agora, olha só, Márcia Overstrand, já estou *farta* de você atrapalhar desse jeito o aniversário da minha filha... e do meu filho também, por sinal, e destruir tudo. Eu lhe serei grata se você *for embora e nos deixar em paz*.

Hildegarde vinha observando com aflição o jeito de Márcia conduzir a conversa. Antes de sua promoção para a Torre dos Magos, Hildegarde era encarregada da entrada do Palácio. Conhecia Sarah Heap bem e gostava muito dela. Hildegarde deu um passo adiante e pôs a mão no braço de Sarah.

– Sarah, sinto muito, mas isso é muito sério – disse ela. – Existe *mesmo* alguém no sótão do Palácio e, ao que parece, ele instalou um **Domínio das Trevas** lá dentro. Madame Márcia cercou o Palácio com um **Cordão de Isolamento** para impedir que o **Domínio** escape; e agora, para a segurança de todos nós no Castelo, ela precisa pôr o Palácio em **Quarentena**. Sinto muito por isso ter de acontecer justo hoje, mas não nos atrevemos a deixar como está nem mais um instante. Dá para você entender, não dá?

Sarah olhava espantada para Hildegarde, sem conseguir acreditar. Ela limpou a testa com a mão e se deixou afundar numa poltrona velha e surrada. Um leve resmungo veio da poltrona, e Sarah se pôs de pé de um salto.

– Ah, desculpa, Godric – disse ela ao fantasma muito desbotado que tinha adormecido na poltrona alguns anos antes. O fantasma continuou a dormir. – É verdade? – perguntou Sarah a Márcia.

– É o que venho tentando lhe dizer. Se ao menos você escutasse!

– Você não vem tentando me *dizer* nada – salientou Sarah. – Você vem dando ordens. Como de costume. – Ela olhou em volta, preocupada. – Onde está Silas?

A resposta à sua pergunta foi o som de passadas de alguém correndo no andar superior. As vestes azuis de Mago Ordinário de Silas Heap esvoaçavam enquanto ele descia, de dois em dois degraus, a majestosa escadaria que dava no saguão de entrada.

– Saiam todos... *saiam todos*! – berrava ele.

Silas parou derrapando ao pé da escadaria e, pela primeira vez na vida, pareceu feliz de ver Márcia.

– Márcia – disse ele, bufando. – Ah, que bom que você está aqui. Meu **Portão de Proteção** foi rompido. A coisa saiu do sótão. Está agora no andar de cima, preenchendo o espaço, *rápido*. Precisamos estabelecer uma **Quarentena**. Márcia, você tem de fazer uma **Convocação**, cercar o Palácio com um **Cordão de Isolamento** se tivermos tempo.

– Tudo isso já foi feito – disse Márcia a Silas, sem rodeios. – O **Cordão de Isolamento** de Magos está posicionado.

Silas calou-se, atordoado.

Márcia passou para as questões práticas.

– Há mais alguém no Palácio?

Sarah fez que não.

– Snorri e a mãe estão fora, no barco. A família Pot saiu para ver a iluminação. Maizie está cuidando de acender os archotes. A cozinheira foi para casa com um resfriado e ninguém chegou para a festa.

– Ótimo – disse Márcia.

Ela olhou de relance para o alto da escadaria, que levava a uma galeria a partir da qual o corredor do andar superior percorria toda a extensão do Palácio. Ao longo da galeria, as velas de junco estavam acesas como de costume, mas a redução da claridade onde o corredor se estendia, tanto para a esquerda quanto para a direita, mostrava a Márcia que as luzes mais distantes estavam sendo apagadas. O **Domínio das Trevas** estava chegando mais perto.

– Todos sairão do prédio – disse ela. – *Agora!*

– Ethel! – exclamou Sarah, abafando um grito. E saiu em disparada, sumindo pelo Longo Passeio.

– Ethel? Afinal de contas, quem é Ethel? – Márcia olhou de relance para a galeria ali em cima. A chama na vela mais distante começou a se apagar.

– Ethel é uma pata – disse Silas.

– Uma *pata?*

Mas Silas já não estava ali, saíra correndo atrás de Sarah... e de Maxie, que ele acabava de se lembrar de ter deixado sentado diante da lareira naquela manhã.

Lá em cima na galeria a primeira vela de junco já estava apagada, e a chama numa segunda vela, mais próxima, bruxuleava. Márcia olhou para Jenna, Besouro e Hildegarde.

– Está avançando rápido. Se eu não fizer a **Quarentena** agora, ele vai conseguir sair daqui. E, francamente, não tenho certeza se o nosso **Cordão de Isolamento** conseguirá detê-lo. O espaço é muito grande entre um e outro. E eu, sem dúvida, não terei tempo de **Erguer** uma **Cortina de Proteção**.

– Você *não pode* deixar Mamãe e Papai – disse Jenna, assustada.

– Não tenho escolha. Eles estão pondo o Castelo inteiro em risco... por causa de uma *pata*.

— Você *não pode fazer isso*! Vou lá buscá-los. — Jenna saiu correndo. Hildegarde disparou atrás dela e agarrou sua capa de bruxa. Jenna girou nos calcanhares, furiosa.

— Me solta!

A sensação de tocar na capa era horrível, mas Hildegarde, teimosa, não a largou.

— Não, Princesa Jenna, você não deve ir. É arriscado demais. *Eu* vou. Eles devem estar na sala de estar de Sarah, não é?

Jenna fez que sim.

— É... mas...

— Eu os tiro de lá pela janela. — Hildegarde olhou de relance para Márcia, calculando quanto tempo levaria para chegar à sala de estar de Sarah. — Me dê... conte até cem e vá em frente. Ok?

Márcia olhou para o patamar ali em cima. Uma muralha de escuridão agora impedia qualquer visão dos corredores. Ela não concordou.

— Setenta e cinco.

Hildegarde engoliu em seco.

— Ok. Setenta e cinco — disse ela, e se foi.

— Um — começou Márcia. — Dois, três, quatro... — Ela fez um sinal para Besouro e Jenna saírem. Jenna não aceitou. Besouro segurou seu braço.

— Você tem de sair — disse ele. — Seus pais não gostariam que você ficasse. Hildegarde vai tirá-los de lá.

— *Não*. Não posso ir sem Mamãe e Papai.

— Jenna, você precisa sair. Você é a Princesa. Precisa estar em segurança.

— Estou *cheia* de estar em segurança — disse ela, chiando de raiva.

Mas Besouro foi recuando para fora das portas do Palácio, levando Jenna consigo. Uma vez lá fora, ele tirou do bolso um tubo pequeno e grosso.

— Estou com o **Sinal Luminoso** — disse ele para Márcia, que levantou o polegar, sem interromper a contagem.

— Trinta e cinco, trinta e seis...

— Que **Sinal Luminoso?** — perguntou Jenna.

— Para **Acionar** o **Cordão de Isolamento**. Só por segurança.

— Segurança contra o quê?

— Bem, para a eventualidade de a **Quarentena** não funcionar. Para o caso de alguma coisa escapar.

— Você está querendo dizer, como Mamãe e Papai? — perguntou Jenna, desvencilhando seu braço do aperto forte de Besouro.

— *Não*. Para o caso de alguma coisa das **Trevas** escapar.

Mas Jenna não estava ali para escutar. Com a capa de bruxa ao vento, ela corria em disparada pelo pequeno caminho que rodeava o Palácio até os fundos. Besouro suspirou. Ele queria muito que Jenna tirasse aquela capa de bruxa. Ela já não parecia ser a mesma.

Desolado, Besouro esperou entre os dois archotes acesos de cada lado da ponte. Pelas portas abertas do Palácio, ele via a pilha de presentes de aniversário abandonados, as serpentinas descartadas, a faixa de PARABÉNS, tudo agora parecendo estranhamente deslocado, à medida que Márcia – com suas vestes roxas e sua concentração de energia – andava para lá e para cá continuando a contagem. Besouro viu a última vela de junco no alto da escadaria bruxulear e apagar enquanto a muralha das **Trevas** – não uma escuridão como a da noite, mas algo mais espesso, mais sólido – começava a descer na direção do vulto que fazia a contagem ali embaixo.

Com olhos de águia, Besouro vigiava Márcia, morrendo de medo de não ver seu sinal. A Maga ExtraOrdinária agora vinha recuando para a porta. Ela continuava contando, seguindo até onde ousava para poder dar a Hildegarde a melhor chance possível.

– Cento e quatro, cento e cinco...

A cada passo que Márcia recuava, as **Trevas** avançavam. A cena fez com que Besouro se lembrasse de uma gigantesca prensa para fazer sidra que ele uma vez tinha visitado, onde era possível ficar em pé lá dentro e ver a placa da prensa descer na sua direção. Na ocasião, aquilo deixara Besouro apavorado – e agora ele estava totalmente apavorado de novo.

O teto de **Trevas** que vinha descendo chegou ao lustre; e de repente todas as velas se apagaram. Besouro viu Márcia erguer a mão direita. Ele apertou o pino de **Ignição** na lateral do **Sinal Luminoso**, segurou o **Sinal Luminoso** com o braço esticado e foi jogado para o alto pela súbita explosão de luz que se lançou para o céu. Exclamações de "oohs" abafados vieram da multidão afastada, mas do **Cordão de Isolamento** veio o som mais baixo de um zumbido permanente, como se o Palácio estivesse cercado por um imenso enxame de abelhas. O **Cordão de Isolamento** agora estava **Ativado**. Márcia saltou para o lado de fora, bateu com violência as grossas portas de madeira, pôs uma mão em cada porta e deu início à **Quarentena**.

A **Magya** era tão forte que até mesmo Besouro – que não era uma pessoa muito **Mágyka** – pôde ver o tremeluzente nevoeiro roxo de **Magya** dançando em torno das portas. E, à medida que o zumbido da enorme roda de Magos, Aprendizes e escribas enchia o ar, a **Magya** se espalhava a partir das portas, estendendo-se para cobrir as janelas escurecidas do Palácio, pondo em **Quarentena**, sob um fino véu roxo, tudo o que estava lá dentro.

Besouro esperava que o que estivesse lá dentro não incluísse Hildegarde, Sarah e Silas. Nem Jenna.

✠ 22 ✠
ETHEL

— **S**arah, esquece essa pata teimosa e sai daí! – berrou Silas. Silas e Hildegarde estavam pulando de ansiedade no caminho do lado de fora da janela aberta da sala de estar de Sarah. Maxie gania, desassossegado. Lá dentro, em desespero, Sarah procurava por Ethel.

— Não posso simplesmente *abandoná-la* – gritou Sarah, atirando uma pilha de roupa lavada de cima do sofá e jogando as almofadas no chão. – Ela se escondeu porque está *com medo*.

— Sarah, *sai daí*.

Para aflição de Hildegarde, Silas voltou a escalar a janela aberta para entrar na sala. Maxie fez menção de acompanhá-lo. Hildegarde puxou para longe da janela o cão de caça aos lobos, que protestava.

– Sr. Heap, sr. Heap! – gritou ela pela janela. – Volte, *por favor*! Não, Maxie. *Junto!* Dentro da sala, Silas empurrava uma Sarah relutante na direção da janela aberta.

– Sarah – disse-lhe ele –, com pata ou sem pata, está na hora de sair. *Vamos.*

Sarah fez uma última tentativa.

– Ethel, querida – gritou ela. – Ethel, onde você está? Vem pra Mamãe!

Exasperado, Silas conseguiu mover Sarah para sair pela janela.

– Ethel é uma *pata*, Sarah, e você *não* é a mamãe dela. Você é mamãe de verdade de oito filhos; e todos eles precisam de você mais do que aquela pata. Agora *saia*!

Um instante depois, para alívio de Hildegarde, tanto Silas como Sarah estavam ao seu lado. De repente, a vela que bruxuleava na sala vizinha à de Sarah apagou-se. Rapidamente, Hildegarde estendeu a mão para fechar a janela.

– Quá! – Um movimento esvoaçante veio de debaixo de uma pilha de cortinas velhas, encostada ao lado da porta, e um bico amarelo surgiu.

– Ethel!

Nem Silas, distraído pela aparição repentina de Jenna, que virava a esquina na outra ponta do Palácio, nem Hildegarde, que baixava a janela, foram rápidos o suficiente para impedir Sarah de saltar lá para dentro. Hildegarde foi, porém, ágil o bastante para impedir Silas de entrar atrás de Sarah.

– Não, sr. Heap. Fique aqui – disse ela, com firmeza, agarrando a manga de Silas, só por garantia. – Sra. Heap, volte, por favor... *ah, não...*

Quando Sarah recolheu Ethel da pilha de cortinas, a porta da sala de estar foi destruída. Uma onda de **Trevas** invadiu a sala, e Sarah deu um berro apavorado e ensurdecedor que Jenna jamais esqueceria. Sarah agarrou a pata junto de si, com a boca muito aberta, num grito estridente, e se perdeu aos olhos humanos.

Quando as **Trevas** vieram turbilhonando na direção da janela aberta, Hildegarde não teve escolha a não ser fechar a janela com violência e aplicar nela um rápido **AntiTrevas**, para se certificar de que nada escapasse.

– Sarah! – berrou Silas, esmurrando a janela. – *Saraaaaah!*

– Mamãe! – disse Jenna, chegando sem fôlego. – Cadê a Mamãe?

Sem conseguir falar, Silas apontou para a sala.

– Tira ela dali, Papai, *tira ela dali!* – gritou Jenna.

– É tarde demais – disse Silas, abanando a cabeça. – Tarde demais... – Enquanto ele falava, a vela na mesinha junto da janela bruxuleou e se apagou. A sala de estar de Sarah estava em **Trevas**.

Fez-se um silêncio de espanto no caminho ao lado da janela. Com relutância, Hildegarde o interrompeu.

– Acho – disse ela, com delicadeza –, acho que devíamos ir agora. Não há nada que se possa fazer.

– Não vou abandonar Mamãe – disse Jenna, teimosa.

– Princesa Jenna, sinto muito mesmo, mas não há nada que possamos fazer por ela agora – disse Hildegarde, com carinho.

– Márcia deu instruções para que ficássemos fora do **Cordão de Isolamento**.

– Não dou a mínima para as instruções de Márcia – retrucou Jenna, com grosseria. – *Não vou abandonar Mamãe*.

Silas enlaçou Jenna com um braço.

– O que Hildegarde diz é a verdade, Jenny – disse ele, usando o antigo nome de bebê dela, um nome que Jenna não ouvia fazia anos. – Sua mãe não gostaria que ficássemos aqui. Ela ia querer que nós, e você principalmente, ficássemos em segurança. Vamos.

Jenna só fazia que não, sem ter coragem de abrir a boca. Mas parou de resistir e permitiu que Silas a conduzisse para longe dali.

O grupo, arrasado, atravessou lentamente o gramado, que estava ficando polvilhado de branco à medida que a chuva se transformava em neve com o frio da noite que se aprofundava. Eles seguiram rumo à roda silenciosa de Magos, escribas e Aprendizes, que seguravam seus **Cordões** roxos. De repente, o céu se iluminou com um forte chiado. Jenna teve um sobressalto.

– Está tudo certo – disse Hildegarde. – É só o sinal para **Ativar** o **Cordão de Isolamento**.

Com isso, um zumbido desconhecido, como uma multidão de abelhas num dia quente de verão, veio na direção deles. Era estranhamente perturbador: abelhas não tinham nada a ver com uma escura noite de inverno com neve caindo.

Jenna olhou de volta para o Palácio – *seu próprio* Palácio, como ela agora o considerava. Todas as noites, desde que Alther tinha sido **Banido**, ela andava até o rio para conversar com o fantasma desconsolado de Alice Nettles. Ela e Alice contemplavam o Palácio; e Alice dizia como ele estava bonito agora que cada janela tinha sua própria luz. E Jenna concordava. Mas agora, como Alther, as luzes tinham sumido. Cada uma das velas fora apagada. A cena fazia Jenna se lembrar de como o Palácio era quando ela se mudara para lá com Silas e Sarah, embora houvesse uma diferença importante: uma única janela sempre estava com a luz acesa – a da sala de estar de Sarah, onde eles se sentavam todas as noites. Agora não havia nada.

Todos os olhos estavam voltados para eles quando Hildegarde, Silas, Jenna e Maxie vinham caminhando lentamente até o **Cordão de Isolamento**. Hildegarde escolheu um ponto entre dois escribas, Partridge e Romilly Badger, que seguravam cada ponta do **Cordão** diante da entrada para a horta de Sarah Heap. De algum modo, Partridge tinha conseguido compartilhar seu **Cordão** com Romilly, em vez de um Mago ocupar o espaço entre os dois, como era a prática recomendada. De cada lado de Romilly e Partridge, o círculo de Magos, escribas e Aprendizes, unidos por pedaços de cordão roxo de diversos comprimentos, estendia-se pela noite adentro. Todos estavam emitindo o zumbido longo e grave que preparava o **Cordão** para Márcia erguer a **Cortina de Proteção**.

Romilly e Partridge cumprimentaram Jenna apenas com um gesto de cabeça, mas nenhum dos dois sorriu. Eles tinham visto o que havia acontecido. Resolutos, continuaram com seu zumbido baixo.

Silas deu um passo adiante.

– Não toque! – gritou Hildegarde, com os nervos à flor da pele e, depois do pulo de Silas para dentro da sala de estar, já não confiando no bom senso dele.

Silas pareceu ficar contrariado.

– Eu não *ia* tocar em nada – disse ele, com indignação. – Não podemos tocar no **Cordão** – sussurrou ele, para Jenna. – Romperia a **Magya**.

– Então, como se espera que passemos para o lado de fora? – perguntou Jenna, irritada.

– Vai dar tudo certo, Princesa Jenna – disse Hildegarde, em tom tranquilizador. – Temos como sair, mas só de um jeito especial. Precisamos de um pouco disso aqui... – Hildegarde enfiou a mão em seu cinto de Submaga, em busca de seu próprio pedaço de **Cordão Condutor**. Ela o sacou e exibiu um pedaço muito curto de cordão roxo. – Ai, acho que o comprimento não chega.

– Comprimento padrão para Submagos – disse Silas. – Suficiente para apenas uma pessoa. – Ele tirou de seu cinto de Mago Ordinário um pedaço bem mais comprido. – Use o meu. Bem que eu podia fazer *alguma coisa* útil. Agora, é assim que se faz. Todos nós ficamos bem juntos e... *Maxie, volta aqui!*

Jenna correu atrás de Maxie e o arrastou de volta. O cão de caça aos lobos encarou-a com os olhos castanhos, grandes e acusadores. Ela segurou Maxie bem junto e Silas tratou de cercar todos eles com seu **Cordão Condutor** roxo. Daí a alguns minutos, um embrulho ambulante de três pessoas e um cão foi arrastando os pés na direção do **Cordão** entre Partridge e Romilly. Em qualquer outra ocasião, Jenna teria dado risinhos o tempo todo, mas agora tudo o que conseguia fazer era piscar para reprimir as lágrimas – cada passo a levava para longe de Sarah, abandonada nas **Trevas**. Ela olhou de relance para o Palácio e viu que um roxo **Mágyko** tremeluzente tinha se espalhado por cima dele como um véu, pondo em **Quarentena** tudo o que estava lá dentro. Ela se perguntou se a mãe sabia o que tinha acontecido. E se perguntou se agora Sarah sabia absolutamente qualquer coisa...

Enquanto isso, Silas amarrava com cuidado as duas pontas de seu **Cordão Condutor** ao **Cordão de Isolamento** principal, sem chegar a tocá-lo. Partridge e Romilly ergueram gentilmente seu pedaço de **Cordão**, como uma corda de pular; e o grupo de pessoas e cão passou por baixo para sair do outro lado.

– Bem, pronto – disse Silas, com um suspiro. – Estamos aqui fora.

– Mamãe não está – disse Jenna ao partirem devagar pela horta de Sarah, ao longo dos caminhos bem-feitos que seguiam sinuosos pelos canteiros de ervas.

– Eu sei – disse Silas, baixinho. – Mas ela não vai ficar lá para sempre, Jenna.

– Como você sabe? – perguntou Jenna.

– Sei porque não vou deixar que isso aconteça – disse Silas. – Vamos ajudar Márcia a resolver isso tudo.

– Foi Márcia quem fez tudo isso acontecer – retrucou Jenna, contrariada. – Se ela não tivesse tentado dar ordens a Mamãe, e se tivesse se dado o trabalho de explicar a situação, Mamãe teria tido tempo de sair.

– E se sua mãe não tivesse saído correndo atrás de uma pata, ela teria tido tempo de sair também – ressaltou Silas. – Mas isso não vem ao caso – acrescentou ele, rapidamente, ao perceber a expressão furiosa de Jenna. – Temos de ir à Torre dos Magos. Márcia vai precisar de toda a ajuda que puder obter.

Eles saíram pela porta no muro da horta, entrando no pequeno beco nos fundos do Palácio que ia na direção do Caminho dos Magos à esquerda e na direção do rio, à direita. Silas ia à frente, com Maxie. Jenna e Hildegarde acompanhavam em silêncio. No final do beco, Jenna parou.

– Não vou à Torre dos Magos – disse, zangada. – Não aguento Magos. E estou cheia de Magos estragarem tudo, especialmente no meu aniversário.

Silas olhou para ela, entristecido. Ele não sabia o que dizer. Ultimamente, Jenna parecia muito irritadiça; e qualquer coisa que ele dissesse nunca estava certa. Além disso, em nada ajudava, pensou ele, que ela estivesse com aquelas horríveis vestes de bruxa. Ele remexeu no bolso, tirou uma grande chave de latão e a entregou a ela.

– Ela serve para abrir o quê? – perguntou Jenna.

– Nossa casa – disse Silas. – Nosso canto nos Emaranhados. Venho dando uma arrumada lá. Deixando o lugar igualzinho ao que sua mãe sempre quis que ele fosse. Ia... ia ser uma surpresa para o próximo aniversário dela. Ela sempre quis voltar para casa. Mas agora... bem, agora, pelo menos *você* pode ir para casa.

Jenna olhou para a chave pesada e fria na palma de sua mão.

– Lá não é minha casa, Papai. Casa é onde Mamãe está. Minha casa é *ali*. – Ela apontou para o Palácio, com a fileira de janelas do sótão em **Trevas**, apenas visíveis acima do muro do beco.

– Eu sei – disse Silas, com um suspiro. – Mas vamos precisar de algum lugar para dormir por enquanto. Mais tarde vou me encontrar com você lá: Grande Porta Vermelha, Travessa do Vai e Vem. Você sabe o caminho.

Jenna fez que sim. Ficou olhando Silas se afastar a passos largos, rumando para o Caminho dos Magos.

– Quer que eu vá com você? – perguntou Hildegarde, que tinha se mantido a uma distância discreta atrás de Jenna e Silas. E depois, quando não recebeu resposta, fez outra pergunta. – Jenna, Princesa Jenna, você está bem?

– Não. Não estou, *não* – disse Jenna, em tom cortante, interrompendo Hildegarde antes que sua compaixão se tornasse maior do que ela podia suportar. Virou-se e voltou correndo pelo beco.

Hildegarde resolveu não ir atrás. A Princesa Jenna precisava de algum tempo sozinha.

Jenna seguiu pelo beco passando pelo muro da horta, fazendo a curva fechada que cercava a borda do Campo do Dragão, e se encaminhou para o rio. O ar enregelante da noite a afligia enquanto ela corria, puxando o capuz de bruxa por cima da cabeça para se manter aquecida. O volume escuro e fosco do rio surgiu à sua frente, e ela, agora sem fôlego, reduziu a velocidade a um ritmo de caminhada. O beco terminava num pequeno píer abandonado, pelo qual Jenna seguiu andando. Bem no fim do píer, ela se sentou nas tábuas úmidas e musguentas, enrolou-se mais na capa e ficou olhando para as águas negras e preguiçosas que passavam em silêncio abaixo de seus pés. E lá ficou sentada, pensando em Sarah, presa no Palácio, perguntando-se o que estaria acontecendo com sua mãe. Lembrou-se de histórias da infância: histórias das **Trevas** contadas em volta da lareira tarde da noite, quando ela já deveria estar dormindo, histórias contadas por Magos que vinham visitar o aposento apinhado dos Heap nos Emaranhados, sobre pessoas que, depois de anos no interior de um **Domínio das Trevas**, emergiam, com os olhos desvairados e vazios, a mente destruída, a voz balbuciando coisas sem sentido. Ela se lembrava de conversas sussurradas a respeito do que poderia ter reduzido as pessoas a um estado daqueles, todos os tipos de detalhes medonhos que perturbavam o sono tarde da noite. E não conseguia deixar de pensar que todas aquelas coisas terríveis podiam estar acontecendo agora, *naquele exato momento*, com *sua mãe*.

Jenna ficou ali sentada, com lágrimas silenciosas escorrendo pelo pescoço, contemplando o rio. Flocos de neve começaram a pousar em sua capa de bruxa, e o frio que subia da água a fazia estremecer, mas ela não percebia. Tudo o que queria era encontrar Septimus e lhe contar o que tinha acontecido.

Mas onde ele estava?

23
A Cortina de Proteção

Márcia e Besouro transpuseram o **Cordão de Isolamento** usando o mesmo método que Silas tinha usado, embora de modo mais eficiente. Quando chegaram do outro lado, Márcia tomou alguma distância e olhou para o Palácio. Viu a **Magya** roxa tremeluzente que o encobria, bem como os dois archotes do lado de fora das portas principais, que ainda estavam acesos. Sua **Quarentena** tinha funcionado. No entanto, não havia o menor sinal de Hildegarde, Sarah ou Silas. Preocupada, Márcia examinou as janelas inescrutáveis do Palácio e se concentrou ao máximo. Sentiu um desânimo. Não havia como negar: ela **Sentia** a presença de dois seres humanos dentro do prédio. Não era uma boa perspectiva para Sarah e Silas... ou seria para Hildegarde e Silas... ou, ainda, para Sarah e... Ríspida, Márcia disse a si mesma para parar de se preocupar. Logo, logo, descobriria.

Márcia agora iniciava o estágio seguinte para isolar o Palácio do resto do Castelo. Esse era o "descansar", a partir do qual se seguiria a elevação da **Cortina de Proteção**. Ela escolheu os dois integrantes do **Cordão de Isolamento** que estavam mais próximos: Bertie Bott, Mago Ordinário e negociante de capas de Magos usadas (ou pré-amadas, como Bertie gostava de dizer); e Rose, a Aprendiz da enfermaria de emergência. A cada um ela disse a senha para o "descansar", que tinha sido combinada com antecedência. De imediato, eles pararam seu zumbido baixo. Rose passou a senha para a sua direita, e Bertie a transmitiu para a esquerda. Como uma onda que recua, o zumbido baixo foi se apagando, sendo substituído pelo sussurro da senha. Logo fez-se um silêncio, que se espalhou pela multidão reunida naquela extremidade do Caminho dos Magos, aguardando cheia de expectativa pela próxima etapa. Dizia-se que valia a pena assistir ao **Erguimento** de uma **Cortina de Proteção**.

De início, não pareceu especialmente interessante. Cada pessoa no **Cordão de Isolamento** estava agora ocupada amarrando seu **Cordão** ao de seu vizinho (ou de sua vizinha). Todos puseram o **Cordão** unido no chão, certificando-se de que não houvesse nenhum ponto torcido ou enrolado nele, e se afastaram com cuidado para não perturbar a delicada **Magya** – pois **Magya** que envolvesse tantos participantes era algo frágil. Minutos depois de Márcia ter passado a senha, um enorme círculo formado pelos pedaços de **Cordão** se estendia no chão como uma cobra roxa, cercando o Palácio. Besouro, que se sentia bastante melancólico depois da explosão de Jenna, achou que o frágil **Cordão** no chão parecia triste, ali abandonado na grama pisoteada.

Enquanto isso, o público que se encontrava no Caminho dos Magos tinha começado a entrar lentamente pelo Portão do Palácio, para poder olhar mais de perto. As pessoas esperavam com paciência, com apenas uma ou outra tosse abafada denunciando sua presença. Observaram a Maga ExtraOrdinária ajoelhar-se e pôr as mãos alguns centímetros acima do **Cordão**. As pessoas trocaram cutucadas e olhares empolgados... agora, finalmente, algo acontecia.

Sem tomar o menor conhecimento de sua plateia, Márcia estava em concentração total. Ela sentiu uma ligeira corrente de **Magya** percorrer o **Cordão**, sem obstáculos, o que lhe fez entender que todos o tinham soltado. Agora vinha a parte difícil, pensou ela. Ainda de joelhos, Márcia manteve as mãos baixas, perto do **Cordão**. O que precisava fazer agora exigia uma energia enorme. Ela inspirou longa e profundamente. Besouro, que a observava com atenção, nunca tinha visto ninguém inspirar por tanto tempo. Ele quase achou que Márcia fosse estourar como um balão de gás e sair voando. Na verdade, a capa de Márcia parecia estar se expandindo como se realmente estivesse se inflando.

Besouro estava dando um passo atrás para o caso de Márcia realmente *explodir* quando ela por fim parou de inspirar. Agora ela começava a expirar, com os lábios contraídos como se estivesse soprando uma sopa quente demais. De sua boca saía um fluxo roxo tremeluzente, que era atraído para o **Cordão** como limalha de ferro para um ímã. A emissão do sopro roxo não parava. O sopro pousava no trecho do **Cordão** diante de Márcia e ia ficando cada vez mais brilhante. Quando o brilho tornou-se tão forte que Besouro foi forçado a desviar os olhos, Márcia parou de soprar.

Agora vinha a parte que exigia habilidade para valer. Márcia pôs as mãos na luz brilhante e começou a erguê-las muito lentamente. Da multidão atrás dela veio um discreto murmúrio de admiração, à medida que a luz roxa ofuscante começava a subir, acompanhando suas mãos ao mesmo tempo que permanecia ancorada no **Cordão**. Devagar, com muito cuidado, mordendo o lábio inferior em total concentração, Márcia foi puxando a luz, certificando-se de não puxar depressa demais, o que criaria pontos fracos ou mesmo buracos no que agora era uma faiscante cortina roxa. Besouro viu que os músculos de Márcia tremiam com o esforço, como se ela estivesse levantando um peso colossal. A cortina de luz acompanhou Márcia quando ela, com os braços dolorosamente estendidos, se levantou e cambaleou para pôr-se de pé. Besouro resistiu ao impulso de ajudá-la, pois sabia muito bem que não devia prejudicar a imensa concentração de Márcia, que reduzia seus brilhantes olhos verdes a finos pontos de luz em sua pele pálida.

De repente, aconteceu o que todos na plateia estavam esperando. Gritando uma frase longa e complicada, da qual ninguém conseguiu se lembrar depois, Márcia lançou os braços para o alto.

Ouviu-se uma rajada de vento forte, e uma cortina de luz roxa ofuscante subiu até a ponta dos dedos de Márcia, para então seguir veloz pelo **Cordão**, com o chiado de fogo ao longo de um pavio. Subiu do público uma exclamação admirada, que pareceu espantar Márcia. Ela girou e lançou um olhar de censura para as pessoas ali reunidas.

– *Psssiu!* – disse ela, chiando.

Envergonhada, a plateia calou-se. Alguns começaram a se afastar de mansinho, mas os mais entendidos, sabendo que o melhor ainda estava por vir, permaneceram.

Márcia fizera a cortina de luz correr em apenas uma direção, à sua direita. A razão para isso era que ela queria estar presente no local em que a cortina de luz se fechasse. A união numa **Cortina de Proteção** era um ponto delicado. Por isso, embora alguns Magos, pelo efeito dramático, pudessem ter preferido disparar a luz nos dois sentidos, torcendo para que ela conseguisse se fundir bem do outro lado do Palácio, Márcia era mais cuidadosa. Além disso, não aprovava a dramaticidade. Considerava que esses efeitos desvalorizavam a **Magya** e incentivavam as pessoas a encará-la como divertimento. Foi isso que causou sua irritação com a multidão.

Agora começava a espera pela volta do fogo roxo. Demorou um pouco. A cortina roxa de mais de dois metros de altura precisava percorrer toda a volta do Palácio e, nos fundos da construção, onde havia muita gente no **Cordão de Isolamento**, descer pelo meio da horta também – na realidade, passando bastante perto da sebe que separava o Campo do Dragão da horta do Palácio.

* * *

Cospe-Fogo não acordou com a aproximação da cortina, mas seu **Assinalador** e Piloto, Septimus Heap, estava bem acordado. Ele já estava esperando uma **Cortina de Proteção**, pois sabia que Márcia não fazia as coisas pela metade. Ao ver a faixa de roxo **Mágyko** passar por trás do alto da sebe do Campo do Dragão, Septimus contemplou abatido o avanço da muralha roxa, admirando sua uniformidade e brilho. Estava claro que Márcia tinha praticado um ato **Mágyko** digno de um mestre – e *ele* não participara de nada.

Septimus observou enquanto a **Cortina de Proteção** seguia seu trajeto e em seguida voltou para a Casa do Dragão, sem vontade de encarar Márcia naquele momento. Sabia o que ela diria. Seria exatamente o mesmo que ele diria a um Aprendiz se ele ou ela não presenciasse algo daquele tipo. E Septimus simplesmente não queria ouvir.

Enfim, todos viram a cortina roxa ressurgir no outro lado do Palácio. Conscientes da atitude desaprovadora da Maga Extra-Ordinária, eles a saudaram com um murmúrio de empolgação contida e viram com a respiração suspensa uma extremidade da cortina cintilante se aproximar da outra.

Mais tarde houve quem dissesse que o **Fechamento da Cortina de Proteção** foi um anticlímax; mas outros disseram que foi a coisa mais espantosa que já tinham visto. Como muitas coisas na vida, dependia do que a pessoa esperava. Todos viram o encontro das duas lâminas de luz e o lampejo violento que o acompanhou, mas os que olharam de verdade viram, por alguns segundos assombrosos, a história do Castelo se desenrolando diante deles.

A **Cortina de Proteção** era **Magya** antiga (que sempre envolvia alguma forma de controle da respiração) e tinha sido usada pelos Moradores do Castelo, num estilo mais primitivo, mesmo antes do advento do primeiríssimo Mago ExtraOrdinário. Antes da construção das Muralhas do Castelo, era frequente que uma **Cortina de Proteção** fosse instalada em torno do Castelo durante a Lua Negra, num esforço para impedir a entrada de saqueadores da Floresta. De início não tinha funcionado muito bem; mas, a cada vez que era usada, ela se fortalecia. E como as imagens antigas nas paredes no interior da Torre dos Magos, em suas profundezas havia ecos e fragmentos de momentos impetuosos em sua longa existência. Quando as bordas da **Cortina** se encontraram e se uniram, foi possível ver coisas maravilhosas dentro das luzes que se moviam: cavaleiros ferozes passando a galope; bruxas estridentes montadas em carcajus gigantes; enormes demônios arbóreos lançando bombas de Sapos Gorgolejantes; todos desempenhando seu pequeno papel em romper a **Cortina de Proteção** – e com isso reforçá-la. E então tudo sumiu. A **Cortina Mágyka** estabeleceu-se num círculo totalmente fechado. A qualidade instável da luz roxa transformou-se num fulgor uniforme, e tudo ficou imóvel.

Os que tinham visto de relance essas cenas ficaram atordoados por alguns segundos e em seguida irromperam em conversas empolgadas. Márcia virou-se para encará-los.

– Silêncio! – gritou ela.

A tagarelice parou no mesmo instante.

– Isso é **Magya** séria. Instalei essa **Cortina de Proteção** para *proteger* vocês, não para lhes proporcionar dez minutos de divertimento gratuito.

– Agora estamos pagando por ele! – gritou uma criatura valente, sentindo-se segura no meio da multidão.

Márcia lançou um olhar furioso na direção do provocador, e sua voz tornou-se cortante como o aço.

– Vocês devem compreender que instalei a **Cortina de Proteção** ali para proteger a *todos* nós de um **Domínio das Trevas** que já se apoderou do Palácio. – Ela fez uma pausa para que essa informação fosse absorvida e viu, com alguma satisfação, que o ânimo das pessoas se tornou adequadamente sério e preocupado.

– Peço-lhes que a respeitem. Ela está aqui para a segurança de vocês. Para a segurança do Castelo.

Todos se calaram. Uma menininha que estava bem na frente, para quem Márcia era uma heroína e que ansiava um dia ser Maga, falou com sua voz de criança:

– Madame Márcia...

Apesar dos joelhos meio enferrujados, Márcia agachou-se.

– Sim?

– E se o '**mínio das Trevas** escapar?

– Ele não escapará – disse Márcia, confiante. – Não precisa se preocupar, você está em perfeita segurança. O Palácio está em **Quarentena**. A **Cortina de Proteção** está ali só como uma proteção a mais. – Ela levantou-se e se dirigiu a todos. – Não posso fazer mais nada até o nascer do sol. Amanhã, assim que clarear, aplicarei um **Extermínio** no Palácio, e tudo estará bem. Desejo-lhes boa noite.

Houve alguns murmúrios de "obrigado" e "boa noite, ExtraOrdinária", à medida que as pessoas foram se afastando para seguir de volta para casa. De algum modo, as luzes no Caminho dos Magos já não pareciam interessantes. Com certo alívio, Márcia viu o povo se dispersar. Ela ficava preocupada com gente demais perto de algo tão poderoso como uma **Cortina de Proteção**. Os vários Magos, escribas e Aprendizes também começaram a sair dali para voltar para casa.

– Sr. Bott! – gritou Márcia quando o gorducho fornecedor de capas saía apressado atrás de seu jantar.

– Droga – resmungou Bertie, por entre os dentes. Mas não se atreveu a ignorar a chefe, como Márcia era conhecida na Torre dos Magos. – Pois não, Madame Márcia! – disse ele, com uma ligeira reverência.

– Não há necessidade disso, sr. Bott – retrucou Márcia, que detestava qualquer sinal de subserviência. – Você cumprirá o primeiro turno de sentinela no ponto da fusão. Tenho certeza de que sabe que sempre é possível que esse lugar seja um ponto fraco. Mandarei alguém rendê-lo à meia-noite.

– *À meia-noite?* – repetiu Bertie, sem fôlego, com o estômago já roncando com a imagem das salsichas, purê e molho que sua mulher sempre preparava na Noite Mais Longa do Ano, prato que sem dúvida devia estar esperando por ele em casa.

Ao contrário de Bertie Bott, Rose parecia não querer sair dali. Ela contemplava com assombro a **Cortina de Proteção**.

– Eu me disponho a ficar de sentinela, Madame Márcia – ofereceu-se Rose.

– Obrigada, Rose – disse Márcia. – Mas já pedi ao sr. Bott.

Bertie passou a mão desanimada pela testa.

– Na verdade, Madame Márcia, estou com uma leve impressão de que vou desmaiar – disse ele.

– É mesmo? – disse Márcia. – Bem, se Rose assumir seu turno sem comer nada, ela, sim, *irá* desmaiar. Enquanto você, sr. Bott, tem boa quantidade de... *reservas*.

Rose ganhou coragem ao ver o meio sorriso de Márcia enquanto encarava Bertie Bott, naquela situação bastante incômoda.

– Eu adoraria ficar de sentinela, Madame Márcia – insistiu ela. – É verdade. A **Cortina de Proteção** é incrível. Nunca vi nada parecido.

Márcia cedeu. Gostava de Rose e não queria reduzir seu entusiasmo. E depois da flagrante ausência de seu próprio Aprendiz, Márcia valorizou aquele entusiasmo.

– Está bem, Rose. Mas volte à Torre dos Magos e trate de comer primeiro. Tire pelo menos uma hora. Depois, você pode voltar e render o sr. Bott. Agora, sr. Bott, o que se diz a Rose?

– Obrigado, Rose – disse Bertie Bott, humilde.

Bertie ficou olhando Rose e Márcia saírem dali para entrar no Caminho dos Magos, e suspirou. Ele batia com os pés no chão naquele ar gelado e se enrolou melhor na capa, quando mais uma rajada de neve chegou do rio. Ia ser uma longa hora de espera.

✢ 24 ✢
COISAS NO PALÁCIO

Enquanto Merrin perambulava pelo Manuscriptorium, intimidando Jillie Djinn e escrevendo grosserias nas escrivaninhas dos escribas, os acontecimentos que ele colocara em andamento começavam a se desdobrar.

No alto do Palácio, uma **Coisa DesTrancou** a porta de um quartinho sem janela, no fim do corredor de Merrin.

– Está... na... hora – disse ela.

Enlameado, descabelado e todo dolorido de ter sido **Buscado**, Simon Heap pôs-se de pé devagar.

– Acompanhe – disse a voz cavernosa da **Coisa**.

Simon não se mexeu.

– *Acompanhe.*

– Não – resmungou Simon, com a garganta doendo de tão seca.

A **Coisa** encostou-se relaxada no umbral da porta e olhou para Simon com o que poderia ter sido uma mistura de divertimento e tédio.

– Se você não acompanhar, a porta será **Trancada** – recitou ela. – Ficará **Trancada** por um ano. Depois de passado um ano, a única pessoa capaz de **DesTrancá**-la será sua mãe.

– Minha *mãe*?

– Ela vai ficar feliz de vê-lo de novo, sem dúvida. – A **Coisa** emitiu um ruído como o de uma galinha estrangulada, que Simon sabia ser, em termos de **Coisas**, uma risada. – Mesmo que você não seja mais do que uma pilha de farrapos lodosos no sótão dela.

– No *sótão dela*? É onde eu estou? – perguntou Simon, que não tinha a menor lembrança da **Busca**.

– Você está no Palácio. – A **Coisa** recuou pelo vão da porta. – Se não me acompanhar *agora*, fecharei a porta. Depois eu a **Trancarei**. – A porta começou a se fechar. Simon imaginou Sarah Heap abrindo-a em algum momento no futuro – talvez anos depois.

– Espera! – Ele saiu correndo do quarto.

Simon acompanhou a **Coisa** enquanto ela se movimentava de seu jeito característico, arrastando-se meio de lado pelo corredor do sótão, e descia cada degrau da mesma escada estreita pela qual Jenna e Besouro tinham subido naquela tarde. Simon temia o que iria encontrar. Será que seus pais também eram prisioneiros da **Coisa**, ou pior? E Jenna? Sabia que, se qualquer um deles o visse com a **Coisa**, suporiam que aquilo era responsabilidade *dele*. Eles o culpariam por tudo. Simon sentiu que uma onda de sua antiga autocomiseração começava a dominá-lo, mas ele a afastou. Disse para si, com severidade, que só podia culpar a si mesmo.

A **Coisa** arrastava-se pelo amplo corredor do andar superior numa velocidade surpreendente, e Simon ia atrás dela, com a sensação de estar andando dentro de melado. Ele considerou que esse era um bom sinal. Já tinham lhe dito que era essa a sensação de andar pelas **Trevas**, mas ele nunca havia percebido antes.

Um silêncio opressivo impregnava o Palácio inteiro. Até mesmo os fantasmas noturnos que costumavam assombrá-lo estavam calados e imobilizados, com exceção de um, uma governanta, que estava em pânico total. Seus gritos intermitentes rasgavam o ar e faziam com que arrepios percorressem a espinha de Simon. Muitos fantasmas davam seu passeio habitual de todas as noites, ao longo do corredor, na esperança de avistar a Princesa, quando as **Trevas** desceram inesperadamente. Eles agora estavam imobilizados, sem ter como se movimentar através das espessas **Trevas**, e Simon não conseguia ajudar, a não ser **Atravessá-**los. Toda vez que percebia um sopro suave de ar gelado, ligeiramente viciado, ele se sentia mal. Mas um fantasma que Simon não **Atravessou** foi o de Sir Hereward. Foi Sir Hereward que **Atravessou** Simon.

Durante o avanço do **Domínio das Trevas**, Sir Hereward tinha se mantido firme em seu posto, diante dos aposentos de Jenna, com a espada em riste. Para que ela estava em riste, Sir Hereward não sabia ao certo, mas o fantasma não seria apanhado de surpresa por um pouquinho de **Trevas**. No entanto, à medida que as **Trevas** se aprofundavam e se infiltravam por todos os cantos, até mesmo Sir Hereward ficou nervoso. Duas vezes o fantasma sentira *alguma coisa* entrar no quarto de Jenna. Tinha ouvido o rangido revelador da porta e o gemido das argolas da cortina quando ela foi aberta – mas nas duas vezes sua espada tinha atravessado apenas o ar. Sir Hereward ansiava por um pouco de luz para enxergar melhor e uma boa luta às claras com alguma criatura real. Por isso, quando os passos humanos de Simon passaram por ali, fazendo ranger as antigas tábuas do assoalho, perturbando o ar de um jeito que fantasmas e **Coisas** não perturbam, Sir Hereward correu pelo corredor que dava acesso ao quarto de Jenna e emboscou Simon com um berro horripilante:

– *Em guarda, Canalha!*

– Aaaai! – gritou Simon, totalmente apavorado. A **Coisa** olhou de relance para trás e continuou em seu passo de lado na direção da galeria no alto da escadaria principal. Resoluto, Simon acompanhou a **Coisa**, mas Sir Hereward não ia deixar seu inimigo escapar com tanta facilidade. E começou a persegui-lo, mirando golpes de espada nele enquanto prosseguia. Simon tinha a impressão de estar sendo atacado por um moinho de vento enlouquecido. Repetidamente, a espada de Sir Hereward vinha zunindo para atingi-lo. Muito embora a espada não tivesse substância, era uma sensação muito desagradável ter uma espada fantasmagórica tentando retalhá-lo. Na verdade, tamanha era a fúria do fantasma que a brandia que a espada chegou a **Causar** um som – um *zzzuum* forte – enquanto riscava o ar. Simon sabia que, se a espada de Sir Hereward fosse real, ele já não estaria inteiro, nem mesmo em dois ou três pedaços. Não foi um pensamento reconfortante.

– *Você!* Eu sei quem você é! – *Zuum zuum.*

O vozeirão surpreendentemente poderoso de Sir Hereward encheu o silêncio pesado – e atordoou a governanta a ponto de levá-la a se calar, o que foi um alívio.

– Estou vendo esse seu cabelo de Heap – *zuum* – e essa sua cicatriz. A Princesa me contou tudo sobre você. – *Zzuum zzuum.* – Você, seu canalha, é a ovelha negra dos Heap. – *Zzuum.* – Você é o irmão maligno que sequestrou a própria irmã indefesa! – *Zzuum zzuum zzuum.* Sir Hereward estava uma fera.

Obstinado, Simon seguia em frente, acompanhando a **Coisa**, enquanto tentava calcular o que poderia fazer. Mas é difícil raciocinar quando um fantasma de um braço só está derramando sobre você uma avalanche de ofensas além de uma saraivada de golpes bem aplicados de espada.

Sir Hereward não esmorecia.

– Não pense – *zzuum* – que você pode escapar da justiça, seu patife! Exijo vingança! – *Zzuum zzuum.* – Como você pôde tratar uma jovem Princesa com tanta – *zzuum* – covardia?

Simon achou melhor deixar o fantasma para lá e seguir em frente, mas parecia que aquilo só servira para enfurecer Sir Hereward ainda mais.

– Canalha! Você foge como o medroso que realmente é. – *Zzuum.* – Pare e lute como um homem! – *Zzuum zzum zzuum!*

De repente, Simon não aguentou mais. Ele parou e girou para encarar seu atormentador.

— Eu *sou* um homem — disse ele —, o que é mais do que posso dizer a *seu* respeito.

Sir Hereward baixou a espada e olhou para Simon com desprezo.

— Zombaria barata, senhor, mas não mais do que eu esperava. Pare e trate de se defender.

Simon estava muito cansado. Ele abriu as mãos para mostrar que não estava armado.

— Olhe, Sir sei-lá-qual-é-seu-nome, não estou querendo briga. Não neste momento. Já está acontecendo muita coisa por aqui sem mais essa, não acha?

— Hah! — debochou Sir Hereward.

— E quanto a Jenna, à *Princesa* Jenna, sinto muito. Cometi um ato horrível e daria qualquer coisa para desfazê-lo, mas não tenho como. Já escrevi pedindo que ela me perdoasse e espero que um dia ela me perdoe. Não posso fazer mais que isso.

— Silêncio! — ordenou a **Coisa**.

Sir Hereward espiou pelas **Trevas** e viu a sombra fraca da **Coisa**. Mas a **Coisa** não viu — nem ouviu — o fantasma. Sir Hereward tinha decidido **Aparecer** somente para Simon. Tinha experiência demais para se arriscar a **Aparecer** para qualquer coisa das **Trevas**.

— Heap, você é um lixo — disse Sir Hereward, dando a volta com a espada mais uma vez. — Você trouxe **Coisas** das **Trevas** para dentro do Palácio.

Simon exasperou-se. Por que as pessoas — e até mesmo os fantasmas — sempre pensavam o pior sobre ele?

– Olhe só, seu velho pateta – respondeu, irritado –, quer fazer o favor de enfiar isso na sua cabeça? Eu *odeio* tudo o que é das **Trevas**.

A **Coisa** – uma entidade paranoica quando estava em sua melhor disposição – não aceitou bem isso.

– Silêncio! – gritou ela, estridente.

Tampouco Sir Hereward aceitou bem suas palavras.

– Como ousa me insultar, seu sem-vergonha!

Com isso, Simon perdeu as estribeiras e se voltou contra Sir Hereward.

– Eu o insulto se quiser, seu idiota... *aaaaai!* – De repente as mãos da **Coisa** estavam agarrando o pescoço de Simon, empurrando sua traqueia para trás, até a coluna vertebral.

– Você corre perigo ao zombar de mim – chiou a **Coisa**.

– *Herrr...* – Simon estava sendo sufocado. O cheiro de decomposição enchia suas narinas, e as unhas compridas e imundas da **Coisa** estavam fincadas em sua pele.

Chocado, Sir Hereward baixou a espada.

– Quando eu lhe digo para se calar, você *ficará* calado. – Sir Hereward ouviu a voz chiada da **Coisa** opressora dizer para sua vítima. – Se não se calar quando eu lhe ordeno, farei com que se cale *para sempre*. Entendeu?

Simon praticamente só conseguiu mexer a cabeça, fazendo que sim.

A **Coisa** soltou-o. Simon tombou cambaleando para trás e caiu no tapete, com ânsias de vômito.

– Puxa vida – resmungou Sir Hereward.

A **Coisa** ficou parada, olhando para Simon do alto.
— Levante-se. Acompanhe — ordenou a **Coisa**.

Sir Hereward ficou olhando Simon se arrastar até ficar em pé e, segurando o pescoço machucado, ir cambaleando atrás da **Coisa**, como um cachorrinho que se comportou mal. O fantasma começou a achar que talvez a situação não fosse exatamente como tinha pensado... e era bem possível que Simon Heap também não fosse o que ele tinha considerado. Determinado a descobrir o que estava acontecendo, Sir Hereward partiu atrás de Simon.

Aproveitando-se do fato de que a **Coisa** não o ouvia, o fantasma falou.

— Veja bem, Heap, quero algumas respostas.

Simon olhou desesperado para o fantasma. Por que não *ia embora*? Será que o fantasma não via que ele já estava com problemas suficientes naquele momento?

— Bem, isso aqui é só entre nós dois, Heap. — Ele captou o olhar ansioso de Simon na direção da **Coisa**. — Não se preocupe. Não **Apareço** para **Coisas**. Ela não me ouve.

Simon olhou para o fantasma e viu um rápido sorriso de cumplicidade. Um pequeno raio de esperança passou veloz por sua cabeça.

— Heap, quero esclarecer alguns fatos. Não quero mentiras. Basta você responder com sua cabeça, um sim ou um não. Entendeu?

Falar é fácil, pensou Simon. Sua sensação era que sua cabeça estava prestes a cair do pescoço. Com cuidado, ele concordou.

A procissão desforme da **Coisa** esfarrapada e encurvada, seguida pelo rapaz maltratado em vestes rasgadas e enlameadas

e pelo fantasma de um só braço, ia se movendo lentamente pelo corredor. O fantasma começou suas perguntas.
— Você veio ao Palácio por vontade própria?
Com muito cuidado, Simon mexeu a cabeça de um lado para o outro.
— Você sabe por que está aqui?
Um "não" bem lento.
— Você sabe onde a Princesa está?
Mais outro "não" vagaroso.
— Precisamos encontrá-la. E para encontrá-la devemos livrar o Palácio dessa... dessa *infestação*. — Sir Hereward parecia enojado.
— Você concorda, Heap?
Com algum alívio, Simon fez que sim. Doía bem menos do que balançar a cabeça de um lado para o outro.
— E você está disposto a me ajudar a exterminar essas... **Coisas**?
Simon concordou com excesso de força, deixando escapar um gemido. A **Coisa** virou-se para trás, a procissão parou, e o coração de Simon disparou. Ele levou as mãos à garganta machucada como se estivesse tentando aliviar a dor no pescoço. A **Coisa** olhou para Simon com raiva, depois virou-se e continuou avançando meio de lado, até entrar no patamar da galeria.
— Precisamos de um plano de ação — disse Sir Hereward, assumindo a atitude de campanha. — Em primeiro lugar, precisamos...
Simon não ouviu nenhum dos planos de Sir Hereward. A **Coisa**, cansada de Simon ficar para trás, estava esperando por

ele. Assim que Simon se aproximou, ela agarrou suas vestes rasgadas, arrastou-o ao longo da galeria e o empurrou escada abaixo. Simon desceu, meio correndo, meio caindo, até o saguão de entrada lá embaixo, onde um grupo de vinte e quatro **Coisas** esperava por ele.

Cheio de cuidado, Sir Hereward arriscou-se a descer a escada. Do ponto privilegiado onde estava, viu Simon avançar penosamente pelo saguão, sendo beliscado e esmurrado enquanto era empurrado na direção das portas do Palácio. O fantasma chegou ao pé da escadaria e, hesitante, entrou na multidão de **Coisas**. Não foi uma experiência agradável. Nenhum fantasma gosta de ser **Atravessado**, mas ser **Atravessado** por algum ser das **Trevas** é uma experiência realmente medonha. Aquilo nunca tinha acontecido com Sir Hereward até então; mas, quando ele seguiu Simon pelo saguão, aconteceu-lhe pelo menos dez vezes. Resoluto, o fantasma prosseguiu. Sua função era proteger a Princesa; e, para fazer isso, ele imaginava que precisava se manter perto de Simon. Sir Hereward sabia que, se alguém tinha a força para se livrar das **Coisas**, recuperar o Palácio para a Princesa, seria um rapaz Vivo, não um fantasma antigo, com um braço só. Além do mais, ele não gostava de valentões. No passado, tinha classificado Simon Heap como um deles, mas agora via que estava enganado. E muito.

Simon tinha chegado às portas do Palácio. De um lado a outro delas tremeluzia uma fina película de um roxo **Mágyko**, da qual todas as **Coisas** mantinham uma distância respeitosa.

— Abra as portas — ordenou a **Coisa**.

– Não se atreva! – disse Sir Hereward, que de repente tinha captado o que estava acontecendo. – Não queremos que *elas* se espalhem por todo o Castelo.

Simon não deu atenção a Sir Hereward – ele já tinha o suficiente em que pensar. Ficou olhando sem expressão para a **Coisa**, mas seus pensamentos estavam a mil. Ele agora compreendia por que tinha sido **Buscado** – era para romper uma **Quarentena**. Uma entidade verdadeiramente das **Trevas** jamais consegue transpor uma **Quarentena**, que é uma forma poderosa de defesa **AntiTrevas**. Era preciso um ser humano com experiência das **Trevas**, o que as **Coisas** sabiam que Simon tinha. Era de conhecimento geral que **Coisas** costumavam procurar humanos para fazer isso para elas, pois nenhum humano pode ser completamente das **Trevas** – todos têm algum pequeno resquício de bons sentimentos escondidos em algum canto. Até mesmo DomDaniel tinha um fragmento minúsculo: o velho necromante uma vez abrigara um gato perdido e lhe dera leite num pires – uma **Coisa** o teria esfolado e comido.

O grupo de **Coisas** estava ficando impaciente.

– *Abra... abra... abra!* – murmuravam em coro.

Simon decidiu que, não importava quais fossem as consequências para si mesmo, ele não abriria as portas. Se alguém – ele tinha certeza de que fora Márcia – colocara o Palácio em **Quarentena**, era por um bom motivo, com toda a probabilidade de ser para manter o **Domínio das Trevas** isolado em um único lugar e protegê-lo. Ele teria feito o mesmo; e teria reforçado a **Quarentena** com um

Cordão de Isolamento também. Sem dúvida, Márcia tinha feito algo ainda melhor... e ele não estava disposto a atrapalhar nada.

— Não — disse Simon, com a voz rouca. — Não vou. Não vou abrir as portas.

— Muito bem — disse Sir Hereward, com rispidez.

— Abra... as... portas — repetiu a **Coisa**, que quase o tinha estrangulado.

— Não — disse Simon.

— Então, pode ser que sua *mãe* consiga convencê-lo. — A **Coisa** uniu as mãos esfarrapadas e esfoladas, e Simon ouviu cada uma de suas articulações estalar. Ele a viu abrir caminho no meio da multidão de **Coisas** e, levando mais quatro delas, sair acelerada pelo Longo Passeio na direção da sala de estar de Sarah.

Sem dúvida, pensou Simon, sua mãe não estava mais no Palácio — ou estava?

✚ 25 ✚
SIMON E SARAH

Sarah Heap parecia muito menor do que Simon se lembrava. Na realidade, quando as **Coisas** que tinham ido buscá-la voltaram para o saguão de entrada, Simon não via sinal de Sarah. Por um curto instante de esperança ele achou que, afinal de contas, sua mãe não estava ali. No entanto, à medida que se aproximavam, Simon avistou os cachos louros desbotados de Sarah, quase invisíveis, no meio do grupo cerrado de **Coisas** que a cercavam.

Murmurando do jeito empolgado típico das **Coisas** quando sabem que alguma coisa desagradável vai acontecer a alguém, elas cutucavam e empurravam na direção de Simon uma Sarah Heap aterrorizada. Ela olhava apavorada para Simon, que lia no seu rosto o que tivera tanto medo de ver: sua mãe o considerava *responsável* por aquilo tudo.

– Mãe, Mãe, *por favor*, eu não fiz isso. *Não fui eu!* – disse Simon, voltando por um instante a ser um garotinho acusado injustamente de alguma estripulia.

Estava claro que Sarah não acreditava nele.

– Ah, *Simon* – suspirou ela.

Mas os segundos seguintes fizeram com que Sarah mudasse de opinião.

– Agora, você abrirá a porta – recitou a **Coisa** estranguladora.

– N-não – gaguejou Simon.

– *Abrirá* – informou-lhe a **Coisa**. Com um safanão, ela tirou do caminho outra **Coisa** menor que estava em pé ao lado, levantou as mãos ossudas e as colocou em torno do pescoço de Sarah, que para Simon parecia tão magrinho e frágil.

– Simon – sussurrou Sarah. – O que elas querem?

– Querem sair, Mamãe. Mas não conseguem. Querem que eu faça isso para elas.

– Sair para o Castelo? – Sarah estava horrorizada. – Todas elas? Lá fora? Com toda aquela pobre gente?

– É, Mãe.

Sarah ficou indignada.

— Nenhum filho meu fará *uma coisa dessas*, Simon.
— Mas, Mãe, se eu não fizer...
— *Não faça!* – disse Sarah, com ferocidade. E fechou os olhos.

A **Coisa** apertou seus dedos em torno do pescoço de Sarah, que começou a engasgar.

— Não! – berrou Simon. Ele saltou para a frente a fim de arrancar sua mãe das mãos da **Coisa**; mas as outras quatro **Coisas** investiram contra ele e o imobilizaram.

— Para, para, *por favor!* – gritou Simon.

— Quando você abrir a porta, eu paro – respondeu a **Coisa**, apertando a garganta de Sarah com os polegares.

As mãos de Sarah tentavam em vão arranhar a **Coisa**, e arquejos saíam de sua garganta enquanto ela lutava por respirar.

Simon estava desesperado.

— *Não...* por favor, *para com isso*.

Os olhos inexpressivos da **Coisa** voltaram a se fixar em Simon.

— Abra... a... porta – ordenou ela.

Aflito, Simon olhou ao redor, à procura da ajuda de Sir Hereward. Mas o fantasma tinha sido empurrado para trás pela aglomeração de **Coisas** que tentavam um ângulo melhor; e tudo o que Simon pôde ver foi a ponta de sua espada ondulando inútil no ar. Só podia contar consigo mesmo.

Sarah deu um arquejo alto e áspero, e desmaiou.

Simon não conseguiu resistir mais. *Ele estava matando a própria mãe*. Tudo o que precisava fazer era abrir uma droga de porta, e ela viveria. Se não abrisse, sua mãe morreria. Essa certeza derrubou-o. Nada mais tinha importância. Tudo o mais estava no futuro, mas sua mãe estava morrendo *naquele exato momento*, diante de seus olhos. Simon tomou uma decisão: todos precisavam correr algum risco. Pelo menos, teriam uma oportunidade, ao contrário de Sarah, que não tinha nenhuma, a não ser que ele cedesse. Ele se aproximou das portas do Palácio e pôs as mãos na fina película de **Magya** que cobria a madeira antiga. E então, odiando cada momento do que estava fazendo, Simon Heap pronunciou o **Sortilégio Invertido** para a **Quarentena**.

A **Coisa** largou Sarah como se fosse uma batata quente – não era agradável tocar seres humanos.

– Agora abra – disse ela, chiando, para Simon.

Simon girou a enorme maçaneta de latão e abriu as pesadas portas duplas. As **Coisas** saíram do Palácio, derramando-se como uma corrente de óleo sujo, mas Simon não lhes deu a menor atenção. Ele estava ajoelhado nas pedras gastas do piso, segurando Sarah. Ela respirou fundo, com um chiado, por tanto tempo que Simon se perguntou se não ia parar nunca. Lentamente, seu rosto manchado de azul começou a se tingir de rosa, e os olhos de Sarah foram se abrindo, trêmulos. Confusa, ela olhou para o filho mais velho.

– Simon? – sussurrou ela, com a voz dolorida e rouca. Olhou para ele como se o estivesse vendo pela primeira vez. – *Simon?*

Com delicadeza, Simon ajudou-a a se sentar. Uma súbita rajada de neve entrou pelas portas abertas. Sarah olhava fixamente para ele, lembrando-se.

— Simon, *você não*...? — murmurou.

Simon relanceou um olhar para Sir Hereward, sem se atrever a responder.

O fantasma contemplou Simon, entristecido. Não havia o que dizer. Ele teria feito o mesmo por sua própria mãe, pensou.

— Simon — disse Sarah. — Você *não* as deixou sair. Deixou? Ah, não...

Sarah voltou a desfalecer, e Simon delicadamente a soltou no chão. Ficou sentado ao seu lado, com a cabeça mergulhada nas mãos. Tinha agido mal. Sabia que tinha. Mas sua escolha era entre dois males. E que tipo de escolha era essa?

26
AUSÊNCIAS

— Besouro – disse Márcia quando eles pararam diante do escritório de Línguas Mortas do Larry, e o menino se atrapalhou procurando a chave. – Você tem planos para hoje à noite?

Abatido, Besouro pensou em qual tinha sido seu plano: a festa de catorze anos de Jenna no Palácio. Havia meses que ele ansiava por ela. Sabia que o cancelamento de uma festa não tinha grande importância em comparação com o que acontecera no Palácio naquela noite, mas se naquele instante alguém lhe perguntasse o que o entristecia mais, ele teria admitido que era a falta da festa.

– Nenhum – respondeu ele.

– Como meu Aprendiz continua *ausente* – havia na voz de Márcia um tom cortante –, eu gostaria muito de ter um assistente... um assistente preparado. Um assistente que não saia correndo para perder seu tempo precioso com um *velho Alquimista desacreditado*.

– Márcia quase cuspiu essas últimas palavras, mas recuperou o controle e prosseguiu: – Portanto, Besouro, o que você acha de passar a noite na Torre dos Magos e nos ajudar com nossos preparativos para o **Extermínio** amanhã?

Mais uma vez, Besouro teve a sensação desconfortável de ser uma segunda opção, já que Septimus não estava disponível. Mas aquele não era um oferecimento que ele pretendesse recusar. A alternativa era subir de mansinho até seu quarto minúsculo nos fundos do escritório de Línguas Mortas, tentando não acordar o irascível Larry – algo que ainda não tinha conseguido fazer. Larry tinha um sono leve e sempre acordava com uma série de impropérios em latim, que, com seus conhecimentos recém-adquiridos, Besouro agora compreendia perfeitamente.

E foi assim que ele respondeu:

– Eu gostaria muito.

– Ótimo. – Márcia pareceu satisfeita.

Enquanto Besouro e Márcia seguiam pelo Caminho dos Magos, com a **Cortina de Proteção** iluminando a noite atrás deles, ambos estavam ocupados pensando em quem poderia ter ficado preso no Palácio dentro do **Domínio das Trevas**. Os pensamentos de Besouro levaram-no à sua tarde apavorante – e foi só então que ele se lembrou do livro que tinha arrancado das mãos de Merrin.

Besouro tirou-o do bolso e o entregou a Márcia.

– Tinha me esquecido. Merrin estava com isso. Arranquei das mãos dele bem quando ele estava me aplicando o **Suma**. Tenho certeza de que você tem um exemplar, mas achei que estaria interessada em saber.

Márcia parou de repente, por acaso abaixo de um tocheiro. Olhou espantada para o livrinho grudento e de aparência pouco atraente em suas mãos e deu um assobio longo e baixo. Besouro ficou um pouco chocado... ele não sabia que Márcia *assobiava*.

– Besouro, tenho certeza total de que não possuo uma cópia. Deste livro só existe *um* exemplar – disse Márcia, assombrada, virando o volume muito manuseado. – Há *anos* quero pôr minhas mãos nele. Trata-se do índice... a chave para decifrar os segredos... de um livro muito importante. – Ela olhou para Besouro, com os olhos brilhando de empolgação. – Não tenho como lhe dizer que alívio isso me traz. Devo confessar que o que vi no Palácio esta noite me apavorou e que, francamente, eu não tinha muita certeza de que conseguiríamos nos livrar dessa situação. Receei que nunca mais pudéssemos voltar a usar o Palácio, que ele precisasse ficar em **Quarentena** para sempre. – Márcia balançou a cabeça para lá e para cá, consternada.

Ela folheou rapidamente o *Índice das* **Trevas**.

– Incrível... simplesmente maravilhoso. Este é o autêntico. Besouro... você salvou a pátria!

– Puxa – disse Besouro, abrindo um largo sorriso. – Eu não sabia que ele era *tão* importante.

— É de importância *crucial* — disse Márcia, voltando-se para ele. — Veja só, agora, pela primeira vez em séculos, podemos usar os **Códigos Casados**. Eles são nossa proteção contra as **Trevas**, mas não conseguíamos interpretá-los desde que este livrinho desapareceu com *A extinção das Trevas*. *Esse outro* eu encontrei se estragando no Brejal Marram; mas, sem este, ele de nada adianta para o que for realmente importante. — Ela agitou o *Índice das Trevas*, em triunfo. — Agora vamos poder nos livrar daquela criação perversa de Merrin Meredith lá no Palácio, sem *nenhum esforço*!

— Márcia olhou para Besouro com um largo sorriso. — Espero que não seja problema eu pegar o livrinho emprestado por esta noite.

Besouro ficou perplexo.

— Ah... sim. É claro. Na verdade, gostaria que você ficasse com ele. Algo desse tipo deveria pertencer apenas à Maga Extra-Ordinária.

— É a pura verdade — disse Márcia, com aprovação. — Mas obrigada do mesmo modo, Besouro. — Ela guardou o *Índice das Trevas* em seu bolso mais seguro. — Bem, agora vamos fazer uma visita ao Manuscriptorium. Preciso apanhar uma coisa lá.

Droga, pensou Besouro.

A porta do Manuscriptorium estava trancada, mas Márcia tinha uma chave. Isso era fonte de enorme indignação para Jillie Djinn, mas não havia nada que ela pudesse fazer. Os Magos ExtraOrdinários sempre tinham uma chave do Manuscriptorium para uso em emergências — o que Márcia considerava ser o caso. Ela virou a chave na fechadura, que resistiu um pouco, e a porta se escancarou sem o costumeiro *tlim*. O contador era desligado todas as noites antes que os escribas saíssem do prédio.

Relutante, Besouro acompanhou Márcia quando ela entrou na bagunçada recepção. Naquele dia, ele tinha estado ali vezes demais para seu gosto.

– Também não é *meu* lugar preferido – disse Márcia a meia-voz. – Mas precisamos apanhar a metade do **Código Casado** que fica no Manuscriptorium. É claro que temos a metade do **Par** que pertence à Torre dos Magos, mas infelizmente a metade do Manuscriptorium está aqui em algum lugar que somente a Escriba Hermética Chefe conhece. – Márcia suspirou. – Eu só queria que não fosse *essa* Escriba Hermética Chefe, só isso. – Ela olhou esperançosa para Besouro. – Será que você por acaso não sabe onde essa metade poderia estar? – perguntou.

Besouro não sabia.

– Nem mesmo faço ideia de como deve ser o aspecto de um **Código Casado**.

– A parte do Manuscriptorium é um pequeno disco de prata, com linhas que se irradiam. Acho que há um furo no centro, por onde os antigos Escribas Herméticos passavam um fio para usá-lo suspenso do pescoço. Naquela época, eles usavam muito os **Códigos Casados** – disse Márcia, em tom nostálgico. – A metade do Manuscriptorium é muito menor que a da Torre dos Magos, que guardamos na Biblioteca da Pirâmide. Nenhuma das duas partes parece ser importante sozinha, mas quando reunidas dizem que é algo digno de se ver. Como logo descobriremos. – Márcia estava encantada. A ideia de poder mais uma vez executar **Magya** tão antiga a empolgava.

Os dois passaram direto ao Manuscriptorium, que estava deserto, envolto em sombras, iluminado somente pela claridade que subia do porão, onde o Escriba da Conservação, Preservação e Proteção, Ephaniah Grebe, morava e trabalhava. Não havia sinal de Jillie Djinn.

– A srta. Djinn deve estar em seus aposentos – sussurrou Besouro para Márcia. – Ela nunca fica aqui embaixo depois que os escribas vão para casa. Ela sobe e fica comendo biscoitos. E contando coisas.

Besouro conduziu Márcia pelas fileiras de escrivaninhas até os fundos do Manuscriptorium, de onde subia um curto lance de escada gasta, com uma porta azul em péssimo estado, lá no alto. Márcia subiu a escada com os saltos ruidosos e puxou, irritada, o cordão prateado da campainha ao lado da porta. O tilintar distante de um sino soou em vão, em algum lugar, no alto do prédio. Eles esperaram pelo som dos passos de Jillie Djinn descendo, mas não ouviram nada. Impaciente, Márcia acionou a campainha outra vez. Não houve resposta.

– É realmente péssimo – resmungou Márcia. – A Escriba Hermética Chefe deveria sempre estar disponível em situações de emergência. – Ela desceu a escada de volta, pisando com força. – Simplesmente precisamos vasculhar este lugar desgraçado até encontrá-la. Ela tem de estar aqui em algum lugar.

De repente, algo atraiu a atenção de Márcia. Ela apontou para o estreito arco de pedra, na parede do Manuscriptorium, que levava à Câmara Hermética.

— Acho que vi alguém entrar. Só com o canto do olho. Mas ela deve ter nos visto. Que brincadeira *é* essa? — Márcia seguiu apressada, com os sapatos de píton batendo no velho assoalho de carvalho.

Besouro ficou para trás quando Márcia passou pelo arco e entrou no corredor escuro feito breu, que levava até a Câmara, mas ela acenou para que ele fosse com ela, e o garoto a acompanhou.

O acesso à Câmara Hermética, o gabinete mais reservado do Manuscriptorium, era formado por um corredor de sete voltas, especialmente projetado para prender qualquer **Magya** perdida que tentasse escapar da Câmara ou, na verdade, entrar ali e perturbar o delicado equilíbrio. A Câmara era também totalmente à prova de luz e som... e um pouco amedrontadora.

Enquanto seguia o farfalhar da capa de Márcia roçando no piso de pedra do corredor, Besouro teve a sensação incômoda, pelo seu jeito de andar mais devagar, de que ela estava um pouco assustada. À medida que se enfurnava mais no corredor e perdia qualquer vislumbre de claridade, o próprio Besouro começou a se sentir bastante assustado. No entanto, quando viraram a sétima e última volta, a luz da Câmara Hermética clareou os últimos palmos do corredor, e Besouro relaxou. Com algum alívio — pois ele tivera a nítida impressão de que Márcia esperava ver algo bem diferente — ele viu, meio escondida pela capa ondulante de Márcia, a Escriba Hermética Chefe, Jillie Djinn, sentada à sua conhecida mesa redonda.

As paredes brancas da Câmara Hermética faziam com que a claridade parecesse ofuscante depois da escuridão do corredor. Besouro olhou ao redor – tudo parecia estar exatamente como ele se lembrava. O antigo Espelho escuro continuava encostado à parede de reboco grosseiro, assim como o ábaco antiquado. A grande mesa redonda localizava-se no centro; e por baixo dela os pezinhos de Jillie Djinn em sóbrios sapatos pretos de cadarço – tristemente gastos – encontravam-se pousados no alçapão principal dos Túneis de Gelo. Besouro percebeu com alívio que o alçapão estava fechado e demonstrava com clareza que se mantivera assim por muito tempo, a julgar pela poeira que o cobria.

Jillie Djinn parecia menor do que Besouro se lembrava. A luz forte na Câmara exibia todo o desleixo de suas vestes de seda azul-escura – um desleixo que ele não tinha visto antes. Jillie Djinn sempre apreciara novas vestes de seda e fazia muita questão de mantê-las limpas; mas agora elas estavam amarrotadas e exibiam o que Besouro suspeitou serem manchas de molho escorrido pela frente. Ele ficou chocado. Mas o que considerou mais preocupante era que Jillie Djinn não estava na verdade fazendo nada. Não havia tabelas de cálculos diante dela, nenhum gordo livro-caixa, repleto de intermináveis colunas de números minúsculos, pronto para algum escriba infeliz ter de transcrever em triplicata no dia seguinte. Ela sentara-se encurvada sobre a mesa vazia, com o olhar perdido, e praticamente não registrou a intromissão dos visitantes. Era como se não estivesse ali.

Um ar de preocupação passou pelo rosto de Márcia, mas ela foi direto ao assunto.

— Srta. Djinn — disse, enérgica —, vim apanhar a metade do **Código Casado** que fica no Manuscriptorium.

Jillie Djinn fungou e, para espanto de Besouro, limpou o nariz na manga. Mas não respondeu.

— Srta. Djinn — disse Márcia —, este é um assunto sério. Você deve entregar à Maga ExtraOrdinária a metade do **Código Casado** do Manuscriptorium quando lhe for solicitada, a qualquer momento do dia ou da noite. Reconheço que esse pedido não é feito há muitos séculos, mas eu o faço *agora*.

Jillie Djinn não reagiu. Era como se não estivesse entendendo uma palavra do que era dito.

— Srta. Djinn — disse Márcia, em voz baixa, parecendo preocupada. — Permita-me relembrar-lhe que o Protocolo do **Código Casado** faz parte do Juramento que proferiu em sua posse como Escriba Hermética Chefe.

Jillie Djinn mexeu-se, desassossegada, e fungou novamente. Sua aparência dava dó, pensou Besouro. Antes tão empertigada e correta, ela agora estava assoberbada de preocupações. Ele nunca tinha gostado da Escriba Hermética Chefe, mas agora sua aversão estava associada a um sentimento de tristeza por ela. E a uma inquietação — alguma coisa estava muito errada. Besouro olhou de relance para Márcia, que encarava a Escriba Hermética Chefe com um novo brilho nos olhos – como um gato se preparando para atacar. E então, de repente, ela atacou. Márcia deu um salto para a frente e bateu com as mãos nos ombros de Jillie Djinn.

– **Saia**! – ordenou ela.

Um lampejo roxo iluminou a câmara branca, e Jillie Djinn deu um grito estridente. Das mãos de Márcia subiu um chiado forte, e Besouro percebeu que algo pequeno e escuro (ele não pôde ver exatamente o quê) saltou para o chão e fugiu depressa.

– Um **Mandado** – resmungou Márcia. – Alguém pôs um **Mandado** nela. Criaturas cruéis e *tão* pesadas. *O que* está acontecendo aqui? – Ela olhou ansiosa ao redor da Câmara Hermética. Besouro fez o mesmo. O lugar parecia vazio, mas ele já não tinha tanta certeza.

– Srta. Djinn – disse Márcia, rápido. – É da máxima urgência. Dê-me *imediatamente* o **Código Casado**.

Aliviada da carga, Jillie Djinn já não estava encurvada. Mas ainda parecia atormentada. Ela olhou de relance em torno da Câmara e em seguida passou a mão rapidamente sobre a mesa num movimento de zigue-zague. Ouviu-se um ruído baixo de alguma coisa girando, e uma pequena gaveta abriu-se diante dela. Olhando inquieta para os lados, Jillie Djinn tirou dali um pequeno estojo de prata polida e o colocou em cima da mesa.

– Obrigada, srta. Djinn – disse Márcia. – Eu gostaria de ver se o **Código** está de fato no estojo.

Jillie Djinn tinha o olhar fixo ao longe por cima do ombro de Márcia. Concordou, calada e distraída, e depois uma expressão de pavor passou por suas feições.

Márcia estava ocupada abrindo o estojo. Ali dentro ela viu um pequeno disco de prata com uma saliência no centro, que era exatamente igual ao desenho do livro didático que conhecia bem. Márcia pôs os óculos e olhou mais de perto. Uma quantidade de linhas finas irradiava a partir do minúsculo furo no centro do disco; e, espalhados ao longo dessas linhas, havia uma série de símbolos **Mágykos**, alguns dos quais ela não via desde sua semana de toxicologia avançada em seu último ano como Aprendiz. Márcia ficou satisfeita – aquela era de fato a metade do **Código Casado** do Manuscriptorium.

Houve uma súbita perturbação no ar. Márcia girou nos calcanhares. Ela se lançou para a frente, e Besouro viu o disquinho de prata sair voando e desaparecer. Depois alguma coisa deu-lhe um forte soco no estômago.

– *Ufa!* – Besouro dobrou-se ao meio, tentando voltar a respirar.

– Besouro, bloqueie o corredor! – gritou Márcia.

Ainda sem fôlego, Besouro jogou-se para fechar a entrada do corredor de sete voltas. Alguma criatura ossuda com cotovelos pontudos investiu contra ele, e Besouro recuou, cambaleando. Ele se preparou, atravessando os braços de um lado a outro da passagem estreita, para impedir a passagem do que quer que fosse. Quando uma mão invisível agarrou seu braço e tentou afastá-lo da parede, Besouro sentiu que algo queimando estava se enterrando em sua carne.

– Aaaai! – disse ele, ofegante.

– Não se mexa, Besouro – disse Márcia, avançando na sua direção. – Só... fique... aí... parado.

Dava a impressão de que um ferro em brasa estava sendo enfiado no braço de Besouro; e a expressão de Márcia avançando era apavorante. Mas ele não se mexeu. Márcia parou a pouca distância diante dele, com os olhos verdes faiscando furiosos. Ela estendeu os braços e agarrou alguma coisa, como se estivesse pegando uma panela de duas alças.

– **Revele**-se! – disse ela, em triunfo.

Uma nuvem roxa encheu a saída da Câmara Hermética e revelou um vulto escuro ali dentro. Quando a nuvem se dissipou, a forma magricela de Merrin Meredith foi **Revelada**, com as orelhas presas com firmeza nas mãos de Márcia.

Merrin engoliu com dificuldade e se encolheu. O **Código Casado** tinha bordas cortantes.

– Ele *o engoliu*! – gritou Márcia, sem poder acreditar.

⊹→27←⊹
A Ponte de Bott

Rose atrasou-se. As coisas estavam meio caóticas na Torre dos Magos, e ela precisara cobrir a falta do Mago de plantão na enfermaria até ele acabar aparecendo depois da **Convocação**. Mas agora, animada com a perspectiva de participar da espantosa **Magya** que era a **Cortina de Proteção**, Rose descia correndo pelo Caminho dos Magos, tentando chegar o mais cedo possível, embora atrasada, para render Bertie Bott.

Diante da deslumbrante **Cortina de Proteção**, Bertie Bott estava parado, vigiando resoluto o ponto de fusão, sem se dar conta de que apenas alguns palmos atrás dele, do outro lado da cintilante muralha roxa, vinte e cinco **Coisas** andavam de um lado para o outro, em silêncio, procurando pela união.

O estômago de Bertie roncava. Ele tinha visões cruéis da ceia: salsichas e purê de batatas encharcado com molho; torta de pão de ló, frutas e creme; e talvez até mesmo um pequeno quadrado de caramelo de chocolate se conseguisse espaço. Bertie suspirou no íntimo. Tinha certeza de que conseguiria. Enquanto Bertie se perguntava se preferiria ervilhas ou mais uma quantidade de purê com salsichas, seu estômago emitiu o maior ronco até então. A não mais que um braço de distância atrás dele, a **Coisa** estranguladora parou e ficou escutando atenta.

Bertie sentia um frio tremendo. Mesmo sua melhor capa pré-amada e forrada de pele não conseguia manter lá fora o frio da Noite Mais Longa do Ano. Bertie tirou-a para sacudir a pele e torná--la mais espessa por um tempo – truque que tinha aprendido no comércio de capas –, mas, quando ele a sacudiu, a ponta da capa tocou na **Cortina de Proteção**. Bertie nunca soube o que o atingiu.

Rápida como um raio, a **Coisa** abriu um buraco através do ponto de fusão, agarrou a capa de Bertie com a mão e a puxou com força. Bertie tombou para trás, para dentro da **Cortina de Proteção**. Num instante, a **Coisa** estranguladora estava com as mãos em torno do pescoço de Bertie e o puxava para dentro de modo que ele atravessasse a **Cortina de Proteção** como uma pequena ponte arqueada – mais tarde imortalizada em livros didáticos para Aprendizes, como a Ponte de Bott.

De cada lado de Bertie a **Mágyka** luz roxa ainda brilhava como uma parede luminosa, mas agora havia uma lacuna escura, como um dente faltando num sorriso. Enquanto Bertie Bott jazia ali com o rosto para cima na grama salpicada de neve, uma onda de **Coisas** das **Trevas** começou a escorrer por cima dele. (Muitos anos depois, quando a **Cortina de Proteção** foi **Erguida** por alguém que não queria ter perdido sua única oportunidade de ver esse feito, essa cena foi a primeira a ser reproduzida.)

Rose chegou aos dois archotes que ladeavam o Portão do Palácio. Parou um instante para recuperar o fôlego e depois abriu o portão, no qual fora colocado um grande cartaz com a mensagem lacônica: FESTA CANCELADA. Gudrun, a Grande – o fantasma antigo e desbotado, de guarda no Portão do Palácio –, sorriu para Rose, mas ela, quase ofuscada pelo brilho espantoso da **Cortina de Proteção**, não a viu.

– Tome cuidado, Aprendiz – sussurrou Gudrun. – Cuidado.

– Mas tudo o que Rose ouviu foi o murmúrio do vento que vinha soprando do rio.

Quando se aproximou da **Cortina de Proteção**, Rose começou a se sentir inquieta. Era uma Aprendiz sensível que tinha consciência – alguns diziam consciência demais – das **Trevas**. E Rose tinha um talento que ainda não sabia que possuía, mas logo iria descobrir: ela podia **Ver Coisas**. Procurando por Bertie Bott, Rose foi andando devagar pelo gramado, na direção do lugar onde ela sabia que estava a união na **Cortina de Proteção** – bem diante do Portão do Palácio. A fisgada de ansiedade que a atormentava cresceu. *Onde estava Bertie Bott?* Ela não conseguia vê-lo em parte alguma. Não que ele fosse difícil de detectar. Bertie era bastante volumoso. Ela se perguntou se, com seu atraso, ele já teria ido embora para a ceia, mas Rose tinha certeza de que nem mesmo um Bertie Bott faminto se atreveria a abandonar um posto tão importante.

Relutando em chegar mais perto, Rose acabou parando. Tinha a sensação estranhíssima de que, quanto mais procurava por Bertie, menos enxergava. Ela estremeceu e se enrolou melhor em sua capa verde de Aprendiz, não para se aquecer – ela ainda estava aquecida por ter vindo correndo –, mas para se proteger. Contra o quê, ela não sabia ao certo.

– Bertie? – chamou Rose a meia-voz. – *Bertie?*

Não houve resposta.

Rose decidiu usar uma velha artimanha de Magos. Ficou parada, imóvel, e virou a cabeça lentamente de um lado para o outro, deixando seus olhos "ver o que vissem". E eles viram. De repente, Rose enxergou o buraco na **Cortina de Proteção**; e derramando-se por ele vinham **Coisas**. **Coisas** monstruosas e sombrias, deslocando-se a passos largos na sua direção, como todos os seus pesadelos reunidos num único.

Rose correu. Correu tanto que já estava na metade do Caminho dos Magos quando compreendeu o verdadeiro significado do que tinha visto. E então continuou a correr, à maior velocidade possível, de volta à Torre dos Magos para contar a Márcia.

Mas Márcia não estava lá.

Márcia ainda estava no Manuscriptorium.

╬ 28 ╬
LACRE HERMÉTICO

Enquanto Rose passava correndo pelas janelas escuras do Manuscriptorium, Márcia estava lá dentro se esforçando para aplicar uma **Faixa de Imobilização** em volta dos pulsos de Merrin.

Merrin lutava contra ela o tempo todo, e foi um choque para Márcia ver como ele tinha se tornado poderoso. Ela estava usando a mais forte **Contenção** possível, sem pô-lo em risco; e mesmo assim o garoto não estava totalmente dominado. Os olhos escuros de Merrin chispavam de raiva, e seus pés tremiam enquanto ele tentava dar chutes. O ouro de seu Anel de Duas Faces faiscava quando ele puxava e torcia os pulsos, esticando a **Faixa de Imobilização** quase até ela se romper.

Depois de uma enxurrada de ofensas verbais, Márcia também tinha imposto a Merrin um **Silêncio**, mas isso não o impedia de mover a boca. Naquele exato momento, Márcia lamentou ser tão boa em leitura labial.

De repente, ouviram-se batidas vigorosas na porta da frente. Márcia ficou irritada.

– Besouro, veja quem é, e mande a pessoa embora.

Besouro entrou na recepção, abriu a porta e encontrou Marcellus Pye ali fora.

– Ah, escriba Besouro. – Marcellus pareceu aliviado. – Fico feliz que seja você.

Havia muito tempo que Besouro tinha desistido de tentar explicar a Marcellus Pye que ele já não era e de fato jamais tinha sido escriba no Manuscriptorium.

– Desculpe-me, sr. Pye – disse ele, tentando fechar a porta.

– Estamos um pouco ocupados neste momento.

Marcellus prendeu a porta com o pé.

– Acabei de ir ao Palácio para a festa, só para encontrar uma **Cortina de Proteção** erguida lá. – Ele parecia inquieto. – Meu Aprendiz, Septimus Heap, estava indo ao Palácio, e estou preocupado com sua segurança. Pensei em perguntar aqui, a caminho da Torre dos Magos. Por acaso, ele está aí?

– Não está, não. Eu não o vi; e, antes que me pergunte, não, eu *não* sei onde ele está. – Besouro parecia contrariado. Estava cansado de todo mundo lhe perguntar por Septimus. – Com licença, sr. Pye, mas pode fazer o favor de ir agora? Temos o que fazer. Tire seu pé da frente, *por gentileza*.

Mas Marcellus não se mexeu. Sua atenção foi de repente atraída por alguma coisa lá para o final do Caminho dos Magos junto ao Palácio. Besouro aproveitou a oportunidade para fechar a porta. Precisou jogar seu peso sobre ela, para trancá-la; e, enquanto girava a chave, viu que Marcellus estava dançando de um modo estranho.

Besouro decidiu não lhe dar atenção.

Marcellus começou a socar a porta.

Márcia entrou na recepção, segurando Merrin por sua **Faixa de Imobilização**. Jillie Djinn vinha atrás como um fantasma.

– O que está acontecendo? – perguntou Márcia.

– É Marcellus – disse Besouro. – Ele não quer ir embora. Está procurando por Septimus.

Um ar de preocupação passou veloz pelo rosto de Márcia.

– Mas eu achava que Septimus estava com *ele*.

– Parece que não – disse Besouro, um pouco emburrado.

– E o que é aquilo na porta? – perguntou Márcia. Uma tira fina e comprida de couro vermelho estava presa entre a porta e o batente.

– Ah! É o sapato dele – disse Besouro, destrancando a porta, que se escancarou para revelar do outro lado Marcellus Pye, totalmente furioso, afagando a ponta esmagada de seu precioso sapato vermelho – presente de aniversário de Septimus uns anos antes.

– Está destruído – disse Marcellus. – Olhem. – Ele indicou as fitas rasgadas que estavam amarradas logo abaixo do joelho.

– Você não devia usar sapatos tão ridículos – disse Márcia, com grosseria.

— Bem, olha só quem está falando — retrucou Marcellus.

Enquanto Márcia e Marcellus implicavam um com o outro, alguma coisa chamou a atenção de Besouro: os dois archotes acesos de cada lado do Portão do Palácio tinham acabado de se apagar. Besouro teve uma sensação desagradável — por que os dois archotes tinham se apagado ao mesmo tempo? Ele logo teve a resposta.

— Não... não, *não pode ser*! — disse ele, abafando um grito.

— *Que foi?* — perguntou Márcia, interrompendo pela metade um insulto referente a sapatos.

Besouro apontou para o início do Caminho dos Magos. O nevoeiro espesso do **Domínio das Trevas** escapava pelo Portão do Palácio, entrando em espirais pelos pontos mais baixos do Caminho dos Magos.

— A **Cortina de Proteção**! Foi rompida!

— *O quê?*

Merrin sorriu com ironia.

— Marcellus — disse Márcia. — Faça alguma coisa de útil pelo menos uma vez. Segure esse... essa *criatura* para mim. Preciso ver o que está acontecendo. — Ela entregou Merrin a Marcellus e saiu apressada para o Caminho dos Magos. Chegou bem a tempo de ver o primeiro archote na ponta do Caminho junto ao Palácio ser apagado pelo que parecia uma massa de nevoeiro negro.

Márcia voltou correndo para a recepção, fechou a porta com violência e se encostou nela. Estava tão branca quanto o melhor papel do Manuscriptorium.

– Você tem razão. Ela foi rompida. – Para surpresa de Besouro, Márcia praguejou.

Merrin conseguiu superar seu **Silêncio** com um risinho.

Márcia olhou furiosa para ele.

– Logo, logo, você vai parar de rir, Merrin Meredith – disse ela, aborrecida –, assim que tirarmos o **Código Casado** de dentro de você.

Merrin empalideceu. Não tinha pensado nisso.

– Tire-o daqui, Marcellus – disse Márcia. – Besouro, você leva a srta. Djinn. Precisamos voltar para a Torre dos Magos *agora*.

– Mas não podemos abandonar o Manuscriptorium – disse Besouro, relutante.

– O Manuscriptorium vai ter de correr esse risco.

– Não. *Não* – disse Besouro, horrorizado. – Se o **Domínio das Trevas** entrar aqui, tudo será destruído. Toda a **Magya** oculta na Câmara Hermética *e* na antiga Câmara da Alquimia... tudo desaparecerá. Não vai restar nada. *Nada*.

– Besouro, sinto muito. Não há nada que se possa fazer.

– Há, sim – respondeu Besouro. – Pode-se **Lacrar Hermeticamente** a Câmara. É por isso que ela foi construída desse jeito. E a Maga ExtraOrdinária tem como **Lacrá**-la. É verdade, não é?

– Sim, é verdade – respondeu Márcia, com enorme relutância.

– Mas prender a srta. Djinn lá dentro seria o mesmo que matá-la. Ela não saberia o que estava acontecendo. Não teria a menor chance de sobreviver.

– Mas eu talvez tivesse – disse Besouro, baixinho.

— *Você?*
— É. **Lacre** a Câmara Hermética *comigo* lá dentro. *Eu* a protegeria.
— Besouro – disse Márcia, séria –, o ar ali dentro só é suficiente para cerca de vinte e quatro horas. Depois disso, precisará fazer uma **Suspensão**. Você sabe que nem todos os que ficaram na Câmara **Lacrada** sobreviveram, não sabe?
— Eu me arrisco. Cinquenta por cento de probabilidade não é tão ruim assim.

Márcia não concordou. Era tão frequente Besouro saber muito mais do que ela esperava.

— Três sobreviveram, três morreram – resmungou ela. – Também não é tão bom.
— Poderia ser pior. Por favor, Márcia. Não quero perder o Manuscriptorium. Eu faria qualquer coisa para impedir isso. *Qualquer coisa.*

Márcia sabia que Besouro não ia mudar de ideia.

— Muito bem, Besouro. Farei o que me pede. **Ativarei o Lacre Hermético.**

Deixando Marcellus Pye segurando Merrin com firmeza, e Jillie Djinn com o olhar fixo no nada, Márcia e Besouro se encaminharam para a entrada do corredor de sete voltas. Pararam ali fora.

— Você encontrará a gaveta secreta para cercos batendo de leve sete vezes no pequeno círculo preto no centro da mesa. A gaveta contém suprimentos de emergência e o **Talismã de Suspensão** com instruções – disse-lhe Márcia.

— Eu sei – disse Besouro.
— Você é um rapaz corajoso, Besouro. Boa sorte.
— Obrigado.
Márcia perguntou-se se voltaria a ver Besouro.
— Certo, então. É melhor você entrar. Assim que estiver dentro da Câmara, sente-se no lugar da Escriba Hermética Chefe. Fique bem no centro, e lá você não terá problemas. A **Magya** do **Lacre** será fortíssima, e isso nem sempre é agradável.
— Ah! Entendi.
Márcia sorriu, preocupada, para Besouro.
— Vou contar até vinte e um e então **Ativarei** o **Lacre**. Entendeu?
— Entendi. Vou contar também. Um... dois...
Besouro se foi. Atravessou correndo o estreito arco de pedra e entrou na escuridão do corredor de sete voltas; antes que tivesse contado até dez, já estava na claridade da Câmara Hermética circular. Com a sensação de que não devia fazer aquilo, Besouro sentou no lugar da Escriba Hermética Chefe à mesa e, ainda contando, observou o arco pelo qual acabara de entrar correndo. Os segundos seguintes foram os mais longos de sua vida.

A **Ativação** do **Lacre** começou. Um som sibilante encheu a Câmara, seguido de imediato por um sopro de ar gelado, à medida que o **Lacre** era empurrado ao longo do corredor de sete voltas. Besouro observou, assombrado, uma parede reluzente de **Magya** roxa fazer a última curva e parar diante do arco de acesso ao interior da Câmara. A brilhante luz **Mágyka** veio pulsando sobre o arco, e as paredes brancas e curvas da Câmara Hermética a intensificaram, fazendo com que correntes de **Magya** fossem emitidas em turbilhão enquanto Besouro permanecia sentado na calmaria bem no centro, mal se atrevendo a respirar. Depois de alguns minutos, ele pôde ver que a luz roxa começava a desbotar, que fiapos de **Magya** estavam se dispersando. Eles ficaram pairando no ar, e o sabor agridoce da **Magya** entrou pela garganta de Besouro e fez com que ele tossisse.

À medida que desapareciam os últimos vestígios de **Magya**, Besouro compreendeu o que significava estar preso na Câmara **Lacrada**. Onde antes estava o arco, agora havia uma parede sólida, que não se podia distinguir de nenhuma outra parte das paredes que o cercavam. Ele estava sepultado. Acima de sua cabeça, erguia-se a cúpula de pedra branca que formava o teto da Câmara Hermética; e abaixo de seus pés estava o alçapão **Vedado** de acesso aos Túneis de Gelo.

Lembrando-se do que Márcia lhe dissera, Besouro bateu de leve sete vezes no minúsculo círculo preto no centro da mesa. Uma pequena gaveta abriu-se de repente ali embaixo. Ele estendeu a mão para pegar nela o **Talismã de Suspensão** – e tirou um punhado de cadarços de bota de alcaçuz.

┼╸29╺┼
Retirada

O Nevoeiro das Trevas continuava a desenrolar-se. Tinha chegado à porta do escritório de Línguas Mortas do Larry. Foi se infiltrando pelas bordas, procurando fendas, derramando-se pelos nós da madeira, espremendo-se pelos túneis dos carunchos. Ele se acumulou em torno das pilhas de documentos traduzidos; espiralou-se para entrar no vaso consertado muitas vezes e apagou as velas na decoração da vitrine, que tinha sido criada com carinho por Besouro. Continuou se espalhando pela loja, seguiu para o mezanino, passou pelo patamar e subiu pela escada desconjuntada e sinuosa. Em seu pequeno quarto nos fundos do prédio, Larry despertou. Sentou-se na cama e puxou as cobertas até o queixo. Olhava espantado para a escuridão, esforçando-se por escutar. Havia algo de errado. Larry colocou as pernas magricelas para fora da cama e, quando seus pés descalços se encolheram com a sensação gelada das tábuas do assoalho, viu uma fumaça preta que entrava por baixo da porta. Horrorizado, levantou-se de um salto... *a casa estava pegando fogo!*

A fumaça avançou na direção dele. Começou a se enroscar em torno dos dedos congelados de seus pés; e, devagar, como num sonho, Larry voltou a se sentar. Uma forte sensação de contentamento dominou-o. Ele estava de volta à sua velha escola, ganhando o prêmio de latim pela sétima vez. E acabava de ver seu pai na plateia, na primeira fileira, sorrindo para ele. Sorrindo para *ele*. Larry. Larry era tão inteligente...

Enquanto o **Nevoeiro das Trevas** ia se instalando ao seu redor, Larry afundou de novo na cama. Sua respiração ficou mais lenta; ele logo resvalou para um estado sombrio e sem sonhos, em algum ponto entre a vida e a morte.

Márcia fez com que Jillie Djinn e Marcellus, que tinha Merrin sob custódia, saíssem para o Caminho dos Magos. Atrás de si, ela trancou a porta do Manuscriptorium. Márcia mal conseguia suportar a ideia do que havia deixado para trás; mas o que tinha pela frente era ainda pior. Avançando pelo Caminho dos Magos como um sapo preto pulsante, vinha um instável negrume das **Trevas**.

Márcia ficou horrorizada ao ver que o **Nevoeiro** que avançava era acompanhado de uma fileira de **Coisas** – os batedores do **Domínio das Trevas**. Como a vanguarda de uma apavorante equipe de busca, elas se espalhavam de um lado a outro do Caminho dos Magos, com o **Nevoeiro** deslizando logo atrás. Sem conseguir se afastar da catástrofe que se desenrolava diante dela, Márcia olhava fixamente, em estado de choque. Marcellus tentou tirá-la dali.

– Márcia, você deve voltar agora para a Torre dos Magos – disse ele.

Com raiva, Merrin lançou para Marcellus um olhar faiscante. Com a aproximação cada vez maior do **Domínio das Trevas**, ele sentia que estava se fortalecendo. O Anel de Duas Faces esquentava em seu polegar, e os rostos verdes e malévolos começavam a refulgir. O rosto do alto piscou um olho para Merrin, e o garoto de repente se deu conta de que poderia derrotar Márcia. Poderia derrotar todos eles. Agora *ele* estava no comando. Ele era o *melhor*.

Para começar, Merrin rompeu o **Silêncio** com o pior insulto do Castelo. Depois, rompeu a **Contenção**. Com um violento movimento de torção, livrou-se das mãos de Marcellus e deu um chute cruel nas canelas do Alquimista. Enquanto Marcellus saltitava, arquejando de tanta dor, Merrin levantou os braços e, num gesto de provocação, afastou os pulsos, partindo a **Faixa de Imobilização**, como se não fosse mais do que um lenço de papel. Deliciando-se com seu momento de triunfo, Merrin avançou veloz e agitou o polegar esquerdo bem na cara de Márcia, rindo quando ela recuou por instinto. As faces malévolas do anel olharam carrancudas para ela, com sua tez de jade reluzindo.

Márcia entendeu que só havia uma única razão possível para o súbito pique de energia de Merrin: o **Domínio das Trevas** que vinha se aproximando tinha de fato sido **Engendrado** por ele. Até aquele momento, Márcia considerara difícil acreditar que Merrin tivesse competência para algo daquele tipo, mas, enquanto ele se afastava, arrogante, socando o ar em atitude de desafio, com seu Anel de Duas Faces refulgindo, ela percebia todo o controle que Merrin agora possuía. Foi uma constatação apavorante.

– Seu *idiota*! – berrou ela para ele. – Você não sabe nem de longe com o que está se metendo, sabe?

– Nem você, Maga de meia-tigela – disse Merrin, rindo. – Pode fugir correndo para sua Torrezinha cintilante, e aproveite para levar essa cérebro de minhoca junto. Não preciso mais dela. A gente se vê! Ha, ha, ha! – Merrin mal conseguia se conter. Nunca tinha tido uma plateia tão atenta... tão espantada. Era maravilhoso. Era o que sempre tinha desejado.

– É *isso* o que eu penso da sua **Magya** idiota! – berrou ele para Márcia, estalando os dedos na direção dela. Com muito riso e gestos, Merrin recuava dançando, o rosto pálido iluminado pelos archotes ainda acesos e pelas fantasmagóricas decorações com velas, que se refletiam nas ruas vazias. – Venha me pegar se tiver coragem! – gritou ele.

Márcia tinha coragem, sim. Não estava à altura de seu posto, mas ela não se importava. Dentro do estômago embrulhado de

Merrin, a preciosa metade dos **Códigos Casados** estava se revirando; e Márcia não ia deixar escapar sua última oportunidade de derrotar o garoto. Ela disparou pelo Caminho dos Magos em perseguição. Merrin riu e correu, com sua capa de escriba ondulando ao vento, os braços estendidos batendo como os de uma ave enlouquecida voando rumo ao seu bando.

Marcellus correu atrás de Márcia. Fazia muito tempo que ele não corria para parte alguma, e seus sapatos não eram ideais para a atividade – especialmente depois de seu confronto com a porta do Manuscriptorium. Mas os sapatos pontudos de pele roxa de píton, de Márcia, eram ainda menos adequados para correr, e ele logo a alcançou.

– Márcia... – disse ele, bufando. – *Pare!*

Márcia sacudiu o braço para se livrar da mão de Marcellus.

– *Me solta* – disse ela, chiando.

Marcellus manteve-se firme.

– Não, Márcia. Você não está vendo? Quanto mais você se aproximar *daquilo* – ele acenou sua mão livre na direção do avanço do **Domínio das Trevas** e seus batedores –, mais poder ele dá a Merrin, e mais poder extrai de você. Vamos embora antes que alguma coisa terrível aconteça.

– Alguma coisa terrível *já* aconteceu – retrucou Márcia, voltando a partir em perseguição.

Marcellus acompanhava seu ritmo com dificuldade.

– Poderia ser pior... você ainda tem a Torre dos Magos... Não arrisque tudo por causa de um escribinha insolente.

Márcia parou.

— Você não entende... Ele está com o **Código Casado**! Marcellus ficou chocado, mas recuperou-se depressa.

— Você deve deixar o **Código** cumprir seu destino. Deve voltar para a Torre dos Magos. — Sua voz tremia com a insistência. — *Não pode perdê-la também.*

— Não perderei nenhum dos dois — respondeu Márcia, encrespando-se. — Preste atenção.

Marcellus e Márcia tinham agora percorrido mais da metade do Caminho dos Magos. Apenas uns cem metros à sua frente, a muralha do **Nevoeiro das Trevas** vinha rolando vagarosa na direção deles. Na base do **Nevoeiro**, uma fileira de **Coisas** se estendia, movimentando-se e se fundindo com as **Trevas**, avançando devagar, a passos elásticos, puxando com elas o **Domínio das Trevas**.

Merrin seguia uma trajetória desordenada na direção do **Nevoeiro**. Girando nos calcanhares para verificar se Márcia e Marcellus ainda o observavam, fazendo para eles gestos obscenos, gritando impropérios, ele se aproximava cada vez mais de seu **Domínio das Trevas**.

Márcia concentrou sua atenção em Merrin, avaliando a distância. Murmurando as palavras para uma **Imobilização Rápida**, ela ergueu o braço, e um facho de luz azul de gelo saiu de sua mão e descreveu um arco no ar. Pousou no meio das costas de Merrin, com um forte lampejo branco. Merrin cambaleou para a frente e deu um grito alto.

— Boa mira — sussurrou Marcellus.

Márcia fez uma careta. Nunca tinha executado **Magya** alguma pelas costas de alguém. Essa era considerada a forma mais baixa de **Magya**, mas agora não era hora para sutilezas desse tipo. Tinha evitado **Imobilizar** Merrin, supondo que o levaria para a Torre dos Magos e resolveria tudo por lá. **Imobilizar** uma pessoa era perigoso e não devia ser feito sem um bom motivo. Agora, porém, com a vida de todos no Castelo em jogo, a segurança de Merrin já não era levada em consideração.

Lentamente, Merrin deu meia-volta. Ainda com o contorno branco-azulado da **Imobilização** todo rachado, enquanto o encantamento tentava surtir efeito, o garoto estremeceu e estrebuchou como se tivesse sido apanhado por uma rajada de gelo, mas não ficou **Imobilizado**. Olhou espantado para Márcia por alguns segundos, como se seu cérebro trabalhasse com lentidão e ele tentasse descobrir o que estava acontecendo. Márcia encarou-o de volta, esperando impaciente que a **Magya** funcionasse. No gelo do encantamento, Merrin sobressaía brilhante em contraste com o **Nevoeiro das Trevas**, mas aos poucos ele começou a brilhar um pouco menos. Horrorizada, Márcia viu o brilho gelado perder a força e Merrin se sacudir, livrando-se da **Imobilização**, como um cachorro se agitando para se livrar da água no pelo.

A **Magya** de Márcia não tinha dado certo. Foi nesse momento que ela realmente compreendeu contra que tipo de força estava lutando.

Marcellus aproximou-se e se postou ao seu lado.

— Agora você *precisa* ir – disse ele, baixinho.
— É, eu sei – disse Márcia, mas não se mexeu.
Merrin estava em êxtase: *tinha derrotado a Maga ExtraOrdinária*. Inebriado com o sucesso, ele se voltou para a fileira de **Coisas**.
— Peguem ela! – berrou.
Marcellus viu três **Coisas** avançando, como se fossem uma. Ele as viu dar mais um passo, e isso foi tudo o que esperou para ver. Agarrou a mão de Márcia e correu, arrastando-a pelo Caminho dos Magos acima, sem se atrever a olhar para trás. Ofegantes, eles chegaram ao Manuscriptorium, onde Jillie Djinn esperava, paciente, apática.

Márcia recuperou a razão. Girou nos calcanhares para verificar a que distância as **Coisas** estavam e viu, para seu enorme alívio, que elas mal tinham se mexido. Um **Domínio das Trevas** invasor consome muita energia, e as **Coisas** eram vagarosas e pesadas. Márcia lançou uma **Barreira** de emergência de um lado a outro do Caminho dos Magos, sabendo que isso não provocaria mais que um pequeno atraso. E em seguida, com a Escriba Hermética Chefe andando sonâmbula entre eles dois, Marcellus e ela partiram rumo à Torre dos Magos.

No Arco Maior, uma Hildegarde extremamente ansiosa estava desassossegada, esperando pela volta de Márcia.
— Madame Márcia! Ah, *que bom* que você está aqui!
Márcia não perdeu tempo.
— Septimus voltou? – perguntou ela.
— Não. – Hildegarde pareceu preocupada. – Pensamos que ele estava com você.

— Era o que eu temia. — Márcia voltou-se para Marcellus e pôs a mão no seu braço. — Marcellus, por favor, quer descobrir Septimus para mim? E mantê-lo em segurança?

— Márcia, foi por *isso* que fui ao Manuscriptorium. *Estou* procurando por ele. Não desistirei até encontrá-lo. Eu lhe prometo.

Márcia deu um sorriso constrangido.

— Obrigada, Marcellus. Você sabe que confio em você, não sabe?

— Bem, nunca pensei que fosse ouvi-la dizer isso — disse Marcellus. — A situação deve estar péssima.

— Está, sim — disse Márcia. — Marcellus, se... se acontecer alguma coisa, eu lhe transmito a guarda de meu Aprendiz. Boa sorte. — Com isso, ela virou as costas e entrou depressa nas sombras azul-escuras do Arco Maior, com as batidas do salto dos sapatos ecoando à medida que avançava.

Marcellus ficou ali parado um instante e assistiu a algo que tinha presenciado apenas uma vez, em sua primeira vida como o maior Alquimista do Castelo. Ele viu a Barricada — uma espessa chapa de metal antigo com pontos de corrosão — descer em silêncio pelo centro do Arco Maior, fechando a entrada principal para o pátio da Torre dos Magos. Marcellus sabia que se tratava do primeiro de muitos escudos que seriam posicionados, preparando a Torre para sua **Magya** de defesa mais forte e mais antiga.

Em seguida, veio o início de um **Escudo Vivo de Proteção** de quatro lados (esse era o **Escudo de Proteção** mais forte possível; conhecido como **Vivo** porque exigia a energia de muitas presenças vivas em seu interior para mantê-lo ativo. Ele podia também, em situações gravíssimas, atuar de modo independente). Como a Barricada, o **Escudo Vivo de Proteção** era muito raro. Marcellus ficou olhando enquanto ele se erguia aos poucos a partir das muralhas que cercavam o pátio da Torre dos Magos, um revestimento azul e tremeluzente que lançava sobre o Caminho dos Magos sua luz sobrenatural.

Convencido de que a Torre estaria protegida – pelo menos por algum tempo –, Marcellus saiu dali sorrateiro, deixando o Caminho dos Magos à própria sorte. Com a capa se confundindo com as sombras, o velho Alquimista desapareceu por uma brecha estreitíssima entre duas casas antigas. Marcellus andava rápido pelo que, no seu Tempo, era conhecido como os Cânions – formados nos primeiros tempos do Castelo, quando foram construídas as casas que ficavam entre o Caminho dos Magos e o Fosso. Para evitar a propagação de um incêndio, as casas tinham sido construídas em blocos de duas ou três, com uma ínfima separação entre os blocos – um espaço tão pequeno que Bertie Bott não conseguiria se espremer para passar por ele. Mas Marcellus Pye seguia veloz, através dos Cânions, como uma cobra por um cano, dirigindo-se para o lugar que supunha ser sua última oportunidade de encontrar Septimus antes que as **Trevas** encobrissem tudo.

✣ 30 ✣
NA CASA DO DRAGÃO

Jenna andou devagar ao longo do píer até o caminho tomado de mato, à margem do rio. Viu o clarão roxo da **Cortina de Proteção** iluminando o céu e supôs que fosse algum tipo de **Magya** para isolar o Palácio – com sua mãe lá dentro. Ela enfiou as mãos no fundo dos bolsos e deu com a chave lisa de metal que Silas lhe entregara. Jenna suspirou. Não queria passar a noite sozinha em sua antiga casa. Queria ficar com Septimus. Mas, se Septimus não estava por perto, a melhor alternativa era seu dragão. Ela partiu pela trilha ao longo do rio, passando pelo capim comprido e gelado, até chegar a um portão alto, bem no fim. Preso no portão havia um cartaz de madeira grosseiro e um pouco chamuscado.

CAMPO DO DRAGÃO
ENTRE POR SUA CONTA E RISCO
NÃO SE PAGA INDENIZAÇÃO
POR NENHUM ACIDENTE,
PREVISTO OU IMPREVISTO.
ASSADO: BILLY POT (SR.)
GUARDADOR OFICIAL DO DRAGÃO

Jenna não pôde deixar de sorrir. O cartaz *estava* de fato meio "assado", de modo que Billy não tinha errado tanto assim. Ela abriu o portão e entrou. Na outra ponta do campo, viu o volume comprido e baixo da Casa do Dragão, escura em contraste com a luz roxa. Escolhendo com cuidado por onde passar para evitar diversas pilhas de um mau cheiro suspeito, espalhadas na grama, ela se encaminhou para a Casa do Dragão. Às vezes conversar com um dragão era a única coisa que fazia sentido.

Agora que Cospe-Fogo já não era um agregado inconveniente no pátio da Torre dos Magos, mas senhor de seu próprio campo, sua Casa do Dragão ficava aberta a noite inteira. Quando Sarah Heap questionou esse arranjo, Billy Pot deu-lhe uma resposta indignada:

– O sr. Cospe-Fogo é um cavalheiro, sra. Heap, e não se trancam cavalheiros durante a noite.

O motivo mais premente, que Billy não fez questão de mencionar era que, em sua primeiríssima noite na Casa do Dragão, Cospe-Fogo tinha comido as portas.

E assim, enquanto atravessava o campo com todo cuidado, Jenna via o focinho achatado de Cospe-Fogo pousado na borda da rampa que subia até o galpão. Enrolou-se mais na capa de bruxa e puxou o capuz para a frente, escondendo seu rosto, aproveitando a sensação que ele lhe dava de fazer com que ela se fundisse com o ambiente. Em silêncio, aproximou-se da Casa do Dragão, planejando entrar de mansinho na palha aquecida e se enroscar ao lado do volume reconfortante de Cospe-Fogo.

A Casa do Dragão era um lugar escuro e malcheiroso. Era barulhento também. Em geral, os dragões não dormem em silêncio, e Cospe-Fogo não era exceção. Ele resfolegava, grunhia, bufava, fungava. Seu estômago de fogo roncava, e seu estômago normal gorgolejava.

De vez em quando um ronco tremendo sacudia o telhado da Casa do Dragão e chocalhava a prateleira onde Billy Pot mantinha as pás de colher esterco.

Nas profundezas da Casa do Dragão, Septimus estava encostado no estômago de fogo de Cospe-Fogo. Acabava de decidir que estava na hora de voltar à Torre dos Magos. Hora de encarar Márcia e explicar por que ele tinha perdido o mais importante momento de **Magya** no Castelo em muitos anos. Lentamente, ele foi se levantando e... *o que era aquilo?* Um farfalhar na palha, como o de um rato... mas maior que um rato... muito maior... com movimentos furtivos... decididos... e um leve toque de **Trevas**. *Estava vindo em sua direção.* Com os músculos retesados, Septimus não se mexeu. Percebeu que Cospe-Fogo continuava dormindo, o que era estranho. Tentou enxergar na escuridão, forçando os olhos. *O farfalhar estava chegando mais perto.*

Houve um súbito tropeção na palha; mas mesmo assim Cospe-Fogo continuou dormindo. Por que, pensou Septimus, Cospe-Fogo não acordava? O dragão era muito exigente quanto a quem entrava em sua casa. Detestava desconhecidos. Apenas alguns meses antes, Cospe-Fogo quase tinha devorado um turista que entrou ali correndo por conta de um desafio.

Foi então que Septimus viu o intruso sair das sombras e percebeu por que Cospe-Fogo não acordava. Era uma bruxa. Ela devia ter lançado sobre ele algum encantamento de sono. E ainda por cima era uma bruxa das **Trevas**. A capa abotoada na frente com os símbolos bordados por toda parte era igualzinha às capas usadas pelo Conventículo de Bruxas do Porto. Septimus agachou-se e ficou olhando o vulto desajeitado se aproximar, tateando ao longo dos espinhos. De seu bolso, ele tirou o rolo bem-feito do fio das **Trevas**. Esperou até que a bruxa se aproximasse tanto que, com seu próximo passo, ela pisaria nele... e então atacou. Lançou o fio, que tinha um peso surpreendente, em torno dos tornozelos da bruxa e puxou. Ela tombou em cima dele, com um grito ensurdecedor.

— Aaaai! Ai... ai... *ai!*
— Jen? — perguntou Septimus, assustado.
— Sep? Meus tornozelos. Ai, Sep, tem uma *cobra* neles. Tira de mim... *tira-de-mim!* Ai, como dói. *Ela tá me queimando!*
— Ai, Jen. Desculpa, ai, desculpa! Vou tirá-la de cima de você. Fica parada. *Fica parada!*

Jenna ficou tão imóvel quanto conseguiu aguentar enquanto Septimus desenrolava o fio das **Trevas** na maior velocidade possível. Assim que ele se soltou, ela começou a esfregar os tornozelos feito louca.

— Ai, ai, ai... *aaaai!*

De um salto, Septimus pôs-se de pé.

— Volto num instante, Jen. Não se mexa.

— Quem dera... — resmungou Jenna. — Parece que vou perder meus pés.

Septimus passou se espremendo pelas asas coriáceas de Cospe-Fogo, que estavam recolhidas, e sumiu por trás da cabeça espinhuda do dragão. Ressurgiu daí a instantes e voltou depressa para onde Jenna estava.

— Ai... ai... ai... — Jenna gemia só para si mesma. — *Ai!* — Vergões de um vermelho vivo tinham aparecido onde o fio das **Trevas** tocara em sua pele; e sua sensação era a de que um arame incandescente estava lhe cortando a carne.

Septimus ajoelhou-se e esfregou um pano úmido e um pouco grudento, com muito cuidado, nas linhas vermelhas e inflamadas.

De imediato, a ardência insuportável cessou, e Jenna suspirou de alívio.
– Ah, Sep, é incrível. Parou. Ah, parou de doer. O que é isso?
– É meu lenço.
– *Isso* eu sei, seu bobo. Mas o que é esse troço grudento nele?
– Você vai precisar deixar aí por vinte e quatro horas. Ok? – disse ele, evitando responder.
– Ok. – Jenna concordou e tentou tocar nos tornozelos. Agora não sentia mais do que uma vibração morna ao longo das linhas vermelhas que estavam sumindo. – O troço é uma maravilha. O que é?
– Bem... Hum...
Jenna olhou para Septimus desconfiada.
– Sep, trate de me dizer o que é!
– Baba de dragão.
– Eca!
– É, mas tem um poder enorme, Jen.
– Vou ter de ficar com baba seca de dragão na pele *por vinte e quatro horas*?
– Se não quiser que o troço das **Trevas** volte – disse Septimus, dando de ombros.
– Troço das **Trevas**? – Jenna olhou para Septimus e baixou a voz até um sussurro. – É isso o que era? O que você está fazendo mexendo com troços das **Trevas**, Sep?
– Eu lhe faço a mesma pergunta – disse Septimus.
– Hã?

– Jen, você pode achar que essa capa de bruxa é uma bela fantasia, mas não é. Ela é de verdade.
– Eu sei – disse Jenna, baixinho.
– *Você sabe?*
Jenna fez que sim.
– Mas eu achava que ninguém podia usar uma capa de bruxa das **Trevas** a menos que a pessoa fosse... – Septimus olhou para Jenna. Ela o encarou com firmeza. – Jen... você *não*...?
– Sou só uma principiante – disse ela, na defensiva.
– *Só uma principiante?* Jen. Eu... eu... – Septimus não sabia o que dizer.
– Sep, aconteceu um monte de coisas.
– *É isso que você diz para mim?*
Jenna sufocou um soluço.
– Ah, foi tão horrível. É *Mamãe*...

Eles ficaram sentados na palha nos fundos da Casa do Dragão, e Jenna contou a Septimus tudo sobre Merrin, o **Domínio das Trevas** e o que tinha acontecido com Sarah. Agora, por fim, Septimus compreendia o que tinha se passado desde o momento em que ele deixara Márcia naquela tarde.

Jenna chegou ao fim de sua história e se calou. Septimus não disse nada. Ele se sentia como se seu mundo inteiro estivesse desmoronando.

– É tudo uma droga só – acabou ele resmungando.

– *Detesto* aniversários – disse Jenna. – Acontecem coisas em aniversários. Todo mundo que a gente ama sofre alguma coisa. É horrível.

Eles ficaram em silêncio por um tempo.

– Jen, sinto muito. Sinto muito *mesmo* – disse Septimus, então.

Jenna olhou para Septimus, com o rosto iluminado pela delicada luz amarela de seu Anel do Dragão. Ela achava que nunca o tinha visto tão infeliz, nem mesmo quando ele era um menino soldado, pequeno e assustado.

– Não é *sua* culpa, Sep – disse ela, com carinho.

– É, sim. Nada disso teria acontecido se eu tivesse ajudado quando você me pediu... se eu tivesse ouvido direito o que você estava dizendo. Mas eu estava tão envolvido com... com todos os meus assuntos. E agora olha só a encrenca em que estamos.

Jenna pôs o braço em torno dos ombros de Septimus.

– Não tem problema, Sep. São tantos os *se isso, se aquilo*. Se eu tivesse cuidado melhor do Palácio. *Se* eu tivesse dado uma busca há séculos quando achei que vi Merrin pela primeira vez. *Se* Papai tivesse feito alguma coisa quando lhe pedi. *Se* eu tivesse procurado Márcia mais cedo em vez de pedir ajuda a Besouro. *Se* Márcia tivesse explicado a situação direito para Mamãe. Se... se... se... Você foi só um numa longa série deles.

– Obrigado, Jen. Estou muito feliz por você estar aqui.

– Eu também.

Eles ficaram ali sentados, em silêncio. Embalados pela respiração regular do sono de Cospe-Fogo. Os dois começavam a adormecer quando ouviram alguma coisa que fez arrepiar os cabelos em suas nucas. Do lado de fora da Casa do Dragão vinha um som de arranhado, como se alguém estivesse riscando um tijolo com as unhas.

— Que foi isso? — sussurrou Jenna.

Septimus sentiu que os músculos de Cospe-Fogo se retesavam de repente. O dragão estava acordado.

— Vou olhar.

— Sozinho, você não vai, não — disse Jenna.

O ruído de arranhados estava se encaminhando para a frente da Casa do Dragão. Cospe-Fogo deu uma bufada de advertência. Os arranhados pararam por um instante e depois continuaram. Septimus sentiu que Jenna agarrava seu braço.

— Use isso — disse ela, sem voz, apontando para a capa de bruxa.

Septimus fez que sim. Parecia que uma capa de bruxa tinha sua utilidade, afinal de contas. Escondendo-se por baixo da capa para disfarçar sua presença humana, eles avançaram sorrateiros, espremendo-se entre Cospe-Fogo e os lados toscos da Casa do Dragão. De repente, Cospe-Fogo fez um movimento estranho que quase esmagou Jenna e Septimus contra a parede. Mantendo a cabeça no chão, o dragão ergueu os quartos traseiros. Os espinhos do seu dorso atingiram as vigas do teto da Casa do Dragão, aprofundando as marcas que já tinham deixado ali. Ele bufou, e seu estômago de fogo roncou.

Septimus olhou de relance para Jenna. Havia algum problema. Aos poucos, eles foram se aproximando das asas de Cospe-Fogo e pararam de repente – em contraste com o clarão roxo da **Cortina de Proteção** estavam os vultos negros inconfundíveis de três **Coisas**.

Uma das **Coisas** segurava com firmeza o sensível espinho do focinho de Cospe-Fogo e empurrava a cabeça do dragão para baixo, para dentro da palha. Cospe-Fogo bufou mais uma vez, tentando inspirar ar suficiente para fazer **Fogo** – mas, como a **Coisa** firmava sua cabeça para baixo, seu estômago de fogo não conseguia funcionar. Um dragão só consegue gerar Fogo quando está com os pulmões cheios e a cabeça bem alta.

De cada lado da cabeça de Cospe-Fogo, as duas outras **Coisas** fechavam o cerco. Um súbito reflexo no aço – roxo ao clarão da **Cortina de Proteção** – serviu de aviso. As **Coisas** tinham facões. Lâminas longas, afiadas, para ferir dragões.

Jenna também vira os facões. Ela fez um sinal que Septimus entendeu como *você pega uma e eu pego a outra*. Foi só depois de Jenna disparar como um foguete e lançar a si mesma e sua capa sobre a **Coisa** mais próxima que Septimus se deu conta de que Jenna não contava com nenhuma arma, a não ser a da surpresa. Mas ele não ficou parado, pensando. Enquanto Jenna caía em cima da **Coisa**, derrubando-a no chão e a sufocando com as dobras de sua capa, Septimus saltou por cima do pescoço de Cospe-Fogo e se atirou sobre a outra **Coisa**. A **Coisa** nada percebeu até ser derrubada por um arame quente que a queimou em volta do pescoço e pelo rápido sortilégio de uma **Imobilização**.

Confusa, a terceira **Coisa** – que ainda segurava o espinho do focinho de Cospe-Fogo – parou e observou espantada. Essa tinha sido a última **Coisa Engendrada** por Merrin e era a mais fraca da turma, com poucos dos piores atributos de uma **Coisa**. Ela sobrevivia por imitar as outras **Coisas** e geralmente fazer o que o mestre mandasse, mas tinha uma tendência a hesitar quando estava por conta própria – que era o que estava acontecendo agora. Os segundos seguintes não foram claros. Cospe-Fogo sentiu que a **Coisa** afrouxava a mão. Com um movimento furioso e veloz, ele levantou a cabeça bem alto. A **Coisa** que segurava o espinho do focinho saiu voando. Como uma trouxa esfarrapada de roupa suja, atirada longe por uma lavadeira colérica, ela foi lançada para o alto, atravessou os galhos de um abeto próximo e desapareceu por cima da sebe alta que dividia o Campo do Dragão dos terrenos do Palácio. Quando seguia sua trajetória pelo ar, ela atingiu o campo roxo de energia da **Cortina de Proteção** – que ainda funcionava perfeitamente em todos os lugares, menos no ponto de fusão –, ricocheteou e seguiu numa trajetória oposta na direção do rio. Daí a alguns segundos ouviu-se um chape leve, mas extremamente satisfatório, quando ela caiu no rio.

Jenna e Septimus sorriram cautelosos um para o outro. Três derrotadas, mas quantas faltavam?

A **Coisa** derrubada por Septimus jazia inerte na palha, com um pedaço comprido de **Fio das Trevas** quase perdido nas dobras do seu pescoço descarnado. Jenna ainda tinha sua capa enrolada na cabeça da outra **Coisa**, mas não era uma posição que gostaria de manter por muito tempo.

– Sep, não tenho como sair – sussurrou ela. – Se eu me levantar, essa **Coisa** se levanta junto.

– Basta deixar sua capa por cima dela, Jen. É uma capa das **Trevas**, e você não deveria estar mexendo com ela. Se você a deixar aí, ela vai continuar sozinha sufocando a **Coisa**.

Jenna não se deixou impressionar.

– Não vou deixar minha capa. Nem pensar.

Septimus olhou ao redor, nervoso, perguntando-se se havia mais **Coisas** por ali. Ele não queria uma discussão com Jenna naquele exato instante, mas algumas verdades simplesmente tinham de ser ditas.

– Jen – sussurrou ele, em tom urgente. – Parece que você não se dá conta. Sua capa é uma *capa de bruxa* das **Trevas**. Não é do bem. Você não deveria andar por aí brincando com ela.

– *Não* estou brincando com nada.

– Está, sim. Deixe a capa.

– Não.

– *Jen* – protestou Septimus. – Isso é a capa falando, não você. *Deixe a capa!*

Jenna fixou em Septimus seu olhar de Princesa.

– Escuta, Sep, isso aqui sou *eu* falando, não um monte de lã, certo? Essa capa está sob minha responsabilidade. Quando eu quiser me livrar dela, vou fazê-lo do modo correto para que nenhuma outra pessoa possa se apoderar dela. Mas, por enquanto, quero ficar com ela. Você se esquece de que *você* tem a proteção de todos esses trecos esquisitos da **Magya**. Você sabe o que fazer contra as **Trevas**. Eu não sei. A capa é tudo o que tenho. Me deram essa capa, *e eu não vou largá-la numa* **Coisa** *nojenta*.

Septimus sabia quando desistir.

– Tá bem, Jen. Fique com sua capa. Vou **Imobilizar** essa aí também.

Com perícia, Septimus murmurou um rápido encantamento de **Imobilização**.

– Pode pegar sua capa de volta agora, Jen – disse ele. – Se é o que você quer mesmo.

– É, Sep, é o que eu *quero* mesmo. – Jenna arrancou a capa de cima da **Coisa** e, para espanto de Septimus, a vestiu.

Septimus resolveu deixar seu fio das **Trevas** encravado no fundo das dobras de pele rasgada no pescoço da outra **Coisa**. Havia algumas tarefas que ele jamais ia querer fazer, e enfiar as mãos nas dobras do pescoço de uma **Coisa** era uma delas. Bem de perto, as **Coisas** têm um cheiro medonho, de rato morto; e o contato direto com elas é de fato repugnante. Quando um ser humano toca numa **Coisa**, tiras de pele lodosa se descascam e grudam na pessoa como cola.

Cospe-Fogo vira com interesse seu Piloto e sua Navegadora imobilizarem seus agressores com tanta eficácia. Existe uma teoria amplamente difundida de que os dragões não sentem gratidão, mas não é verdade. Eles só não a demonstram de um modo que as pessoas reconheçam. Cospe-Fogo, com todo o seu peso, saiu de bom grado da Casa do Dragão. Cuidadoso, evitou pisar em dedos de pés e se conteve para não bufar na cara de Septimus – essa era a expressão máxima da gratidão de um dragão.

Septimus ficou parado junto do tranquilizador volume de Cospe-Fogo, esquadrinhando o Campo do Dragão, estranhamente roxo.

– Você acha que há mais **Coisas**? – sussurrou Jenna, olhando inquieta para trás.

– Não sei, Jen – murmurou Septimus. – Elas poderiam estar em qualquer lugar. Por toda parte. Quem vai saber?

– Por *toda parte*, não, Sep. Tem um lugar aonde elas não podem ir. – Jenna apontou para o céu.

Septimus abriu um sorriso.

– Vamos, Cospe-Fogo – disse ele. – Vamos sair daqui.

✈31✈
TRECO DE CAVALO

A família Gringe estava nos altos da casa do portão. Eles tinham voltado para casa mais cedo, de seu tradicional passeio da Noite Mais Longa do Ano, pelo Caminho dos Magos, porque a sra. Gringe sentira-se desprezada por Rupert – absorto em conversa com Nicko a maior parte do tempo – e exigira voltar para casa. Consequentemente, eles perderam o **Erguimento** da **Cortina de Proteção**. Mas aquilo teria significado pouco para eles, pois os Gringe tratavam a **Mágyka** com enorme desconfiança.

A sra. Gringe estava sentada em sua poltrona, desfazendo uma meia tricotada, com movimentos rápidos e irritados, enquanto Gringe atiçava seu pequeno fogo de achas, que eles se permitiam na Noite Mais Longa do Ano. A chaminé fria e entupida de fuligem não fazia a tiragem direito, e o fogo enchia a sala de fumaça.

Rupert Gringe, tendo cumprido por mais um ano seu dever filial de comparecer ao passeio pelo Caminho dos Magos, estava em pé perto da porta, ansioso para ir embora. Ele tinha uma namorada nova – a capitã de uma das barcas do Porto – e queria estar lá para recebê-la quando a última barca da noite chegasse ao estaleiro.

Ao lado de Rupert estava Nicko Heap, igualmente ansioso para se mandar dali. Nicko tinha vindo junto porque Rupert lhe pedira.

– A gritaria é menor se houver alguém de fora – dissera Rupert.

Mas esse não era o único motivo para Nicko ter vindo. A verdade era que ele estava se sentindo perturbado. Snorri e a mãe tinham levado sua barcaça, a *Alfrún*, numa viagem até o Porto e "só um pouquinho pelo mar aberto, Nicko. Dentro de alguns dias nós voltamos", prometera Snorri. Quando ele lhe perguntou a razão para isso, Snorri se esquivou. Mas Nicko sabia o porquê – elas estavam testando a navegabilidade da *Alfrún*. Ele sabia que a mãe de Snorri queria que a filha e a *Alfrún* voltassem para casa com ela, e alguma coisa lhe dizia que Snorri também queria o mesmo. E quando Nicko pensava no assunto, o que procurava não fazer, ele tinha uma sensação de liberdade diante da ideia de Snorri ir embora. Mas nela havia um toque de tristeza; e, depois do papo animado de Lucy a respeito de casamentos, Nicko ansiava por voltar para o estaleiro. Com os barcos, você pelo menos sabia em que pé estava, pensou ele.

Lucy sorriu para o irmão, que tentava se aproximar da porta. Ela sabia exatamente como ele se sentia. No dia seguinte, ela partiria na primeira barca da manhã e mal podia esperar.

– Você tem certeza de que reservou espaço para um cavalo, Rupe? – perguntou-lhe, não pela primeira vez.

Rupert pareceu exasperar-se.

– Sim, Luce, eu já lhe *disse*. A barca do início da manhã tem duas cocheiras, e Trovão fica com uma. Garantido, disse Maggie.

– Maggie? – perguntou a mãe, de repente alerta, tirando os olhos da meia que desmanchava.

– A capitã, Mãe – respondeu Rupert, rapidamente.

Não passou despercebido para a sra. Gringe que Rupert ficou todo vermelho, com o rosto contrastando com seu cabelo espetado, da cor de cenoura.

– Ah, quer dizer que ela é *capitã*? – A sra. Gringe deu um puxão forte num nó, decidida a desfazê-lo. – Trabalho estranho para uma moça, esse aí.

Rupert já tinha idade suficiente para não morder a isca. Ele não fez caso dos comentários da mãe e continuou sua conversa com Lucy.

– É só você vir cedo ao estaleiro amanhã de manhã, Luce. Por volta das seis. Nós... quer dizer, *eu* a ajudo a embarcá-lo antes que os passageiros cheguem.

– Obrigada, Rupe – disse Lucy, sorrindo para o irmão. – Me desculpa. Estou um pouco nervosa.

– E não estamos todos nós? – disse Rupert. Ele abraçou a irmã, e Lucy retribuiu o abraço. Ela não encontrava muito Rupert e sentia falta dele.

Depois que Rupert saiu, Lucy sentiu os olhos dos pais sobre ela. Não era uma sensação cômoda.

– Vou dar uma olhada em Trovão – disse ela. – Acho que o ouvi relinchar há pouco.

– Não demore – disse a mãe. – A ceia está pronta. Pena seu irmão não poder esperar – comentou ela, fungando. – É ensopado.

– Só podia ser – resmungou Lucy.

– O quê?

– Nada, Mãe. Volto num instante.

Lucy desceu ruidosamente pela escada de madeira e abriu a porta velha e em mau estado que dava para a área anterior à ponte levadiça. Ela respirou fundo algumas vezes, sorvendo o ar isento de fumaça, e seguiu a passos vigorosos na direção do velho estábulo nos fundos da casa do portão, onde Trovão estava abrigado. Lucy abriu a porta com um empurrão, e o cavalo, iluminado pela lâmpada que ela deixara na janelinha alta, olhou para ela, com um brilho no branco dos olhos. Ele escarvou a palha, balançou a cabeça com sua crina escura e pesada e relinchou inquieto.

Lucy não era muito chegada a cavalos, e Trovão era para ela um pequeno mistério. Ela gostava do cavalo porque Simon o amava de verdade, mas ela também era cuidadosa. O que a preocupava eram os cascos – eram grandes, pesados, e ela nunca sabia ao certo o que Trovão ia fazer com eles. Lucy sabia que até mesmo Simon tinha o cuidado de nunca ficar parado atrás do cavalo para não acabar levando um coice.

Cautelosa, Lucy aproximou-se de Trovão e afagou com muita delicadeza o focinho do animal.

– Cavalo mais bobo, vindo toda essa distância para me ver. Simon deve estar chateado por você ter sumido. Como ele vai ficar feliz em ver você! Cavalo mais bobo...

Lucy de repente teve uma visão nítida de estar desembarcando da barca do Porto montada em Trovão e da expressão de espanto de Simon quando visse o que ela podia fazer. Ela sabia que era possível. Tinha visto os garotos atrevidos que saíam da barca montados, em vez de saírem puxando seu cavalo pelo cabresto. Não podia ser tão difícil, pensou. Era só seguir pela prancha de desembarque, que não era exatamente uma distância tão grande assim, para andar a cavalo. Depois Simon assumiria as rédeas, e eles dois poderiam ir embora juntos. Seria tão legal...

Mergulhada em seu devaneio, Lucy decidiu ver se de fato era fácil montar em Trovão. Nem um pouco fácil, foi a resposta. Lucy olhava para o cavalo, que lhe parecia tão alto, com seu dorso na altura da cabeça dela. *Como* as pessoas montavam? Ah, pensou, selas. Elas tinham selas. Com coisas para apoiar os pés. Mas Lucy não tinha sela. Gringe não encontrara nenhuma barata o suficiente, e precisara se contentar com uma grossa manta – que agradava muito a Lucy, porque era coberta de estrelas. E, com o frio, ela era também muito mais útil para ele.

Lucy não se intimidou. Estava determinada a montar em Trovão. Foi buscar a escada de mão de madeira que chegava à altura da manjedoura do cavalo e a abriu ao lado dele. Subiu então os degraus, oscilou meio sem equilíbrio no alto e se lançou sobre o dorso largo do animal. A única reação de Trovão foi reorganizar o peso um pouco. Era um cavalo firme, e Lucy teve a impressão de que ele mal se deu conta dela. Sua impressão estava certa. Trovão mal notara sua presença. O cavalo tinha outra pessoa na cabeça: Simon.

– Droga! – Veio uma exclamação de algum ponto perto do chão.

Lucy reconheceu a voz.

– Stanley! – disse ela, olhando de lá do alto. – Onde você está?

– Aqui. – A voz parecia bastante contrariada. – Acho que pisei em alguma coisa. – Um rato marrom bem corpulento examinava um pé. – Não é muito legal para quem não usa sapatos – queixou-se ele.

Lucy ficou empolgada – uma resposta de Simon, e tão rápida. Mas Stanley estava muito ocupado em inspecionar o pé, com uma expressão de nojo. Lucy sabia que quanto mais cedo ele limpasse a bosta de cavalo do pé, mais depressa ela ouviria a resposta de Simon à sua mensagem.

– Aqui, usa meu lenço – disse ela. Um pequeno quadrado de tecido roxo, salpicado de bolinhas cor-de-rosa e enfeitado com uma renda verde nas bordas, veio descendo de Trovão. O rato apanhou o pedaço de pano, lançou-lhe um olhar bestificado e passou a esfregar o pé com ele.

— Obrigado — disse ele. Com um salto de uma agilidade surpreendente, Stanley subiu na escada e pulou para cima de Trovão, pousando bem diante de Lucy. E lhe devolveu o lenço.

— Humm, obrigada, Stanley — disse Lucy, pegando o lenço com cuidado, entre o indicador e o polegar. — Agora, por favor, *transmita-me a mensagem*.

Com uma das mãos segurando-se na crina negra e grosseira de Trovão, em busca de apoio, Stanley levantou-se e assumiu sua voz oficial para transmissão de mensagens.

— Nenhuma mensagem recebida. Destinatário dado como "ausente".

— Ausente? O que você quer dizer com "ausente"?

— Ausente. Como em "não presente para receber a mensagem".

— Bem, é provável que ele tivesse saído para fazer alguma coisa. Você não esperou? Eu lhe paguei mais para você esperar, Stanley, você sabe que paguei. — Lucy parecia contrariada.

Stanley se aborreceu.

— Esperei conforme combinamos — disse ele. — E então, como o serviço era para você, me dei o trabalho de fazer umas perguntas por ali. E foi com isso que descobri que de nada adiantava continuar a esperar. *Na verdade*, acabei de chegar, na última barca.

— O que você quer dizer com "de nada adiantava continuar a esperar"? — perguntou Lucy.

– Não se espera que Simon Heap retorne, pelo que me disseram seus domésticos.

– Domésticos... *que domésticos?* Simon não tem criados – respondeu Lucy, com aspereza.

– Domésticos: os ratos que moram em seu aposento.

– Simon não tem ratos em seu aposento – retrucou Lucy, ligeiramente insultada.

– É *claro* que ele tem ratos. – Stanley abafou um risinho. – Todo mundo tem ratos. Ele tem... ou tinha... seis famílias debaixo do assoalho. Mas não mais. Todos foram embora quando uma coisa realmente perversa apareceu e... o levou de lá. Foi por pura sorte que topei com eles. Estavam procurando outro lugar no cais, mas não é fácil. Propriedades muito desejáveis naquela área já estão lotadas de ratos, você não acreditaria na quantidade de...

– Alguma coisa perversa levou Simon de lá? – Lucy estava perplexa. – Stanley, o que você está querendo dizer?

– Não sei – respondeu o rato, dando de ombros. – Olhe, preciso ir para casa ver o que minhas crias estão fazendo. Passei o dia inteiro fora. Quem sabe o estado em que vou encontrar minha casa? – Stanley fez menção de saltar do cavalo, mas Lucy o agarrou pelo rabo. Ele ficou chocado. – *Não* faça isso. É uma enorme falta de educação.

– Não me importo – disse-lhe Lucy. – Você não vai enquanto não me contar *exatamente* o que ouviu falar sobre Simon.

Stanley foi poupado de responder por uma súbita rajada de vento, que escancarou a porta do estábulo.

Trovão levantou a cabeça e farejou o ar. Escarvou o chão, inquieto, e Lucy começou a se sentir um pouco insegura – havia algo de **Mágyko** em Trovão, que o tornava um pouco assustador. Ele tinha sido o fiel cavalo de Simon durante os momentos mais **Trevosos** de seu senhor, e a ligação entre eles era indissolúvel. E agora Trovão **Soube** que seu senhor estava por perto. E onde estava seu senhor, Trovão devia estar.

E foi assim que o cavalo se foi. Jogou a cabeça para trás, relinchou e saiu pela porta da estrebaria, com os cascos resvalando nas pedras molhadas pela neve, enquanto ele enveredava a meio-galope pela noite adentro. Sem prestar mais atenção a Lucy do que teria prestado a um mosquito no seu dorso, o cavalo seguiu a galope para o lugar onde ele **Sabia** que seu senhor o aguardava.

O único som a perturbar o labirinto de ruas desertas que levava da casa do Portão Norte até o Caminho dos Magos era o tropel dos cascos de Trovão... aos quais se somavam gritos extremamente agudos.

– Pare! *Pare,* cavalo pateta!

⊹→ 32 ←⊹
Dia do Reconhecimento

Depois que Cospe-Fogo levantou voo do **Campo do Dragão**, Septimus fez com que se afastasse do Palácio e sobrevoasse o rio. Eles deram uma guinada para a direita pouco antes do penhasco dentado da Rocha do Corvo e agora estavam sobrevoando o Fosso. Septimus se debruçou sobre o pescoço largo e musculoso de Cospe-Fogo, olhando atento para o Castelo lá embaixo, à sua direita. Ele sufocou um grito. Parecia que alguém tinha derramado um enorme recipiente de tinta negra sobre o Palácio e o Caminho dos Magos. Enquanto olhava, a mancha escura e irregular se espalhava à medida que mais velas e archotes eram apagados.

Jenna estava sentada em seu costumeiro espaço do Navegador, na reentrância entre as espáduas do dragão, logo atrás de Septimus.

– Está tão escuro lá embaixo! – gritou ela, mais alto que o ruído das asas de Cospe-Fogo.

Septimus procurava por um sinal da **Cortina de Proteção** de Márcia. Ele achou que talvez, com uma possibilidade ínfima, estivesse vendo um leve cintilar roxo dentro do negrume, mas não podia ter certeza. A única coisa de que podia ter certeza era que a **Cortina de Proteção** não tinha funcionado.

Septimus percebeu com alívio que pelo menos Márcia sabia o que estava acontecendo. A expansão do negrume tinha parado diante do muro que cercava o pátio da Torre dos Magos; e de seus limites, ele viu o **Escudo Vivo de Proteção** começar a subir para o céu noturno, envolvendo a torre inteira num cone brilhante de luzes roxas e índigo, cores que indicavam aos olhos preparados de Septimus que Márcia estava em seu posto. Era uma visão magnífica e fez com que ele sentisse orgulho de fazer parte da Torre dos Magos – embora mais uma vez se sentisse triste por estar do lado de fora da **Magya**.

Eles voaram devagar ao longo do Fosso, mantendo as Muralhas do Castelo à sua direita. O **Domínio das Trevas** se espalhava depressa, e ele sabia que nenhum lugar no Castelo se manteria seguro por muito tempo. O único farol iluminado, a Torre dos Magos, sua *casa*, estava agora fechado para ele e para Jenna. Eles tinham uma escolha simples: abandonar o Castelo e fugir para um local seguro, ou descobrir algum lugar dentro do Castelo onde pudessem se esconder e manter as **Trevas** a distância.

Jenna deu-lhe um tapinha no ombro.

– Sep, o que você está *fazendo*? Precisamos ir ao Palácio. Precisamos tirar Mamãe de lá!

Eles agora tinham chegado à outra extremidade do Fosso. A Ponte de Mão Única estava à sua esquerda; adiante deles, do outro lado do rio, com todas as luzes acesas, havia o prédio decrépito da Taberna do Linguado Delicioso. Septimus chegou a pensar em pousar por lá – as luzes pareciam tão acolhedoras –, mas precisava de tempo para pensar. Fez Cospe-Fogo dar uma meia-volta apertada e começou a refazer o percurso pelo qual tinham vindo.

Septimus fazia Cospe-Fogo seguir devagar para poder ver até onde e com que velocidade o **Domínio das Trevas** se espalhava. Sobrevoaram a ponte levadiça, que estava recolhida, como sempre ficava durante a noite. A escuridão das **Trevas** ainda não tinha chegado ali, embora a única vela bastante mesquinha na janela dos Gringe nos altos da casa do portão não ajudasse a enxergar. Havia, porém, outros sinais de que tudo continuava bem. Septimus ainda podia ver a fina camada de neve na rua, refletindo a luz de velas das janelas de casas afastadas da casa do portão. E quando mergulhou para olhar mais de perto, também viu um retângulo iluminado lançado sobre a rua a partir de uma porta aberta nos fundos da casa do portão. Septimus levou Cospe-Fogo em voo rasante ao longo do Fosso.

Sentiu alívio ao ver que ainda havia velas acesas nas janelas das casas de fundos para as muralhas do Castelo, da mesma forma que estavam acesas as lâmpadas no estaleiro de Jannit Maarten e na última barca da noite, recém-chegada do Porto, que atracava naquele instante. Mais adiante, porém, a casa de barcos do Manuscriptorium estava em **Trevas**. Não simplesmente sem iluminação, mas tão escura a ponto de estar quase invisível. Se Septimus não soubesse que era mesmo ali, teria pensado que se tratava de um espaço vazio. E, no entanto, o que era estranho, as casas de cada lado ainda estavam iluminadas.

O que Septimus não conseguia ver era que o **Domínio das Trevas** tinha acompanhado Merrin até o Manuscriptorium, tendo se espalhado por todo o recinto, que se estendia até o Fosso. Merrin pretendia fazer do Manuscriptorium seu quartel-general provisório até conseguir entrar na Torre dos Magos. Mas estar no comando já não era tão divertido quanto ele tinha calculado, agora que Jillie Djinn já não estava lá para ele intimidar. O lugar velho e vazio parecia bastante assustador, especialmente com o **Lacre** na Câmara Hermética lançando seu brilho sobrenatural através das **Trevas**. Por trás do **Lacre**, sem que Merrin soubesse, Besouro procurava enlouquecido pelo **Talismã de Suspensão**, que fora abandonado na lata de lixo no quintal, com todo o resto do conteúdo da gaveta secreta para cercos.

Como o **Código Casado** dava a impressão de estar entalado na sua garganta, Merrin tinha subido aos aposentos de Jillie Djinn para fazê-lo descer goela abaixo com o estoque de biscoitos que ela guardava; e então planejar seu movimento seguinte. Com a boca cheia de biscoito velho, Merrin olhou para fora pela janela e teve um vislumbre de Cospe-Fogo, que passava voando. *O que ele estava fazendo ali no ar?* Merrin praguejou. **Coisas** burras. Não conseguiam nem mesmo executar uma tarefa simples como se livrar de um dragãozinho de dar pena. Bem, ele ia lhe dar uma lição. Ia pegá-lo. Merrin sorriu para seu reflexo escuro na janela suja. Ah, ia pegá-lo direitinho – de um jeito ou de outro. O dragão não teria a menor chance. Não contra o que Merrin tinha planejado. Ia ser *divertido*, disse Merrin a si mesmo.

Cospe-Fogo seguia voando lentamente, passando por pequenas janelas de sótãos com velas bruxuleantes, até chegar à Rampa da Cobra. Abaixo deles, à esquerda da Rampa, ficava a casa de barcos de Rupert Gringe, ainda toda iluminada com uns dois baldes com archotes. As casas de cada lado da rampa também continuavam intactas. Muitas pareciam ter adotado o hábito de Marcellus de acender florestas de velas; e a rampa inteira brilhava, luminosa.

Septimus tinha tomado sua decisão – Alther que esperasse. Usaria seu **Disfarce das Trevas** para salvar Sarah e depois ficaria ali e combateria a propagação das **Trevas**. Mas não podia pôr em risco a segurança de Jenna. Fez Cospe-Fogo descrever uma curva até o outro lado do Fosso, por sobre as bordas da Floresta, para dar ao dragão uma boa distância de aproximação da Rampa da Cobra, onde planejava pousar.

— O que está fazendo? — berrou Jenna.

— Pousando! — berrou Septimus.

— *Aqui?*

— Aqui, não. Na Rampa da Cobra!

Jenna inclinou-se para a frente e berrou no ouvido de Septimus.

— Não, Sep! Precisamos pegar Mamãe!

Septimus virou-se para encarar Jenna.

— Você não, Jen. Perigoso demais. Quem vai sou eu!

— Nem pensar! Eu vou junto! — gritou Jenna, mais alto que o zunido do ar quando as asas do dragão desceram.

Cospe-Fogo já estava se alinhando para a difícil aterrissagem na Rampa da Cobra, mas Septimus não conseguia se concentrar com Jenna berrando no seu ouvido. E levou o dragão para dar a volta mais uma vez.

— Não, Jen! — gritou Septimus enquanto Cospe-Fogo voltava a atravessar o Fosso rumo à Floresta. — Antes vou levá-la para um lugar seguro. Não sabemos o que há no Palácio agora!

— *Mamãe* está lá, seu... seu *cabeça de jerico*!

Septimus ficou escandalizado. Jenna normalmente não usava esse tipo de linguajar. Ele culpou a capa de bruxa. Fez Cospe-Fogo dar meia-volta e o alinhou mais uma vez para pousar na Rampa da Cobra.

Cospe-Fogo começou sua segunda tentativa de pouso.

— Septimus Heap, você *não* vai se livrar de mim! — berrou Jenna.

— Mas, Jen...

— Cospe-Fogo! — berrou a Navegadora. — Para cima!

Cospe-Fogo — que obedecia às instruções de sua Navegadora quando não houvesse nenhuma instrução do Piloto — começou a subir. Mas não por muito tempo.

— Para baixo, Cospe-Fogo! — foi a contraordem do Piloto. Cospe-Fogo desceu. O Piloto estava no comando.

— Para cima! — gritou Jenna.

Cospe-Fogo subiu.

— Para baixo! — gritou Septimus.

O dragão obedeceu. Septimus tentou mais uma vez convencer Jenna.

— Jen, por favor, presta atenção! O Palácio agora é um lugar *perigoso*! Se acontecer alguma coisa com você, acabou-se. Não haverá mais Rainhas no Castelo. *Nunca mais*. Podemos pousar aqui, e eu levo você à casa de Marcellus... ele tem uma **Câmara de Segurança**... ou podíamos até mesmo ir ao chalé de tia Zelda. A escolha é sua. Mas você *tem de* estar em segurança!

Jenna estava uma fera. Quantas vezes tinha sido deixada de lado, só porque precisava estar *em segurança*? Debruçou-se para poder gritar melhor com Septimus e lhe dizer que não se importava nem um pouco em ser Rainha, *e ponto final...* quando o *A Rainha Governa* a espetou. Furiosa, ela tirou o livro do bolso, pretendendo jogá-lo no Fosso lá embaixo. Mas alguma coisa a impediu. O livrinho vermelho parecia tão natural na sua mão e lhe dava a forte sensação de ser parte integrante dela, que de repente Jenna percebeu que não conseguiria jogá-lo fora – na realidade, ela jamais poderia jogá-lo fora. Esse livrinho vermelho frágil e desgastado continha sua história. Não importava o que ela pensasse dele, quer Jenna gostasse quer não, ele representava quem ela era, quem sua família era; e ela sentiu, enquanto baixava os olhos para o Castelo em **Entrevamento**, que aquele era seu chão. Nada que ela fizesse conseguiria mudar isso.

E assim, montada num dragão um pouco confuso, Jenna compreendeu o real significado do Dia do Reconhecimento. De algum modo, sem qualquer cerimônia oficial, sem desfile nem festejos tradicionais, ele tinha acontecido. Jenna entendia quem ela era e aceitava o fato. Percebeu que esse era o reconhecimento de algo que ela já sabia havia um tempo, mas ao qual tinha preferido não dar atenção. Era um pouco tarde, pensou, enquanto ouvia o Relógio do Largo dos Fanqueiros bater dez badaladas, mas tudo bem.

Septimus achou que o súbito silêncio significava que Jenna, revoltada, não queria falar com ele.

– Pousando! – gritou ele.
– Tudo bem! – gritou Jenna, em resposta.
Surpreso, Septimus olhou para trás.
– Verdade? – gritou ele.
– É. Verdade! – respondeu Jenna, sorrindo.
Septimus deu-lhe um enorme sorriso de alívio. Ele detestava discutir com ela. E mais uma vez Cospe-Fogo começou sua

aproximação da Rampa da Cobra. A rampa era confinada dos dois lados por casas, algumas meio inclinadas na direção umas das outras e nenhuma querendo ter suas janelas destruídas por um movimento errado da cauda do dragão. Não era um pouso fácil, mesmo para um dragão acostumado aos locais estreitos do Castelo. Com um forte bufo de empolgação, pois ele gostava de um desafio, Cospe-Fogo começou a descida.

Foi um pouso perfeito. Cospe-Fogo parou com leveza no centro da rampa e dobrou as asas com um rangido de couro velho e um ar de satisfação. Seu Piloto e sua Navegadora desceram escorregando de seus lugares e ficaram parados na rampa brilhante com a chuva gelada.

– Cospe-Fogo – disse seu Piloto. – **Fica**!

Cospe-Fogo olhou para seu Piloto sem conseguir entender. Por que o Piloto queria que ele **Ficasse** nesse lugar desagradável? Ele tinha feito algo de errado? Sua Navegadora veio socorrê-lo.

– Você não pode mandar Cospe-Fogo **Ficar**, Sep.

– Só por uns minutos, Jen. Depois vou pegar Mamãe.

Mas a Navegadora não arredou pé.

– *Não*, Sep. Imagina se aquelas **Coisas** voltam! Você precisa retirar o **Fica**. Não é justo.

Septimus suspirou. Jenna estava certa.

– Ok. Cospe-Fogo, substituo o **Fica** por um **Fica-em-Segurança**. – Ele afagou o focinho do dragão. – Certo?

Cospe-Fogo bufou. Bateu a cauda e fez voar uma pluma de água do Fosso. O dragão viu o Piloto e a Navegadora entrarem por um portal alguns metros adiante à esquerda, onde a rampa ficava plana. Seu Piloto enfiou uma chave na fechadura e a girou. Depois, os dois sumiram lá dentro, e a porta se fechou atrás deles. Cospe-Fogo observava a porta, esperando que eles saíssem outra vez. Enquanto vigiava, estendeu as asas para ficar pronto para decolar depressa se fosse necessário. Não gostava da rampa. Ela era estreita e cheia de esconderijos dos dois lados. Cospe-Fogo também não gostava do que estava acontecendo com o Castelo. Sentiu o cheiro das **Trevas**, sentiu que chegava mais perto. E em seguida, de repente, viu um movimento nas sombras. O **Fica-em-Segurança** de seu Piloto foi acionado, e assim, quando um grupo de **Coisas** começou a cercá-lo num movimento de pinça, com facões prontos para o ataque, Cospe-Fogo ergueu as asas e, com um poderoso impulso, alçou voo. Olhou para baixo e viu as **Coisas** na rampa o observando ali no alto. Daí a um instante, ouviu-se um forte chape: uma grande quantidade de bosta de dragão tinha acertado o alvo.

Jenna não gostou muito da casa de Marcellus. Alguma coisa no cheiro ali fazia com que se lembrasse de um Tempo havia quinhentos anos.

— Nós *temos* de vir aqui? — perguntou, inquieta.

— Marcellus tem uma **Câmara de Segurança** — disse Septimus — onde você pode ficar... hum... em segurança. — Ele olhou ao redor. O corredor estreito e o lance de escadas que levava ao andar superior estavam cheios de velas, como sempre, mas o ar parecia parado, e ele se deu conta de que a casa estava vazia. Septimus não sabia o que fazer. Percebeu que também estava esperando pela companhia e pelos conselhos de Marcellus. – Ele não está aqui – disse, categórico.

– Ele deve estar. – Jenna se sentia confusa. – Todas essas velas estão acesas.

– Ele sempre faz isso – disse Septimus. – Eu já lhe disse que um dia ele vai voltar e encontrar a casa destruída por um incêndio, mas ele não me ouve.

– Não quero ficar aqui sozinha. Não quero mesmo – disse Jenna, ansiosa. – É tão assustador...

– Vamos – disse Septimus. – Vamos ficar montados em Cospe-Fogo e esperar que Marcellus volte.

– Não vou abandonar o Castelo – avisou Jenna.

– Nem eu. Só vamos ficar pairando. Estaremos seguros em Cospe-Fogo. – Septimus abriu a porta e saiu. Jenna ouviu-o respirar fundo.

– Que foi? – perguntou ela.

– Cospe-Fogo *sumiu*.

✣ 33 ✣
LADRÕES NA NOITE

Enquanto Jenna e Septimus estavam parados na rampa deserta, com as águas escuras do Fosso à sua direita, e as **Trevas** do Castelo se espalhando em toda a sua volta, eles ouviram os ecos de uns estalos que se aproximavam.

– Depressa, Jen. Vamos entrar de novo.

Jenna concordou em silêncio. O ruído era horrivelmente parecido com o da aproximação de uma **Coisa**. Septimus estava atrapalhado com a chave quando uma voz chamou:

– Aprendiz! Aprendiz!

A figura alvoroçada de Marcellus Pye, com um sapato que dava a impressão de ter sido destroçado por um cachorro, surgiu da brecha entre duas casas e se apressou na direção deles. – Ainda bem que você está aqui. – Ele fez uma leve reverência para Jenna, como sempre fazia, e então conseguiu irritá-la, como sempre fazia. – Princesa, não a reconheci de início. Você tem consciência de estar usando a capa de uma bruxa de verdade?

– Tenho, sim, obrigada. E antes que você peça, a resposta é não, não vou tirá-la.

Marcellus surpreendeu Jenna.

– Espero mesmo que não. Ela pode ser útil. E você não será a primeira Princesa Bruxa no Castelo.

– É mesmo? – Jenna não ficou muito satisfeita. – Achei que *era* a primeira Princesa Bruxa.

– Marcellus – interveio Septimus, preocupado –, Jenna precisa ficar em algum lugar seguro. Pensei que sua **Câmara de Segurança**...

Marcellus não deixou Septimus terminar.

– Aqui não é seguro, Aprendiz. A srta. Djinn sabe que tenho uma **Câmara de Segurança**. Todas as Câmaras são declaradas ao Escriba Hermético Chefe. E receio que nossa Escriba Hermética Chefe já tenha revelado nossos segredos. – Marcellus balançou a cabeça, entristecido. Ele detestava ver o que tinha acontecido com o Manuscriptorium. – Já há **Coisas** em atividade por aí – prosseguiu ele. – Logo, elas chegarão aqui, e a Princesa Jenna ficará presa numa armadilha, como um rato. Precisamos ir a algum lugar que o **Domínio das Trevas** tenha dificuldade para encontrar.

— Mas o **Domínio das Trevas** está se espalhando rapidamente — disse Septimus. — Logo ele estará *por toda parte*. Jenna deveria sair do Castelo.

— Sep, eu ainda estou *aqui* — disse Jenna, contrariada. — E não vou sair do Castelo.

— Certíssimo, Princesa — disse Marcellus. — Pois bem, creio que o **Domínio** terá alguma dificuldade para entrar nos Emaranhados; e que, mesmo que se encontre lá dentro, descobrirá que não é fácil se espalhar. Sugiro, portanto, irmos nessa direção e... como é mesmo aquele termo do Exército Jovem, Aprendiz?

— Reagrupar? — propôs Septimus.

— Ah, sim. Que nos Reagrupemos. O ideal seria um pulgueiro abandonado, num corredor sem saída, com uma janela para fora.

Jenna sabia exatamente onde encontraria um. Ela tirou a chave que Silas lhe dera não fazia muito tempo.

— O que é isso? — perguntou Septimus.

— Uma chave, Sep — disse Jenna, provocando.

— Eu *sei* que é uma chave. Mas de onde?

— De um pulgueiro abandonado, num corredor sem saída, com uma janela para fora — disse ela, com um largo sorriso.

Marcellus Pye fechou a porta da casa atrás de si, com um suspiro, e olhou para as janelas escuras lá no alto. Septimus tinha insistido em apagar todas as velas, e isso deixara Marcellus bem deprimido.

— Vamos. Agora precisamos ir — disse Marcellus.

— Vou **Chamar** Cospe-Fogo — disse Septimus. — Algo deve tê-lo assustado. Ele não pode ter ido longe.

Marcellus parecia ter suas dúvidas. Tinha passado bem mais de quinhentos anos sem voar em dragões, e não estava com pressa de mudar as coisas. Mas Septimus já fazia o **Chamado** ululante que reverberou pelas casas muito próximas umas das outras, na Rampa da Cobra, e fez o Alquimista tremer. Era um som primitivo, pensou Marcellus, um som que remontava a tempos anteriores à Alquimia.

Eles esperaram nervosos na rampa, olhando de relance para as sombras, imaginando movimentos.

— Creio que seu dragão não virá, Septimus — sussurrou Marcellus, depois de alguns minutos.

— Mas ele *tem* de vir quando eu **Chamo** — disse Septimus, preocupado.

— Vai ver que ele não pode, Sep — murmurou Jenna.

— *Não*, Jen.

— Eu não quis dizer que ele estava... bem, eu... — Jenna parou. Dava para ela ver que só estava piorando a situação.

— Com dragão ou sem dragão, não podemos esperar mais — disse Marcellus. — Com cuidado, podemos percorrer pequenas distâncias através do **Domínio das Trevas**. Minha capa tem certos... dons, digamos assim; e você, Aprendiz, tem um pequeno isqueiro de pederneira que pode ser útil. — Jenna lançou para Septimus um olhar de indagação. — E você, Princesa, estará bem protegida por ser membro do... – Marcellus examinou as marcas na capa de bruxa de Jenna. – Puxa, você não faz por menos, não é? O Conventículo das Bruxas do Porto! Agora, precisamos ir. Vamos pelos Cânions do Castelo.

– Cânions do Castelo? – perguntou Jenna, que gostava de achar que conhecia a maior parte das coisas no Castelo. – Nunca ouvi falar.

– Desconfio que poucas Princesas chegaram a ouvir falar neles. Se bem que, agora que você tem outras, hã, ligações, talvez descubra que isso vá mudar – disse Marcellus, com um sorriso. – Os Cânions não são, digamos, lugares salutares. Os que os usam geralmente têm motivos para querer se esconder. Eu, porém, conheço-os bem, e podemos seguir sorrateiramente pela noite, sem que ninguém nos perceba. Tenho muita prática nessa arte.

Isso não surpreendeu Jenna. Marcellus jogou sua longa capa negra sobre si mesmo, com um gesto dramático, e Jenna, de modo igualmente teatral, imitou-o com sua capa de bruxa, puxando o capuz por sobre a cabeça para encobrir o diadema de ouro. Comparado com os companheiros, Septimus sentiu-se um pouco visível demais em seu traje verde de Aprendiz. Ele acompanhou seus passos, com a impressão de ser um ladrão iniciante, seguindo atrás de seus mestres.

Quase de imediato, Marcellus mergulhou por uma brecha ínfima entre as casas. Uma placa antiga meio escondida por trás da hera anunciava seu nome: BURACO DO ENCOLHE-PANÇA. Com suas capas se enganchando nos tijolos mal colocados, eles enveredaram pelo labirinto entre as casas que se amontoavam por trás da Rampa da Cobra. Seus passos não faziam barulho, pois eles pisavam em anos de folhas, musgo e da eventual saliência macia de um pequeno animal morto. Sentindo-se ele mesmo como um pequeno animal em fuga desesperada pelos túneis de sua toca, Septimus não parava de olhar para o alto, na esperança de ver o céu. Mas a lua negra e as nuvens carregadas de neve não permitiam que visse nada. Uma vez ou duas ele achou que vira uma estrela, só para ela ser encoberta pelo vulto negro de uma chaminé ou um desvio de um telhado quando eles viravam mais uma esquina. A única luz vinha do clarão reconfortante de seu Anel do Dragão enquanto ele mantinha a mão direita estendida à sua frente.

À medida que iam se embrenhando, os Cânions se estreitavam, às vezes tanto que eles se viam forçados a andar de lado, espremidos entre paredes altíssimas que ameaçavam esmagá-los. Septimus teve uma visão dos três imprensados entre as paredes, como as ervas secas que Sarah Heap guardava entre as páginas de seu livro de ervas. Ele ansiava por poder esticar os braços em todas as direções sem que as juntas dos dedos batessem em tijolos, por poder correr à vontade para qualquer lugar que quisesse, não se arrastar como um caranguejo entre rochas. A cada passo, ele tinha a sensação de que estava se enfurnando num lugar do qual jamais escaparia.

Septimus tentou afastar do pensamento as paredes opressoras, procurando ver velas acesas nas janelas, mas quase não havia janelas para ver. As paredes íngremes de pedra que se erguiam de cada lado impediam qualquer visão, e poucas pessoas tinham aberto uma janela numa parede a não mais que um braço de distância de outra parede. Uma vez ou duas, porém, Septimus viu o clarão que denunciava uma vela bem lá no alto, refletindo na parede oposta, e ele se animava um pouco.

Por fim, acompanhando Marcellus, eles entraram num espaço mais aberto, e o Alquimista ergueu a mão como um aviso. Eles pararam. No final do espaço havia um aglomerado do **Nevoeiro das Trevas** – eles tinham chegado ao limiar do **Domínio das Trevas**. Jenna e Septimus trocaram olhares ansiosos.

– Aprendiz – disse Marcellus –, está na hora de abrir seu isqueiro de pederneira.

Jenna observou com enorme interesse Septimus tirar do bolso um isqueiro bem gasto e abria a tampa com esforço. Viu-o puxar dali alguma coisa, mas não saberia dizer o que era. Ele murmurou algumas palavras esquisitas, que ela não conseguiu captar, e lançou as mãos para o alto. Jenna teve a impressão de que alguma coisa desceu flutuando muito devagar e se acomodou sobre Septimus, mas não podia ter certeza. Ele não parecia diferente. Na realidade, aquilo parecia mais uma mímica do que qualquer outra coisa – o tipo de atividade que lhe era imposta nas aulas de arte dramática no Teatrinho dos Emaranhados, que sempre tinha deixado Jenna bastante constrangida.

Já Marcellus e Septimus pareciam satisfeitos, o que levou Jenna a supor que alguma coisa devia ter acontecido. E então de fato percebeu uma mudança – a luz do Anel do Dragão de Septimus de algum modo parecia mais inconstante, como se uma gaze fina estivesse se movimentando ali por cima. E quando ela olhou para Septimus e tentou encará-lo nos olhos, percebeu que algo nele lhe escapava. Ele estava ali, e ao mesmo tempo não estava. Um pouco assustada, Jenna recuou. Às vezes, sua impressão era a de que Septimus participava de coisas que ela nunca entenderia plenamente.

Marcellus examinou de perto seus dois protegidos. Eles estavam tão preparados quanto seria possível, pensou ele. Agora teriam de pôr isso à prova – estava na hora de entrar no **Domínio das Trevas**. Ele acenou para que o seguissem até o final do corredor. Os três pararam onde o **Nevoeiro** se desenrolava diante deles, perto o suficiente para que estendessem a mão e o tocassem.

– Vou à frente – disse Marcellus. – Depois vocês dois vêm juntos. Mantenham um ritmo regular, respirem sem ruído. Mantenham a cabeça desanuviada, pois as **Trevas** tentarão desviá-los do caminho, com pensamentos sedutores de pessoas que vocês um dia amaram. Não reajam a nada, e principalmente *não entrem em pânico*. O pânico atrai as **Trevas** como um ímã. Compreenderam?

Jenna e Septimus concordaram em silêncio. Nenhum dos dois conseguia realmente acreditar que estavam prestes a entrar na muralha cambiante das **Trevas**, de livre e espontânea vontade. Tanto o **Disfarce das Trevas** de Septimus como a capa de bruxa de Jenna os protegiam dos pensamentos sedutores que atraíam as pessoas para dentro do **Domínio das Trevas**. Era estranho, pensou Jenna, que sua capa de bruxa lhe permitisse ver a verdadeira natureza do **Domínio das Trevas**: um apavorante manto do mal. Mais uma vez, eles trocaram olhares e entraram, atrás de Marcellus, no **Nevoeiro das Trevas**.

O **Disfarce das Trevas** de Septimus dava a impressão de ser uma segunda pele. Ele se movimentava com facilidade através do espesso **Nevoeiro das Trevas**, mas tanto Marcellus como Jenna lutavam. A capa de bruxa de Jenna lhe dava menos proteção – ela não a envolvia totalmente como o **Disfarce das Trevas** de Septimus e não chegava a ser tão poderosa. A capa de Marcellus lhe dava ainda menos proteção. Ele não mexia tanto com as **Trevas** quanto gostaria que as pessoas acreditassem que mexia. No entanto, qualquer resquício das **Trevas** oferece proteção num **Domínio das Trevas**; e Marcellus e Jenna avançavam com esforço, muito embora tivessem a impressão de que atravessavam um rio de cola e respiravam através de algodão. Ondas de cansaço abatiam-se sobre eles; mas pela força da vontade conseguiam continuar em frente.

Depois de alguns minutos, estancaram. Tinham chegado ao Caminho dos Magos. Marcellus espiou para fora, cauteloso. Olhou para a direita, para a esquerda e para a direita de novo, exatamente do jeito que Sarah olhava quando Jenna era pequena e elas atravessavam o Caminho. Naquela época, Jenna sabia o que Sarah estava tentando evitar, mas agora ela não fazia ideia do que Marcellus procurava ver... nem mesmo como ele tinha condição de enxergar alguma coisa. Marcellus acenou para que avançassem, e eles saíram do cânion para o Caminho dos Magos.

Não era um lugar agradável. O **Domínio das Trevas** parecia mais pesado ali e se movimentava em torno deles como um ser vivo. Às vezes, eles sentiam alguma coisa roçar neles; e uma vez o dedo de uma **Coisa** cutucou Marcellus, mas ele o afastou com uma maldição das **Trevas**, e a **Coisa** fugiu assustada. Prosseguiam pelo meio do Caminho e se concentravam em respirar devagar e com calma, inspirando e expirando, inspirando e expirando, enquanto seguiam a passos regulares pelo Caminho dos Magos tão conhecido, e no entanto agora tão estranho e amedrontador.

Enquanto avançavam, Septimus começou a ter uma forte sensação de que alguma coisa se aproximava, vindo por trás deles. Era um sentido que aprendera a desenvolver durante seus anos como Aprendiz, e sabia que era bom nisso. Lembrando-se do que Marcellus dissera, lutou contra o impulso de olhar para trás, mas não conseguiu se livrar da sensação de uma enorme criatura se abatendo sobre eles, veloz. Tão veloz que, se não saíssem da frente *agora*... Septimus deu um forte empurrão em Marcellus e Jenna – o que não era tão fácil num **Domínio das Trevas** – e saltou de lado.

Foi bem na hora. Um grande cavalo negro passou, trovejando, com os olhos arregalados e desvairados, a crina ao vento nas **Trevas** e Lucy Gringe agarrada a ele, dando berros mudos, apavorados.

A passagem de Trovão teve o efeito de abrir um caminho provisório através das **Trevas**. Marcellus recuperou-se de imediato e conduziu Jenna e Septimus pelo túnel em forma de cavalo que Trovão tinha aberto no negrume turbilhonante, por onde eles avançaram rapidamente. Para Marcellus e Jenna, foi um alívio estar livre do peso das **Trevas**, embora eles soubessem que não duraria muito – o espaço já estava sendo invadido por uma escuridão opaca. No final do túnel, eles podiam ver que Trovão tinha parado, e os sons de gritos abafados vinham chegando até eles.

– Mamãe... estou ouvindo *Mamãe* – arriscou-se Jenna a sussurrar empolgada para Septimus.

Septimus não sabia ao certo se era Sarah. Para ele, parecia mais ser Lucy Gringe, e havia também uma voz mais grave.

O túnel aberto por Trovão ia desaparecendo aos poucos, com a invasão do espaço por fiapos do **Nevoeiro das Trevas**, que iam entrando como a fumaça de um fogo queimando alguma imundície. Os sons no final do túnel foram se reduzindo até parecerem sussurros espectrais; mas, naqueles ecos distantes, Jenna tinha certeza de que ouvia a voz de Sarah. De repente, com grande reprovação por parte de Marcellus, ela saiu em disparada. Não conseguia tolerar que o som de sua mãe fosse mais uma vez engolido pelas **Trevas**. *Tinha* de alcançá-la dessa vez.

Jenna saiu voando ao longo do túnel, forçando Septimus e Marcellus a acompanhar a capa de bruxa em fuga, que se abria atrás de Jenna como uma enorme asa negra. Eles chegaram a uma cena que para Septimus não fazia nenhum sentido, e para Marcellus menos ainda.

De início, tudo o que Septimus conseguiu ver foi Trovão, batendo com os cascos e agitando a cabeça, revirando os olhos de um lado para o outro – um cavalo apavorado, louco para escapar.

Um homem o segurava pela crina e falava com ele em voz baixa, sem surtir muito efeito, ao que pareceu a Septimus. Do outro lado do cavalo, quase escondidas pelo corpanzil de Trovão e por sua manta estrelada, ele viu as botas pesadas e a bainha das vestes bordadas de Lucy Gringe. Viu depois a capa de bruxa de Jenna, com quatro pés saindo por baixo. E depois, quando Trovão fez um movimento brusco, viu Jenna. Ela estava nos braços de Sarah e tinha envolvido a mãe na sua capa como se nunca mais fosse soltá-la. Lucy também estava agarrada a alguém...

– Simon! – exclamou Septimus, abafando a voz. Ele se voltou para Marcellus. – Meu irmão. *Tinha* de ser. É claro que tinha. *Ele* está por trás de tudo isso. Era a isso então que sua carta assustadora se referia: *Cuidado com as* **Trevas**. Agora estou entendendo. Simon ouviu tudo o que ele disse.

– Não! – protestou ele. – Não é nada disso. *Não é.* Eu...

– Cala a boca, seu *asqueroso* – disse Septimus, com grosseria.

Marcellus não sabia o que estava acontecendo, mas sabia muito bem que no meio de um **Domínio das Trevas** não era um lugar adequado para uma discussão em família.

– Acredite em mim, isso não tem *nada* a ver comigo – disse Simon, meio implorando e meio furioso por ser mais uma vez responsabilizado por algo que não tinha feito.

– Mentiroso! – explodiu Septimus. – Como se atreve a vir aqui e...

– Cale-se, Aprendiz! – ordenou Marcellus, irritado.

Chocado por Marcellus, que sempre era de uma cortesia rigorosa, dirigir-se a ele nesses termos, Septimus parou no meio da frase.

Marcellus tirou proveito do silêncio decorrente da surpresa.
– Se vocês valorizam a própria vida, deverão, todos vocês, fazer o que eu disser – avisou ele, com grande autoridade. – Imediatamente.

Eles se deram conta do perigo que corriam. Todos – até mesmo Simon – fizeram que sim.

– Muito bem – disse Marcellus. – Jenna, você sabe aonde ir e por isso irá à frente com o cavalo. Vai ajudar, pois vocês dois limparão um pouco o ar. – Simon fez menção de protestar, mas Marcellus o impediu. – Se quiserem sobreviver, farão o que eu disser. Septimus, sua mãe está muito fraca; você vai ver que seu **Disfarce** se estende para cobrir duas pessoas. Ele a protegerá do pior que estiver por vir. Irei atrás com a mocinha e com Simon Heap, pois suponho que você seja ele. – Simon concordou em silêncio. – Avançaremos nessa formação: um, dois, três. É a maneira mais eficaz para atravessar qualquer viscosidade. Iremos em silêncio como se fôssemos um. Não pode haver discórdia. *Absolutamente nenhuma.* Fui claro?

Todos concordaram.

E assim, como gansos no inverno, eles partiram em sua formação em V: Jenna com Trovão, Septimus e Sarah Heap compartilhando o **Disfarce das Trevas**, seguidos por Marcellus, que tinha lançado sua capa em torno de Simon, de um lado, e Lucy, do outro.

Quando partiram, Jenna murmurou seu destino. Não sabia por que fizera isso, mas, assim que o fez, ela se sentiu segura de que encontraria o caminho. Saiu depressa do Caminho dos Magos e entrou nos becos que os levariam à entrada mais próxima para os Emaranhados. Imersa no **Nevoeiro das Trevas**, Jenna descobriu que o silêncio lhe era conveniente. Ele permitia que ela se concentrasse; e havia alguma coisa em sua capa de bruxa que lhe dava uma sensação de segurança em meio ao perigo que os cercava. Ela avançava com facilidade através das **Trevas** e, quando olhou de relance para ver se todos ainda a acompanhavam, viu que, como Trovão, ela abria caminho para os que vinham atrás. Não foi a primeira vez que se assombrou com os poderes de sua capa.

Naquela noite terrível, não houve ninguém no Castelo que atravessasse o **Nevoeiro das Trevas** com nada que chegasse perto da despreocupação de Jenna. Sua felicidade por encontrar Sarah em segurança dominava tudo. Ela mal se importava com o **Domínio das Trevas** ou com o súbito e suspeito aparecimento de Simon. Estava de novo com sua mãe, e isso era tudo o que importava.

E todos os trajetos que tinha aprendido para seu Certificado Extramuros dos Emaranhados, tantos anos atrás, levavam ao lugar exato para onde ela agora se encaminhava: A Grande Porta Vermelha, Travessa do Vai e Vem.

╫20╫
A Grande Porta Vermelha

O **Domínio das Trevas** parava nos Emaranhados.
Tinha se apagado aos poucos. De início eles ouviram o som dos cascos de Trovão, abafados e distantes, mas ficando mais altos a cada passo. Sombras enevoadas começaram a apresentar formas reconhecíveis: Lucy primeiro ouviu e depois viu o sapato mutilado de Marcellus estalando nas pedras do calçamento. Mas eles perceberam que tinham chegado ao limiar quando puderam por fim avistar o bruxuleio de um archote ao longe.
Quando saíram do **Nevoeiro das Trevas**, eles se encontravam num beco não longe do Ponto dos Bolos de Ma Custard. Com a sensação de que um peso enorme fora tirado de seus ombros, todos trocaram olhares preo-

cupados, embora somente Lucy e Sarah encarassem os olhos de Simon Heap. Ninguém falou.

Livre do **Nevoeiro das Trevas**, Trovão bufou e quis se afastar de Jenna. Enquanto ele voltava ruidoso para o lado de seu dono, Jenna o soltou e, para sua surpresa, viu um rato agarrado à sua crina.

– Stanley? – disse ela, mas o rato não respondeu. Seus olhos estavam bem fechados, e ele murmurava alguma coisa que parecia ser "Rato burro, burro, *burro*". Jenna achou que ele não parecia feliz.

Marcellus olhava ansioso ao redor. O limiar de um **Domínio das Trevas** não era um lugar para se relaxar – era ali que seus batedores faziam patrulha, ampliando suas fronteiras, puxando o **Domínio** sempre para mais adiante. Ele pôs um dedo na frente da boca pedindo silêncio; e, revertendo ao que Septimus chamava de Fala Antiga, como fazia quando estava um pouco tenso, sussurrou para Jenna.

– Aonde vais agora, Princesa?

Jenna apontou para o archote solitário que iluminava a entrada dos Emaranhados para a qual ela vinha se dirigindo – um arco em ruínas, coberto de hera e de uma planta de flores roxas que crescia em muros não cuidados do Castelo. No rigor do inverno, as flores roxas já tinham sumido havia muito tempo, mas os galhinhos lenhosos da planta pendiam ali e roçaram na cabeça deles quando eles passaram pelo velho arco de pedras, penetrando no silêncio daquela parte esquecida dos Emaranhados.

– Ue ehl oçedarga. Rovaf es-rariter – murmurou Septimus enquanto se ocupava em devolver o **Disfarce das Trevas** para seu lugar no isqueiro. O **Disfarce** dobrou-se, solícito como seu Camundongo Doméstico, e fino como papel de seda. Ele fechou bem a tampa e guardou a caixinha no seu bolso mais fundo, junto da preciosa chave do Calabouço Número Um.

– Vou instalar um **Bloqueio de Proteção** no arco – disse ele. – Pelo menos vai manter as **Trevas** do lado de fora um pouquinho mais.

– Não, Aprendiz – discordou Marcellus. – Não podemos deixar nenhuma pista de que passamos por aqui. Devemos deixar tudo como encontramos.

Fora do **Domínio das Trevas**, o grupo dividiu-se em suas afinidades naturais, o que significava que Septimus e Simon ficaram à máxima distância possível um do outro. Marcellus e Septimus iam à frente. Simon, com Lucy agarrada de um lado e Sarah do outro, ficou para trás, cuidando de Trovão, para esconder seu constrangimento por estar perto de Jenna e Septimus. Jenna adejava entre os dois grupos como um ímã, atraída pela presença da mãe e repelida pela de Simon. Por fim, depois de dois erros no percurso, Jenna juntou-se a Marcellus e Septimus para voltar a mostrar o caminho.

Naquela noite, os Emaranhados eram um lugar estranho. Normalmente, na Noite Mais Longa do Ano, havia ali uma atmosfera festiva. Portas escancaradas revelariam salas acolhedoras com velas acesas e mesas cheias de gostosuras da Feira dos Mercadores. Os adultos ficavam sentados conversando com amigos enquanto as crianças, com permissão para ir dormir tarde e correr à vontade, brincavam nos corredores. Era sempre uma ocasião barulhenta e agitada, estimulada por travessas de biscoitos açucarados e cumbucas de doces que, segundo a tradição, eram deixadas ao lado das numerosas velas apoiadas em qualquer ressalto livre nos corredores. Contudo, enquanto Jenna seguia pelos corredores vazios, os únicos sons que ouvia eram os de conversas preocupadas, baixas, que escapavam através de portas fechadas, e um ou outro choramingo de uma criança decepcionada. Pareceu a Jenna que todos estavam esperando que caísse uma tempestade violenta.

Mas, apesar da impressão de ansiedade geral, as velas ainda lançavam sua luz aconchegante nos corredores recém-varridos e as cumbucas de biscoitos e doces estavam intactas em seus nichos, embora não por muito tempo. Jenna, que não tinha comido nada desde a "Edificação" com Besouro, avistou seus biscoitos preferidos de coelhinhos com glacê cor-de-rosa e pegou um punhado. Septimus ficou especialmente feliz de encontrar uma cumbuca inteira de Ursos de Banana, e até mesmo Marcellus permitiu-se um pequeno caramelo.

E assim eles prosseguiram pelos corredores desertos, com os cascos de Trovão ressoando no piso. O som dos cascos levou um rosto ou dois a espiar com preocupação pelas pequenas janelas, iluminadas por velas, que davam para o corredor; e uma vez ou duas uma porta ficou aberta não mais que cinco centímetros enquanto alguém olhava assustado lá para fora. Mas a porta era logo fechada com violência, e as velas, rapidamente apagadas. Ninguém pareceu se sentir tranquilo ao ver o Aprendiz ExtraOrdinário na companhia de uma bruxa, de um antigo Alquimista e daquele rapaz Heap, que tinha caído em desgraça. Como era mesmo o nome dele?

Pensando em Trovão, Jenna conduziu-os acima pelo que era conhecido como caminho de trole: um corredor inclinado, sem degraus. Os caminhos de troles eram mais compridos, embora nem sempre mais largos, que os corredores normais, que costumavam ter escadas muito íngremes. Naturalmente, eles eram projetados para troles – um elemento da rotina diária da vida nos Emaranhados e equipamento essencial para as pessoas que moravam nos andares mais altos. O termo "trole" cobria uma quantidade de carrinhos providos de rodas, sendo que o número de rodas variava entre duas e seis. Aqueles que moravam nos andares inferiores consideravam-nos o tormento da vida nos Emaranhados, principalmente altas horas da noite, quando grupos de adolescentes rebeldes os levavam até o alto do caminho de trole mais íngreme e se atiravam através dos diversos andares. Os de duas rodas eram os mais populares para esse esporte, já que eram mais fáceis de guiar e tinham a vantagem de permitir que os cabos fossem usados como freios se a pessoa se inclinasse para trás no momento exato. Naquela noite, porém, não havia o menor perigo de um atropelamento por um trolista aos berros de "*Sai! Sai!*" como aviso. Todos os trolistas estavam atrás de portas fechadas, receosos, chateados e tendo de ser gentis com tias que estavam de visita – enquanto elas sentiam-se profundamente arrependidas da decisão de vir ao Castelo para as festividades da Noite Mais Longa do Ano.

Com os cascos de Trovão resvalando na superfície gasta dos tijolos do piso, o grupo conseguiu escalar a rampa final e de longe a mais íngreme de todas, saindo agradecido para um largo corredor conhecido no local como Grande Bertha. Grande Bertha percorria, sinuoso, o alto dos Emaranhados, como um rio preguiçoso, e dele saíam muitos corredores-afluentes. Essa era uma das áreas de mais difícil compreensão nos Emaranhados. Alguns dos corredores eram sem saída, mas não pareciam, ao passo que outros pareciam não ter saída, mas tinham. Em sua maioria, eles se retorciam e descreviam curvas de um modo que desnorteava até mesmo o viajante mais experiente.

Mas Jenna tinha tirado a nota máxima em seu Certificado dos Emaranhados; e agora seus conhecimentos vinham a calhar. Segurando na mão a chave da Grande Porta Vermelha como se fosse uma bússola, ela atravessou Grande Bertha direto para entrar num corredor que parecia ser sem saída, mas não era. A parede dos fundos era uma divisória, que escondia a entrada de outros dois corredores. Jenna acompanhou a parede, que exibia uma fileira de potes multicoloridos, cada um com uma vela alta e fina enfiada num monte de balas, e pegou a entrada da direita. Era uma esquina apertada, e Trovão teve alguma dificuldade para passar. Jenna perguntou-se se Trovão não ficaria assustado com o recinto muito estreito; mas, para um cavalo que um dia morara numa Toca de Lagarto da Terra, os corredores dos Emaranhados eram sem dúvida arejados e espaçosos.

A passagem levava a um Pátio do Poço – um espaço circular, com abertura para o céu. No centro havia um poço, protegido por uma mureta baixa e uma tampa de madeira, na qual se encontravam três baldes de tamanhos variados. Acima do poço havia um complicado sistema de roldanas que permitia que baldes pesados fossem erguidos com facilidade da enorme cisterna de água doce, construída por dentro dos alicerces dos Emaranhados. Archotes de junco lançavam um clarão aconchegante sobre as pedras úmidas e lisas, que guardavam calor suficiente para derreter um ou outro floco de neve que descesse até ali. Embutidos nas paredes curvas havia uns bancos bem gastos, de pedra, nos quais tinham sido deixados potes com velas e balas envoltas em papel, que davam ao Pátio do Poço um ar festivo. Mas mesmo esse popular ponto de encontro estava deserto, como todas as outras áreas públicas.

Jenna esperou junto do poço até que todos a alcançassem. Ela atraiu o olhar de Sarah e sorriu, na esperança de que Sarah reconhecesse o lugar onde costumava pegar água e passar muitas horas batendo papo com as vizinhas. Mas, para desalento de Jenna, o olhar que Sarah lhe lançou não tinha nenhuma expressão.

– Estamos quase chegando – disse Jenna, tentando manter-se animada.

– Ei, Jens, lembra quando você deixou seu ursinho cair no poço e eu o pesquei com um balde? – perguntou Simon.

Jenna fingiu que não ouviu. Ela achava que Simon não tinha direito de usar o antigo nome pelo qual costumava chamá-la antes de sequestrá-la e planejar matá-la. Absolutamente nenhum direito. Ela deu meia-volta e partiu decidida por um estreito corredor caiado, ladeado por uma série de velas multicores. Daí a mais ou menos um minuto o grupo entrou mais uma vez no Grande Bertha, evitando uma longa volta. Fizeram mais uma curva e em seguida Jenna desceu por uma viela larga, que se autodenominava Travessa do Vai e Vem. Em instantes, ela estava parada diante da porta do lugar onde tinha passado os dez primeiros anos de sua vida.

Estava diferente. Não mais de um preto lúgubre e arranhado, a porta agora estava pintada de um vermelho vivo e brilhante, exatamente como era naquilo que as pessoas ainda chamavam de Bons Tempos de Outrora. Jenna segurava a chave preciosa, com a qual ela se lembrava de ver Silas trancar a porta todas as noites e que, no resto do tempo, ficava pendurada num gancho alto na chaminé. Ninguém, a não ser Silas ou Sarah, tinha permissão de tocar na chave porque – como Silas informara a todos uma noite quando o gancho se soltou da parede e Maxie escondeu a chave por baixo de sua manta – ela era um bem precioso da família Heap. A Grande Porta Vermelha, completa com fechadura e chave (com a inscrição *Benjamin Heap* na cabeça), era a única herança que o pai deixara para Silas.

Jenna sabia exatamente o que fazer com a chave. Ela a entregou a Sarah.

— Você abre, Mamãe.

Sarah pegou a chave e ficou olhando para o objeto. Ansiosa, Jenna observava Sarah. Levantou o olhar e viu que todos também observavam. Até mesmo Marcellus. Pareceu que Sarah Heap passou uma eternidade olhando para a grande chave de latão na palma da sua mão. Depois, muito lentamente, o reconhecimento surgiu nos olhos de Sarah, e os cantos de sua boca estremeceram com o início de um sorriso.

Sarah enfiou hesitante a chave na fechadura. A porta reconheceu Sarah; quando ela começou a girar a chave quase sem forças, a fechadura completou o movimento por ela, e a porta se abriu.

╬ 35 ╬
A Noite Mais Longa do Ano

Uma grande variedade de animais passara algum tempo – às vezes a vida inteira – no aposento atrás da Grande Porta Vermelha, mas Trovão era o primeiro cavalo a entrar lá. Uma vez Sam tinha trazido um bode, mas só por alguns segundos. Naquela época, Sarah Heap não admitia *criaturas com cascos* dentro de casa. Dessa vez, porém, Sarah não via problema algum nos cascos. Ela estava perfeitamente feliz por ter um enorme cavalo negro em pé no canto enquanto seu filho Simon o alimentava com umas maçãs murchas que tinha encontrado numa tigela no chão.

Sarah estava assombrada com a transformação de sua antiga casa. Enquanto olhava ao redor, absorvendo todas as mudanças que Silas fizera em segredo durante o ano anterior, lembranças felizes lhe voltavam em uma enxurrada e começavam a desalojar o peso e o abatimento que as **Trevas** tinham deixado em seu íntimo. *Agora* ela compreendia por que Silas estava sempre sumindo.

Nem Jenna nem Simon tinham voltado à sua antiga casa desde a saída apressada dali no dia do décimo aniversário de Jenna, e agora eles mal reconheciam o lugar. Tinham desaparecido as pilhas de livros, coisas acumuladas, roupas de cama e "bagunça" geral doméstica, como Silas dizia. Agora havia fileiras de estantes organizadas, embora de fabricação caseira – com todos os livros de **Magya** que Silas conseguira salvar, escondendo-os no sótão. A lareira na chaminé central tinha sido varrida e suprida com achas grandes. As panelas penduradas na chaminé estavam limpas e arrumadas por ordem de tamanho. O assoalho gasto de madeira fora coberto com tapetes (alguns dos quais Jenna reconhecia do Palácio), e havia almofadas espalhadas, prontas para as cadeiras que Silas planejava fazer.

Para Septimus foi estranha a sensação de estar exatamente no local onde tinha nascido e no qual não passara mais do que as primeiras horas de sua vida. Ele ficou parado, sem jeito, na soleira da porta. Viu Simon com o braço em torno de Lucy mostrando a ela alguma coisa através da janela de caixilhos que dava para o rio; e percebeu por que se sentia tão pouco à vontade. Simon estava em casa. Esse era o chão dele. Era ele, Septimus, que era o intruso ali.

Sarah Heap viu seu filho caçula no vão da porta, dando a impressão de que estava esperando ser convidado a entrar. A visão dele expulsou da sua cabeça os últimos resquícios das **Trevas**. Ela se aproximou de Septimus e pôs um braço em torno dos seus ombros.

– Seja bem-vindo à sua casa, meu amor. – Sarah puxou-o para dentro e fechou a porta.

Um sentimento estranho avolumou-se dentro de Septimus – ele não sabia se queria rir ou chorar. Mas sabia que um peso que vinha carregando nos ombros, sem nem mesmo perceber, tinha de repente desaparecido. Era verdade – esta era sua casa.

A Noite Mais Longa do Ano avançava. Fora dos Emaranhados, o **Domínio das Trevas** ia se fortalecendo à medida que se espalhava pelo Castelo, extraindo energia de todos os que estavam presos dentro dele. Os únicos espaços que se mantinham livres eram a Torre dos Magos, protegida por seu deslumbrante **Escudo de Proteção**; a Câmara Hermética **Lacrada**, na qual Besouro estava sentado como uma borboleta num casulo; uma minúscula **Câmara de Segurança** nas profundezas do Gothyk Grotto... e os Emaranhados.

Os Emaranhados eram habitados havia muito tempo. A construção remontava à época em que muitos moradores do Castelo praticavam um pouco de **Magya** como amadores; e por isso havia grande quantidade de resquícios de **Bloqueios de Proteção, Protetores de Passagens, Bênçãos, Lares Felizes** e todos os tipos de encantamentos positivos ainda pairando em torno das entradas. A **Magya** era fraca, mas seu efeito cumulativo ao longo dos anos tinha impregnado as velhas pedras e era suficiente para deter o **Domínio das Trevas** em cada arco, portão, porta e janela que dava acesso aos Emaranhados. Não era, porém, forte o suficiente para resistir ao ataque implacável que agora tinha início.

No arco coberto de hera perto da loja de Ma Custard – e em toda e qualquer entrada dos Emaranhados – a sombra esfarrapada de uma **Coisa** adiantou-se, saindo do **Domínio das Trevas**. A **Coisa** entrou pelo arco, abrindo o caminho à força através dos antigos ecos de **Magya**. Com ela seguiram os primeiros fiapos de **Trevas**, apagando o primeiro archote de junco com um chiado suave, à medida que entravam em remoinhos pelo corredor. A **Coisa** – que por acaso era aquela que Cospe-Fogo tinha atirado no rio – seguia pingando pelas lajes de pedra, fazendo com que velas bruxuleassem e se apagassem; puxando atrás de si o negrume turbilhonante. À medida que passava por quartos e apartamentos, o **Domínio das Trevas** se insinuava, sorrateiro, por baixo das portas e através do buraco de fechaduras, e as vozes temerosas ali dentro se calavam. Às vezes, havia um berro ou um grito de alegria quando alguém imaginava estar prestes a encontrar algum amor perdido havia muito tempo, mas esses logo cessavam e eram seguidos de silêncio.

* * *

No andar mais alto da parte mais antiga dos Emaranhados, no aposento por trás da Grande Porta Vermelha, Sarah Heap estava se preparando para um cerco. Contra os protestos de todos, ela estava pronta para ir buscar água no Pátio do Poço.

— Eu vou com você — disseram Septimus e Simon ao mesmo tempo, e depois se encararam com raiva.

Sarah olhou para o filho mais velho e para o mais novo.

— Vocês *dois* podem vir, mas não quero que impliquem um com o outro daqui até o Pátio do Poço e na volta — disse ela, séria. — Entenderam?

Com um grunhido, Septimus e Simon concordaram e logo amarraram a cara, irritados por terem dado uma resposta tão semelhante.

Acompanhada de um lado pelo filho mais velho e do outro pelo caçula, ambos mais altos que ela, Sarah partiu pelo percurso tão conhecido até o poço. Enquanto andava entre os dois, seguindo depressa pelos corredores silenciosos, ela mal podia acreditar no que estava acontecendo. Todos os seus sonhos estavam se realizando. Não fazia diferença que seus filhos se recusassem a falar um com o outro, ou que coisas terríveis estivessem acontecendo no Castelo naquele instante — que sem dúvida logo os alcançariam também. Por alguns minutos preciosos, ela tinha seus garotos de volta. Não todos, era verdade, mas estava exatamente com os dois que tantas vezes tinha perdido a esperança de voltar a ver — e na realidade acreditara que estavam mortos.

O instante de contentamento de Sarah não durou muito. Quando percorriam o caminho de volta do Pátio do Poço, cada um carregando dois baldes pesados, cheios de água, viram uma vibração no ar, denunciadora das **Trevas**, surgir na esquina distante do Grande Bertha. Entraram apressados na Travessa do Vai e Vem, e a Grande Porta Vermelha se escancarou. Entraram correndo e a porta imediatamente se fechou com violência. Sarah enfiou a chave na fechadura e a girou.

– Ela precisa de um **AntiTrevas** – disse Septimus. – Vou fazer um.

Sarah não gostava de **AntiTrevas**. Tinha sido criada numa família que continha tanto bruxas como magos, e não lhe agradava ouvir a palavra "**Trevas**" pronunciada dentro de casa, mesmo quando vinha associada à palavra "Anti". Sarah era adepta da opinião das bruxas a respeito de palavras – *um fato que se nomeia é um fato que se atrai*.

– Não, obrigada, meu amor – disse ela. – Não precisamos disso para estar em segurança. A porta tem sua própria **Magya**.

Marcellus, que vinha se sentindo bastante inútil desde que chegaram ao aposento, teve o prazer de dar um conselho.

– Precisamos de toda a proteção possível, sra. Heap. Meu Aprendiz tem razão.

Tanto Simon como Sarah lançaram um olhar de interrogação para Marcellus.

– *Seu* Aprendiz? – perguntou Sarah.

Marcellus decidiu – como Septimus teria dito – *não cair nessa*.

– Eu ousaria dizer que um **AntiTrevas** pode ser essencial para nossa sobrevivência.

– É verdade – disse Simon, sem conseguir mais se conter. – Precisamos de um **AntiTrevas** fluido associado a um **Bloqueio de Proteção** poderoso. Assim que estiverem instalados, devemos aplicar uma **Camuflagem** eficaz. *Isso* é importantíssimo.

Septimus bufou, com zombaria. Será que Simon realmente esperava que ele aceitasse o conselho da própria pessoa que tinha provocado tudo aquilo?

Simon entendeu mal a zombaria de Septimus. E tentou explicar:

– Olhe, você pode fazer o mais poderoso **AntiTrevas** do mundo inteiro, mas ele de nada adiantará se for visível. Um **Domínio das Trevas** vai simplesmente atacá-lo até sumir. E, mais cedo ou mais tarde, ele vai sumir. Confie em mim. Eu sei.

– Confiar em *você*? – explodiu Septimus, preocupado com o fato de ter realmente concordado com tudo o que Simon dissera.

– Você deve estar brincando.

A discussão continuou.

Sarah tentou não se importar com os dois filhos. Queria que eles resolvessem o assunto entre si; e esperava que o conhecimento de que um **Domínio das Trevas** se aproximava os ajudasse a se concentrar. Ela se ocupou verificando todos os alimentos secos e em conserva que Silas tinha estocado na despensa e mandou que Septimus e Simon *parassem de implicar* um com o outro. Acalmou

Trovão soprando no seu focinho e murmurando coisas para ele; e disse a Septimus e Simon que não queria saber de *nenhum tipo de discussão sobre nenhum assunto.* Começou a varrer um pouco das aparas de madeira que Silas tinha deixado para trás; e mandou Jenna *não se meter na briga dos outros.* Disse a Lucy para *deixar Jenna em paz.* E em seguida, quando pareceu inevitável uma briga de verdade, com Jenna e Septimus de um lado e Simon e Lucy do outro, a paciência de Sarah esgotou-se.

– *Parem,* vocês todos! – gritou ela, batendo com a ponta da vassoura no chão. – Parem com isso *agora!*

A confusão junto da porta parou, e todos olharam surpresos para Sarah.

– Não vou tolerar *nenhuma* palavra de raiva neste aposento, estão entendendo? – disse-lhes Sarah. – Não me importa o que algum de vocês possa ter feito no passado. Não me importa o quanto vocês tenham sido burros, equivocados ou simplesmente maus... e alguns de vocês foram tudo isso. Nada disso me importa, porque vocês são meus filhos. *Todos* vocês. E, sim, Lucy, agora isso inclui você também. Não importa o que qualquer um de vocês tenha feito; por mais que tenham se ferido no passado, enquanto estiverem aqui dentro, vão deixar tudo de lado e vão se comportar uns com os outros como irmãos e irmãs. *Fui clara?*

– Falou muito bem – murmurou Marcellus.

Jenna, Septimus, Simon e Lucy pareciam perplexos. Envergonhados, eles concordaram em silêncio. Simon e Lucy foram se sentar diante do fogo, deixando que Septimus fizesse o **AntiTrevas** a seu próprio modo, que Simon percebeu que era o modo como *ele mesmo* faria.

Jenna foi até a janela. Um rato atipicamente calado, sentado no peitoril, olhava lá para fora.

– Olá, Stanley – disse ela.

– Olá, vossa Majestidade – respondeu Stanley, com um forte suspiro.

Jenna acompanhou o olhar dele na direção do rio. Do outro lado da água, as luzes da Taberna do Linguado Delicioso mal podiam ser vistas através das árvores; e lá embaixo o rio passava lentamente, uma fita da cor de índigo.

– Está limpo para aquele lado – disse Jenna. – Não é lindo? Nada das **Trevas**.

– É só uma questão de tempo – respondeu Stanley, abatido.

O estalo de um sapato mutilado soou ali atrás, e Marcellus veio se juntar a eles perto da janela.

– Não é bem assim – disse ele. – Um **Domínio das Trevas** não ultrapassa água corrente, muito menos aquela que sofre a influência das marés da lua.

– É mesmo? – perguntou Jenna. – Quer dizer que ali fora, tudo que estiver do lado de fora desta janela estará a salvo?

Marcellus deu uma espiada lá para baixo. Era uma queda vertical direto até a beira da água.

– Creio que sim – disse ele. – Aqui o rio passa bem perto.

Jenna era especialista nisso. Tinha observado o rio de sua própria janelinha no armário desde suas lembranças mais antigas.

– Ele chega direto junto da muralha – disse ela. – Não há margem, só alguns cais flutuantes para atracar barcos.

– Então, não há nenhum lugar aonde o **Domínio** possa ir – disse Marcellus.

– Nesse caso – disse Stanley, que vinha escutando com enorme interesse –, vou me mandar.

– *Vai mesmo?* – perguntou Jenna.

– Preciso ir, vossa Majestade. Tenho quatro ratinhos lá fora, sozinhos, sem ninguém. Quem sabe o que está acontecendo com eles?

– Mas como você vai descer? – Jenna olhou pela janela. Era uma descida e tanto.

– Um rato tem seus recursos, vossa Real Personagem. Além do mais, creio que estou vendo uma calha. Se quiser fazer a gentileza de abrir a janela para mim, vou embora.

Jenna olhou para Marcellus com ar interrogativo.

– É seguro abrir a janela? – perguntou ela.

– É, Princesa, pelo menos por enquanto. É claro que não sabemos o que poderá escorrer do telhado mais tarde. Se o rato precisa ir, é melhor ir agora.

Stanley aparentou alívio.

– Se o senhor fizer as honras, irei imediatamente – disse ele.

– Que honras? – disse Marcellus, sem entender.

– Ele quer dizer abrir a janela – explicou Jenna, que tinha passado tempo suficiente com Stanley para poder ser sua intérprete.

Marcellus entreabriu a janela, e uma rajada de ar puro e frio entrou no aposento.

— O que você está *fazendo*? — gritou Sarah, horrorizada. — Vai deixar tudo entrar. Feche a janela agora!

Depressa o rato pulou para o peitoril e olhou para baixo, tentando calcular a melhor forma de descer pelo paredão vertical dos Emaranhados.

— Stanley, por favor, você poderia... — começou Jenna, enquanto Sarah vinha atravessando a sala correndo, ainda segurando a vassoura.

— Eu poderia *o quê*? — perguntou Stanley, nervoso, vigiando Sarah com a suspeita de um rato acostumado a encrencas com vassouras.

— *Procurar Nicko*... Nicko Heap, no estaleiro de Jannit. Diga a ele o que está acontecendo. Diga onde nós estamos. Por favor!

Sarah bateu a janela com violência.

Jenna viu, do outro lado do vidro, a boquinha de rato de Stanley se abrir muito com o susto quando ele despencou na escuridão.

— Mamãe! — gritou Jenna. — O que você está fazendo? Você *matou* Stanley.

— Melhor um rato que todos *nós*, Jenna — disse Sarah. — Seja como for, vai dar tudo certo para ele. Os ratos sempre caem em pé.

— Isso é para *gatos*, Mamãe, não para ratos. Ai, coitado do Stanley! — Jenna olhou lá para baixo, mas não conseguiu ver sinal dele em parte alguma. Suspirou. Não entendia sua mãe. Não entendia mesmo. Sarah não hesitava em fazer um rato cair das alturas para a morte; e, no entanto, arriscava a própria vida por uma pata.

— Ele vai encontrar alguma coisa à qual se agarrar, Princesa — disse Marcellus. — Não se preocupe.

— Espero que sim — disse Jenna.

A expulsão de Stanley deixou todos perturbados, inclusive Sarah. Não tinha sido sua intenção que o rato caísse. Em seu pânico para fechar a janela, não percebera que Stanley estava do *lado de fora*. Mas Sarah não ia admitir. Precisava manter a situação sob controle; e se as pessoas achassem que era durona o suficiente para jogar um rato para uma possível morte, isso não era tão ruim assim.

Sarah tratou de organizar todos eles, e logo havia um fogo aceso e o aroma de um ensopado borbulhando no caldeirão suspenso acima dele. Um ensopado, percebeu Lucy, tão diferente do que sua mãe fazia a ponto de merecer outro nome. Ao se lembrar de sua mãe, Lucy suspirou. Ela mal se atrevia a pensar no que estava acontecendo a seus pais naquele instante... ou a Rupert no estaleiro. Na realidade, era tudo tão assustador que Lucy quase não se atrevia a sequer pensar. Ficou ali sentada junto de Simon, ao lado do fogo, abraçada com ele. Pelo menos, por mais machucado e surrado que estivesse por conta da **Busca**, Simon estava em segurança.

Simon puxou Lucy mais para perto de si.

— Está tudo bem com eles, Lu — disse ele. — Não se preocupe.

Mas Lucy estava preocupada, sim. Bem como todos os outros por trás da Grande Porta Vermelha.

⊹➤36⬅⊹
LÁ FORA

A queda de Stanley foi a maior que ele já tinha sofrido até então. A vida de um rato era arriscada, especialmente a de um Rato Mensageiro, e Stanley já caíra de cima de muitas coisas antes, mas nunca de uma altura como a do último andar dos Emaranhados. Com toda a certeza, ele nunca tinha sido empurrado.

É provável que o empurrão tenha sido sua salvação. Stanley estava tão relaxado ao ser lançado no espaço que foi uma enorme surpresa ele de repente se descobrir em pleno voo. Foi assim que seus ossinhos de rato não se partiram em pedaços, como poderia ter acontecido se seus músculos estivessem retesados à espera da morte, quando ele bateu num dos muitos arbustos mirrados que cresciam a partir das muralhas dos Emaranhados; quicou, caiu mais três metros e foi parar, por muita sorte, num primo maior do arbusto anterior. Atordoado, Stanley ficou ali, escutando o som dos galhos desfolhados pelo inverno, rachando aos poucos com o peso dele.

No entanto, o último estalo do galho deixou o rato um pouco tenso. Ele de repente girou e caiu como um osso quebrado; e, bem a tempo, Stanley deu um salto perfeito para uma pedra grande que se projetava a partir da muralha. Suas garras longas e delicadas penetraram na alvenaria; e, muito devagar, o rato começou o que mais tarde descreveria (muitas vezes) como sua descida controlada.

Naquele ponto, as muralhas dos Emaranhados desciam direto até o rio, mas, por sorte, lá longe no Porto a maré estava baixando; e, mesmo à distância em que ficava o Castelo, o rio era afetado pelas marés. No final de sua descida controlada, Stanley foi se agarrando aos grandes blocos de pedra verde lodosa que formavam o alicerce dos Emaranhados (e passavam a maior parte do tempo debaixo d'água), escorregou dali e caiu na lama da beira do rio, emitindo um leve *chape*.

O rato começou então seu longo percurso de volta para casa. Contornou as muralhas do Castelo, pulando para a margem do rio quando podia; quando não podia, saltando por cima de pedras, cascos apodrecidos de barcos e baixios enlameados. Foi uma viagem sombria e eventualmente assustadora. Uma vez, Stanley pensou ter ouvido um rugido distante que vinha de muito longe, no interior do Castelo, e o som o perturbou. Mas, como não se repetiu, ele começou a achar que tinha sido sua imaginação. À medida que avançava, Stanley não conseguia deixar de olhar para o alto, para o Castelo, procurando ver uma janela iluminada que lhe desse mais ânimo. Mas não havia nenhuma. Ele tinha deixado a única muito para trás, e começou a se perguntar se até mesmo aquela não estaria agora em **Trevas**. A escuridão assustou Stanley. Ele nunca tinha prestado muita atenção às luzes do Castelo. Os ratos não compreendiam o amor dos humanos pela luz e pelas chamas. Eles preferiam as sombras, onde podiam correr sem serem vistos. A luz significava perigo e geralmente alguém armado com uma vassoura... ou coisa pior. Mas naquela noite Stanley começou a valorizar o amor humano pela luz. Enquanto seguia saltitando por mais um trecho de lama grudenta, com cheiro de peixe, ele se deu conta de que, no passado, quando olhava para o alto e via luzes nas janelas, sabia que, por trás de cada vela tremeluzente, havia a pessoa que a acendera – alguém que estava naquele aposento, ocupando-se à luz da vela. Stanley concluiu que a luz significava *vida*. Agora, porém, com todas as janelas escuras, a impressão era de que o Castelo não possuía qualquer vida humana. E sem os humanos, o que há de fazer um rato?

E assim foi um rato cheio de premonições que acabou escalando a parede externa da Torre de Atalaia do Portão Leste – sede do Serviço de Ratos Mensageiros e morada de Stanley e seus quatro ratinhos adolescentes. Stanley espiou o interior pela pequena janela, estreita como uma seteira, e não viu nada. Mas sentiu o cheiro de algo. Seu delicado olfato de rato farejou as **Trevas** – um cheiro azedo, estragado, com um toque de abóbora queimada –, e ele percebeu que chegara tarde demais. O **Domínio das Trevas** tinha invadido seu lar, e em algum lugar lá dentro estavam os quatro ratinhos órfãos, que Stanley amava mais do que qualquer coisa neste mundo.

Florence, Morris, Robert e Josephine – conhecidos por todos, menos por Stanley, como Flo, Mo, Bo e Jo – aos olhos de qualquer outro rato não passavam de quatro filhotes adolescentes, magricelas e desengonçados; mas para Stanley eram a própria perfeição. Eles tinham não mais que poucos dias de vida quando ele os encontrara num buraco no muro do Caminho de Fora. Stanley – que nunca nem de longe tinha se interessado por bebês – recolheu os ratinhos cegos e ainda sem pelos e os levou para casa na Torre de Atalaia do Portão Leste. Ele os amara como se fossem seus; os alimentara, catara suas pulgas, se preocupara com eles quando saíram pela primeira vez sozinhos em busca de comida; e recentemente tinha começado a lhes ensinar os conhecimentos básicos de um Rato Mensageiro. Eles eram toda a sua vida – eram o futuro brilhante e feliz do Serviço de Ratos Mensageiros. E agora haviam desaparecido. Stanley deixou-se cair da janela, totalmente desconsolado.

– Ai! Cuidado, Papai! – guinchou um rato jovem.

– Robert! – disse Stanley, abafando um grito. – Ai, graças a Deus... – Estava dominado pela emoção.

– Cara, você é pesado. Está esmagando meu rabo – disse Bo, grosseiro.

— Desculpa. — Stanley mudou de lugar com um gemido. Estava ficando velho para cair trinta metros e não perceber os efeitos.

— Tudo bem com você, Papai? — perguntou Flo.

— Onde você estava? — Essa veio de Jo.

— *Ai, Papai!* Achamos que você tinha sido apanhado. — Um abraço apertado de Mo, sempre o mais emotivo, fez o mundo de Stanley parecer bem de novo.

Os cinco ratos ficaram sentados ali, abatidos, enfileirados no Caminho de Fora, que não era mais do que um ressalto estreito abaixo da Torre de Atalaia do Portão Leste. Stanley contou-lhes os acontecimentos das últimas horas.

— A situação é péssima, não é, Papai? — perguntou Mo um pouco depois.

— Não parece boa, não — disse Stanley, entristecido. — Mas, segundo aquele camarada alquimista, não vai acontecer nada com a gente aqui. Estamos do lado de fora das muralhas. Eu me preocupo é com todos aqueles ratos presos no Castelo, coitados.

— Ele suspirou. — E eu mal tinha acabado de completar a equipe para o Serviço.

— Então para onde vamos agora, Papaizão? — perguntou Bo, chutando as pedras com impaciência.

— Para lugar nenhum, Robert, a menos que você queira atravessar o Fosso a nado. Vamos ficar sentados aqui a noite inteira e ver o que a manhã nos traz.

— Mas está tão *frio,* Papai — disse Flo, olhando tristonha para os minúsculos flocos de neve que caíam.

— Não estamos enfrentando nem a metade do frio que está fazendo dentro do Castelo, Florence — disse Stanley, severo. — Está faltando uma pedra na muralha um pouco adiante. Podemos passar a noite lá. É um bom treinamento.

— Para *o quê*? — gemeu Jo.

— Para vir a ser um Rato Mensageiro confiável e eficaz; para isso, Josephine.

Essas palavras foram recebidas com uma rápida sucessão de gemidos. Entretanto, os ratinhos não protestaram mais. Estavam cansados, assustados e aliviados por Stanley ter voltado em segurança. Guiados por ele, seguiram até o espaço na muralha e, voltando ao tempo em que eram pequenos, reuniram-se num monte — exatamente como estavam quando Stanley os encontrara — e se resignaram a uma noite desconfortável. Quando teve certeza de que eles estavam bem acomodados, Stanley falou, com muita relutância:

— Tem uma coisa que preciso fazer. Não demoro. Fiquem aí e *não se afastem nem um centímetro.*

— Tá bem — responderam em coro, sonolentos.

Stanley partiu pelo Caminho de Fora, rumo ao estaleiro de Jannit Maarten, resmungando consigo mesmo, mal-humorado.

— A esta altura você já devia saber muito bem, Stanley. *Não se meta com Magos.* Nem com Princesas. Nem mesmo com *uma única* Princesa. Uma Princesa é tão ruim quanto, no mínimo, meia dúzia de Magos. Cada vez que se envolve com uma Princesa ou com um Mago... especialmente os da família Heap... você acaba em alguma missão impossível no meio da noite, quando poderia estar bem aconchegado na sua cama. Quando vai aprender essa lição? Stanley seguia apressado pelo Caminho de Fora. Logo ele estava com suas dúvidas, muitas dúvidas, sobre a prudência de sua missão.

– O que você está fazendo, seu rato mais burro? Você não tem de sair correndo para procurar ainda mais um inútil de um Heap. No fundo, você nunca *disse* que iria procurá-lo, disse? Na verdade, não teve a oportunidade de *dizer* nada, não foi, Stanley? E por que isso aconteceu? Porque, se você se lembrar bem, seu cérebro de camundongo, aquela inútil *mãe* da família Heap tentou matar você. Já se esqueceu? E para a eventualidade de você não ter percebido, o frio está enregelante, este caminho é uma armadilha mortal, ninguém sabe o que está acontecendo no Castelo e você realmente não deveria deixar os ratinhos ao relento sozinhos. Será que seus ratinhos não são mais importantes que um bando de Magos encrenqueiros... *Aiminhamãezinhaquefoiisso?*

Um rugido – selvagem e agressivo – rompeu o silêncio. Dessa vez, ele estava perto. Perto demais. Na realidade, parecia que estava bem acima dele. Stanley encolheu-se contra a muralha e olhou para o alto. Não havia nada a não ser o céu noturno, escuro e profundo, salpicado com algumas estrelas nubladas. As Muralhas do Castelo elevavam-se ali atrás dele, e no alto delas Stanley sabia que estavam as casas altas e estreitas cujo fundo dava para o Fosso. Mas, sem o menor vislumbre de luz, o rato não enxergava nada.

Enquanto esperava, perguntando-se se era seguro prosseguir, Stanley percebeu que podia ver alguma coisa. Na superfície imóvel do Fosso, logo adiante da curva seguinte, um leve reflexo de luz atraiu seu olhar aguçado de rato. Ele calculou que o reflexo vinha exatamente do lugar para onde estava se dirigindo: o estaleiro de Jannit Maarten. O vislumbre de luz deu novo ânimo a Stanley. Decidiu cumprir sua missão, mesmo que ela envolvesse o inútil de um Heap.

Alguns minutos depois, Stanley deu um saltinho de cima do Caminho de Fora e atravessou o estaleiro de Jannit, ziguezagueando entre a confusão de peças de barcos que ocupava o local, enquanto se encaminhava para a visão maravilhosa de uma janela iluminada. Deve-se admitir que ela pertencia à barca do Porto e que, a rigor, era uma vigia iluminada; mas Stanley não se importava. Luz era luz; e onde havia luz, havia vida.

A escotilha de acesso à cabine da vigia estava fechada e trancada, mas isso não impedia o avanço de um Rato Mensageiro. Stanley pulou para o teto da cabine, descobriu o respiradouro – um tubo aberto com o formato de um cabo de guarda-chuva – e mergulhou por ele.

Nicko nunca tinha ouvido Jannit Maarten dar um berro. Na verdade, foi mais como um guincho alto – curto, forte e muito agudo. Não parecia ter vindo de Jannit, de modo algum.

– Rato, rato! – berrou Jannit.

Levantou-se de um salto, apanhou uma chave-inglesa ali perto – sempre havia uma chave-inglesa por perto de Jannit – e a baixou com toda a força. As reações de um átimo de segundo de Stanley sofreram um teste severo. Ele saltou de lado bem a tempo e, agitando os braços, conseguiu guinchar:

– Rato Mensageiro!

Com a chave-inglesa pronta para mais um golpe, Jannit olhou espantada para o rato que de repente pousou no meio da mesa, por pouco não acertando na vela acesa. Stanley vigiava a chave-inglesa com um interesse especial. Todos os outros ao redor da mesa observavam Stanley.

Jannit Maarten – magra, porém vigorosa, com o rosto enrugado pelo vento como uma noz e o cabelo grisalho numa trança única de marinheiro – era uma mulher que parecia não gostar de rodeios. Muito devagar, ela soltou a chave-inglesa. Stanley, que até então estava prendendo a respiração, soltou o ar aliviado. Ele olhou para a expressão de expectativa nos rostos que o cercavam e começou a aproveitar o momento. Era isso que valia a pena no serviço de Rato Mensageiro: todo o drama, a empolgação, a atenção, o *poder*.

Stanley examinou sua plateia com o olhar confiante, autoritário, de um rato que sabe que, pelo menos nos próximos minutos, não levará um golpe certeiro de chave-inglesa. Ele olhou para o destinatário da mensagem, Nicko Heap, só para verificar se era ele mesmo. Era. Em qualquer lugar do mundo, Stanley reconheceria as minúsculas trancinhas de marinheiro de Nicko feitas em seu

cabelo da cor de palha. E também aqueles brilhantes olhos verdes dos Heap. Ao seu lado estava Rupert Gringe, com o cabelo curto refulgindo em tom de cenoura à luz das velas; e pelo menos dessa vez ele não estava de cara amarrada. Na realidade, Rupert tinha um sorriso no rosto enquanto olhava para a jovem meio gorducha sentada bem ao seu lado. Stanley conhecia *aquela*, e muito bem. Era a capitã da barca do Porto. Também tinha o cabelo vermelho, muito mais cabelo do que Rupert Gringe. E ela também exibia um sorriso; e à luz da vela até parecia bem simpática, embora Stanley não se convencesse. A última vez que a vira, ela atirara um tomate podre nele. Mesmo assim, era melhor que uma chave-inglesa...
  Nicko interrompeu os pensamentos do rato.
  – Então, para quem é? – disse ele.
  – O quê?
  – A *mensagem*. É para quem?
  – Hum... – Stanley pigarreou e ficou em pé sobre as patas traseiras. – Queiram ter em mente que, em razão da atual... hum... situação e das circunstâncias dela decorrentes, esta mensagem não está sendo entregue no Formato Padrão. Portanto, não será aceita nenhuma responsabilidade pela precisão ou não desta mensagem. Não será cobrada taxa, mas uma caixa de contribuições para as novas calhas da Torre de Atalaia do Portão Leste pode ser encontrada na porta da Agência de Ratos Mensageiros. Estejam informados de que nenhum valor é mantido na caixa durante a noite.
  – É isso? – perguntou Nicko. – Você veio nos falar das *calhas*?

— Que calhas? — disse Stanley, cujas palavras com extrema frequência andavam muito adiante de seus pensamentos. E depois, quando o pensamento alcançou a fala, ele respondeu, bastante irritado: — Não, é claro que não.

— Eu sei que rato você é — disse Nicko, de repente. — Você é o Stanley, não é?

— Por que você diz isso? — perguntou Stanley, desconfiado.

Nicko apenas sorriu.

— Foi o que imaginei. Então, Stanley, para quem é a mensagem?

— Nicko Heap — respondeu Stanley, sentindo-se levemente ofendido, embora sem saber ao certo por quê.

— Para mim? — Nicko pareceu surpreso.

— Se for você, sim.

— É *claro* que sou eu. Qual é a mensagem?

Stanley respirou fundo.

— *Procure Nicko...* Nicko Heap, no estaleiro da Jannit. Diga-lhe o que está acontecendo. Diga-lhe onde nós estamos. *Por favor.*

— Quem a enviou? — perguntou Nicko, empalidecendo.

Stanley sentou-se numa pilha de papéis.

— Bem, eu não levaria mensagens desse tipo para *qualquer um*, sabe, especialmente considerando-se a situação... hum... atual. Contudo, eu me considero, pelo menos até certo ponto, não um mero mensageiro, mas alguém que atua na capacidade de representante pessoal da... *uff...*

O dedo de Nicko atingiu a ampla barriga do rato.

— Ai, isso doeu — protestou Stanley. — Não há necessidade de recorrer à violência, sabe? Só vim até aqui por pura bondade.

Nicko debruçou-se sobre a mesa e encarou os olhos do rato.
— Stanley — disse ele —, se você não me disser *agora* quem enviou a mensagem, estrangulo você com minhas próprias mãos. Entendeu?
— Sim. Ok. Entendi.
— Então, quem a enviou?
— A Princesa.
— *Jenna*.
— Sim. A *Princesa* Jenna.

Nicko olhou para seus companheiros, com a luz da única vela no centro da mesa lançando sombras inconstantes sobre os rostos preocupados. Por alguns minutos, a apresentação de Stanley havia distraído a atenção deles do que estava acontecendo lá fora, mas não mais. Agora todas as suas preocupações com a família e com os amigos no Castelo voltavam com força ainda maior.

— Tudo bem — disse Nicko, devagar. — Diga então. Onde Jenna está? Quem é esse "nós"? Eles estão em segurança? Quando ela enviou a mensagem? Como você...

Foi a vez de Stanley interromper.

— Olhe — disse ele, exausto. — Foi um dia daqueles. Vi algumas coisas terríveis. Vou lhes contar, mas um chá com biscoito antes me faria um bem extraordinário.

Maggie fez menção de se levantar, mas Rupert a impediu.

— Você também teve um dia difícil — disse ele. — Deixe comigo.

Fez-se silêncio, interrompido apenas pelo chiado suave do pequeno fogão — e do rugido repentino e apavorante de alguma criatura lá fora, embrenhada nas **Trevas**.

⊹→37⊹⊹
Irmãos

A noite ia passando no aposento por trás da Grande Porta Vermelha, com seus ocupantes num sono inconstante, na grande variedade de almofadas e tapetes. Duas vezes eles foram acordados com grosseria por Trovão, que não tinha esse nome só por conta da cor tempestuosa de sua pelagem, mas depois de protestos e muita abanação do ar, todos acabaram conseguindo adormecer novamente.

Jenna se apropriara de sua velha cama embutida no armário, que ainda trazia as mantas ásperas e surradas de sua infância. Elas eram muito diferentes da fina roupa de cama e peles macias, herança da família, que cobriam seu leito de dossel no Palácio, mas Jenna gostou das velhas cobertas e da cama embutida, como sempre tinha gostado. Ela se ajoelhou no colchão e espiou pela janelinha por alguns minutos, olhando para as estrelas lá no alto e para o rio lá embaixo, exatamente como sempre fazia antes de ir dormir. Mas a associação da lua negra – que ela se lembrava, sonolenta, de tia Zelda ter lhe explicado uma noite lá no Brejal Marram – com as pesadas nuvens de neve, que encobriam a maioria das estrelas, fazia com que não visse grande coisa. Seu armário era mais frio do que ela se lembrava, mas em pouco tempo Jenna também estava dormindo, toda encolhida (o que era necessário, porque agora a cama era curta demais para ela), coberta com as mantas ásperas, sua bela capa de Princesa, forrada de pele, e sua recém-adquirida capa de bruxa. Era uma combinação estranha, mas ela não sentiu frio.

Septimus e Marcellus passaram a noite inteira se revezando para vigiar a porta – duas horas de vigilância, duas horas de sono. Quando, por volta das quatro da manhã, o **Nevoeiro das Trevas** chegou deslizando à Travessa do Vai e Vem e tentou empurrar a Grande Porta Vermelha, era o turno de Septimus. Ele acordou Marcellus e juntos, com extrema ansiedade, os dois ficaram olhando. A porta reforçou suas dobradiças, e longos minutos se passaram, mas o **Domínio das Trevas** não conseguiu entrar.

A razão para isso não estava apenas na **Magya** de Septimus. Estava também na Grande Porta Vermelha em si. Benjamin Heap tinha impregnado a Grande Porta Vermelha com seus próprios **Bloqueios de Proteção Mágykos**, antes de dá-la a seu filho Silas. Era seu modo de garantir que seu filho e netos estariam protegidos depois que ele se fosse. Os **Bloqueios de Proteção** de Benjamin não podiam impedir a entrada de nada ou ninguém que tivesse sido convidado a entrar (como a parteira que sequestrou Septimus), mas eles eram bastante eficazes para impedir que qualquer coisa que a família Heap não tivesse convidado cruzasse a soleira. Isso Benjamin jamais contara a Silas, pois não queria que o filho pensasse que ele duvidava de seus poderes **Mágykos** – apesar de duvidar mesmo. Sarah Heap, porém, tinha desconfiado fazia muito tempo.

E assim, o **Domínio das Trevas** começou seu assalto implacável, exatamente como fazia nos outros três locais do Castelo que tinham se protegido: a Torre dos Magos, a Câmara Hermética e a própria **Câmara de Segurança** secreta de Igor, no Gothyk Grotto, onde, além de Igor, estavam Marissa, Matt e Marcus. Mas quem se encontrava por trás da Grande Porta Vermelha estava em segurança por enquanto. E quando a luz do sol nascente começou a atravessar os vidros empoeirados da janela, Septimus e Marcellus relaxaram a vigilância e adormeceram ao lado das brasas incandescentes do fogo.

Como sempre, Sarah Heap despertou com o amanhecer. Ela se mexeu, desajeitada, com um torcicolo resultante da noite passada num tapete gasto, com apenas uma almofada dura como uma pedra servindo de travesseiro. Levantou-se e foi andando, rígida, até o fogo, passando por cima de Marcellus e colocando com delicadeza um travesseiro por baixo da cabeça de Septimus. Depois, acrescentou algumas achas às brasas e ficou parada, de braços cruzados, observando as chamas se reavivarem. Em silêncio, agradeceu a Silas todos os preparativos que ele tinha feito: a lenha cuidadosamente empilhada debaixo da cama de Jenna, cobertores, tapetes e almofadas, dois armários cheios de potes de frutas e legumes em conserva, uma caixa inteira de **Tiras Mágykas** secas, que se tornariam fatias deliciosas de peixe ou carne quando reconstituídas com o **Encantamento** correto (e para isso Silas tivera a consideração de deixar bem ao lado delas o minúsculo **Talismã** semelhante a uma tira). Além disso, Silas *consertara o banheiro*. Esse fora o maior tormento da vida de Sarah quando a família Heap morava ali. Os encanamentos não eram um dos pontos fortes dos Emaranhados, e os lavatórios – pouco mais do que casebres empoleirados de modo precário nas paredes externas – sempre davam trabalho. Mas agora, até que enfim, Silas tinha consertado o deles. Tudo isso, associado a uma descoberta no meio da noite de um **Gnomod'Água** escondido no fundo do armário, fez Sarah pensar em Silas com um carinho saudoso. Estava ansiosa por agradecer e pedir desculpas por todas as vezes que tinha se queixado por ele sumir sem dizer aonde ia. Mas, acima de tudo, queria que Silas soubesse que ela estava em segurança.

Sarah pegou o **Gnomod'Água** e o pôs em pé em cima do armário onde o encontrara. Ela sorriu. Dava para entender por que Silas o escondera: ele era dos grosseiros. Mas isso em nada o prejudicava, pensou Sarah, enquanto o **Gnomo** fornecia um jato de água para a chaleira. A água era o que mais a preocupava. Por isso, a ida arriscada ao Pátio do Poço. Mas agora, graças a Silas, eles tinham um fornecimento confiável.

Sarah pendurou a chaleira acima do fogo e se sentou para vê-la ferver, lembrando-se da época em que fazia isso todas as manhãs. Ela adorava aqueles raros momentos consigo mesma, quando tudo estava tranquilo e em silêncio. Naturalmente, quando os filhos eram muito pequenos, ela costumava ter um ou dois sentados, sonolentos, aos seus pés, mas eles sempre ficavam quietos. E assim que cresceram um pouco, nenhum deles despertava enquanto ela não batesse com força na panela do mingau do desjejum. Sarah lembrava-se de como costumava tirar a chaleira do fogo no exato momento em que ela começava a chiar, preparava para si mesma uma xícara de chá de ervas e ficava sentada, tranquila, olhando as formas adormecidas espalhadas pelo chão – como agora. Com a diferença, pensou, irônica, enquanto Trovão manifestava sua presença com sua própria maneira especial, de que naquela época ela não estaria olhando para um monte de caca fresca de cavalo.

Sarah pegou a pá, abriu a janela e lançou por ali a pilha fumegante. Pôs a cabeça para fora e respirou o ar puro e cortante da manhã, que tinha uns toques de neve e de lama de rio. Lembranças felizes de dias de comemoração do Solstício do Inverno com Silas e os filhos voltaram em enxurrada – com uma lembrança de um dia muito menos feliz catorze anos atrás. Ela se virou e olhou para a forma adormecida do filho caçula. Pensou então que, não importava o que acontecesse, ele agora finalmente tinha passado uma noite na casa em que deveria ter sido criado.

Sarah ficou olhando o sol pálido de inverno que subia aos poucos acima dos montes distantes, com um clarão fraco através dos galhos nus das árvores do outro lado do rio. Deu um suspiro. Era bom ver a luz do dia outra vez – mas quem sabia o que o dia traria?

Ele provocou mais uma briga entre Septimus e Simon.

Septimus e Marcellus tinham se recolhido para um canto tranquilo junto das estantes de Silas e davam uma olhada em seus velhos livros de **Magya**, em busca de qualquer coisa escrita a respeito dos **Domínios das Trevas**. Não encontraram nada de útil. Em sua maioria, os livros de Silas eram livros didáticos comuns ou versões baratas de textos mais ocultos, sem algumas páginas – sempre as que prometiam algo de interessante.

Septimus, porém, tinha acabado de encontrar um pequeno panfleto escondido dentro de um exemplar respingado de tinta de *Magya – Terceiro Ano: Pestes Avançadas*, quando Simon atravessou o aposento para ver se alguns dos seus antigos textos preferidos ainda estavam nas estantes. Ele olhou para baixo e viu o título do panfleto: *O Poder das* **Trevas** *do Anel de Duas Faces*.

Um dispositivo perigoso e com profunda malignidade, historicamente usado por Magos das Trevas e seus seguidores, leu Septimus. *Por tradição, usado no polegar esquerdo. Uma vez no lugar, o anel só avança num sentido e, portanto, não pode ser removido, a não ser que o seja pela base do polegar. Considera-se que as faces representam o rosto dos dois Magos que o criaram. Cada Mago desejava ficar com o Anel para si, e eles lutaram por ele até a morte. (Ver o panfleto deste autor a respeito da formação do Remoinho Sem Fundo. Somente seis patacas na Loja Bruxesca do Wyvald.) Depois disso, o Anel passou de Mago para Mago, provocando destruição. Acredita-se que o Anel tenha sido utilizado na Peste do Lodo no Porto, nos horrendos ataques noturnos da Serpente do Rio aos Emaranhados e, possivelmente, tenha também sido responsável pelo Abismo das Trevas, sobre o qual acabou sendo construído o Lixão Municipal. O Anel de Duas Faces possui a capacidade de acumular Poder – quem o usa alcança o poder das Trevas de todos os que o usaram anteriormente. Esse poder atinge seu pleno potencial somente depois que o Anel tiver sido usado por treze meses lunares. Embora muitos afirmem que o Anel de Duas Faces ainda existe, o autor não acredita nisso. Não se ouve falar dele já há muitos séculos, e é bem provável que esteja irrecuperavelmente perdido.*

– Interessante – disse Simon, lendo por cima do ombro de Septimus. – Mas não totalmente exato.

A resposta de Septimus foi curta e direta:

– Saia daqui – disse ele.

– Hum! – Marcellus pigarreou, sem nenhum efeito.

– Só estou tentando ajudar – disse Simon. – Todos nós queremos descobrir um jeito de nos livrarmos desse **Domínio das Trevas**.

— *Nós, sim* — disse Septimus, com um olhar significativo para Marcellus. — Não tenho tanta certeza se *você* também.

Simon suspirou, o que irritou Septimus.

— Olha, não mexo mais com essas coisas. É a pura verdade. *Não mexo mesmo.*

— Ha! — disse Septimus, desdenhoso.

— Ora, vamos, Aprendiz. Lembre-se do que prometeu à sua mãe.

Septimus não deu atenção a Marcellus.

— Você simplesmente não entende, não é? — Simon parecia exasperado. — Cometi um erro. Certo, foi um erro terrível, mas estou me esforçando ao máximo para consertar tudo. Não sei o que mais posso fazer. E neste momento eu realmente poderia ser útil. Sei mais sobre esse... *assunto* do que vocês dois juntos.

— Aposto que sabe — retrucou Septimus.

— Aprendiz, creio que você deveria se acalmar e...

— Só porque é o Aprendiz queridinho de Márcia, você acha que sabe tudo, mas *não sabe!* — explodiu Simon.

— *Não me trate como criança* — disse Septimus.

— Meninos! — De repente, Sarah estava bem ali. — Meninos, *o que* foi que eu disse?

Septimus e Simon trocaram um olhar de raiva.

— Desculpa, Mamãe — murmuraram os dois, cerrando os dentes.

Marcellus serviu de intermediário.

— Aprendiz, os tempos são de desespero. E tempos de desespero exigem medidas desesperadas — disse ele a Septimus, que estava uma fera. – Precisamos de toda a ajuda que pudermos obter. E Simon tem uma enorme vantagem. Ele conhece as **Trevas** e...

– Até bem demais... – resmungou Septimus, baixinho.

Marcellus ignorou a interrupção.

– ... e acredito mesmo que ele tenha mudado. Se alguém conhece um modo para derrotar esse **Domínio das Trevas**, esse alguém é ele, *e não precisa fazer essa cara, Septimus.*

– Hã.

– Precisamos fazer tudo o que pudermos. Quem sabe por quanto tempo vamos conseguir manter o **Domínio das Trevas** fora daqui? Quem sabe quanto tempo os pobres coitados no Castelo poderão sobreviver dentro do **Domínio**? E na realidade, quem sabe por quanto tempo a Torre dos Magos conseguirá resistir?

– A Torre dos Magos conseguirá resistir para sempre – disse Septimus.

– Para ser franco, eu duvido. E que sentido faria se ela resistisse? Em breve ela não será mais do que uma ilha isolada num Castelo da morte.

– Não!

– Ouça o que lhe digo, Aprendiz, quanto mais tempo o **Domínio das Trevas** estiver em atividade, mais provável será que isso aconteça. A maioria das pessoas sobreviverá alguns dias. Outros, talvez os menos afortunados, sobreviverão mais tempo, mas serão levados à loucura por suas experiências. Temos o dever de fazer o máximo para evitar isso. Você não concorda?

– Concordo – disse Septimus, abatido, baixando a cabeça.

Marcellus chegou aonde Septimus sabia que ele pretendia chegar.

— Com esse objetivo, creio que deveríamos convocar a ajuda de seu irmão.

Septimus não conseguia tolerar a ideia.

— Mas não podemos confiar nele — protestou.

— Aprendiz, creio sinceramente que podemos confiar nele.

— Não podemos, não. Ele mexe com as **Trevas**, *de propósito*. Que tipo de pessoa faz *uma coisa dessas*?

— Pessoas como nós? — perguntou Marcellus, com um sorriso.

— É diferente.

— E eu acredito que seu irmão é diferente também.

— Nisso você está *para lá de certo*.

— Aprendiz, não distorça deliberadamente a intenção de minhas palavras — disse Marcellus, severo. — Seu irmão errou. Ele pagou, e na verdade ainda está pagando, um alto preço por seus erros.

— E é isso mesmo que ele deveria fazer.

— Está sendo um pouco vingativo, Aprendiz. Não é uma qualidade agradável em alguém com tanta capacidade **Mágyka** quanto você. Você deveria ser mais magnânimo em sua vitória.

— Minha *vitória*?

— Pergunte a si mesmo quem qualquer pessoa preferiria ser: Septimus Heap, Aprendiz ExtraOrdinário, amado e respeitado por todos no Castelo, com um brilhante futuro; ou Simon Heap, caído em desgraça, exilado e vivendo ao deus-dará, lá no Porto, sem muita esperança de nada?

Septimus não tinha encarado a situação por esse ângulo. Olhou de relance para Simon, que estava sozinho, olhando fixamente pela janela. Era verdade. Ele não trocaria de lugar com Simon por nada neste mundo.

– É – disse ele. – É. Está bem.

E foi assim que, para grande surpresa e alegria de Sarah Heap, seu filho caçula e seu primogênito passaram as horas seguintes sentados ao pé das estantes de Silas Heap, confabulando com Marcellus Pye, a respeito de quem Sarah mudara por completo de opinião. De vez em quando, um deles tirava um livro das prateleiras, mas na maior parte do tempo ficaram sentados tranquilos, em atitude aparentemente amistosa.

Ao anoitecer, tanto Septimus como Marcellus Pye já tinham aprendido muito com Simon: como Simon tinha visto pela última vez o Anel de Duas Faces nos ossos lodosos de seu antigo Mestre, DomDaniel, no instante em que eles estavam a ponto de estrangulá-lo. Como Simon tinha conseguido prender os ossos num saco e os jogara no Armário Sem-Fim no Observatório. Como Merrin devia, de algum modo, ter recuperado o anel do osso lodoso do polegar de DomDaniel. Só imaginar isso fez com que todos estremecessem.

Septimus achou que, se conseguissem pegar Merrin e tirar o anel dele, o **Domínio das Trevas** desapareceria, mas Simon explicou que, uma vez instalado o **Domínio das Trevas**, seria preciso mais do que aquilo para livrar-se dele, o que exigiria a mais poderosa **Magya** possível. Quando ele mencionou os **Códigos**

Casados, Marcellus, relutante, contou o que tinha acontecido, e um desânimo se abateu sobre eles.

– Tem um outro jeito – disse Simon, depois de algum tempo.

– Aprendizes do mesmo Mago ExtraOrdinário têm um vínculo **Mágyko**. Alther e Merrin foram Aprendizes de DomDaniel. E Alther é o mais velho. Existe uma chance mínima de que ele poderia **Extinguir** o **Domínio das Trevas**, por ser este obra de um Aprendiz mais novo. Mas...

Septimus escutava com interesse.

– Mas o quê? – perguntou ele. Era a primeira pergunta que ele dirigia a Simon que não continha uma acusação.

– Mas eu não sei ao certo se funciona para fantasmas – disse Simon.

– Talvez até funcione.

– Talvez sim. Talvez não.

Septimus tomou uma decisão. Ele iria aos **Salões das Trevas** e encontraria Alther. Não importava se Alther tinha ou não o poder que Simon achava que ele possuía. Alther saberia o que fazer, disso Septimus tinha certeza. Ele era a única esperança.

– Marcellus – disse Septimus. – Você se lembra de ter me dito que havia outros **Portais** para entrar nos **Salões das Trevas**?

– Siiim? – Marcellus sabia o que estava por vir.

– Quero descobrir o mais eficaz. Vou trazer Alther de volta.

Simon ficou horrorizado.

– Você não pode ir aos **Salões das Trevas**!

– Posso, sim. Eu ia lá de qualquer modo antes de acontecer tudo isso.

Simon parecia muito preocupado.

— Septimus, tenha cuidado. Foi por isso que lhe escrevi... além de pedir desculpas por... hum... tentar matá-lo. Estou arrependido. Estou *mesmo*. Você sabe disso, não sabe?

— É, acho que sei — disse Septimus. — Obrigado.

— Bem, a última coisa que quero é que meu irmão caçula se envolva com as **Trevas**. Elas puxam a pessoa. Elas fazem com que você mude. São terríveis. E os **Salões das Trevas** são o lugar mais **Trevoso** de todos.

— Simon, eu não *quero* ir, mas é lá que Alther está — disse Septimus. — E se ele tiver como ajudar, vou querer aproveitar essa chance. Seja como for, prometi a Alice que o traria de volta. E promessa é dívida.

Simon jogou sua última cartada:

— Mas o que Mamãe vai dizer?

— Dizer a respeito do quê?

Do outro lado do aposento, Sarah gritou. Ela possuía ouvidos aguçadíssimos quando se tratava de seus filhos falando a respeito dela.

— Nada, Mamãe — responderam em coro Simon e Septimus.

Nas sombras das estantes, Marcellus pegou sua versão de bolso da seção de "Almanaque" de seu livro, *Eu, Marcellus*, e a abriu no capítulo intitulado Cálculos dos **Portais**: *Coordenadas e Pontos da Rosa dos Ventos*.

Caiu a noite. Septimus **Chamou** por Cospe-Fogo ainda mais uma vez, apesar de já não esperar que o dragão atendesse. O silêncio vazio que se seguiu ao **Chamado** perturbou-o, mas Septimus tentou não demonstrar.

Sarah preparou mais um ensopado, com a ajuda de Lucy, que queria aprender a fazer um ensopado que fosse realmente digno de ser comido. Depois do jantar, Septimus, Simon e Marcellus voltaram para as estantes e, fortalecidos pelo ensopado de Sarah, terminaram o primeiro conjunto de cálculos, que mostrava onde o **Portal** para os **Salões das Trevas** se localizava – com uma margem de erro de uns oitocentos metros. Ninguém ficou muito surpreso com o resultado.

A noite foi passando, e um vento nordeste começou a soprar. Ele fez tremer as vidraças, fazendo entrar no aposento correntes de ar gelado. Os ocupantes enrolaram-se em mantas e se acomodaram para dormir. Logo o aposento por trás da Grande Porta Vermelha estava em silêncio.

Pouco depois da meia-noite, do outro lado da Grande Porta Vermelha, uma **Coisa** chegou. Ela observou a porta com interesse. Colocou as mãos esfarrapadas na madeira vermelha brilhante e se encolheu quando elas tocaram na **Magya Camuflada** que cobria a superfície. Sem ser percebida por Marcellus – que deveria estar alerta, vigiando, mas de fato tinha cochilado –, a porta estremeceu de leve e apertou mais suas dobradiças.

A **Coisa** foi embora dali, pelo corredor, resmungando **Trevosa** consigo mesma.

⊹➤ 38 ⥺⊹
A BANHEIRA DE PORCOS

Assim que Stanley foi embora, Nicko partiu para resgatar Jenna e seus companheiros dos Emaranhados. Ele não queria levar a barca do Porto, mas foi obrigado a ceder – até mesmo Jannit havia concordado com Rupert e Maggie. Ela lhe dissera que a família Heap não era a única que precisava de resgate. Haveria outras pessoas, sem dúvida, e eles deviam levar o maior barco possível. Além disso, que outras embarcações eles tinham que fossem adequadas? Era o momento mais rigoroso do inverno. A maioria dos barcos estava fora da água, descansando em escoras no estaleiro. A contragosto, Nicko concordara e em pouco tempo estava arrependido da decisão. A barca do Porto – ou a Banheira de Porcos, como ele logo começou a se referir a ela – só dava problemas.

Desde o início, não tinha sido fácil avançar. Eles precisaram dar toda a volta porque, para a barca do Porto, o Fosso era navegável só até o estaleiro. Some-se a isso o fato de que o vento era contrário a eles; e o barco longo e desajeitado, cujas velas não eram manejáveis no Fosso estreito, precisou ser empurrado com varejão por Rupert e Nicko. Essa manobra exigia que os dois se postassem de cada lado da barca, empurrando longos varejões água adentro. Seu avanço foi facilitado um pouco pela maré vazante, que puxava para onde eles queriam ir, mas ainda seguiam com uma lentidão dolorosa, que lhes proporcionava bastante tempo para olhar assustados para o Castelo em **Trevas**.

– É como se todos tivessem... sumido – sussurrou Maggie para Rupert, sem querer dizer "morrido", que era o que ela estava pensando. Maggie não conseguia ver como qualquer pessoa presa dentro do Castelo poderia sobreviver e achou que, quanto mais cedo ela e Rupert escapassem para o Porto, melhor.

Nicko ia manejando o remo pela água, com toda a força, frustrado, impelindo a barca um centímetro após outro na direção da Rocha do Corvo, ansiando pelo instante em que sairiam para o rio largo, com o vento nas velas. E então, pouco antes da união do Fosso com o rio, eles encalharam no Calombo – o famigerado banco de lama na entrada do Fosso. Nicko não podia acreditar.

Apesar dos esforços desesperados com os varejões de desencalhe, feitos especialmente para soltar uma barca de um banco de lama, nada que fizessem conseguiu liberar "a idiota da Banheira de Porcos", como Nicko disse. Ela estava presa de verdade.

Maggie ficou horrivelmente constrangida. Era difícil para um capitão superar o fato de ter encalhado. Pelo menos, ela não estava num barco cheio de passageiros e animais domésticos, com os quais ficaria isolada por seis horas intermináveis, suportando suas queixas, gemidos, latidos e zurros, sem ter como escapar. Se tivesse sorte, ninguém tomaria conhecimento disso. E as barcas do Porto eram feitas para aguentar ficar na lama, de modo que não havia prejuízo.

Para Nicko e Rupert, porém, *havia* prejuízo, sim. Eles olhavam desconsolados por cima da amurada para a água espessa, enlameada, sabendo que cada minuto que passavam encalhados no banco de lama significava mais um minuto de perigo para Jenna, Sarah, Septimus e Lucy (tinham se esquecido de Marcellus, e nenhum dos dois se importava que Simon corresse perigo). Embora não o dissessem, Nicko e Rupert nem faziam ideia se eles ainda estavam vivos. Tudo o que tinham era esperança, que ia se apagando enquanto a maré baixava.

E então não tinham nada a fazer a não ser ficar sentados olhando para o Castelo – tentando não pensar em que tipo de criatura poderia estar dando o rugido horripilante que de vez em quando ecoava pelas Muralhas e causava arrepios na nuca. O único consolo era que, de onde estavam encalhados, agora podiam ver o clarão roxo e cor de índigo do que, Nicko disse a Rupert, devia ser o **Escudo de Proteção** da Torre dos Magos.

À meia-noite, lá no Porto, a maré virou. A água salgada começou a invadir os sulcos vazios na areia e a subir novamente nas enseadas adormecidas, abrindo caminho para voltar rio acima. Por volta das três da manhã, a barca do Porto se mexeu. Com mais um rugido de enregelar a espinha vindo do interior do Castelo, Nicko e Rupert apanharam os varejões de desencalhe e os empurraram com toda a força, sabendo que, dessa vez, conseguiriam se soltar. Dez minutos depois, velejavam, lentamente, na direção do rio. Na opinião de Jannit, estavam um pouco perto demais da Rocha do Corvo. Maggie virou o timão enorme para a direita, mas o barco parecia preguiçoso. E quando passavam abaixo da Rocha do Corvo, bateram em alguma coisa.

Jannit logo se deu conta de que tinham atingido um dos Bicos – uma fileira de pequenas rochas que se projetavam a partir da Rocha do Corvo e não eram visíveis depois que a maré alta estivesse pela metade. Maggie ficou transtornada. Não ajudava em nada o fato de Jannit ter lhe *dito* que estavam perto demais da rocha e de Maggie ter retrucado com aspereza, que *sabia, e muito obrigada, Jannit*.

Rupert e Nicko pegaram uma vela de reserva e correram para baixo. A água jorrava para dentro do porão de carga. Rupert ficou horrorizado, mas Nicko sabia que a água entrando sempre parecia pior do que realmente era. Ele e Rupert enfiaram com força a pesada vela de lona no buraco no casco e descobriram, para seu alívio, que o buraco mal chegava a ser maior que o punho de Rupert. O jorro parou, e a vela vermelha escurecia à medida que ficava encharcada. A água ainda entrava, mas devagar, gotejando da lona a uma velocidade que permitia a Nicko e Rupert baldeá-la para fora do porão.

Uma embarcação com um rombo no casco deve ser levada para a terra o mais rápido possível. Eles decidiram levar a barca do Porto para o embarcadouro mais próximo, no lado do Castelo, pois ninguém queria se arriscar a atracar no lado da Floresta durante a noite. Enquanto Rupert e Nicko despejavam baldes de água do rio sobre a amurada, Maggie e Jannit, ambas puxando com força o timão extraordinariamente duro, fizeram a barca atravessar até o Embarcadouro do Palácio. Quando foram se aproximando, viram que o Palácio, em geral muito bem-iluminado, um marco para navegantes que estão chegando, encontrava-se em total escuridão.

– É como se ele não estivesse mais ali – sussurrou Jannit, olhando espantada para o lugar onde ela sabia que o Palácio deveria estar e não vendo nada a não ser um negrume.

Chegando mais perto do Embarcadouro, ainda visível, ao contrário de tudo por trás dele, todos a bordo já duvidavam se seria prudente se aproximar ainda mais. Nicko apontou uma das poderosas lanternas do barco para a margem, mas não conseguiu ver nada. A luz sumia logo além do embarcadouro, no que parecia ser um nevoeiro, mas diferente. Todo nevoeiro tem um brilho próprio e reflete a luz. Esse **Nevoeiro** sugava a luz e a extinguia, pensou Nicko, estremecendo.

– Acho que não deveríamos nos aproximar – disse ele. – Não é seguro.

Mas Maggie, preocupada com a possibilidade de seu barco afundar, achava que o rio também não era exatamente seguro. Ela empurrou o timão com mais força para a direita – a barca estava sendo especialmente teimosa – e se dirigiu para o embarcadouro.

De repente, uma voz fantasmagórica chegou, por cima da água.
– *Cuidado, cuidado. Não cheguem mais perto. Fujam... fujam daqui. Deste terrível lugar de perdição.*
Com o rosto pálido à luz da lanterna, eles se entreolharam.
– Eu *falei* – disse Nicko. – Eu lhe disse que aqui não era seguro. Temos de ir a algum outro lugar.
– Certo, certo – retrucou Maggie, que já perdera a confiança em suas próprias decisões. – Mas aonde? Tem de ser perto daqui. Imaginem se por toda parte estiver assim... então, o que vamos fazer?

Nicko vinha pensando no assunto. Tinha sido informado por Stanley que aquele era um **Domínio das Trevas**. Nicko não tinha prestado muita atenção às aulas de **Magya** na escola. Na verdade, assim que teve idade (e coragem) suficiente, ele as evitava para ir até o estaleiro – mas ainda se lembrava de alguns versos **Mágykos**. Os que lhe ocorriam agora eram os seguintes:

> *Um **Domínio das Trevas***
> *deverá permanecer*
> *no limite da água que o prender.*

e:

> *Altas e fortes, as Muralhas do Castelo são,*
> *Para manter lá fora as **Trevas**, ali estão.*
> *Mas se as **Trevas** brotarem ali dentro,*
> *As Muralhas do Castelo as prenderão.*

— *Não será* assim por toda parte — disse Nicko, em resposta à pergunta de Maggie. — Esse troço das **Trevas** é impedido de avançar pela água ou pelas Muralhas do Castelo. É por isso que não tivemos nenhum problema no estaleiro, porque estávamos fora das muralhas. Por isso, acho que, se avançarmos um pouco mais até o café de Sally Mullin, vamos ficar bem. O café é do lado de fora das Muralhas do Castelo. Podemos atracar no Cais Novo, logo abaixo do cais flutuante de Sally, e estaremos a salvo. Lá Rupert e eu podemos conseguir outro barco. Certo?

Maggie fez que sim. A ideia estava tão certa quanto qualquer coisa poderia estar naquele momento, o que, na sua opinião, não era muito. Mas ela e Jannit acertaram as velas e voltaram à barca do Porto para a correnteza do rio.

Foi aí que descobriram que o leme estava emperrado. A barca não tinha escapado ilesa do encalhe. Ela agora insistia em sempre fazer a curva para a direita, que provavelmente fora o motivo por que batera nos Bicos, concluiu Maggie. Agora estava se recusando a virar para a esquerda na direção do Cais Novo. Para desalento de todos, ela foi inexoravelmente à deriva para a Corrente da Rocha do Corvo, até ser apanhada pela corrente inversa e puxada através das águas profundas e turbulentas aos pés da rocha, de tal modo que agora se afastava velozmente do Castelo. Em desespero, eles tentaram tirá-la da Corrente, usando os remos da barca como lemes, em vão. A Banheira de Porcos seguiu direto para a Floresta e, quando eles se aproximavam das ribanceiras altas, ocupadas por árvores entrelaçadas, começaram a ouvir os grunhidos e guinchos assustadores das criaturas noturnas da Floresta. Mas pelo menos, Nicko salientou, estavam ouvindo algo *normal*. Era melhor que o medonho silêncio do Castelo, entrecortado por aquele rugido estranho.

Tiveram sorte. Encalharam mais uma vez. Dessa vez, porém, foi num banco de seixos a alguns metros de distância da margem, o que deixou um reconfortante trecho de água entre a barca e a Floresta. Maggie insistiu em ficar de vigia.

— Sou a capitã — disse ela com firmeza quando Rupert discordou. — Além do mais, vocês três vão trabalhar muito no leme amanhã. Precisam dormir.

Nicko, Rupert e Jannit passaram a maior parte do dia seguinte consertando o leme. No estaleiro, teria sido uma tarefa rápida e simples; mas, sem as ferramentas certas, demorou muito mais. Ali também era mais úmido e fazia mais frio do que no estaleiro; nem mesmo o fornecimento constante de chocolate quente por parte de Maggie conseguiu impedir que os nervos já estivessem à flor da pele no final da manhã.

O sol de inverno estava baixo no céu quando afinal a barca do Porto recuperada saiu flutuando do banco de seixos e seguiu rio acima, rumo ao Cais Novo. Quando a barca fez a curva na Rocha do Corvo, eles viram o Castelo em **Trevas** à luz do dia pela primeira vez. Foi um choque. De noite, o único sinal visível do **Domínio das Trevas** era a ausência da iluminação noturna normal, mas a luz do dia revelava a real dimensão da catástrofe que tinha se abatido sobre o Castelo. Uma enorme cúpula de nuvem negra estava espalhada no interior das Muralhas do Castelo, escondendo a habitual paisagem alegre de telhados e chaminés desencontradas, com uma ou outra torre ou torreão, que acolhia qualquer embarcação que fizesse a curva na Rocha do Corvo. Para Nicko, aquilo parecia um inocente adormecido sendo sufocado por um travesseiro escuro. Ainda assim, refulgindo solitária acima do **Nevoeiro**, como um luminoso farol de esperança, estava a Torre dos Magos. Envolta em sua tremeluzente névoa **Mágyka**, ela emitia um clarão desafiador de índigo e roxo. Nicko e Rupert trocaram sorrisos tensos. Nem tudo estava perdido.

Quando se aproximavam do Cais Novo, viram as luzes acolhedoras da Casa de Chá e Cervejaria de Sally Mullin, acesas com o anoitecer; e Nicko soube que estava certo quanto ao **Domínio das Trevas**. O estabelecimento de Sally Mullin era seguro. Chegando mais perto, eles viram, pelas janelas embaçadas da construção longa e baixa de madeira, que o recinto estava lotado com os que tiveram sorte de escapar. Isso lhes deu novo ânimo – já não eram os únicos.

No entanto, quando a barca do Porto foi se alinhando junto ao Cais Novo, um rugido apavorante, vindo do Castelo, mais alto do que nunca, fez com que os pelos de suas nucas se arrepiassem. Mais uma vez Rupert e Nicko trocaram olhares, mas agora sem a menor sombra de um sorriso. Não havia necessidade de dizer nada. Um sabia o que o outro estava pensando: como alguém poderia sobreviver dentro *daquilo*?

37
Descida

A noite avançava no aposento por trás da Grande Porta Vermelha. O clarão vermelho das brasas lançava uma luz aconchegante sobre os vultos adormecidos, envoltos em cobertores. Lá fora um vento nordeste começou a soprar e chocalhou as vidraças. Um sonho de Sarah estava se transformando em pesadelo.

— Ethel! — gritou ela, assustada, sentando-se de repente.

— Hã! Tudo bem, Mamãe? — perguntou Simon, que estava de vigia e acabara cochilando.

Sarah não tinha certeza.

— Sonhei... sonhei que estava sendo sufocada. E depois a coitadinha da Ethel... ah, *Ethel*.

De repente, Simon estava de pé. Um pequeno fiapo fumacento de **Trevas** vinha entrando, se espiralando por baixo da porta de Benjamin Heap.

— Acordem! Todos! *Acordem!* — gritou ele.

Trovão relinchou alto e bufou. No mesmo instante, todos estavam acordados.

Septimus correu para a porta, pretendendo aplicar algum **Obstáculo de Emergência** nela. Mas Marcellus o segurou.

— Não toque nela, Aprendiz! É muito perigoso... e tarde demais.

Septimus parou. Mais um fiapo das **Trevas** começou a entrar como um sopro em torno de uma dobradiça... Era mesmo tarde demais.

Jenna apareceu à porta de seu armário, descabelada, com a capa de bruxa puxada até o queixo para se proteger do frio.

— O que foi? — perguntou ela, sonolenta, já em parte sabendo qual era a resposta.

— Estão entrando — disse Septimus.

Como se estivesse aguardando uma deixa, um jato das **Trevas** passou pelo buraco da fechadura com tanta força que deu a impressão de ter sido soprado por um fole.

— Devemos ir embora de imediato — disse Marcellus. — Sarah, está tudo pronto?

— Está — respondeu Sarah, entristecida.

Como parte dos preparativos do dia anterior, um enorme rolo de corda estava no chão abaixo da janela. Uma ponta da corda tinha sido amarrada em torno do mainel central da janela. Dali ela seguia para trás pelo aposento e dava uma volta em torno da base da enorme chaminé que se erguia bem no meio, onde estava presa com um nó impressionante. Sarah abriu a janela, e uma rajada de ar gelado entrou, tirando-lhe o fôlego. Não era uma noite para ficar ao ar livre, muito menos uma noite para descer quase trinta metros por uma muralha exposta voltada para o norte, mas eles não tinham escolha. Com a ajuda de Jenna, Sarah levantou o rolo de corda e, juntas, com esforço, o jogaram pela janela para a noite lá fora. Pularam para trás e olharam enquanto a volta em torno do mainel se apertava com a queda da corda até o rio lá embaixo.

Simon chegou perto de Trovão.

– Adeus, garoto – sussurrou ele. – Sinto muito... muito mesmo. – Ele pôs a mão no bolso e procurou suas últimas balas de menta. Trovão afocinhou sua mão e depois se aconchegou no ombro de Simon. Desrespeitando sua promessa a Lucy de que não faria mais nada ligado às **Trevas**, Simon lançou sobre o cavalo um **Encantamento de Sono**, incrementado com só um toque de **Trevas**, o suficiente para dar a Trovão uma chance de sobreviver. Quando o cavalo se acomodou no melhor tapete de Sarah e fechou os olhos, Simon, com delicadeza, pôs um cobertor por cima dele.

No dia anterior, quando estavam fazendo planos de fuga, eles tinham decidido sair dali na ordem de sua importância para a segurança do Castelo. Isso deixara Simon em antepenúltimo lugar. Depois dele, Sarah, e Lucy tinha ficado em último lugar, mas Simon insistira em ficar por último. Não havia como ele deixar sua mãe e Lucy sozinhas para enfrentar as **Trevas**. Enquanto Septimus e Marcellus se postavam junto da janela, Simon sentou ao lado de Trovão e se perguntou se os dois ficariam juntos no **Domínio das Trevas**.

Mais um fiapo fumacento passou deslizando por baixo da porta.

– Hora de ir, Aprendiz – disse Marcellus.

Septimus revestiu-se de coragem. Respirou fundo e olhou para baixo. Viu a corda serpeando pelas pedras grosseiras da muralha dos Emaranhados e desaparecendo na noite. Na tarde anterior, ele a **Transformara** a partir de três tapetes, dois cobertores e uma pilha de toalhas velhas. Nunca tinha **Transformado** nada que resultasse em algo *tão longo* e, enquanto espiava pela janela e tentava – em vão – ver o chão, ele esperava que o serviço tivesse sido bem-feito.

Sarah estava nervosa, verificando com ansiedade os nós. Confiava que, mesmo que o mainel não aguentasse seu peso, a chaminé aguentaria, mas não tinha tanta certeza quanto aos nós. Esperava simplesmente que os tivesse atado do jeito certo. Se ao menos Nicko estivesse ali, pensou ela, ele saberia como dar nós. Sentiu uma fisgada de preocupação ao pensar em Nicko, mas afastou-a de si. Teria tempo suficiente para se preocupar com ele, quando todos tivessem saído dali em segurança, disse a si mesma.

– Vou só **Chamar** Cospe-Fogo mais uma vez – disse Septimus, tentando atrasar o momento aterrorizante de sair pela janela.

Marcellus, ansioso, olhou de relance para a porta lá atrás. Um longo filete do **Nevoeiro das Trevas** passava ondulante por baixo dela e rastejava pelo piso na direção da lareira.

– Não temos tempo agora – disse Marcellus. – Faça isso quando chegar lá embaixo.

Trêmulo, Septimus segurou a corda. Suas mãos estavam frias e úmidas, mas ele fizera a corda áspera e grossa para dar firmeza. Subiu no peitoril e, quando jogou as pernas para o lado de fora, sentiu uma espécie de vertigem – não havia nada entre seus pés e o rio lá embaixo.

– Vá com cuidado, meu amor – disse Sarah, levantando a voz contra uma súbita rajada de vento. – Não vá depressa demais. É muito melhor você chegar lá embaixo a salvo. Quando pisar no chão, dê três puxões na corda, e então Jenna desce.

Com o braço em volta do cavalo **Adormecido**, Simon ficou olhando enquanto o irmão mais novo saía aos poucos para a noite, até que tudo o que podia ver eram as mãos de Septimus agarradas à corda e os cachos voando loucamente ao vento.

Septimus começou a descida. Ele sabia que, para dar a todos uma chance de escapar, precisava pôr de lado seu medo das alturas e se concentrar em descer depressa pela corda. Não era fácil. O vento o empurrava contra o paredão, fazendo com que batesse nas pedras salientes, tirando seu fôlego e o desnorteando. Quando, de modo apavorante, sua mão escorregou e ele se descobriu quase em ângulo reto em relação à muralha, Septimus percebeu que, caso se inclinasse de propósito para longe da corda, o vento o atingiria menos e ele quase poderia descer andando pelas pedras irregulares, muitas das quais se projetavam bastante, proporcionando bom apoio para os pés.

A descida de Septimus prosseguiu até ele pisar no arbusto que tinha salvado Stanley. A mudança repentina sob seus pés fez com que entrasse em pânico, e por muito pouco ele não soltou a corda. Mas, à medida que foi se acalmando e recuperando o fôlego, percebeu que sentia o cheiro do rio e ouvia o som da água nas margens. Acelerou a descida e logo, como Stanley, estava pisando na lama. Deu três puxões rápidos na corda e se encostou, trêmulo, na muralha dos Emaranhados. *Tinha conseguido.* Ele sentiu a corda se mexer em suas mãos e soube que Jenna estava a caminho.

Não demorou para que Jenna chegasse a seu lado, ofegante e animada. Ao contrário de Septimus, a Princesa tinha adorado a empolgação da descida. Ficaram ali, olhando para cima, para a única janela iluminada em todo o paredão dos Emaranhados e viram mais um vulto sair. O vulto desceu depressa, e Septimus ficou surpreso com a agilidade de Marcellus, mas um grito quando ele chegou ao arbusto espinhento, que crescia a partir do paredão, mostrou-lhes que era Lucy, não Marcellus, como todos tinham concordado com antecedência.

– Ele me fez vir primeiro – disse Lucy, arquejando, enquanto dava os puxões na corda. – Disse que já tinha vivido o suficiente. E que o próximo deve ser Simon.

– *Simon!* – cuspiu Septimus. – Mas nós precisamos de *Marcellus.*

Lucy não disse nada. Olhou para o alto e não perdeu Simon de vista enquanto ele descia, veloz e sem esforço, pela corda. Logo ele estava ao lado deles. Rápido, Simon deu os três puxões e olhou ansioso para a janela.

– A porta não vai aguentar muito mais – disse ele. – Eles vão precisar se apressar.

Foi demais para Jenna. Já tinha esperado uma vez por sua mãe do lado de fora de uma sala que estava se enchendo de **Trevas**; e uma vez era o suficiente. Não podia suportar a ideia de passar por aquilo de novo.

– Mamãe! – gritou ela. – Mamãe! Depressa! Por favor, venha *depressa*!

Mas ninguém vinha.

Lá em cima, no aposento por trás da Grande Porta Vermelha, duas pessoas que deveriam ter mais juízo discutiam para decidir quem seria o próximo. Sarah olhou em torno do aposento que amava, que ela agora sabia que também Silas amava – e hesitou. Não importava que a porta de Benjamin Heap estivesse se transformando diante de seus olhos, com a tinta vermelha escurecendo como se estivesse sendo queimada por labaredas do outro lado. Não importava que fiapos do **Nevoeiro das Trevas** pairassem ali dentro como nuvens de tempestade anunciando a chegada de um furacão – Sarah se recusava a se mexer. Estava determinada a ser a última a sair.

– Marcellus. Você deve ir primeiro.
– Não vou deixá-la, sozinha, Sarah. Vá você, por favor.
– Não. *Você* vai, Marcellus.

— Não. *Você*.

Foi a porta de Benjamin Heap que resolveu a questão. Ouviu-se um *craque* de repente. Uma almofada partiu-se, e um longo filete das **Trevas** veio entrando. Num instante, o fogo na lareira se apagou.

— Ai, esse pobre cavalo — disse Sarah, ainda hesitando.

— Sarah, *saia* – disse Marcellus. Ele agarrou sua mão e a puxou para a janela. — *Nós dois* vamos.

Sarah cedeu. Com uma agilidade surpreendente, saiu pela janela e se pendurou na corda. Não era à toa que tinha morado na casa da árvore de Galen. Marcellus veio atrás. Fechou a janela com força, prendendo a corda. Depois, também ele começou a descida, com facilidade. Não era nada em comparação com a alta chaminé no Antigo Caminho, pela qual ele subia regularmente na velhice. Lá embaixo, Septimus, Jenna, Simon e Lucy entreolharam-se, com alívio.

Sarah e Marcellus avançavam bem, atrapalhados apenas pelo arbusto de Stanley, no qual Sarah, irritada, deu um chute. Foi a gota d'água para o arbusto, que despencou com uma chuva de pedrinhas sobre os espectadores ali embaixo. Quando eles voltaram a olhar para o alto, a luz na pequena janela de caixilhos tinha se apagado. O enorme paredão de pedra dos Emaranhados estava agora totalmente nas **Trevas**.

Por fim, Sarah pisou no chão, meio cambaleante. Jenna atirou-se para abraçá-la.

— Ai, *Mamãe*.

Marcellus afastou-se da muralha e deu um salto atlético – esperava ele – para evitar o grupo reunido em torno de Sarah. Pousou no chão, com um *splat*.

– Eca! – resmungou ele. – Droga de cavalo.

– Vocês se safaram por *um triz* – disse-lhes Septimus, em tom de reprovação. Ele achava que Marcellus devia ter sido fiel à ordem combinada para a saída.

– É mesmo – disse Marcellus, examinando o sapato arruinado.

A despreocupação de Marcellus irritou Septimus.

– Mas nós decidimos a ordem de saída por um motivo. Era importante para o Castelo inteiro – insistiu ele.

– Mas aquilo que é certo à fria luz da razão – disse Marcellus com um suspiro – pode parecer muito errado diante da realidade. Não é verdade, Simon?

– É – respondeu Simon, lembrando-se da **Coisa** estrangulando Sarah. – É, sim.

– A culpa foi minha – disse Sarah. – Eu queria ser a última... como um capitão abandonando o navio. Seja como for, não faz diferença. Agora estamos todos em segurança.

– Não está me *parecendo* assim tão seguro – disse Lucy, dando voz ao que a maioria estava pensando. Ela olhou para Jenna, com ar de acusação. – Você disse que sempre havia barcos aqui. Mas não estou vendo nenhum.

Jenna passou os olhos pela faixa de lama que se estendia entre a beira da água e as muralhas verticais dos Emaranhados. Não estava entendendo. Sempre havia barquinhos amarrados aos numerosos cabos que desciam de argolas nas muralhas até pesos afundados no leito do rio. Mas agora não havia nenhum.

Lucy estava ficando agitada.

– O que vamos *fazer*? A água está subindo, e *eu não sei nadar*.

– Tudo bem, Lucy – disse Septimus, parecendo mais confiante do que se sentia. Vou **Chamar** Cospe-Fogo. É provável que ele venha, agora que estamos longe das **Trevas**.

Septimus respirou bem fundo e deu o **Chamado** de dragão mais alto que já tinha dado. O som penetrante e ululante reverberou nas paredes dos Emaranhados e ecoou do outro lado do rio. E, quando os últimos sussurros desapareceram, seu **Chamado** foi respondido, não pelo som esperado de asas de dragão batendo no ar, mas pelo grito de um monstro, dentro do Castelo.

– Sep... o que que você **Chamou**? – cochichou Jenna.

– Não sei – respondeu Septimus, baixinho.

Cospe-Fogo não veio, e Septimus não se atreveu a **Chamar** outra vez.

A estreita faixa de lama entre as muralhas verticais dos Emaranhados e a largura do rio gelado e profundo era apenas um refúgio temporário. Eles sabiam que, com a subida da maré, ela desapareceria aos poucos. Olhavam cobiçosos para a segurança da margem oposta. Muito ao longe, à direita, bruxuleando através dos galhos nus das árvores de inverno, viam-se as luzes distantes de uma casa de fazenda. Rio acima, mais para a esquerda, havia um clarão de fogo na janela do térreo da Taberna do Linguado Delicioso. Os dois locais eram inatingíveis.

– Vamos precisar andar até as Docas Velhas – disse Septimus.
– Ver se encontramos um barco por lá.
– Um que já não esteja meio afundado – disse Jenna.
– Você não tem alguma ideia melhor? – perguntou Septimus.
– Parem com isso, vocês dois – disse Sarah. – Acho que ninguém *tem* nenhuma ideia melhor. Será que temos?
Fez-se silêncio.
– Então é para as Docas Velhas que vamos – disse Sarah. – Sigam-me.

Sarah guiou o grupo exausto e gelado pela lama. No entanto, enquanto Stanley, com sua leveza de rato, tinha passado rapidamente pela superfície da lama, para humanos isso não era tão simples. Os pés afundavam no lamaçal, eles davam topadas em pedras escondidas e tropeçavam em cabos de atracar, vazios. Enquanto lutavam para avançar através do lodaçal enregelante, viam inúmeras janelas abertas, nas quais tinham sido suspensas cordas improvisadas e lençóis amarrados, abandonados. Agora entendiam por que todos os barcos haviam sumido. Até mesmo os cais flutuantes haviam sido desengatados e forçados a funcionar como embarcações. Nada que flutuasse restava no seu lado do rio.

Por fim, chegaram ao Rio Subterrâneo, um riacho encoberto que desaguava ali, vindo por baixo do Castelo. Sem se dar conta de onde estava, Sarah deu um passo à frente, caindo nas águas profundas e velozes.

– Ai! – Sarah deu um grito abafado, em choque ao ser levada para o meio do rio.

Com um ruído forte de alguém se jogando na água e um grito de Lucy, Simon apareceu dentro do rio, espirrando água. E então ele virou e nadou na escuridão atrás de Sarah.

— Simon! — berrou Lucy. — Aaaaaaaaaaai! *Simon!*

Jenna, Septimus e Marcellus ficaram ali, abalados, em pé na margem lamacenta do Rio Subterrâneo. Olhavam fixamente pela escuridão, mas não conseguiam enxergar nada. Lucy parou de gritar, e os sons de Simon nadando foram se reduzindo. Enregelados pelo vento, eles escutavam em silêncio alguns ruídos leves de batidas na água, vindos de algum lugar no meio do rio.

✢ 40 ✢
ANNIE

Sally Mullin tinha insistido com Nicko para levar seu novo barco, o *Annie*.

— Espero que ele lhe dê tanta sorte quanto meu *Muriel* — disse ela. — Só não me vá transformá-lo em canoas desta vez.

Nicko tinha prometido. *Annie* — barco amplo e espaçoso, com uma cabine aconchegante — era bom demais para ser transformado em qualquer outra coisa.

Depois de ajudar Jannit e Maggie a atracar a Banheira de Porcos em segurança, Nicko e Rupert só partiram depois da meia-noite. Foram velejando rio acima, rumo aos Emaranhados, no lado norte do Castelo. Avançavam lentamente de início porque o forte vento nordeste estava contra eles, mas acompanharam o rio pela curva que abraçava as muralhas do Castelo, e aos poucos a posição do *Annie* em relação ao vento mudou. E eles ganharam velocidade.

Foi uma viagem desalentadora. A visão espectral do Castelo desolado e em **Trevas** fez tanto Rupert como Nicko duvidar de que encontrariam alguém a salvo no aposento dos Heap no alto dos Emaranhados. E quando, mais uma vez, o rugido apavorante ecoou pelo rio afora, eles começaram a temer o que encontrariam.

– O que *foi* isso? – sussurrou Rupert.

Nicko não podia acreditar. Naquele momento, ele não queria saber o que era.

Enquanto rumavam para as Docas Velhas, um nó começou a se formar no estômago de Nicko. Aquele era o lugar de onde era possível ver pela primeira vez a pequena janela de caixilhos, em arco, da família Heap, bem no alto dos Emaranhados. Nicko sempre olhava para cima quando ia por ali – e sentia uma pequena fisgada de saudade de tempos passados –, mas agora não se atrevia a olhar. Ele concentrava a atenção na água escura do rio, porque cada instante sem saber era mais um instante de esperança. Uma rápida lufada de minúsculos flocos de neve atingiu seus olhos, e Nicko os esfregou, olhando de relance para o alto. *Não havia luz alguma.* O paredão vertical dos Emaranhados erguia-se como a face de um penhasco; e, assim como a face de um penhasco, estava totalmente escuro. Uma onda de desolação abateu-se sobre Nicko. Ele curvou os ombros e ficou olhando para o timão. Foi então que ouviu um barulho na água.

— Só um pato — disse Rupert, respondendo ao olhar de interrogação de Nicko.

— Dos grandes — disse Nicko. Ele fixou os olhos na direção dos Emaranhados, de onde o barulho tinha vindo. Sua esperança por algum motivo começava a aumentar. Veio então outro *splash*, e um berro cruzou o ar.

— Lucy! — disse Rupert, espantado. — É *Lucy*. — Ninguém berrava como sua irmã.

Nicko já tinha virado o *Annie* na direção dos ruídos. Rupert tirou a lanterna de debaixo de sua proteção e passou a luz pela água, procurando.

— Tô vendo ela! — gritou Rupert. — Ela tá na água. Lucy! Lucy! Tamos chegando! — Ele lançou a escada pela amurada.

Do lado do Rio Subterrâneo, o grupo em apuros ouviu gritos de lá do meio do rio e viu uma luz aparecer de repente na escuridão. No facho de luz que balançava loucamente, viram Sarah ser puxada de dentro da água e depois a cabeça de Simon, subindo e descendo aos pés da escada. Um xingamento chegou até a margem.

— É o biruta do seu irmão.

— Qual deles? — foi a resposta que todos ouviram na voz que reconheceram pertencer a Nicko.

— O que ele quer dizer com *qual deles*? — resmungou Septimus.

Foram necessárias algumas viagens no pequeno bote do *Annie* para apanhar Jenna, Septimus, Lucy e Marcellus. Mas, afinal, todos estavam a bordo, um pouco mais molhados do que gostariam, mas não tanto quanto estariam se Nicko não tivesse aparecido, como Jenna ressaltou.

Nicko não conseguia parar de sorrir enquanto abraçava o irmão – *não* o biruta – e a irmã.

– Foi o Stanley que contou onde a gente estava? – perguntou Jenna, enrolando-se agradecida numa das muitas mantas que Sally Mullin fornecera.

– Ele acabou contando – disse Nicko. – Como aquele rato fala... Seja como for, decidimos vir de barco e esperar aqui embaixo. Calculei que mais cedo ou mais tarde você olharia e nos veria, Jen. – Ele sorriu. – Acho que me lembro de você estar sempre olhando pela janela quando era pequena.

– Stanley, sempre confiável – disse Jenna. – Espero que seus ratinhos estejam bem.

– Seus o quê?

A resposta de Jenna foi cortada por mais um rugido tenebroso que veio ecoando pelas águas.

– Seus... ai, Nicko, Sep, olha só para *aquilo*... o que é?

Iluminado pelo clarão do **Escudo de Proteção** da Torre dos Magos, um vulto monstruoso podia ser visto dentro do **Nevoeiro das Trevas**.

– É *imenso* – sussurrou Jenna.

A criatura abriu a boca enorme e deu mais um berro por cima do rio.

– É... um *dragão* – disse Nicko, com a voz abafada.

— Umas dez vezes maior que Cospe-Fogo — disse Septimus, que estava bastante preocupado com seu dragão.

— Esse aí devoraria Cospe-Fogo num piscar de olhos — disse Nicko.

— Nicko, *não* diga isso! — protestou Jenna.

Mas Nicko tinha expressado exatamente o que preocupava Septimus.

Eles ficaram olhando por cima das águas, vigiando o monstro; ele dava a impressão de estar experimentando suas asas, que eram seis. Ele se ergueu um pouco no ar e depois caiu de volta ao chão, com o que pareceu ser um rugido de frustração.

— Seis asas. Um dragão das **Trevas** — murmurou Septimus.

— Isso não é bom — disse Nicko, abanando a cabeça.

— As coisas estão piores do que temíamos — disse Marcellus, juntando-se a eles. — Ninguém está a salvo no Castelo com aquela coisa à solta. Qual é a velocidade máxima deste barco, Nicko?

— Depende do vento — respondeu Nicko, dando de ombros.

— Mas parece que ele está aumentando. Podemos chegar ao Porto não muito depois do amanhecer, se tivermos sorte.

— Ao *Porto*? — perguntou Marcellus, intrigado. Olhou de relance para Septimus. — Você não contou para ele, Aprendiz?

— Contou para ele o quê? — perguntou Nicko, desconfiado.

— Que estamos indo ao Riacho da Desolação — disse Septimus.

— *Riacho da Desolação?*

— É. Desculpa, Nik. A gente precisa ir pra lá. Rápido.

— Puxa, Sep. Já não basta tudo isso de ruim por aqui? Você quer *mais* troços das **Trevas**?

Septimus balançou a cabeça.

– Precisamos ir. É a única esperança que temos de fazer parar o que está acontecendo aqui.

– Bem, você não vai levar Mamãe – disse Nicko.

Os ouvidos aguçadíssimos de Sarah estavam funcionando bem. Sua cabeça apareceu na escotilha iluminada.

– Não vai levar Mamãe aonde?

– Ao Riacho da Desolação – disse Nicko.

– Se for lá que Septimus precisar ir, é para lá que vou também – disse Sarah. – Não quero que percam nem um minuto comigo, Nicko. Faça simplesmente o que Septimus e Marcellus lhe pedirem.

Nicko ficou surpreso.

– Tá bom, Mamãe. Você é que manda.

Eles passaram pelas luzes reconfortantes da Taberna do Linguado Delicioso, e em seguida o mastro do *Annie* arranhou o fundo da Ponte de Mão Única, deixando Nicko com os nervos à flor da pele. Quando começaram a fazer a primeira curva, todos se reuniram no convés para um último vislumbre do Castelo. O único som era o rangido dos cabos do *Annie* e o marulho das águas enquanto o vento o levava depressa. Seus passageiros estavam num silêncio lúgubre. Eles olhavam de volta para o vulto escuro do Castelo, que tinha sido seu lar, e pensavam em todos os que haviam ficado para trás. Lucy se perguntava se seu pai e sua mãe ainda estariam vivos. Quanto tempo alguém poderia sobreviver num transe das **Trevas**? Simon lhe dissera que uma vez permanecera quarenta dias num transe e que no final tinha saído bem. Mas Lucy sabia que Simon era diferente. Sabia que ele praticara todos os tipos de atividades das **Trevas**, muito embora não gostasse de falar a respeito. Mas seus pais não tinham a menor ideia desses assuntos. Lucy os imaginava desmaiados do lado de fora da casa do Portão, com a neve a encobri-los, enquanto eles iam congelando aos poucos. Ela sufocou um soluço e correu para baixo. Simon foi atrás.

À medida que eles se afastavam mais, a Torre dos Magos tornou-se um pouco mais visível. O **Domínio das Trevas** crescia cada vez mais, e apenas os dois andares superiores, dos aposentos de Márcia e da Pirâmide Dourada, ainda estavam livres do **Nevoeiro**. O **Escudo de Proteção** roxo e índigo ainda refulgia forte, mas de vez em quando uma nova cor surgia – um fraco lampejo de laranja.

Sarah e Jenna sentiam-se reconfortadas pelas luzes. Elas pensavam em Silas em algum lugar da Torre, acrescentando sua contribuição – reconhecidamente pequena e pouco confiável – à **Magya** das defesas da Torre dos Magos. Septimus e Marcellus, porém, não se sentiam nem um pouco reconfortados.

Marcellus levou Septimus para longe dos outros.

– Suponho que você saiba o que aquele lampejo laranja significa, Aprendiz. – disse ele.

– O **Escudo de Proteção** está correndo grave perigo – disse Septimus. Ele não conseguia acreditar. – Isso não é bom.

– Não, não mesmo – disse Marcellus.

— Quanto tempo você acha que temos até ele... fraquejar? — perguntou Septimus.

— Não sei — respondeu Marcellus, pessimista. — Só nos resta correr para o Riacho da Desolação. Sugiro que você descanse um pouco.

— Não. Vou ficar acordado. Ainda temos de fazer os cálculos do lugar *exato* no Riacho da Desolação onde fica o **Portal** — disse Septimus.

— Aprendiz, você precisa dormir. Você tem pela frente uma tarefa para a qual necessitará de todos os seus poderes. Simon e eu faremos os cálculos finais. *Sem protestos, por favor.* Ele está se revelando um matemático da maior competência.

Septimus detestou a ideia de dormir enquanto Simon assumia seu lugar ao lado de Marcellus.

— Mas...

— Septimus, é pelo bem do Castelo, pela sobrevivência da Torre dos Magos. Todos nós devemos fazer o que pudermos... e o que você pode fazer agora é *dormir*. Deixe a Torre para lá; ela não lhe faz nenhum bem. — Marcellus pôs o braço em torno dos ombros de Septimus e tentou conduzi-lo na direção da cabine. Septimus resistiu.

— Um minuto. Vou daqui a um minuto.

— Muito bem, Aprendiz. Não se demore. — Marcellus deixou Septimus em paz e desceu para a cabine.

Septimus ansiava por avistar Márcia. Queria ver seu rosto na janela, saber que ela estava bem.

— Nicko, você tem um telescópio? — perguntou.

É claro que Nicko tinha um telescópio.

– A Torre está bonita, não está? – disse Nicko, entregando-lhe o instrumento. – Gosto do laranja.

Septimus não respondeu. Focalizou o telescópio na Torre dos Magos e em silêncio acrescentou sua própria **Ampliação**. O alto da Torre, que aparecia acima do **Nevoeiro**, surgiu num foco nítido. Septimus abafou um grito. A Torre parecia tão perto que ele teve a impressão de que poderia estender a mão e tocar nela. Ansioso, procurou a janela do escritório de Márcia, acreditando que estaria apenas visível. E estava. E não só a janela do escritório estava visível, como também o vulto inconfundível da cabeça e dos ombros de Márcia, aparecendo em silhueta na janela iluminada. Parecia que ela olhava direto para ele. Sentindo-se um pouco bobo, Septimus acenou, mas quase de imediato Márcia virou-se, e Septimus percebeu que ela não o vira de modo algum. Sentindo-se de repente solitário, Septimus desejou muito poder falar com ela. Ansiava por lhe contar que ainda havia esperança, dizer-lhe que aguentasse o máximo possível, que não desistisse, que por favor não desistisse.

A voz de Jenna interrompeu seus pensamentos.

– Me deixa dar uma olhada, Sep. Por favor. Quero ver... bem, quero ver se descubro Papai em algum lugar.

Relutando em largar o que lhe parecia ser uma ligação com a Torre dos Magos, Septimus elevou o telescópio para uma olhada final na Pirâmide Dourada. Ele arquejou com a surpresa. Pousado no quadrado plano no topo da pirâmide estava o vulto inconfundível de Cospe-Fogo.

– Que foi, Sep? – perguntou Jenna, preocupada.

Com um largo sorriso, Septimus passou-lhe o telescópio.

– É Cospe-Fogo. Então foi por isso que ele não veio. De algum modo, conseguiu ficar dentro do **Escudo de Proteção**. Está pousado no alto da Pirâmide Dourada.

– Uau! E está mesmo – disse Jenna. – Dragão esperto. Lá em cima ninguém vai conseguir pegá-lo.

– Por enquanto – disse Septimus. E se aproximou da escotilha. – Vou dormir um pouco, Jen.

Jenna sentou no teto da cabine, movimentando o telescópio para lá e para cá pelas poucas janelas visíveis na Torre dos Magos, até o *Annie* acabar de fazer a curva e o Castelo desaparecer de vista. Mas ela não viu sinal de Silas.

Pela manhã, o sol de inverno nasceu para revelar uma paisagem pouco familiar. De cada lado do rio, campos vazios polvilhados com gelo e pontuados por árvores esparsas estendiam-se até uma cadeia de montes azuis no horizonte. A região parecia deserta, sem sequer uma casa rural à vista.

O interior da cabine do *Annie* estava aquecido, mas lotado. Nicko, Jenna, Rupert e Lucy estavam no convés, deixando algum espaço na minúscula cozinha de bordo para Sarah preparar uma enorme travessa de ovos mexidos para o desjejum. Marcellus e Simon estavam à mesa de mapas com esquadros e transferidores, fazendo os últimos desenhos a partir das coordenadas codificadas do almanaque para o **Portal** de acesso aos **Salões das Trevas**. Septimus ainda dormia, bem protegido num leito apertado, com seus cachos despenteados só aparecendo acima da sua capa e de uma manta de Sally. Ninguém tinha pressa para acordá-lo.

Por fim, o apetitoso aroma dos ovos mexidos invadiu seus sonhos; e, sonolento, Septimus abriu os olhos.

– Já calculamos onde fica o **Portal** – disse Simon, olhando para ele, com os olhos injetados de cansaço.

Septimus sentou-se no leito, lembrando-se com desânimo do que teria de fazer naquele dia.

– Onde é? – perguntou.

– Coma antes, Aprendiz – disse Marcellus. – Depois conversamos sobre isso.

Septimus sabia que eram más notícias.

– Não. Digam agora. Preciso saber. Preciso... me preparar.

– Septimus, sinto muito – disse Marcellus. – É no Remoinho sem Fundo.

✛ 41 ✛
Riacho da Desolação

O Riacho da Desolação era um lugar frio, úmido e lúgubre, assombrado pelo fantasma do *Vingança*, uma embarcação das **Trevas**, que no passado ficara ancorada por lá. Suas águas eram fundas e paradas, presas entre duas vertentes rochosas. Algumas árvores mirradas agarravam-se sem muito entusiasmo às encostas áridas, mas a maioria havia parado de se importar, tendo caído dentro das águas, onde continuavam em decomposição, proporcionando um perfeito criatório para a famigerada cobra-d'água do Riacho da Desolação – um esguicho nojento de lodo venenoso – e seu igualmente adorável parasita, a Longa Sanguessuga Branca. No verão, enxames de borrachudos agressivos patrulhavam as margens do riacho, mas no inverno, por sorte, eles sumiam. Sua ausência era mais do que compensada, porém, pelos minúsculos Besouros Saltadores, que se arriscavam a sair para a terra quando a água esfriava. Esses Besouros conseguiam pular a um metro e oitenta de altura e fincavam suas pinças em qualquer carne que pudessem encontrar, começando então a mastigar. O único jeito de removê-los era decapitá-los e esperar que as pinças se soltassem. Algumas cabeças podiam continuar mastigando dias a fio, até morrerem.

Em meio às rochas pontudas espalhadas nas encostas, havia alguns casebres de pedra construídos por antigos eremitas, pessoas desajustadas e um ou outro que quisera ter uma casa perto de água corrente, mas sofrera nitidamente de total falta de bom senso. Esses amontoados de pedras estavam agora desertos, embora Septimus soubesse que pelo menos um era **Possuído**.

Não era de surpreender que o Riacho da Desolação não recebesse muitas visitas, embora isso não resultasse necessariamente do seu navio fantasma, da fauna hostil e do forte cheiro de decomposição. O motivo principal era sua entrada ser protegida pelo famigerado Remoinho sem Fundo.

Toda criança do Castelo conhecia a história do Remoinho sem Fundo. Como ele fora criado durante um grande combate entre dois Magos em tempos antigos; como se dizia que cada Mago agitara as águas de modo enlouquecido no esforço de afogar o outro; como os dois tinham dado voltas um no outro, cada vez mais velozes, até que ambos fossem sugados para as profundezas e nunca mais fossem vistos. Era do conhecimento de todos que o remoinho descia até o próprio centro da Terra, e alguns acreditavam que ele seguia direto para sair do outro lado.

Havia eventuais excursões diurnas provenientes do Castelo para ver o Remoinho sem Fundo. Essas costumavam ser um presente de aniversário de treze anos. Depois de entrar pelo Riacho da Desolação para tentar avistar o *Vingança*, os veleiros, cheios de novos adolescentes eufóricos, aos berros, davam uma volta em torno do remoinho. Entretanto, essas excursões eram comandadas por capitães experientes que sabiam qual a distância segura a manter do remoinho e podiam detectar os primeiros sinais de aviso de que um barco estava sendo arrastado na direção dele. Somente as embarcações maiores e mais pesadas, como o *Vingança* tinha sido outrora, conseguiam passar ali por perto.

Nicko tinha certeza de que o *Annie* não era uma dessas. Também sabia que ele próprio não era um daqueles capitães que entendiam qual a distância segura a ser mantida do remoinho, embora tivesse esperança de poder distinguir os sinais de que estavam sendo puxados para perto demais. E assim, quando surgiram à sua frente os intimidantes afloramentos rochosos que anunciavam a entrada do Riacho da Desolação, Nicko começou a se sentir nervoso – mas não tanto quanto Septimus.

Septimus estava sentado sozinho na proa do barco, logo atrás do gurupés e de sua grande vela vermelha enfunada com o vento de inverno. Nunca – nem mesmo nos Exercícios noturnos de Tudo-ou-Nada na Floresta – tinha se sentido tão apavorado. Baixou os olhos para uma pequena folha de papel coberta com a letra elegante de Marcellus, com algumas perguntas e respostas destacadas com marcadores, que ele tentava memorizar. Elas não eram diferentes dos Pontos Pré-Exercício (ou PPEs) do Exército Jovem, que os meninos precisavam decorar e depois recitar antes de cada expedição. Essa impressão de já ter passado por aquilo aumentou a sensação que Septimus tinha de estar próximo do seu fim, mas também fez com que recorresse a seus antigos hábitos do Exército Jovem, de se concentrar na sobrevivência – e em nada mais. Assim, enquanto estava sentado atrás do mastro da proa, Septimus contemplava a água cinzenta como o ferro e recitava baixinho, aprendendo as respostas que deveria usar quando fosse interpelado por qualquer coisa das **Trevas**.

– *Quem és?* Sum.

– *Como estás?* Em **Trevas**.

– *O que és?* O Aprendiz do Aprendiz do Aprendiz de DomDaniel.

– *Por que vieste aqui?* Procuro o Aprendiz de DomDaniel.

Septimus estava tão absorto que não percebeu Jenna e Nicko entrando de mansinho no espaço de cada lado dele. Pacientes, eles esperaram até ele parar de murmurar, e então Jenna falou:

– Vamos com você – disse ela.

— *O quê?!* — exclamou Septimus, chocado.

— Nik e eu... resolvemos ir com você. Não queremos que você vá sozinho — disse Jenna.

Isso surtiu o efeito oposto ao que Jenna pretendia: de repente, Septimus se sentiu totalmente só. Percebeu que os dois não faziam ideia da total impossibilidade do seu pedido. E fez que não.

— Jen, vocês não podem. Não dá. Acredite em mim.

Jenna viu a expressão nos olhos de Septimus.

— Tá bem... Eu acredito. Mas, se não podemos ir junto, então eu pelo menos quero saber aonde você está indo. Marcellus sabe, até Simon sabe. Por isso, acho que Nik e eu merecemos saber também.

Septimus não respondeu. Fixou o olhar nas águas e desejou que Jenna e Nik o deixassem em paz. Precisava se desligar.

Mas Jenna não desistia. Ela enfiou a mão por baixo de sua capa de bruxa, tirou o *A Rainha Governa* e o abriu numa página que conhecia bem, pondo-o diante do nariz de Septimus.

— Olhe — disse ela, fincando o dedo num parágrafo gasto e encardido.

Relutante, Septimus forçou os olhos para enxergar a letra minúscula. E em seguida desistiu. Sacou o presente de aniversário que Márcia lhe dera e passou a Lupa pela página, lendo.

— *A P-E-C tem o Direito De Saber todos os fatos referentes à segurança e bem-estar do Castelo e do Palácio. O Mago ExtraOrdinário (ou, em sua ausência, o Aprendiz ExtraOrdinário) é obrigado a responder a todas as perguntas da P-E-C com franqueza, em termos completos e de imediato.*

Com a cabeça cheia, por conta do que precisava fazer, Septimus não reconheceu de pronto o objeto diante de seus olhos. Foi então que lhe ocorreu. Ele se lembrou da manhã do seu aniversário, que agora parecia tão distante. Sorriu ao recordar o comentário de Márcia sobre "aquela droga de livro vermelho de letras tremidas, que é o tormento da vida de todo Mago ExtraOrdinário". Então era a *isso* que ela estava se referindo. E ao se lembrar da Torre dos Magos e do Castelo como eram antes, ainda com o belo presente de aniversário de Márcia nas mãos, Septimus de algum modo se sentiu menos só. Sentiu-se parte do todo mais uma vez, e também percebeu que se sentia aliviado. *Queria* contar para Jenna para onde ia, queria que ela participasse do que estava fazendo. Mesmo que não pudesse ir com ele, Jenna poderia pensar nele enquanto ele estivesse lá, desejando que passasse em segurança pelos **Salões das Trevas** até o outro lado. Septimus não sabia ao certo se deveria contar a Nicko também, mas já não se importava com o que "deveria" ou "não deveria" fazer.

Assim, enquanto iam se aproximando do Riacho da Desolação e viam o movimento da água que denunciava o Remoinho sem Fundo, Septimus contou a Jenna e Nicko que ia procurar Alther, para trazê-lo de volta ao Castelo através do Calabouço Número Um. Disse-lhes que não se preocupassem porque ele tinha o **Disfarce das Trevas**. E, apesar de não acreditar nisso, disse-lhes que tudo daria certo e que os veria em breve. Quando terminou de falar, Nicko e Jenna ficaram em silêncio. Jenna enxugou os olhos na manga e Nicko tossiu.

— Estaremos lá à sua espera, Sep — disse Jenna.

— Do lado de fora do Calabouço Número Um — disse Nicko.

— Não. Vocês não podem fazer isso.

Jenna assumiu sua melhor voz de Princesa.

— Nicko e eu *estaremos* à sua espera diante da entrada do Calabouço Número Um. *Não, Sep, não diga nada.* Com minha capa de bruxa, nós podemos andar pelas **Trevas**. Você não está nessa sozinho. Entendeu?

Septimus fez que sim. Achou que não estava em condições de falar.

Um grito de Rupert interrompeu aquele momento.

— Nik... A água está começando a puxar!

Nicko levantou-se de um salto. Dava para sentir a força da correnteza ali por baixo; e o panejar das velas do *Annie* indicava que a proa estava sendo puxada contra o vento e o barco começara a perder o rumo. Eles estavam se dirigindo agora para a leve nuvem de respingos que assinalava o Remoinho sem Fundo. Nicko voltou correndo para a popa. Ele tirou Rupert, que não era um marinheiro nato, do timão e gritou para todos:

— Os remos! Todos peguem os remos!

Os quatro longos remos do *Annie* foram tirados do teto. Em pé ao longo dos costados do barco, Sarah, Simon, Lucy e Rupert enfiaram os remos na água. Com uma lentidão assustadora, cessou o avanço do barco na direção do Remoinho sem Fundo.

Septimus pôs-se de pé.

— Preciso ir, Jen — disse ele. — Estou pondo todos em risco.

— Ah, *Sep*. Ah!

Septimus abraçou Jenna e depressa deu um passo para trás.

— Essa capa de bruxa *vibra*... de verdade. Ela zumbe quando toco nela.

Jenna estava decidida a ser positiva.

— Que bom. Isso quer dizer que ela está carregada de, hum, trecos de bruxa. Vai ajudar quando eu e Nik entrarmos no Castelo.

— Certo. — Septimus deu um sorriso forçado. — Vejo vocês lá, então.

— Diante da porta do Calabouço Número Um. Esperamos por você lá. Vamos estar lá, prometo.

— É. Ok. Vou procurar Marcellus agora.

— Certo. Nós nos vemos, Sep.

Septimus fez que sim e foi voltando ao longo do convés, passando por Simon e Lucy, que estavam sentados, como gaivotas entristecidas, no teto da cabine.

— Boa sorte, Sep — disse Lucy.

— Obrigado.

Simon estendeu um pequeno **Talismã** preto de metal.

— Leve-o, Septimus. Ele o guiará até o outro lado.

Septimus recusou em silêncio. Naquele momento, era difícil para ele rejeitar qualquer oferecimento de ajuda, mesmo de Simon, mas estava determinado.

— Não, obrigado. Não aceito **Talismãs de Proteção**, de ninguém.

— Aceite então um conselho: sempre vá pela esquerda.

Septimus chegou ao posto de comando do barco, onde Marcellus acabava de surgir, vindo da cabine.

– Está na hora, Aprendiz – disse Marcellus, lançando um olhar ansioso para Sarah. Ele acabava de ter uma conversa difícil com ela, tentando convencê-la a deixar Septimus ir, sem perturbá-lo. Não tinha certeza se Sarah ia conseguir.

Mas Sarah conseguiu, com enorme esforço. Ela envolveu o filho caçula num abraço desesperado.

– Ai, Septimus! Tenha cuidado.

– Vou ter, Mamãe – disse Septimus. – Nós nos vemos logo, está bem?

– Está bem, meu querido. – Com isso, Sarah desceu correndo para dentro da cabine.

Nicko e Rupert fizeram descer o pequeno bote do mastro e o baixaram pelo costado, segurando-o pela corda. O barquinho frágil feito de ramos de salgueiro e couro ficou balançando suavemente na água, como uma folha. Consciente de que todos, menos Sarah, olhavam para ele, Septimus deu um sorriso tenso e desceu pela escada para o bote. Nicko entregou-lhe o remo único.

– Tudo certo? – disse ele, com a voz embargada.

Septimus fez que sim.

Com todos os instintos lhe dizendo que ele estava *matando seu irmão menor*, Nicko atirou a corda para o pequeno bote, soltando-o. De início, ele foi à deriva, num balanço alegre como se tivesse saído para um passeio de verão num lago de águas mansas. E depois começou a girar, devagar a princípio, como se levado por uma brisa suave. Ao aproximar-se sem desvios da nuvem de borrifos no centro do remoinho, o pequeno bote começou a ganhar velocidade. Como um brinquedo de parque de diversões do qual não se podia desistir, passou a girar a uma velocidade cada vez maior, à medida que era puxado inexoravelmente para a beira do turbilhão.

E então ele chegou ao ponto de onde seria impossível retornar. De um modo repentino, que provocou um arquejo de consternação em todos a bordo do *Annie*, ele foi sugado para o turbilhão. A capa verde de Septimus era o eixo em torno do qual o minúsculo barquinho preto girava, como um pião, enquanto dava voltas em círculos cada vez menores. Houve uma aceleração final, quando ele se inclinou de bico no centro do remoinho e sumiu.

Nada se mexia no riacho. No *Annie*, o silêncio era total. Ninguém podia acreditar no que eles acabavam de fazer.

✢➤42✤

OS SALÕES DAS TREVAS

Septimus cronometrou com perfeição seu **Disfarce das Trevas**. Quando o pequeno bote mergulhou no centro do remoinho, ele murmurou "Arbuc Sum" e sentiu o frio do véu das **Trevas** espalhar-se sobre ele como uma segunda pele. Depois, as coisas não foram assim tão perfeitas.

Septimus foi sugado para o turbilhão do remoinho, girado como um pedaço de madeira velha e puxado para sua garganta. Foi caindo, caindo a tamanha velocidade que seus pensamentos se concentraram num lugarzinho escuro no meio da sua mente, e ele não tomou conhecimento de nada, a não ser do rugido da água e da atração implacável do enorme vazio lá embaixo.

Àquela altura, sem um **Disfarce das Trevas**, Septimus teria se afogado, como a maioria das vítimas anteriores do remoinho.

Teria respirado uma última vez, enchido os pulmões de água e sido tragado por um buraco no leito do rio para dentro de uma enorme gruta subaquática que fora aberta no leito rochoso, como o interior de um ovo de trinta metros de extensão. Ali, teria dado voltas por algumas semanas, até que, um a um, seus ossos caíssem e fossem se juntar à pilha de varetas limpas, brancas e delicadas espalhadas no piso liso da gruta – o que restava daqueles que tinham percorrido o Remoinho sem Fundo ao longo dos muitos séculos transcorridos desde o Grande Combate dos Magos das Trevas.

O **Disfarce das Trevas** não poupou Septimus do buraco no leito do rio – através do qual ele foi sugado como um fio de macarrão por uma boca gulosa – nem das águas da gruta lá embaixo. Mas ele o protegeu como uma luva e lhe proporcionou a Arte das **Trevas** da Suspensão Debaixo d'Água – algo que Simon tinha passado muitos meses desagradáveis aprendendo a aperfeiçoar, com a cabeça dentro de um balde de água. Enquanto Septimus girava devagar pela gruta subaquática, seus pensamentos se desenredaram. Ele abriu os olhos e percebeu que ainda estava vivo.

A Arte das **Trevas** da Suspensão Debaixo d'Água causava uma impressão de distanciamento estranho. A razão para tal era a de amenizar o pânico e assim conservar o oxigênio, embora Septimus – como na verdade a maioria dos praticantes da Arte – não o percebesse. Ela também permitia que os olhos vissem perfeitamente, através do turvamento normal da água; o que fazia com que o movimento debaixo d'água fosse mais semelhante a voar do que a nadar. E assim, enquanto nadava ao longo das correntes circulares da gruta em forma de ovo, Septimus descobriu, para sua surpresa, que estava de fato gostando da sensação de estar debaixo d'água. Seu Anel do Dragão refulgia muito, dando à água ao seu redor um belo tom leitoso de verde. E quando ele se aproximava das paredes da gruta, a luz fazia cintilar os cristais na rocha, à sua passagem.

Entretanto, a Arte das **Trevas** da Suspensão Debaixo d'Água não dura para sempre. Depois de alguns minutos longos e atordoados, Septimus começou a se sentir ofegante e inquieto. Afastando os sinais iniciais de pânico, ele nadou para o alto, na direção do que esperava ser a superfície, onde haveria ar para respirar, só para bater a cabeça com um estalo dolorido no teto da gruta. O pânico avolumou-se. Não havia superfície... *não havia ar.*

Septimus afundou um pouco e, segurando o Anel do Dragão diante de si, nadou rápido, olhando para o alto, na esperança de ver algum tipo de abertura por onde pudesse respirar. Apenas uma bela inspiração profunda de ar era tudo de que precisava... *apenas uma.* Estava tão absorto olhando para o alto que quase não percebeu um lance de escada, entalhado na rocha bem diante dele. Foi só quando a luz do Anel do Dragão indicou uma faixa de lápis-lazúli engastada na borda de um degrau, e acima dela outra e mais outra, que ele percebeu ter encontrado a saída. Suas mãos ansiosas acompanharam a escada que subia por uma fenda no teto rochoso, através da qual desaparecia. Agora, desesperado por respirar, Septimus foi se alçando pela rocha e saiu arquejando para o ar gelado dos **Salões das Trevas**. O frio foi um choque para ele. Batendo os dentes, com a água escorrendo em cascata, Septimus levantou-se, trêmulo. Nos preparativos para sua **Semana das Trevas**, ele havia lido antigas descrições daquilo que muitos, atualmente, consideravam não ser mais do que um lugar mítico, por baixo da terra, mas Septimus agora sabia que eram verdadeiras. Todas descreviam o que ele no momento estava vivenciando: um cheiro bolorento de terra e a sensação sufocante de estar sendo comprimido pelas rochas ao redor. E, acompanhando tudo, um lamúrio espectral que parecia penetrar nos seus ossos. Elas também tinham mencionado um medo avassalador, mas Septimus, isolado pelo **Disfarce das Trevas** que o cobria dos pés à cabeça, não sentia medo algum – apenas exultação por estar vivo e poder respirar novamente.

Septimus deu-se o luxo de respirar fundo mais algumas vezes, e então tomou pé da situação. Atrás dele estava o buraco em forma de ovo do qual ele acabava de emergir. A luz fraca de seu Anel do Dragão captava o brilho do ouro da faixa de lápis-lazúli no degrau superior. À sua frente, havia o desconhecido: uma escuridão profunda e espessa. Septimus não tinha nenhum ponto de referência, nada que o orientasse, apenas a impressão de um colossal espaço vazio. Tudo em que podia se basear era no conselho de Simon. E ele o seguiu. Virou para a esquerda e começou a andar.

À medida que Septimus se empenhava na missão, sua mente começou a livrar-se do estado de pânico em que caíra durante seus últimos segundos debaixo d'água, e voltou a pensar com clareza. Segundo Marcellus, tudo o que tinha de fazer era atravessar os **Salões das Trevas** até chegar à entrada inferior de acesso à antecâmara do Calabouço Número Um. Era lá, dissera Marcellus, que era mais provável encontrar Alther. *Não faz muito tempo que ele foi* **Banido**, *Aprendiz. É improvável que tenha se afastado muito de lá.* Marcellus chegou mesmo a descrever a entrada para ele, de modo tão detalhado que Septimus desconfiou que o próprio Alquimista já a tivesse visto. Um pórtico, como ele o tinha chamado: um portal quadrado, ladeado por colunas antigas de lápis-lazúli. Marcellus calculara que ele deveria caminhar cerca de sete milhas até lá, que era a distância em linha reta do Remoinho sem Fundo até o Castelo.

Septimus apertou o passo. Àquela velocidade, deveria levar duas horas para cobrir sete milhas, calculou. Foi uma caminhada monótona. Ele via muito pouco além do chão de terra batida debaixo dos pés; quando estendia seu Anel do Dragão adiante de si, não via nada a não ser o círculo de luz. Era um pouco desnorteante, mas ele andava com entusiasmo: *Alther estava por perto.* Logo ele o veria e diria: "Ah, *cá* está você, Alther", como se tivesse deparado com o fantasma enquanto passeava tranquilo pelo Caminho dos Magos. Tentou imaginar o que Alther diria e como o fantasma ficaria feliz ao vê-lo. Preparando-se para esse momento, Septimus repassou mentalmente a **Reversão do Banimento**, que Márcia lhe ensinara. Era complicada e, como o próprio **Banimento**, devia demorar exatamente um minuto, sendo completada sem hesitação, repetição ou divergência.

Septimus continuava andando, com as batidas secas das botas no piso de terra. Tinha a sensação de estar atravessando um espaço imenso, mas não vazio. Em toda a sua volta havia lúgubres lamúrios, como se o vento estivesse chorando em desespero e derrota. Enquanto avançava através da atmosfera úmida e terrosa, pequenas rajadas de ar passavam roçando por ele, umas aquecidas, umas frias e outras causando uma sensação de intensa malevolência que o deixava sem fôlego e lhe relembrava que estava num lugar perigoso.

Algum tempo depois – sem dúvida muito mais do que uma hora e meia –, Septimus começou a suspeitar que os **Salões das Trevas** eram muito, muito maiores do que ele e Marcellus tinham imaginado. Um dos escritores antigos os chamara de "Os Intermináveis Palácios das Lamentações". Septimus havia registrado as Lamentações, mas tinha prestado pouca atenção à parte dos Intermináveis Palácios. Na realidade, a caverna pela qual caminhava era sem dúvida maior que dez Palácios do Castelo – e não mostrava sinais de terminar. A enormidade de sua missão de repente o atingiu. Não havia mapas dos **Salões das Trevas**. Tudo o que sabiam era baseado em lendas ou em textos de um punhado de Magos que tinha se aventurado a ir lá e voltado para contar a história. A maioria deles enlouquecera rapidamente: não eram as fontes mais confiáveis, pensou Septimus, enquanto seus pés exaustos seguiam em frente.

Portanto, foi com enorme alívio que Septimus por fim viu um marco surgir do meio da escuridão – uma grande abertura quadrada cortada na rocha, ladeada por duas colunas de lápis-lazúli. Era exatamente igual à entrada do Calabouço Número Um, descrita por Marcellus. Com novo ânimo, Septimus apressou-se naquela direção. Agora tudo o que tinha a fazer era atravessá-lo e encontrar Alther do outro lado.

À medida que se aproximava mais do pórtico, Septimus percebeu alguma coisa branca junto à sua base; quando chegou mais perto, viu o que era. Ossos. O esqueleto, limpo e totalmente branco – com exceção de um anel fino de latão com uma pedra vermelha no dedo mínimo da mão esquerda –, estava sentado encostado à parede, com o crânio inclinado num ângulo atrevido na direção das colunas, como se indicasse o caminho.

Com a sensação de que seria errado passar pelos ossos como se nada fossem, Septimus parou. Eles haviam pertencido a alguém pequeno, talvez não maior do que ele um ano antes. Pareciam frágeis, tristes e solitários; e Septimus sentiu uma onda de compaixão por eles. A pessoa a quem tinham pertencido sobrevivera de algum modo ao Remoinho sem Fundo, só para descobrir que um deserto assombrado e congelante a aguardava.

Um súbito lamúrio do vento atravessou o pórtico e gelou Septimus, mesmo através do **Disfarce das Trevas**. Um acesso de tremores dominou-o, e ele decidiu que estava na hora de entrar na antecâmara do Calabouço Número Um; hora de encontrar Alther e fazer o que viera fazer. Cumprimentou, respeitoso, os ossos com um gesto de cabeça e entrou pelo pórtico.

A antecâmara do Calabouço Número Um não era como Septimus imaginara. Parecia idêntica ao espaço vazio pelo qual ele viera andando. E ali não havia sinal de Alther. Na verdade, não havia sinal de nenhum fantasma. Segundo os textos, a antecâmara era o lugar mais assombrado da Terra, principalmente pelos fantasmas dos que foram jogados no calabouço ao longo dos séculos. Um dos maiores temores causados pelo Calabouço Número Um era a certeza de que os que ali morriam jamais eram vistos como fantasmas. Todos eram vítimas da escravidão dos **Salões das Trevas** e passavam toda a sua fantasmidade nos subterrâneos, sem nenhuma possibilidade de voltar a ver as pessoas ou os lugares que tinham amado em vida. Era bastante compreensível que muitos preferissem permanecer na companhia de outros fantasmas em vez de vagar pelos "Intermináveis Palácios das Lamentações".

A antecâmara do Calabouço Número Um era descrita como uma câmara circular, revestida de tijolos pretos, iguais aos usados para construir o pequeno tubo de chaminé que assinalava a entrada superior do calabouço. E se aquelas descrições estavam certas – e Septimus acreditava que estavam –, ele com certeza não estava na antecâmara do Calabouço Número Um.

Septimus sentiu-se à beira do desespero. Se não estava na antecâmara, onde estaria? Ocorreu-lhe a resposta espontânea: estava perdido. Total e irremediavelmente perdido. Muito mais perdido do que estivera alguns anos antes, naquela noite passada na Floresta com Nicko. Para evitar entrar em pânico, Septimus pensou no que Nicko diria nesse momento. Diria que eles precisavam seguir em frente. Diria que mais cedo ou mais tarde chegariam ao Calabouço Número Um, que era apenas uma questão de tempo. E assim, levando consigo um Nicko imaginário, Septimus partiu mais uma vez **Trevas** adentro.

Quase de imediato foi recompensado com a visão de três entradas quadradas, simples, abertas na parede de rocha lisa. Parou e pensou no que fazer. Lembrou-se do conselho de Simon, e as palavras de Marcellus voltaram à sua mente: *Aprendiz, creio sinceramente que podemos confiar nele.*

Septimus passou pela entrada da esquerda.

Mais um espaço cheio de lamúrias e medo o aguardava. Imaginando Nicko a seu lado, Septimus continuou a andar depressa; em pouco tempo, chegava a mais dois pórticos, um ao lado do outro. Mais uma vez, seguiu pelo da esquerda. Esse o levou a um longo corredor sinuoso, pelo qual passava um vento encanado, desagradável. O vento berrava para Septimus, o fustigava e às vezes o atirava contra as paredes, mas Septimus prosseguia e, por fim, saiu do corredor para outra caverna vazia, onde, mais uma vez, virou à esquerda.

Seguiu-se mais uma hora entediante de caminhada. Àquela altura Septimus estava esgotado, com os pés moídos, e o **Disfarce das Trevas** dava a impressão de estar mais fino. O ar gelado penetrava fundo em Septimus, que não conseguia parar de tremer. As lamentações eram às vezes tão altas que ele sentia estar perdendo o contato não apenas com seus próprios pensamentos, mas com quem ele era... *consigo mesmo*. Um medo profundo e atroz começou a se infiltrar nele, um medo que nem o Nicko imaginário conseguia afastar. Mas Septimus prosseguia. Era isso, dizia a si mesmo, ou sentar e se tornar mais uma pilha de ossos.

Com o tempo, acabou por ver ao longe um pórtico. À medida que se aproximava, começou a sentir uma animação cautelosa. Sem dúvida, *essa* era a entrada da antecâmara: correspondia exatamente à descrição. Acelerou o passo, mas quando chegou mais perto viu algo que por pouco não o atirou no precipício do desespero. Viu um pequeno esqueleto encostado no lado da coluna de lápis-lazúli.

Septimus parou de chofre. Sentiu-se mal. Qual era a probabilidade de *dois* esqueletos estarem sentados ao lado de pórticos idênticos? Avançou devagar até estar de pé diante do esqueleto, que era pequeno, delicado e cujo crânio apontava atrevido para a coluna. Septimus forçou-se a olhar para a mão esquerda. No dedo mínimo havia um anel barato de latão, com uma pedra vermelha.

Septimus deixou-se cair no chão – tinha dado a volta completa. Recostou-se na coluna fria de lápis-lazúli e ficou olhando para a escuridão, em desespero. Simon o enganara. Marcellus era um tolo. Nunca encontraria o Calabouço Número Um. Nunca encontraria Alther. Ficaria ali para sempre, e um dia algum viajante desafortunado encontraria *dois* conjuntos de ossos encostados ao lado do arco. Agora compreendia por que o esqueleto estava ali. Quem quer que a pessoa tivesse sido, ela também andara em círculos, quantas vezes? Septimus ergueu os olhos e descobriu que estava bem de frente para a caveira. Os dentes davam a impressão de sorrir para ele com cumplicidade, as órbitas vazias pareciam piscar; mas, depois do imenso deserto de espaços vazios, os ossos pareciam lhe fazer companhia.

– Sinto muito por você não ter conseguido – disse ele aos ossos.

– Ninguém consegue sozinho – veio um sussurro em resposta.

Septimus pensou que estava ouvindo os próprios pensamentos. Não era um bom sinal. Mas mesmo assim, só para ouvir o som de uma voz humana, perguntou:

– Quem está aí?

Ele acreditou ter ouvido uma resposta fraquinha que se confundiu com os zunidos do vento.

– Eu.

– Eu – murmurou Septimus, consigo mesmo. – Eu estou *me* ouvindo.

– Não. Você está *me* ouvindo – disse o sussurro.

Septimus olhou para a caveira ao seu lado, que retribuiu o olhar com ar de deboche.

– É *você*?

– *Era* eu – veio a resposta. – Agora não é mais. Agora são só ossos. *Esta* aqui sou eu.

E então algo fez Septimus sorrir pela primeira vez desde que tinha deixado o *Annie*. Um pequeno vulto começou a se materializar – o fantasma de uma menina com não mais que dez anos de idade, calculou ele. Ela parecia ser uma versão em miniatura de Jannit Maarten. Tinha a mesma aparência magra e vigorosa e usava uma versão infantil da roupa de trabalho de Jannit – um blusão grosseiro de marinheiro, calças três-quartos e o cabelo preso numa trança fina e apertada que lhe descia pelas costas. Septimus ficou quase tão feliz por vê-la quanto ficaria se visse Alther.

– Agora você me vê? – perguntou ela, inclinando a cabeça para um lado, numa imitação do seu esqueleto.

– Estou vendo, sim.

– *Agora* eu o vejo. Mas não conseguia ver antes de você falar. Você parece... estranho. – O fantasma estendeu o que Septimus pôde ver que tinha sido no passado uma mão bem suja. – Você precisa se levantar – disse-lhe ela. – Se não se levantar agora, não se levanta nunca mais. Como eu. Vamos.

Exausto, Septimus conseguiu pôr-se de pé.

A menina olhou para ele, emocionada.

– Você é meu primeiro Vivo. Fico vigiando da margem. Vi aquelas pessoas malvadas lançarem você à deriva. Vi quando você entrou. – Ela tagarelava, com a energia represada de uma menina Viva. – E vim atrás. – Ela percebeu o olhar de interrogação de Septimus. – É, pelo remoinho. É Aonde Em Vida Cheguei a Andar.

Septimus achou que deveria limpar a reputação de todos os que estavam a bordo do *Annie*.

– Eles não me lançaram à deriva. Vim para cá de propósito, porque preciso encontrar um fantasma. O nome dele é Alther Mella. Ele usa vestes de Mago ExtraOrdinário, com uma mancha de sangue sobre o coração. É alto, com o cabelo branco puxado para trás num rabo de cavalo. Você o conhece?

— Não conheço, *não*. — A menina parecia indignada. — Os fantasmas aqui são maus. Por que eu ia querer conhecer qualquer um deles? Só voltei para este lugar horrível para poder salvar você. Vamos, eu lhe mostro como sair daqui.

Septimus precisou recorrer a toda a sua força de vontade para recusar o oferecimento.

— Não, obrigado — disse ele, pesaroso.

— Mas não é *justo*. Vim aqui para *salvar* você! — O fantasma bateu com o pé no chão.

— Sim, eu *sei* — disse Septimus, com uma ligeira irritação na voz. Tinha se preparado para muitas coisas nos **Salões das Trevas**, mas lidar com uma menininha de mau humor não era uma delas.

— Olhe, se você realmente quer me salvar, mostre-me o caminho para o Calabouço Número Um. Você sabe o caminho, não sabe?

— É claro que sei! — disse o fantasma.

— Então, por favor, quer me mostrar?

— Não. Por que eu deveria? É um lugar horrendo. Não gosto de lá.

Septimus sabia que estava nas mãos da menina. Respirou fundo e contou até dez. Não podia correr o risco de dizer alguma coisa errada. Tinha de descobrir um jeito de convencê-la a lhe ensinar o caminho até o Calabouço Número Um.

De repente, a menina fantasma estendeu a mão, e Septimus sentiu o sopro gelado do seu toque sobre o Anel do Dragão.

– Esse é bonito. Eu tenho um anel. – Ela agitou o dedo mínimo com seu anel barato de latão. – Mas não é tão bonito quanto o seu.

Septimus não sabia ao certo se deveria concordar com ela ou não. Por isso, não disse nada.

O fantasma levantou os olhos para ele, com ar sério.

– Bonitinho, o dragão. Você usa o anel na mão *direita*.

– É mesmo.

– Na mão *direita* – repetiu ela.

– É. Eu *sei*. – Septimus estava exasperado. Não aguentava mais a tagarelice sobre anéis.

E então, para desalento de Septimus, ela falou:

– Você é um garoto bobo. Você quer ficar aqui, mas eu não quero. Agora, vou embora. Tchau.

E ela sumiu.

Septimus voltou a ficar sozinho. A pequena caveira olhou para ele com um sorriso.

✠ 43 ✠
Calabouço Número Um

Septimus sentou-se junto à pilha de ossos, sentindo-se mal. Muito mal. Mal, *de verdade*. Pensou em Besouro, preso na Câmara Hermética **Lacrada**, e em si mesmo ilhado nos **Salões das Trevas**; e se deu conta de que não restava esperança para nenhum dos dois.

Estendeu as mãos e olhou para seu Anel do Dragão, a única companhia que ainda tinha. Viu o agradável clarão amarelo e o olho de esmeralda verde; e pensou que era verdade. *Era* um anel bonito. E de repente ele teve um estalo: compreendeu o motivo para a tagarelice da menina fantasma acerca do anel. Ele usava o Anel do Dragão na mão direita. Sabia que usava. Podia até mesmo *senti-lo* na mão direita, no dedo indicador, onde ele sempre estava. E, no entanto, quando olhava para as mãos, o anel parecia estar no indicador da mão *esquerda*. Septimus olhou espantado para as mãos, sem compreender. E então entendeu. *Era isso mesmo.* A menina fantasma lhe dera uma pista – nos **Salões das Trevas**, tudo era **Invertido**. Portanto, quando ele achava que estava virando à esquerda, de fato estava virando à direita. Quer dizer que talvez Simon não o tivesse enganado, no final das contas. Talvez...

Septimus pôs-se de pé de um salto e, com esperança renovada, partiu mais uma vez. Pegou a aparente entrada da direita, das três primeiras, e se encontrou em mais um **Salão** enorme. Apressou-se mais, quase correndo, no desejo de descobrir se esse era mesmo o segredo para encontrar o caminho até o Calabouço Número Um. Depois de escolher um corredor aparentemente à direita que saía de um pequeno arco e logo se dividia em dois lances de escada – dos quais ele pegou o da direita –, Septimus empurrou e abriu uma porta pesada e se descobriu numa caverna imensa onde de fato havia alguma *luz*. Grandes archotes chamejavam a partir de nichos entalhados nas paredes de rocha lisa, iluminando as alturas estonteantes do **Salão** e lançando longas sombras pelo piso de rocha lisa. Septimus sentiu vontade de gritar de alegria. Agora estava chegando a algum lugar; *sabia* que estava.

Enquanto passava correndo, começou a deparar com **Coisas**, Magogs, Magos, Bruxas e todos os tipos de criaturas deformadas... e ficou feliz de ver cada uma delas. Todos passavam por ele, sem prestar a menor atenção. Seu **Disfarce das Trevas** ainda cumpria a função a que se destinava – apresentava Septimus como alguém das **Trevas**, alguma criatura que pertencia ao lugar.

Septimus calculou que àquela altura devia estar andando por baixo do Castelo. Começou a passar por arcos protegidos por grades de metal, que suspeitou levassem a entradas secretas em algum ponto no Castelo – entradas que nem mesmo Márcia conhecia. Havia uma animação no ar, que Septimus supôs estar relacionada aos acontecimentos **Trevosos** lá no alto no próprio Castelo. Ele passou por dois Magos que tinham saído desonrados da Torre dos Magos alguns anos antes e ouviu as palavras alvoroçadas de um deles:

– Chegou nossa hora.

E em seguida, finalmente, viu mais adiante um pórtico. Raias de ouro no lápis-lazúli de suas colunas refulgiam à luz dos archotes, e Septimus percebeu que esse era o pórtico que o levaria à antecâmara do Calabouço Número Um. Alguns minutos depois, tão empolgado que mal conseguia respirar, Septimus chegou ao pórtico.

Quando ia passar, Tertius Fume – o abelhudo de plantão que aterrorizava muitos fantasmas – abordou-o com um toque tão gelado que parecia queimar. Septimus parou, com o coração disparado. Essa foi a prova mais difícil para o **Disfarce das Trevas** até então. Sem dúvida, Tertius Fume o reconheceria, ou não? Pareceu que não. O fantasma olhou para Septimus com raiva nos penetrantes olhos de bode e perguntou:

– *Quem és?*

Septimus estava preparado.

– Sum.

– *Como estás?*

– Em **Trevas**.

– *O que és?*

– O Aprendiz do Aprendiz do Aprendiz de DomDaniel.

Tertius Fume parecia surpreso. Parou de interpelá-lo e tentou descobrir exatamente quem Septimus era. Septimus aproveitou-se da confusão do fantasma e passou pela entrada. É provável que ele tenha sido a primeira pessoa a se sentir totalmente feliz ao se descobrir na ampla câmara circular revestida de tijolos pretos, repleta de fantasmas deprimidos. Agora tudo o que precisava fazer era encontrar um fantasma em especial.

Septimus fez uma varredura do local, e seu coração deu um salto. Lá estava Alther, sentado imóvel, de olhos fechados, num banco de pedra embutido na parede.

Tertius Fume tinha desistido de calcular quem Septimus era – havia um excesso de possibilidades. O fantasma entrou atrás dele na antecâmara.

– *Por que vieste aqui?* – perguntou ele.

Septimus não deu atenção a Tertius Fume e começou a se encaminhar para onde Alther estava. Tertius Fume acompanhou-o como uma nuvem de tempestade enquanto Septimus se desviava de um lado para outro, para evitar **Atravessar** a multidão de fantasmas. Por fim, exultante, Septimus chegou ao lado de Alther. Tinha imaginado esse momento muitas vezes enquanto percorria os **Salões das Trevas**. Ansiara por ver a expressão de Alther quando olhasse para cima e **Visse** através do **Disfarce das Trevas** a pessoa que ele realmente era. Mas, para sua decepção, nada aconteceu. Alther não reagiu. Ele parecia alheio ao que se encontrava ao redor. Seus olhos permaneceram fechados, e ele estava sentado imóvel, como uma estátua. Septimus percebeu que Alther tinha se aprofundado muito no interior de si mesmo.

Atento para seguir as instruções de Marcellus de pronunciar apenas as respostas combinadas, na presença das **Trevas** – e, com Tertius Fume ali junto ao seu ombro, era certo que ele estava nas **Trevas** –, Septimus ficou sem saber como entrar em contato com Alther. Tertius Fume resolveu o problema para ele.

– *Por que vieste aqui?* – perguntou mais uma vez.

Bem alto, na esperança de que Alther reconhecesse sua voz, Septimus proclamou:

– Procuro o Aprendiz de DomDaniel.

O momento em que Alther o reconheceu foi um dos melhores da vida de Septimus. Os olhos de Alther abriram-se lentamente, e Septimus viu surgir o reconhecimento. Mas Alther não se mexeu nem um centímetro. Ele relanceou o olhar para um lado, percebeu a presença de Tertius Fume e tornou a fechar os olhos. Septimus ficou enlevado. Alther tinha compreendido. Alther estava com ele mais uma vez.

Tertius Fume não percebeu o despertar de Alther, pois estava ocupado demais examinando o recém-chegado. Ele tinha certeza de que havia algo de estranho com esse Sum – mas o que era, não sabia dizer. Tertius deu um triunfal sorriso de bode para Septimus e replicou:

– Então, Sum, você está no lugar errado. Pelo que ouvi dizer, o Aprendiz de DomDaniel está se saindo bem... bem, de um modo surpreendente... lá em cima.

Septimus fez uma reverência e sorriu em resposta.

Zombando dele, Tertius Fume retribuiu a reverência e se afastou dali.

Septimus sentou-se ao lado de Alther. Sabia que Tertius Fume estava desconfiado; e precisava trabalhar rápido. Foi direto ao ponto:

– Márcia me passou a **Revogação** do **Banimento**. Vim cumpri-la. – Ele olhou para o fantasma. Para qualquer outro, a aparência de Alther era a mesma. Estava sentado, imóvel, de olhos fechados. Mas Septimus podia ver que o fantasma estava preparado, como um felino esperando para dar o bote. Estava pronto para *agir*.

Septimus respirou fundo e começou a entoar baixo a **Revogação**. Estava louco para apressar as palavras e terminar tudo antes que Tertius Fume percebesse o que estava acontecendo, mas sabia que não podia. A **Revogação** deve ser fiel à forma original do **Banimento**. Deve ter exatamente a mesma duração, até os microssegundos. Deve começar no fim do **Banimento** e terminar no início.

Cinco segundos e meio antes do fim da **Revogação**, Tertius Fume chegou a uma conclusão. De uma lista de sete, ele concluiu quem Septimus era. Cruzou a antecâmara como um raio, **Atravessando** qualquer fantasma que atrapalhasse sua passagem. Se não fosse por um fantasma particularmente mal-humorado – um pedreiro azarado que tinha caído no Calabouço Número Um enquanto consertava a parede –, Tertius Fume chegaria ao lado de Septimus a tempo de perturbar a **Revogação**. Mas, graças ao pedreiro, ele só chegou no exato instante em que as últimas palavras – "Ue Aicrám Dnartsrevo" – eram proferidas.

Como uma mola sob pressão, Alther pôs-se de pé de um salto. Num estilo atípico para um fantasma, agarrou Septimus pela mão e se dirigiu para o turbilhão das **Trevas** que girava no centro da antecâmara. Tertius Fume correu atrás deles, mas tarde demais. Septimus e Alther foram sugados para o meio do turbilhão, ao passo que Tertius Fume, ainda **Banido**, foi atirado longe, girando pela antecâmara como qualquer fantasma recente lançado ali a partir do Calabouço Número Um.

Septimus e Alther estavam livres. Foram lançados, juntos, para o alto, abrindo caminho pelas camadas de ossos e desespero, atravessando a lama e o lodo, e sendo arremessados para dentro da chaminé do Calabouço Número Um. A força impelia Septimus para cima. Ele via lá no alto os degraus de ferro da escada que precisava alcançar. Continuava subindo, mas quando estava à distância de um braço do primeiro degrau, sentiu que o impulso se reduzia e soube que não alcançaria o degrau. Logo cairia de volta no lodaçal no fundo do calabouço – lodaçal do qual poucos escapavam. Aflito, Alther viu a gravidade começar a atuar sobre Septimus.

– **Voe**, Septimus! Pense em **Voar!** – recomendou o fantasma, pairando ao lado de Septimus. – Pense, seja, faça. **Voe!**

E assim, lembrando-se de uma ocasião junto de um penhasco gelado, à borda de um precipício, Septimus pensou em seu antigo **Talismã de Voo** – agora abandonado no fundo de um jarro nos Subterrâneos do Manuscriptorium – e sentiu a gravidade perder seu efeito e permitir que o impulso continuasse. No instante seguinte, sua mão tinha agarrado o degrau de ferro gelado ao pé da escada, e Septimus viu que estava a salvo.

Alther acompanhava o ritmo de Septimus subindo a escada. Muito abaixo deles o zunido do turbilhão foi ficando cada vez mais fraco enquanto Septimus se esforçava na subida; e agora, por fim, ele conseguiu ver no alto a grossa porta de ferro, raiada com ferrugem. No último degrau, Septimus parou e, segurando-se com uma das mãos, remexeu em seu bolso fechado por muitos botões, em busca da chave preciosa. Levou muitos minutos, longos e exaustivos, para desabotoar todos eles; mas finalmente pegou a chave, enrolou o cordão em torno do pulso por medida de segurança, enfiou-a na fechadura e a girou.

A porta escancarou-se, e o **Nevoeiro das Trevas** entrou veloz, pegando Septimus de surpresa e derrubando-o para trás. Ele cairia se dois pares de braços fortes não o tivessem agarrado e arrastado porta afora como um saco de batatas.

– *Sep!* Você está bem! E tio Alther! Ah, *vocês dois estão bem!* – A voz de Jenna estava distante no meio do **Nevoeiro das Trevas**, mas a alegria e o alívio dela eram inconfundíveis.

Septimus ficou sentado, encostado no pequeno tubo de tijolos no alto do Calabouço Número Um, cansado demais para qualquer coisa além de sorrir. Jenna e Nicko, envoltos na volumosa capa de bruxa, olhavam para ele, retribuindo o sorriso. Não era preciso dizer nada... estavam juntos de novo.

Mas Alther tinha algo a dizer:

– Hum... – murmurou ele. – Enquanto estive fora, vocês deixaram este lugar ficar num estado...

⥂ 44 ⥃
A Torre dos Magos

Tímida, a Aprendiz da Enfermaria bateu na grande porta roxa que protegia a entrada dos aposentos de Márcia. A porta estava configurada para alerta máximo. Como não reconheceu Rose, permaneceu bem fechada, e foi Márcia em pessoa quem a deixou entrar. Rose ficou emocionada por estar nos aposentos da Maga ExtraOrdinária e por um instante se esqueceu do que deveria dizer.

– Pois não! – disse Márcia, ansiosa.

– Hum... com sua licença, Madame Overstrand, a Maga de plantão diz que não há mais nada que se possa fazer. Respeitosamente, ela pede que a paciente seja retirada, assim que lhe for possível.

Márcia suspirou. Não precisava de mais essa.

— Obrigada, Rose. Você faria a gentileza de informar à Maga de plantão que recolherei a paciente quando terminar minha circulação pela torre?

Alguns minutos depois, Márcia saiu de seus aposentos e desceu pela escada, que agora estava na configuração permanente de Lesma, como medida para poupar energia. Decidida a manter alto o moral dos Magos, Márcia circulou animada por toda a Torre dos Magos. Para que o **Escudo Vivo de Proteção** permanecesse em funcionamento diante das contínuas investidas das **Trevas**, ela precisava que cada Mago se concentrasse em sua **Magya**. Os frequentes lampejos laranja que passavam pelas janelas eram um lembrete constante de que a energia **Mágyka** estava se esgotando. Márcia não sabia ao certo se a Torre ainda conseguiria resistir muito tempo e receava que muitos Magos tivessem a mesma sensação. Mas precisava fazer com que acreditassem ser possível.

Enquanto circulava, procurando incentivar todos, Márcia sentia a atmosfera recomeçar a vibrar com **Magya**. Era estimulante, como andar lá fora depois de uma tempestade, com o ar fresco, picante, salpicado com gotículas luminosas de chuva leve, sopradas pela brisa. Não havia a fofoca, as implicâncias e as rivalidades mesquinhas, que sempre borbulhavam por baixo da superfície da Torre dos Magos — agora todos trabalhavam juntos.

Márcia percorreu a Torre rapidamente. A maioria dos Magos e Aprendizes preferia estar num espaço público da Torre. Poucos queriam ficar sozinhos numa hora daquelas. Eles se encontravam dispersos, cada um atento à sua **Magya** da forma que lhe parecesse melhor. Muitos andavam para lá e para cá pelo Grande Saguão, murmurando baixinho, de modo que um zum-zum de esforço concentrado subia dali por toda a Torre. Outros estavam sentados junto a uma janela, olhando atentamente para as luzes roxas e índigo do **Escudo de Proteção**, procurando não se encolher quando uma faísca laranja as perturbava.

Fazendo questão de ser vista pelo maior número possível de Magos, Márcia subiu a escada até a enfermaria. Antes de mais nada, entrou discreta na **Câmara de DesEncantamento** para ver Syrah Syara. Ficou ali um instante, despedindo-se em silêncio – só por precaução. Ela sabia que Syrah, ainda imersa no **DesEncantamento**, não sobreviveria muito tempo se o **Domínio das Trevas** entrasse na Torre.

Márcia saiu dali abalada para encontrar Jillie Djinn à sua espera à mesa da Maga de plantão, como um embrulho no guichê de achados e perdidos.

– A Maga de plantão pede desculpas, mas ela acaba de ser chamada para uma emergência – disse Rose. De debaixo da mesa, ela tirou um grande livro de registro. – Hum, Madame Overstrand, poderia por gentileza assinar a alta da Escriba Hermética Chefe?

Márcia, meio a contragosto, assinou por Jillie Djinn.

– A srta. Djinn está pronta para ir agora – disse Rose.

— Obrigada, Rose. Vou levá-la para cima.

Parando em todos os andares e incentivando os Magos enquanto passava, Márcia voltou lentamente para o topo da Torre dos Magos, com Jillie Djinn atrás dela, como um cachorrinho.

Assim que a grande porta roxa se fechou às suas costas, a atitude animada de Márcia se evaporou. Ela fez Jillie Djinn sentar no sofá e depois se jogou no banquinho de Septimus ao lado da lareira. Tirou da cornija uma pequena caixa prateada e a abriu. Dentro, estava a metade do **Código Casado** pertencente à Torre dos Magos — um disco prateado, espesso e reluzente, com uma reentrância circular no meio. O disco era coberto com uma enorme quantidade de números e símbolos; cada um ligado a uma linha gravada de modo primoroso, que se irradiava do centro.

Márcia fixou o olhar nele por alguns minutos, pensando no que poderia ter acontecido se ao menos ela tivesse a metade do **Código** pertencente ao Manuscriptorium. O disco prateado a provocava. *Onde está minha outra metade?*, parecia dizer. Márcia sufocou um desejo de se **Transportar** para fora da Torre dos Magos e caçar Merrin Meredith até pegá-lo. Como queria pôr as mãos nele! Mas ela sabia que qualquer **Magya** que rompesse o **Escudo de Proteção** permitiria a entrada em massa das **Trevas** — o que seria o fim da Torre dos Magos. Era prisioneira de suas próprias defesas.

Com raiva, Márcia levantou os olhos e os voltou para Jillie Djinn — a Escriba Hermética Chefe era, na sua opinião, culpada de negligência grave. Se não tivesse acolhido no Manuscriptorium aquela víbora do Merrin Meredith, nada disso teria acontecido. Márcia fechou a caixa prateada com um *clique* rápido. Eugênio teve um sobressalto. Com um forte *rrrrronco* o gênio virou-se e se aconchegou no ombro encardido de Jillie Djinn. A Escriba Hermética Chefe não reagiu. Ficou sentada olhando para o nada, o rosto pálido, a expressão vazia. Um súbito lampejo laranja iluminou o gênio e Jillie Djinn, dando-lhes uma aparência espectral, como a de bonecos de cera.

Diante dessa visão, uma enorme onda de desespero dominou Márcia. Desde a noite em que Alther e a Rainha Cerys foram assassinados, nunca tinha se sentido tão só. Perguntava-se onde Septimus estaria agora e o imaginava caído num transe das **Trevas**, em um beco deserto em algum lugar, congelando na neve. Márcia se culpava. Era a *sua* intransigência que levara Septimus a procurar Marcellus naquela tarde, exatamente como tinha sido um erro idiota *seu* que havia **Banido** Alther. E agora ela seria a Maga ExtraOrdinária que perdeu a Torre dos Magos para as **Trevas**. Era o nome *dela* que seria desonrado no futuro, conhecido apenas como o da última Maga ExtraOrdinária, a que pusera a perder todo o precioso acervo de conhecimento e história acumulado nesse espaço **Mágyko** e belo. Márcia Overstrand, septingentésima septuagésima sexta Maga Extraordinária – aquela que jogou tudo fora. Márcia deixou escapar um som que se parecia com um gemido e um soluço.

* * *

No alto da Torre dos Magos havia uma grande e antiquíssima Janela do Dragão que se abria da sala de estar de Márcia. Do lado de fora da janela, havia uma plataforma larga projetada para ser um poleiro de dragões, que também era útil como poleiro para fantasmas não acostumados a muito exercício. Sentindo-se grato porque no passado, quando Aprendiz, pisara na plataforma – *muito* depressa – por conta de um desafio, Alther pairou por ali, enquanto recuperava as forças para se **DeCompor** e atravessar a janela. Espiou pelo vidro, mas enxergou muito pouco. A sala estava na penumbra, iluminada apenas pela lareira. Achou ter visto um vulto sentado diante do fogo com a cabeça entre as mãos, mas era difícil ter certeza.

Alguns minutos depois, Alther tinha recuperado força suficiente para se **DeCompor**. Fez o que para um fantasma equivaleria a respirar fundo e atravessou a Janela do Dragão.

Márcia ergueu a cabeça. Seus cintilantes olhos verdes se arregalaram, e ela ficou boquiaberta, imóvel.

– Márcia... – disse Alther, com muita delicadeza.

Márcia levantou-se de um salto, aos guinchos – não há outra palavra para descrever sua voz.

– Alther! *AltherAltherAlther!* É *você. Diga. É mesmo você?* – Ela atravessou a sala correndo e, esquecida de que ele era um fantasma, atirou-se sobre ele, **Atravessou**-o e bateu direto na Janela do Dragão.

Alther desequilibrou-se com o choque de ser **Atravessado** e caiu para trás ao lado de Márcia.

– Ai, Alther! – disse ela, com a voz entrecortada. – Sinto muito. Eu não pretendia fazer isso. Mas... puxa, não dá para acreditar que você está aqui. Ah, você não sabe como estou *feliz* em vê-lo.

– Acho que sei – disse Alther, sorrindo. – É provável que esteja tão feliz quanto *eu* em ver *você*.

No alto da Biblioteca da Pirâmide, o vento atacava Márcia enquanto ela fechava a janelinha que dava para a escada lá fora. Ela estava pasma.

– Vi a cauda dele! Pela madrugada, o que ele está fazendo lá em cima?

– Mantendo-se em segurança, suponho. Cospe-Fogo deve ter encontrado o ponto de expansão, onde os **Escudos de Proteção** se encontram, e ter entrado por lá – disse Alther. – Meu palpite é que aquele é o ponto onde eles se encontram.

Márcia fez que sim.

– Não tenho tido muita sorte para unir as coisas ultimamente – disse ela, com um suspiro.

– Nenhuma defesa é inexpugnável, Márcia. A meu ver, você fez um trabalho bastante bom. Além do mais, um dragão pode entrar num **Escudo de Proteção** e sair dele de um jeito impossível para um Mago. – Ele fez uma pausa. – Sinto muito, Márcia, por não poder ser de maior ajuda. Septimus achou que eu poderia **Ex-**

tinguir o **Domínio das Trevas** porque, lamentavelmente, Merrin Meredith e eu fomos Aprendizes do mesmo Mago.

— Céus! É mesmo. Nunca tinha pensando nisso por esse ângulo — disse Márcia.

— E eu mesmo tento não pensar — disse Alther. — Septimus teve esperanças de que o Aprendiz mais antigo pudesse consertar os erros do Aprendiz mais novo. Mas, como já não estou Vivo, as regras não se aplicam. Bem que eu gostaria que se aplicassem. — Alther suspirou. — Portanto, agora é com você, Márcia. Seu dragão está à sua espera. Como também seu Aprendiz.

— E aquele pequeno canalha.

— É verdade. Mas não creio que Merrin Meredith esteja exatamente *à sua espera*.

Alguns minutos depois, Márcia fechou com violência a Janela do Dragão.

— *Ele se recusa a vir*. O desgraçado está *fingindo* que não existo!

— Bem, se o dragão não vier à Maga ExtraOrdinária, a Maga ExtraOrdinária irá ao dragão — disse Alther.

— O quê? *Lá em cima?* No alto da pirâmide?

— Dá para ir — disse Alther. — Acredite em mim. Eu não recomendaria, mas ocasiões desesperadas exigem...

— Medidas desesperadas — disse Márcia, procurando reunir coragem.

Alguns minutos depois, se qualquer um tivesse conseguido enxergar através do **Nevoeiro das Trevas**, teria avistado a imagem fascinante de Márcia Overstrand escalando, trêmula, os degraus da Pirâmide Dourada no topo da Torre dos Magos. O vento enfunava sua capa roxa para trás como as asas de um pássaro enquanto ela atravessava a bruma de **Magya** por trás das luzes **Mágykas** roxas e índigo, acompanhando o vulto mais apagado de um fantasma – também trajando roxo – que a guiava para o alto, rumo a um dragão empoleirado no quadrado plano no topo da pirâmide. Assim que chegou à cauda do dragão, Márcia agarrou um dos espinhos.

– Peguei você – disse ela, arquejando.

Cospe-Fogo ergueu a cabeça, cheio de sono, e olhou em volta. *Droga*, pensou, *é aquela criatura irritante de roxo de novo*. O Piloto de Cospe-Fogo nunca lhe ordenara que atendesse quando a Criatura de Roxo **Chamasse**, mas tinha lhe dado instruções para permitir que a Criatura de Roxo o pilotasse. Ela não era muito boa nisso, ao que ele se lembrasse.

Paciente, Cospe-Fogo deixou que Márcia subisse até a Reentrância do Piloto e esperou enquanto ela aplicava em sua capa um sortilégio **Invertido** para lhe dar alguma proteção contra o **Domínio das Trevas**. Quando ela ordenou a Cospe-Fogo para seguir aquele fantasma, o dragão estendeu as asas e, com enorme controle, subiu lentamente, rumo à pequenina brecha de expansão, onde os quatro **Escudos de Proteção** se uniam. Quando se aproximou, Cospe-Fogo realizou uma rara manobra da flecha: dobrou as asas bem junto do corpo e adotou uma posição totalmente vertical, deixando que Márcia usasse o Espinho do Pânico para o que tinha sido criado: como apoio ao qual alguém se seguraria num momento de pânico. Com o focinho apontado para o céu, como a seta em formato de dragão de uma besta, Cospe-Fogo lançou-se pela brecha de expansão a uma tremenda velocidade, deixando-a tão intacta como fizera ao entrar ali dois dias antes. Fantasma e dragão saíram voando através do **Nevoeiro das Trevas**, na direção da Barraca de Registro do Corredor dos Artesãos.

Lá embaixo, nos aposentos de Márcia, a grande porta roxa reconheceu Silas Heap e se abriu para ele entrar.

— Márcia? — chamou ele, baixinho.

Não houve resposta. O fogo bruxuleava, lançando sombras estranhas na parede: de... um anão e de... alguém equilibrando uma pilha de rosquinhas na cabeça?

Silas ficou um pouco assustado.

— Márcia... você está aí? Sou eu. Vim ver se você está bem. Eu... bem, achei que você parecia um pouco solitária. Que talvez precisasse de companhia. *Márcia?*

Não houve resposta. Ela já havia partido.

╬ 45 ╬
DRAGÕES

— Está tão lindo aqui fora. – A voz da Bruxa Mãe ressoava como um sino através das **Trevas**.

Do abrigo da Barraca de Registro do Corredor dos Artesãos, Jenna, Septimus e Nicko viram os cinco vultos sombrios do Conventículo das Bruxas do Porto passar por ali, despreocupados como se dessem uma caminhada num dia de verão. Um vulto ligeiramente menos despreocupado – a Enfermeira, protegida por um cobertor das **Trevas** – seguia ansiosa atrás delas.

— Lá vai seu Conventículo, Jen – sussurrou Septimus.

— *Para com isso, Sep* – resmungou Jenna. A visão das cinco sombras disformes, passando alegres por ali, fez com que se lembrasse de como ficara apavorada no Antro do Fim do Mundo. De repente, ela sentiu menos afeição por sua capa de bruxa enquanto observava as bruxas que desapareciam lépidas pelo Caminho Cerimonial.

Jenna, Septimus e Nicko estavam esperando por Cospe-Fogo. Tinham escolhido um lugar um pouco afastado, onde o dragão pudesse pousar com facilidade. Alther fora buscá-lo: tinha prometido a maior rapidez possível, mas todos sabiam que muita coisa podia dar errado. Cada minuto na Barraca de Registro parecia uma hora, mas o momento em que eles viram a sombra de um dragão pairando lá no alto pareceu uma eternidade. Ninguém – nem por um segundo – achou que era Cospe-Fogo.

Tão diferente do elegante voo de Cospe-Fogo, o dragão das **Trevas**, com suas seis asas, foi descendo desajeitado através do **Nevoeiro**; depois de três tentativas, aterrissou com um baque estrondoso no círculo elevado que assinalava o centro do Corredor dos Artesãos. A Barraca de Registro foi sacudida até os alicerces.

Jenna, Septimus e Nicko recuaram encolhidos para o fundo da barraca, certos de que o dragão **Sabia** que eles estavam ali. As batidas frenéticas das asas durante as tentativas de pouso tinham dispersado o **Nevoeiro**, e eles podiam ver o dragão das **Trevas** com uma nitidez apavorante. Seu tamanho gigantesco era o primeiro choque: fazia Cospe-Fogo parecer uma delicada libélula. O dragão estava agachado, de modo estranho, mudando seu peso de uma perna do tamanho do tronco de uma árvore para a outra, enquanto uma língua branca bifurcada entrava e saía veloz do corte vermelho que formava sua boca. Ele agitava para lá e para cá a cabeça de bronco e revirava os olhos – todos os seis – enquanto observava o ambiente. Seus olhos eram dispostos de tal modo que o dragão tinha uma visão de praticamente trezentos e sessenta graus, com um setor cego de apenas dez graus, em comparação com os noventa graus de um dragão normal. Esses olhos que tudo viam giravam como reluzentes esferas vermelhas enquanto o dragão examinava os restos destroçados da feira. Espinhos pontudos e farpados como anzóis desciam enfileirados pelo seu dorso, e suas quatro patas enormes eram providas de garras curvas e negras, cada uma com o formato e o fio amolado de uma cimitarra. Era uma visão aterrorizante, mas o mais horrendo de tudo era que numa garra espetava um farrapo de tecido azul com alguma coisa vermelha e carnuda grudada. Jenna cobriu o rosto. Aquilo ali, pensou ela, tinha sido alguém, alguém que morava no Castelo... alguém como ela.

Um forte cutucão de Septimus fez Jenna olhar para o alto novamente.

– Olhe – sussurrou Septimus. – Diante do Espinho do Piloto. *Tem alguém lá.*

O Espinho do Piloto do dragão das **Trevas** era, como o de Cospe-Fogo, o mais alto de todos. Mas o de Cospe-Fogo era sólido e reto, com a ponta arredondada; o do dragão das **Trevas** se curvava para a frente, com uma farpa afiadíssima na ponta. Sentado na Reentrância do Piloto estava uma criatura envolta em trajes encardidos de escriba. Jenna sabia exatamente quem era.

— *Merrin Meredith* — sussurrou ela.

— É — concordou Septimus. — Agora ele se tornou um caso sério, não é? Deixou de ser só um pestinha irritante. Agora é para valer.

— É difícil acreditar — disse Jenna. — Ele me dá tanta pena, mas foi ele que causou tudo *isso*.

— São as **Trevas**, Jen. Ele está com aquele anel e agora detém o poder do anel. E é tão burro que não se importa com o uso que faz dele. Só quer destruir tudo.

— Especialmente você.

— Eu?

— Besouro disse que Merrin andou se queixando de você, Sep. Sabe? Dizendo que ele foi Septimus Heap primeiro. Que ia acabar com você. E então voltaria a ser Septimus Heap. Com um dragão dez vezes melhor.

— É. Bem, ele é cerca de dez vezes *maior*, com toda a certeza.

— Mas não melhor.

— De jeito nenhum. Cospe-Fogo é o melhor.

De repente, o dragão das **Trevas** ergueu todas as seis asas e as abaixou depressa. Uma tremenda corrente de ar entrou na Barraca de Registro, trazendo um cheiro repugnante que causou vertigem em seus ocupantes. Ela também dispersou o **Nevoeiro** que voltava a se adensar e lhes deu uma visão nítida do que aconteceu depois. Desajeitado, o dragão deu uma volta e começou uma corrida pesada pelo largo espaço do Caminho Cerimonial, suas asas subindo e descendo, como velas negras de algum barco. Eles ficaram olhando o dragão acelerar cada vez mais até chegar aos portões do Palácio, onde por fim decolou, subiu lentamente no **Nevoeiro** e desapareceu noite adentro.

– Ufa! – disse Nicko, baixinho. – Foi embora.

– Tive tanto medo de Cospe-Fogo chegar enquanto aquela criatura estivesse aqui – sussurrou Jenna.

Septimus concordou em silêncio. Também sentira medo, mas não ousara pensar no assunto. Acreditava no que tia Zelda sempre dizia: *O pensamento é a semente do fato.*

Alguns minutos depois, entretanto, aconteceu algo em que Septimus com toda a certeza não tinha pensado: o dragão das **Trevas** voltou. Pousou com um baque, a Barraca de Registro estremeceu, os olhos vermelhos giraram e todos prenderam a respiração. E então, mais uma vez, com todo o seu peso, ele deu a volta e galopou em triunfo pelo Caminho Cerimonial até por fim decolar. Três vezes o dragão das **Trevas** voltou, e a cada vez os ocupantes da Barraca de Registro rezaram para que Cospe-Fogo não escolhesse aquele momento para chegar. A cada vez, eles sentiam mais medo, convencidos de que o dragão sabia que estavam ali – por que outro motivo ele voltava sempre? Foi só na terceira vez, quando o dragão se dirigia com um pouco mais de perícia para a decolagem, que Jenna percebeu o que estava acontecendo.

– Ele está treinando – cochichou ela. – Esse é o único espaço no Castelo onde um dragão daquele tamanho consegue pousar e decolar.

E eles todos sabiam para o quê o dragão estava treinando – para a investida contra a Torre dos Magos.

* * *

Alguns minutos depois de o dragão das **Trevas** decolar pela quarta vez, o vulto menor, mais delicado – e muito mais bem-vindo – de Cospe-Fogo desceu através do **Nevoeiro**, precedido pela figura de Alther, de braços bem abertos, em seu modo de voar preferido.

Cospe-Fogo pousou com leveza no local exato que o dragão das **Trevas** acabara de desocupar. Inquieto, farejou o ar como um gato doméstico farejaria um monte de caca de leão deixado do lado de fora de sua casinha. E quando Cospe-Fogo viu, três figuras vinham em disparada na sua direção, uma das quais era seu Piloto. Cospe-Fogo ficou aliviado. Tinha sido um pesadelo voar com a Criatura de Roxo. Agora, ela saltaria e deixaria o Piloto ocupar seu lugar de direito.

Mas a Criatura de Roxo não saltou.

Por mais contente que estivesse em ver Márcia de novo, Septimus não estava preparado para deixá-la pilotar Cospe-Fogo. Precisavam sair dali depressa; duvidando da capacidade de Márcia para isso, ele foi direto ao ponto.

– Desça – berrou ele, através do peso do **Nevoeiro das Trevas**.

– Depressa, Márcia – disse Alther, que tinha a mesma opinião de Septimus sobre a habilidade dela para pilotar. – Desça e deixe o Piloto conduzir o dragão.

– Estou *descendo*. Minha capa está presa. Ai, essas *drogas* de espinhos...

Septimus pulava de um pé para o outro, impaciente. Ele arrancou a capa **Invertida** presa num pequeno espinho, e Márcia desceu de qualquer jeito. Ela surpreendeu Septimus com um abraço apertado, ajudou-o a subir ao seu lugar diante do Espinho do Piloto e ocupou, atrás dele, o lugar do Navegador, que pertencia a Jenna. Jenna sufocou sua irritação: aquele não era o momento nem o lugar para discutir onde ela se sentava. E ela e Nicko se espremeram atrás de Márcia.

Septimus fez Cospe-Fogo levantar voo depressa, com Alther acompanhando o ritmo ao lado. Márcia deu-lhe uma batidinha no ombro.

– Para o Manuscriptorium! – gritou ela, no ar limpo propiciado pelas batidas das asas de Cospe-Fogo.

Septimus queria manter Cospe-Fogo em segurança. Não queria de modo algum voar até o Manuscriptorium.

– Por quê? – gritou ele.

– Merrin Meredith. **Casado!**

– Merrin Meredith *caçado*?

– Caçado, não. **Casado! Código Casado.** Está com ele! Ele está no Manuscriptorium!

Agora Septimus estava entendendo.

– Não está, não! – gritou. Naquele instante, uma sombra gigantesca passou mais acima, acompanhada de uma corrente de ar descendente, com um cheiro terrível. – Ele está lá em cima!

Todos olharam para o alto. A passagem do dragão das **Trevas** dispersou o **Nevoeiro** apenas o suficiente para todos eles verem as garras cruéis, negras e ensanguentadas, em contraste com a parte inferior branca do seu ventre. Pela primeira vez na vida, Septimus ouviu Márcia dizer uma palavra muito grosseira.

— Vou sair com Cospe-Fogo atrás daquela *criatura* — disse Márcia. — Eu pego Merrin Meredith, nem que seja a última coisa que eu faça.

Septimus achou provável que seria mesmo.

— Septimus, leve Cospe-Fogo de volta à Torre dos Magos. Faça-o pousar na plataforma do dragão. Vocês três podem saltar.

Septimus não tinha a menor intenção de saltar de seu dragão, mas sabia que o melhor naquele instante era não discutir. Fez Cospe-Fogo dar meia-volta e o conduziu para a Torre dos Magos. Cospe-Fogo entrou pela união como uma flecha, levando-os para a atmosfera **Mágyka**, luminosa, vibrante, que cercava a Torre. E fez um pouso perfeito na plataforma do dragão.

— Esperem aí. Vou abrir a janela — disse Márcia, deslizando do lugar do Navegador. Ela ajudou Jenna e Nicko a entrar e ficou esperando impaciente que Septimus cedesse seu posto na Reentrância do Piloto.

— Depressa, Septimus. Deixe-me subir.

Septimus não se mexeu.

— Septimus, desça. É uma ordem!

— E eu estou me recusando — disse Septimus. — *Eu* vou pegar Merrin.

— Não, Septimus. Desça já.

O impasse poderia ter se prolongado por um bom tempo se as luzes laranja de advertência que subiam e desciam pela parte externa do **Escudo de Proteção** não tivessem, de repente, parado de faiscar.

– O **Escudo de Proteção** está falhando! – exclamou Márcia, assustada. – Septimus, desça! Agora!

A película roxa e azul do **Escudo de Proteção** começou a assumir um tom opaco, avermelhado. Um movimento lá no alto atraiu o olhar de Septimus – filamentos do **Nevoeiro das Trevas** começavam a descer, insinuando-se pela união. De repente, uma enorme garra negra tentou entrar pela brecha.

Septimus sabia o que precisava fazer.

– Para cima, Cospe-Fogo – disse ele. – Para cima!

Antes que Márcia pudesse fazer qualquer coisa para impedir, Piloto e dragão saíram voando para o alto, através do clarão difuso da **Magya** enfraquecida, para enfrentar dragão e piloto.

┼┼46┼┼
SINCRONICIDADE

Septimus e Cospe-Fogo irromperam através do topo do **Escudo de Proteção**, e o espinho do focinho de Cospe-Fogo colidiu com o ventre branco e macio do dragão das **Trevas**, com um baque tremendo. Cospe-Fogo foi atirado para trás, desequilibrado, mas o dragão das **Trevas** não pareceu mais perturbado do que se tivesse sido picado por uma vespa.

Cospe-Fogo recuperou-se rapidamente e bufou, empolgado.

Estava na idade em que, em tempos antigos, quando o mundo era cheio de dragões, estaria em busca de seu primeiro combate. Naquele tempo, a comunidade de dragões não o teria considerado adulto enquanto ele não tivesse lutado com outro dragão – e vencido. Por isso, bem no fundo de seu cérebro de dragão, Cospe-Fogo *queria* brigar.

O piloto do dragão das **Trevas** queria o mesmo. Merrin inclinou-se entre os espinhos arrepiados, com uma vibração enlouquecida nos olhos.

– Vou pegar você, menino-lagarta! – berrou, usando uma expressão popular no Castelo para insultar Aprendizes.

– Não vai, não, seu cara de rato!

Merrin apontou o polegar esquerdo para Septimus, como uma pistola.

– Você *já era*. Você e esse seu dragão de brinquedo. Isso mesmo!

Em resposta, Septimus e Cospe-Fogo passaram voando acima do Dragão das **Trevas**, antes que ele tivesse tempo de perceber o que estava acontecendo. Passaram zunindo tão perto que Septimus pôde ver as espinhas de Merrin estourando em seu rosto descorado e o olhar de ódio em seus olhos – o que o abalou mais do que ver de perto o dragão das **Trevas**. Enquanto Cospe-Fogo passava veloz como um raio, Septimus fez um gesto muito grosseiro para Merrin, deixando para trás uma explosão de palavrões que se derramava no **Nevoeiro das Trevas**.

Septimus e Cospe-Fogo pararam bem no limiar do **Nevoeiro** e olharam para trás. Muito abaixo deles, no fundo do túnel de ar limpo que sua passagem tinha criado, eles viram a massa enorme do dragão das **Trevas**. Atrás dele, viam o **Mágyko** clarão roxo e azul da Torre dos Magos que ia desbotando, passando lentamente para um vermelho opaco.

Enquanto pairavam acima do **Domínio das Trevas**, suspensos entre as estrelas no alto e o manto de silêncio abaixo deles, uma imobilidade espalhou-se por Septimus e seu dragão; e juntos eles entraram num estado que é muito procurado, mas raramente alcançado, por Assinaladores de dragões. Em manuais de manejo de dragões (ver *Draxx*, página 1.141), ele é conhecido como **Sincronicidade**. O dragão e o Assinalador tornam-se **Um**, pensando e agindo em perfeita harmonia. Ficaram um instante pairando na borda do **Domínio das Trevas** e olharam para o dragão das **Trevas**, lá embaixo no fim do rastro que tinham deixado no **Nevoeiro**. Souberam que deviam usar essa linha de visão enquanto dispunham dela.

De repente, Eles se inclinaram para a frente numa descida em mergulho, com Septimus grudado no espinho largo e achatado à sua frente, preso ali, eufórico com o ar passando veloz. Eles se precipitaram como uma bala caindo em direção à terra e viram Merrin olhando para cima, aos berros, dando chutes no seu dragão. Num movimento primorosamente controlado, o par em **Sincronia** desacelerou, virou para a esquerda e investiu contra o par de asas traseiras do Dragão das **Trevas**. Seu espinho do focinho rasgou-lhe as asas. Numa explosão de ossos estilhaçados e retalhos de pele imunda de asa, eles saíram do outro lado, deram meia-volta e pararam para apreciar o serviço.

Sem controle, o dragão das **Trevas** começou a cair. Os gritos aterrorizados de seu piloto foram absorvidos pelo **Nevoeiro**, enquanto o dragão era lançado para baixo, na direção da Torre dos Magos. Com um forte estrondo que atravessou o **Nevoeiro** como um trovão distante, o dragão das **Trevas** bateu no **Escudo de Proteção** em apuros, fazendo voar centelhas de **Magya** pelo ar e acionando uma corrente de luzes vermelhas de socorro, que desceram até o chão como a queda de um raio. Agitando a cauda de um lado para o outro, com suas quatro asas incólumes batendo feito loucas, o dragão das **Trevas** ricocheteou no **Escudo de Proteção** e foi caindo na direção dos telhados das casas que tinham vista para o pátio da Torre dos Magos. Os **Sincronizados** assistiam em triunfo. Nem em sonho tinham achado que seria tão fácil livrar-se do dragão das **Trevas**.

E não foi. Quatro asas bastam para um dragão voar, mesmo que seja um dragão tão pesado e pouco manejável como a enorme fera que Merrin tinha **Engendrado**. Numa saraivada de estilhaços de telhas e tubos de chaminé, o dragão endireitou-se, ficou empoleirado por um instante num telhado e, quando as vigas cederam sob seu peso, ele se ergueu no ar, com os seis olhos fixos em Cospe-Fogo. No momento seguinte, o **Dragão das Trevas** vinha na direção Deles, com a bocarra aberta, revelando três fileiras de dentes bem unidos, longos como agulhas.

Eles esperaram, desafiando o dragão a chegar perigosamente perto. E quando ele se aproximou tanto que Eles podiam ver as pequenas pupilas negras em todos os seis olhos vermelhos (mas nenhuma pupila do piloto, que estava de olhos bem fechados), saíram velozes por trás da cauda do monstro para o ponto cego de dez graus, passaram por baixo do ventre branco e subiram zunindo diante da cabeçorra – que ainda olhava para o alto, querendo saber aonde Eles tinham ido. E então Eles lhe deram um golpe forte no focinho com a farpa da cauda. *Plaft*. O focinho de um dragão é um ponto sensível; e um rugido de dor Os acompanhou, quando mais uma vez Eles saíram do alcance dele.

– Vocês me pagam! – Eles ouviram Merrin gritar enquanto davam a volta em círculo fechado, bem afastados.

– Vai sonhando! – berraram Eles. E continuaram a provocar o dragão das **Trevas** e seu piloto: mergulhando, voando em círculos ao seu redor, desaparecendo de vista só para reaparecer exatamente na direção oposta àquela para onde o dragão estava olhando. Eles lhe acertavam golpes laterais com Sua cauda; furaram o ventre dele com o espinho do Seu focinho; chegaram mesmo a atingir a parte superior de outro par de asas com uma rápida explosão de **Fogo** que conseguiram lançar de um estômago de fogo vazio. O dragão das **Trevas** reagia a cada movimento – mas com um atraso de cerca de cinco segundos. Muitas vezes, ele ainda estava se contrapondo ao último ataque quando o ataque seguinte já estava em andamento; em pouco tempo, o monstro berrava de fúria e frustração enquanto seu piloto gemia apavorado.

Depois de alguns minutos, ofegantes e vibrando, Eles subiram através do **Nevoeiro das Trevas** para uma breve deliberação. Pairando bem no limiar da cúpula do **Domínio das Trevas**, fustigados pela brisa, Eles respiraram o ar puro da noite, não contaminado pelas **Trevas**. Lá em cima, cintilava uma poeira de estrelas, e abaixo Deles os filamentos do **Nevoeiro** ondulavam como algas numa corrente oceânica. Eles se sentiam eufóricos, insuperáveis.

Mas lá embaixo o dragão das **Trevas** continuava à espreita. Eles concluíram que já era hora de atrair o monstro para fora de seu **Domínio**. Calcularam que o dragão agora estava tão louco para pegá-Los que Os seguiria a qualquer lugar. Respiraram fundo o ar limpo e se jogaram pelo **Nevoeiro** adentro mais uma vez. Viram os seis pontos vermelhos furiosos dos olhos de Seu inimigo e se encaminharam direto para eles.

Certificando-se de que o dragão das **Trevas** sempre Os tivesse em sua linha de mira, Eles começaram uma brincadeira de gato e rato, com Merrin e o monstro, arriscando-se a chegar a uma distância tentadora para golpes das garras de cimitarra – mas nunca perto o suficiente para contato. Uma vez ou duas, as garras se aproximaram demais para Seu gosto, e Eles sentiram o deslocamento de ar desfazer Seu cabelo quando as lâminas passaram voando por Sua cabeça. E assim, provocando e caçoando, defendendo-se e se desviando como um habilidoso esgrimista, Eles atraíram o dragão das **Trevas** sempre mais para o alto... sem nenhuma resistência por parte do piloto, que choramingava.

Eles saíram do **Nevoeiro das Trevas** como um foguete. Com a atenção concentrada apenas na farpa tentadora da Sua cauda, que estava a menos de uma asa de distância do espinho do seu focinho, o dragão das **Trevas** foi atrás. Colidiu com o ar frio e limpo, como se o ar fosse um muro. Atordoado, parou de chofre. Pela primeira vez em sua vida curta e maléfica ele estava sem uma rede de segurança das **Trevas** – não havia nada a não ser o rio negro e frio correndo lá embaixo. Seu piloto abriu os olhos, olhou para baixo e deu um grito estridente.

Sentindo que seus poderes começavam a reduzir, o dragão das **Trevas** jogou a cabeça para trás e deu um berro de aflição. Sem o efeito abafador do **Domínio das Trevas**, o barulho foi alto e terrível. Ele reverberou pelos campos e fez as pessoas se enfiarem debaixo da cama em busca de proteção, num raio de quilômetros.

Lá embaixo, na Casa de Chá e Cervejaria de Sally Mullin, Sarah Heap e Sally Mullin olharam ansiosas para a escuridão da noite.

– Ai, Sally – murmurou Sarah. – É tão *horrível*...

Sally pôs um braço em torno do ombro de Sarah. Não havia nada que pudesse dizer.

Lá fora, ao lado do *Annie* recém-devolvido, Simon Heap andava para lá e para cá com Marcellus Pye pelo cais flutuante. Simon contava a Marcellus que decidira entrar no Castelo. Ele tinha muito a oferecer, muito conhecimento das **Trevas**. Finalmente, surgia uma oportunidade para usar esse conhecimento para o bem – e era o que ele pretendia fazer. Mas Marcellus não ouvira uma palavra dita por Simon. Sua última visão de Septimus no pequeno bote girando no remoinho ainda o assombrava. Ela não parava de passar na sua cabeça, e ele não conseguia fugir dela. Quanto mais pensava, mais Marcellus duvidava que Septimus tivesse sobrevivido. Tinha conduzido para a morte seu mais querido Aprendiz. Marcellus se sentia totalmente infeliz.

O rugido do dragão das **Trevas** interrompeu seus pensamentos. Marcellus olhou para o alto e, no clarão das luzes acesas na Casa de Chá e Cervejaria de Sally Mullin, viu Cospe-Fogo despencando do céu noturno. O dragão vinha exigir vingança, e Marcellus não se importava. Ele tinha direito a ela.

Sally Mullin viu Marcellus olhando para o alto.

— Alguma coisa está acontecendo lá em cima — sussurrou ela.

— Eu queria que Simon viesse aqui para dentro — disse Sarah.

— Eu queria... — Mas naquele instante Sarah tinha tantos desejos que nem dava para começar a enumerar, embora em primeiro lugar da lista estivesse o de ver Septimus novamente. Para distrair seu pensamento das centenas de coisas terríveis que imaginava que talvez tivessem acontecido a Septimus, ela observava Marcellus.

— Ele gosta de fazer drama, não gosta? — sussurrou Sally, maldosa, na esperança de animar Sarah um pouco.

Naquele exato instante, Marcellus estava mesmo com uma aparência dramática. A luz das lâmpadas na longa fileira de janelas de Sally refletiu nos adornos de ouro da sua capa quando ele ergueu os braços, muito abertos. Elas o viram de repente girar nos calcanhares e gritar para Simon, que chegou correndo.

— O que *está* acontecendo? — murmurou Sally. — Ai, ai, puxa vida. Sarah! Sarah! É o seu Septimus. Olha!

Sarah sufocou um grito. Precipitando-se para o rio e para a morte certa, na opinião dela, vinha seu filho caçula montado em seu dragão. E quando ela viu o vulto horrendo do monstro das **Trevas** que Os perseguia, o berro de Sarah foi tão alto que os ouvidos de Sally ficaram zumbindo. Sarah e Sally viram o dragão das **Trevas** mergulhar como um falcão atrás de um pardal, com as garras afiadas em posição, prontas para atacar. E quando ele chegou tão perto de Cospe-Fogo que sem dúvida iria a qualquer instante despedaçar dragão e Piloto, Sarah não conseguiu aguentar mais. Deu um grito de desespero e escondeu a cabeça nas mãos.

Alguns palmos acima da superfície do rio, o par **Sincronizado** de repente mudou de rumo, conforme planejado; mas, no momento em que desaceleraram, a garra mais longa da pata direita do dragão das **Trevas** tocou em Sua cabeça. Sally reprimiu um grito. Não seria nada bom para Sarah naquele instante. Ela viu Cospe-Fogo desequilibrar-se com o choque, batendo as asas feito louco. Daí a alguns segundos uma enorme pluma de água do rio esguichou no ar.

O dragão das **Trevas** atingiu a superfície do rio e afundou como uma casa.

Sally Mullin deu um forte grito de vitória.

— Pode olhar agora — disse ela a Sarah quando Cospe-Fogo voltou voando pouco acima das águas. — Está tudo bem com eles.

Sarah rompeu a chorar. Tudo aquilo tinha sido demais.

Sally consolou Sarah, mantendo um olho nos acontecimentos lá fora. Quando viu Septimus pular nas águas velozes do rio, decidiu não contar para Sarah.

A água enregelante tirou o fôlego de Septimus. Ele nadou rápido na direção de Merrin, que se debatia na água aos gritos de "Socorro! Socorro! Não sei nadar! Socorro!". Isso não era exatamente verdadeiro, porque Merrin sabia nadar "cachorrinho", mas só por alguns metros, não o suficiente para alcançar a margem e ficar a salvo.

Septimus era um bom nadador e, depois dos exercícios noturnos no Exército Jovem, nadar no rio não o assustava. Ele segurou Merrin em torno do tórax, por trás, e começou a nadar devagar rumo à segurança do cais flutuante de Sally Mullin. Lá em cima, com o sangue gotejando de um corte fundo no alto da cabeça, Cospe-Fogo dava voltas, ansioso; mas, seguindo instruções de Septimus, afastou-se dali e foi pousar no largo calçamento de pedras do Cais Novo. A correnteza do rio arrastava Septimus para além do cais flutuante de Sally Mullin, e ele sabia que o melhor era não lutar contra ela. Ele nadava em diagonal, sempre na direção da margem, com o peso morto de Merrin nos braços.

Simon observava, ansioso. Pensou que, nem tanto tempo atrás, teria ficado feliz de ver seu irmão caçula se debatendo no rio gelado, e sentiu vergonha do seu antigo eu. Agora, via que a correnteza carregava Septimus e sua carga. Por isso, desceu direto para o próximo ponto na margem que proporcionasse fácil acesso, o Cais Novo, onde Cospe-Fogo acabava de pousar. Enquanto ia depressa pelo caminho, Simon ouviu um berro vindo da água, seguido de umas espadanadas loucas. Correu para o cais e viu Septimus lutando com Merrin a alguns metros dali – na realidade, a distância exata que Merrin conseguiria nadar.

Merrin parecia ter se recuperado como por milagre e agora empurrava Septimus para debaixo d'água. Septimus lutava, mas o tecido delicado do **Disfarce das Trevas** tinha rasgado e ficara esfarrapado. Não estava à altura do poder do Anel de Duas Faces, que reforçava dez vezes qualquer tentativa de assassinato. Quando Merrin mais uma vez empurrou Septimus, que se debatia engasgado, para dentro d'água, Simon mergulhou no rio.

Com o poder do Anel de Duas Faces e o próprio Merrin totalmente ocupados em afogar Septimus, o antiquado murro que Simon deu na cabeça de Merrin surtiu o efeito desejado. Merrin largou Septimus, engoliu um monte de água e começou a afundar. Septimus olhou, chocado, para seu salvador.

– Você está bem? – perguntou Simon.

Septimus fez que sim.

– Estou. Obrigado, Simon.

Merrin gorgolejou e foi afundando.

– Deixa comigo – disse Simon, ofegante, batendo os dentes, à medida que o frio gelado começava a se manifestar. – Vá para a escada.

Mas Septimus não confiava em Merrin. Foi nadando ao lado de Simon, que vinha rebocando Merrin; quando chegaram ao Cais Novo, Septimus ajudou-o a tirar Merrin da água e puxá-lo escada acima. Eles deitaram Merrin de bruços no calçamento de pedras, como um peixe morto.

— Precisamos tirar a água de dentro dele — disse Simon. — Vi como eles fazem no Porto. — Ele se ajoelhou ao lado de Merrin, pôs as mãos sobre a caixa torácica e começou a empurrar com delicadeza e firmeza ao mesmo tempo. Merrin tossiu de leve. Depois tossiu mais uma vez, espirrando água, e de repente expeliu uma enorme quantidade de água do rio. Alguma coisa fez *tlim* na pedra. Aos pés de Septimus havia um pequeno disco prateado com uma saliência central. Tentando não pensar no lugar de onde o disco acabava de sair, Septimus apanhou-o. Parecia pesar na palma da sua mão, cintilando à luz do único archote aceso no cais.

— Deve ter doído engolir isso — disse ele.

Simon, entretanto, não se surpreendeu. Na época em que era seu auxiliar no Observatório, Merrin tinha engolido uma variedade de objetos de metal. Mas esse era um período de sua vida que Simon não queria lembrar — nem queria que Septimus se lembrasse. Por isso, nada disse.

Aos pés deles, Merrin começou a se mexer.

— Me devolve — gemeu, enfraquecido. — É *meu*.

Nem Septimus nem Simon lhe deram atenção.

Simon olhou para o disco na palma da mão de Septimus.

— É o **Código Casado** — disse ele, empolgado. — Precisamos levá-lo para Márcia imediatamente.

Septimus não gostou de ouvir o "precisamos".

— *Eu levo* — disse ele, enfiando o disco em seu cinto de Aprendiz.
— Mas *eu* sei como se usa — protestou Simon.
— Márcia também sabe — disse Septimus, com desdém.
— Como ela pode saber? Márcia não sabe nem por onde começar. — Simon parecia exasperado.
— É claro que ela sabe — retrucou Septimus.

As batidas de passos que chegavam correndo interromperam a discussão. Sarah, Sally e Marcellus vinham descendo apressados até o Cais Novo. Sem querer se envolver numa reunião de família naquele momento, Septimus acenou rapidamente para eles e, segurando bem o **Código Casado**, correu na direção de Cospe-Fogo, que demonstrava sua sensação de triunfo. Tinha vencido sua primeira luta. Agora era um dragão adulto, maduro.

Daí a alguns segundos Septimus e Cospe-Fogo já estavam no ar. Gotas de sangue de dragão marcaram o trajeto de seu voo dali até a Torre dos Magos.

Sem saber o que dizer de tanta frustração, Simon viu Cospe-Fogo e seu piloto desaparecerem acima do **Nevoeiro das Trevas**.

— Simon. — Sarah tocou no seu braço com delicadeza. — Simon, querido, você está gelado. Vamos entrar. Sally acendeu a lareira.

Agradecido por ela não ter nem mencionado Septimus, Simon olhou para a mãe, que também tiritava, apesar de usar uma manta de Sally sobre os ombros. Sentiu muita pena dela, mas naquele instante ele não tinha alternativa — a não ser o que estava prestes a fazer.

— Sinto muito, Mamãe — disse ele, com a voz suave. — Não posso. Preciso ir. Volte lá para dentro com Sally. Diga a Lucy que eu... eu vejo todos vocês mais tarde. — E saiu andando depressa, a passos largos, pelo caminho desgastado de acesso ao Portão Sul.

Sarah viu-o ir sem protestar, o que preocupou Sally. Enquanto conduzia a amiga de volta ao café e a fazia sentar-se ao lado da lareira, Sally pensou no quanto Sarah parecia derrotada. Nicko, Lucy, Rupert e Maggie reuniram-se em torno dela, mas Sarah não se mexeu nem falou pelo resto da noite.

Marcellus Pye pôs Merrin, trêmulo e encharcado, num casebre, uma das acomodações mais toscas, lúgubres e sem janelas, de Sally, com uma pilha de cobertores secos. Quando ia trancar a porta, seu prisioneiro olhou para ele com ódio.

— Fracassado! — disse Merrin, com raiva, o nariz escorrendo, à medida que seu resfriado voltava ainda mais forte. — Essa sua chavinha idiota não vai *m-me* prender. — Ele mostrou o polegar esquerdo para Marcellus. Os rostos verdes no Anel de Duas Faces emitiam um brilho malévolo. — Qu-quem usar *este* anel é indestrutível. *Aaaatchim!* Eu o uso, portanto, sou indestrutível. Posso fazer o que eu quiser. *P-pateta!*

Marcellus não se dignou responder. Fechou a porta e a trancou. Olhou para a chave fraquinha de Sally e pensou que, mesmo sem o poder do Anel de Duas Faces, era provável que Merrin conseguisse escapar — mas, por enquanto, enregelado e em choque por ter quase se afogado, Merrin não lhe dava a impressão de estar em condições de fazer nada. No frio desagradável do caminho diante do casebre, Marcellus ficou de guarda, andando para lá e para cá, para se manter aquecido, com os sapatos estalando na pedra gelada. Muitas e muitas vezes as palavras desafiadoras de Merrin voltaram à sua mente. Ao contrário de muita coisa que Merrin dizia, elas eram verdadeiras. Enquanto usasse o Anel, Marcellus sabia que o próprio Merrin era de fato indestrutível – e livre para causar destruição. Para Marcellus, não havia dúvida alguma de que, enquanto Merrin tivesse o anel, o Castelo e todos os seus habitantes corriam grave perigo.

Marcellus pensou no garoto trêmulo, que fungava sozinho no casebre. Sentiu um pouco de pena, mas logo afastou o sentimento. Forçou-se a se lembrar do Anel de Duas Faces cintilando no polegar desafiador, e soube que, assim que se recuperasse, Merrin trataria de se vingar. Não havia tempo a perder. Era preciso agir. Depressa. *Agora*.

Marcellus subiu apressado a escada da Casa de Chá e Cervejaria. Ele se perguntou se as facas de cozinha de Sally eram bem afiadas...

☩ 47 ☩
A Grande Extinção

Márcia estava prestes a reunir o **Código Casado**. Seu pequeno escritório estava lotado, e havia eletricidade na atmosfera. Até mesmo Nicko, que não se interessava muito pela **Magya**, olhava atento.

A minúscula janela do escritório lançava um fulgor vermelho, com o enfraquecimento do **Escudo de Proteção**, mas o escritório em si estava iluminado por uma floresta de velas que gotejavam a partir de um candelabro alto instalado sobre a escrivaninha de Márcia. Dois livros – *A Extinção das* **Trevas** *e Índice das* **Trevas** – estavam abertos diante de Márcia. À sombra dos livros, uma pequena caixa de prata e um diminuto disco de prata tinham sido dispostos num pedaço de veludo roxo.

Alther possuía uma visão aérea. Para evitar o perigo de ser **Atravessado**, o fantasma havia se empoleirado no último degrau de uma escada de biblioteca. Ele observava o processo com enorme interesse. O uso do **Código Casado** era algo que Alther conhecera apenas na teoria. No seu período como Mago ExtraOrdinário, os dois livros que continham a chave para decifrar o **Código** já estavam perdidos havia muito tempo. Márcia encontrara *A Extinção das Trevas*, no chalé de tia Zelda, alguns anos antes, e ela sabia que em algum lugar em suas páginas estava **A Grande Extinção** – o lendário sortilégio **AntiTrevas**, que os praticantes das **Trevas** temiam acima de tudo. Entretanto, suas palavras estavam dispersas de modo aleatório pelo livro inteiro. Para encontrá-las, era necessário o índice do livro: *Índice das Trevas*.

Mas não era tão simples assim. Para descobrir **A Grande Extinção** era necessário mais do que o mero uso de um índice. Era necessário usar as páginas corretas do índice. E era aí que o **Código Casado** entrava. Para saber quais seções do *Índice das Trevas* davam a sequência certa de números de páginas e palavras no *A Extinção das Trevas*, o **Código Casado** tinha de ser lido. Corretamente.

E agora isso estava prestes a acontecer. Sob a atenção enlevada de Silas, Septimus, Jenna e Nicko – bem como a de Alther empoleirado lá no alto –, Márcia começou a unir o **Código Casado**.

Ela pegou a metade do **Código** que pertencia à Torre dos Magos e a colocou no quadrado de veludo, sobre o qual já estava seu **Par** – que recentemente estivera em um ambiente muito menos salutar. Ela apanhou o **Código** do Manuscriptorium, que era muito menor, e ajustou sua saliência na reentrância central do **Código** da Torre dos Magos. Surgiu uma brilhante centelha azul, e de repente o **Código** do Manuscriptorium estava flutuando a uma fração de milímetro acima do **Código** da Torre dos Magos. O **Código** do Manuscriptorium agora começava a girar. De início, lentamente. Depois, cada vez mais rápido, até não se ver mais que um lampejo de luz girando. Ouviu-se um estalido seco e o disco parou de repente.

Todos esticaram o pescoço para ver melhor. Os discos pareciam ter se fundido em apenas um; e ficou claro que as linhas que se irradiavam do **Código** do Manuscriptorium se uniam com as do **Código** da Torre dos Magos. Cada uma levava até um símbolo. Fez-se um silêncio de assombro. Esses eram os símbolos que dariam início à **Grande Extinção** que **Extinguiria o Domínio das Trevas** e libertaria o Castelo.

Márcia pegou sua **Lupa** e examinou os símbolos.

– Pronto, Septimus? – perguntou ela.

Septimus segurava seu precioso diário do Aprendiz; a caneta parada no alto de uma página em branco.

– Pronto – disse ele.

O clarão vermelho do **Escudo de Proteção** em apuros começava a encher o escritório, sobrepujando a luz das velas. Ele batia na página lisa e vazia do diário de Septimus e lançava sombras ameaçadoras pelo cômodo. Septimus viu que não demoraria para o **Escudo de Proteção** ser rompido – poderia acontecer agora a qualquer instante, pensou. Estava esperando, pronto para anotar a sequência de símbolos que os levaria à **Grande Extinção**. Por que Márcia não começava a ler os símbolos para ele? Não havia tempo a perder.

Jenna tinha adivinhado o motivo, mas esperava – desesperadamente – estar enganada. Sem conseguir suportar o suspense, resolveu testar seu recente *Direito de Saber*.

– Márcia, como você sabe por que símbolo começar?

Consciente de que agora tinha de responder a todas as perguntas da Princesa-à-Espera-da-Coroação *"com franqueza, em termos completos e de imediato"*, Márcia virou-se para Jenna e a encarou.

– Eu não sei – disse ela.

A saleta caiu num silêncio horrível à medida que as implicações da resposta de Márcia eram absorvidas.

Simon abriu caminho através do **Nevoeiro das Trevas**, apavorado com a possibilidade de a qualquer momento uma **Coisa** reconhecê-lo. Tinha tido sorte no Portão Sul. A **Coisa** que estava de guarda não fizera mais do que estender um braço ossudo e o puxar para dentro sem nem mesmo olhar para ele. Simon sabia que talvez não tivesse tanta sorte da próxima vez. Desejava que Lucy não o tivesse feito jogar fora suas Vestes das **Trevas** – "trecos velhos e nojentos" –, era como as tinha chamado. Naquele exato momento, elas bem que poderiam ter sido úteis. Sem sua proteção, o **Nevoeiro das Trevas** era sufocante – muito mais do que fora no Palácio, quando ainda estava no início. Agora, ele tinha se apoderado da força de todos os que dominara; e fazia pressão sobre Simon, como um travesseiro asfixiante, tampando seus olhos e ouvidos, tornando cada respiração um esforço enorme.

Sentindo-se como se estivesse andando debaixo d'água com botas de chumbo, Simon lutava para subir o Caminho dos Magos, na direção do clarão vermelho do enfraquecido **Escudo de Proteção** da Torre dos Magos. Enquanto se esforçava por passar pelo Manuscriptorium, ele viu sombras escuras de **Coisas** que saíam dali e se encaminhavam para o Arco Maior, onde estavam se reunindo, à espera do momento em que a Barricada sucumbiria.

Num pesadelo em câmera lenta, Simon atravessou o Caminho e seguiu pela alameda estreita que circundava o muro do pátio da Torre dos Magos. Estava se dirigindo para o portão lateral **Oculto**, de acesso da Maga ExtraOrdinária, que não era visível do lado de fora e, portanto, esperava ele, não atrairia a atenção de nenhuma **Coisa**.

Quando Simon chegou ao marco que assinalava a presença do portão **Oculto**, sua cabeça girava, e parecia que o **Nevoeiro** estava dentro do seu cérebro. Ansiando por descansar as pernas pesadas, deitar-se por um instante, só um instante... ele se encostou no muro e sentiu, não pedras, mas madeira e uma aldraba às suas costas. Lentamente, seus olhos se fecharam, e ele começou a escorregar para o chão.

Ocorrem coisas estranhas nas fases de falência de um **Escudo Vivo de Proteção**. Os componentes isolados começam a tomar suas próprias decisões. Foi assim que, quando Simon foi escorregando para o chão, o portão **Oculto Soube** que precisava deixá-lo entrar. Ele se abriu, e Simon rolou para o interior. O portão fez um movimento rápido e esperto, empurrou Simon mais para dentro e se fechou com a maior velocidade possível. Alguns filamentos de **Nevoeiro** conseguiram passar em espiral com ele, mas não prosseguiram quando o portão voltou a se incorporar ao muro.

O ar puro no interior do pátio da Torre dos Magos logo despertou Simon. Ele se levantou, abalado, e respirou fundo. Olhou para a Torre que se erguia altíssima, quase escura agora – sendo a única luz o vermelho do **Escudo de Proteção** agonizante – e se sentiu intimidado. Trêmulo, atravessou o pátio até a larga escadaria de mármore para subir até as portas de prata que protegiam a Torre.

Mais uma vez, o **Escudo Vivo de Proteção** reconheceu ajuda à primeira vista. As altas portas de prata abriram-se sem ruído, e Simon, com o coração disparando, entrou no Grande Saguão. Quando as portas foram se fechando, Simon avaliou a situação. Ele mal podia acreditar que estava de fato dentro da Torre dos Magos. Durante tanto tempo tinha sonhado que um dia entraria na Torre e a salvaria do perigo; e, agora que exatamente isso acontecia, não parecia real.

Mas as coisas na Torre dos Magos tinham mudado. Simon não entrara no Grande Saguão desde que era menino. Sua lembrança era a de um lugar luminoso e alegre, vibrante com a **Magya**, com belas imagens passando pelas paredes e um piso fascinante que escrevia o nome da pessoa que pisasse nele. Simon tinha adorado o cheiro misterioso da **Magya**, o frescor do ar e o zumbido determinado do giro suave da escada de prata em espiral. E agora tudo isso praticamente desaparecera.

A iluminação estava fraca e opaca; as paredes, escuras; o piso, apagado; e a escada em espiral, **Parada**. Tudo começava a se desativar. Vultos sombrios de Magos e Aprendizes estavam dispersos pelo Grande Saguão, com os mais jovens andando ansiosos para lá e para cá; os mais velhos estavam jogados exaustos enquanto se concentravam no enorme esforço de acrescentar sua pequena contribuição de energia **Mágyka** para o **Escudo de Proteção**.

Hildegarde saiu das sombras. Pálida e abatida, com olheiras escuras, viu Simon andar até a escada. Não o deteve nem o interpelou. Era um desperdício de energia. Se a Torre o tinha deixado entrar, ele estava ali por algum motivo. Ela só esperava que fosse para o bem.

Simon subiu correndo pela escada **Parada**. Passou pelos andares escurecidos, ouvindo de vez em quando um murmúrio cansado de alguma cantilena **Mágyka**, mas na maior parte apenas encontrou o silêncio. Ele podia ver lá fora a luz vermelha se desbotando rapidamente e sabia que, uma vez que ela se apagasse, o **Domínio das Trevas** entraria na Torre dos Magos. Simon não sabia quanto tempo demoraria para isso acontecer, mas supunha que seriam minutos em vez de horas.

No vigésimo andar, ele saltou da escada, saiu correndo pelo largo patamar de acesso à porta roxa da Maga ExtraOrdinária e lançou seu peso contra a porta.

No interior do escritório, Márcia ditava os símbolos indicados pelas linhas no **Código** do Manuscriptorium. Tinha decidido que a única coisa a fazer era começar com cada uma por sua vez. Eram quarenta e nove combinações. Isso significava que havia quarenta e nove palavras na **Grande Extinção** – e quarenta e nove inícios possíveis, entre os quais não havia como dizer qual era o certo. Como a **Grande Extinção** era um sortilégio antiquíssimo, Márcia sabia que ele não faria sentido necessariamente, de modo que não havia uma pista que indicasse qual poderia ser a primeira palavra. Era um risco enorme, mas ela não tinha alternativa. Era mínima a possibilidade de encontrarem a ordem correta de imediato. Mas essa era a única chance que tinham, e Márcia sabia que precisava aproveitá-la.

Por isso, ela ditava rapidamente.

– Zero, estrela, três, **Magya**, labirinto, ouro, **Ankh**, quadrado, pato... sim, eu *disse* pato, dois, gêmeo, sete, ponte... *Ah!*

Márcia levantou os olhos de repente.

– Minha porta... deixou alguém entrar – sussurrou ela. – Há **Trevas** na pessoa. De *fora*.

De repente, ouviu-se uma súbita tomada de ar.

– Vou ver o que é – disse Silas, encaminhando-se para a porta do escritório.

– Silas, espere. – Alther saiu do poleiro. – *Eu* vou. **Tranquem** a porta quando eu passar.

– Obrigada, Alther – disse Márcia enquanto o fantasma se **De-Compunha** e passava através da porta. – Agora, onde estávamos?

Ai, *droga*, não sei. Septimus, vou começar de novo. Zero, estrela, três, **Magya**, labirinto, ouro, **Ankh**, quadrado, pato, dois, gêmeo, sete, ponte, espiral, quatro, elipse, mais, torre... *Alther, é você?*

– Sim, **DesTranque** a porta, por favor, Márcia. Depressa. Estou com alguém que veio falar com você.

Todos trocaram olhares de interrogação. Quem poderia ser? Alther fez Simon entrar, recebido por um silêncio atordoado.

– Antes que você diga alguma coisa, Márcia, esse rapaz possui informações importantes. Ele sabe por onde começar.

– *Sabe?* – disse Márcia, franzindo o cenho. – Alther, há outras **Invocações** neste **Código**, e algumas são explicitamente perigosas. Como posso ter certeza de que ele me dirá por onde começar a *correta*?

Septimus, Nicko e Jenna entreolharam-se. *Outras invocações?* Quer dizer que Márcia estava apostando que chegariam à certa na primeira tentativa. A situação era ainda pior do que tinham pensado.

– Eu o conheço desde que ele nasceu – disse Alther. – Creio que você pode confiar nele.

– *Prometo* honrar sua confiança – disse Simon, em voz baixa.

Márcia olhou para ele. Simon estava encharcado, tremendo de frio. E nos seus olhos havia um desespero que espelhava exatamente o que ela sentia naquele momento. Márcia tomou uma decisão.

– Muito bem, Simon – disse ela. – Quer nos mostrar onde começa **A Grande Extinção**?

* * *

Foi assim que Simon se descobriu num lugar que nunca tinha considerado ser possível. No alto da Torre dos Magos, sentado à escrivaninha da Maga ExtraOrdinária, cercado por lendários objetos e livros **Mágykos** – entre os quais, ele percebeu sua própria **Farejadora**. E agora, sob os olhos de seu pai e de seu irmão caçula, estava prestes a passar à Maga ExtraOrdinária uma informação que salvaria o Castelo.

– O ponto de partida está no índice do *Índice das* **Trevas** – disse ele.

Com mãos trêmulas, Simon apanhou o livro. Por um instante, ele lhe pareceu um velho amigo, até ele se lembrar de que, na realidade, era um velho inimigo. As incontáveis noites frias, solitárias e às vezes apavorantes que tinha passado lendo o livro voltaram à sua mente. Lembrou-se também da última vez que o tivera nas mãos, quando num esforço inicial para renunciar às **Trevas**, tinha enfiado o volume nos fundos de um armário e trancado a porta. Nunca imaginara que a próxima vez que o seguraria seria na Torre dos Magos.

Hesitante, ele abriu o *Índice das* **Trevas** na terceira capa do livro. Murmurando um curto sortilégio, passou o dedo de um lado a outro do papel desgastado; e, enquanto o fazia, letras começaram a aparecer sob seus dedos.

Veio de Márcia um muxoxo irritado. Uma simples **Revelação** – por que não tinha pensado nisso?

Debaixo do dedo em movimento de Simon, uma lista em ordem alfabética começou a se **Revelar**. Seu dedo parou na letra G, e todos esperaram, mas **Grande Extinção** não estava ali. O dedo de Simon parou junto da letra A, mas **A Grande Extinção** não constava. Uma insegurança palpável começou a encher a saleta; e, quando Simon chegou à letra E, sua mão começou a tremer. De repente "**Extinção, A Grande**" apareceu. Com um sorriso de alívio, Simon entregou o índice **Revelado** a Márcia.

– "**Extinção, A Grande**. Começar com **Magya**, terminar com **Fogo**" – ela leu em voz alta. – Obrigada, Simon.

Com um gesto de cabeça, Simon aceitou o agradecimento. Estava emocionado demais para falar.

Márcia se sentou. Pôs os óculos e abriu o *Índice das* **Trevas**.

– Agora, Septimus, leia os símbolos para mim de novo, começando com **Magya**. Devagar, por favor.

Septimus tratou de ler a lista. A cada símbolo, ele fazia uma pausa enquanto Márcia virava rapidamente as páginas sujas e engorduradas pelas mãos pegajosas de Merrin. Cada página tinha um dos símbolos no início do texto. Ao pé da página, dando ao observador despreocupado a impressão de números de páginas, havia dois números. Márcia os anotava e dizia depressa para Septimus seguir adiante. Pareceu que levou uma eternidade, mas foi só uma questão de minutos para Márcia ter uma coluna de quarenta e nove pares de números.

Márcia entregou a Septimus os números e em seguida abriu *A Extinçãc das* **Trevas**.

— Por favor, Septimus, leia os números em voz alta para mim.

O clarão vermelho difuso no escritório apagou-se como se fosse uma lâmpada. Ouviu-se um arquejo coletivo de espanto.

— O **Escudo de Proteção** caiu – disse Márcia, sombria.

Lá embaixo, a Barricada desabou até o chão, e a primeira **Coisa** passou por ela, entrando no pátio da Torre dos Magos. Outras doze a acompanharam, com uma corrente do **Nevoeiro das Trevas**.

No alto da Torre, Septimus leu o primeiro número do primeiro par.

— Catorze.

Com urgência nos dedos, Márcia folheou as páginas grossas de *A Extinção das Trevas* até a página catorze.

Septimus leu o segundo número do primeiro par.

— Noventa e oito.

Com a máxima rapidez possível, Márcia começou a contar as palavras na página catorze até chegar à nonagésima oitava palavra.

— Que. – Parecia uma palavra muito pequena para todo aquele trabalho de encontrá-la.

Desse modo, com uma lentidão torturante, Márcia começou a formar **A Grande Extinção**.

Do lado de fora da Torre dos Magos, no degrau de mármore mais alto, uma **Coisa** estendeu um dedo comprido e ossudo e empurrou as altas portas de prata. Elas se escancararam como portas de galpão deixadas sem tranca diante de uma brisa de verão.

A **Coisa** entrou na Torre dos Magos e o **Domínio das Trevas** veio rolando atrás dela. As luzes se apagaram, e alguém gritou. Nas sombras de seu cubículo, Hildegarde de repente teve certeza de que seu irmãozinho de sete anos, que tinha desaparecido durante um exercício de Tudo-ou-Nada no Exército Jovem, estava ali do lado de fora da porta. Ela correu para abri-la, e o **Nevoeiro das Trevas** entrou com violência.

Coisas entravam em enxurrada pela soleira da porta, trazendo consigo o **Domínio das Trevas**. Elas circularam por ali, esmagando o piso agonizante sob seus pés, vendo Magos e Aprendizes desfalecer. Quando o **Nevoeiro das Trevas** começou a encher o saguão, as **Coisas** seguiram para a escada **Parada** e começaram a subir. Atrás delas, o **Domínio das Trevas** avançava lentamente pela Torre dos Magos, preenchendo todos os espaços com **Trevas**.

Bem no alto da Torre, Márcia trazia nas mãos um pedaço de papel com uma série de quarenta e nove palavras escritas que ela esperava sinceramente que constituíssem **A Grande Extinção**. Ela e Septimus subiam correndo pela estreita escada de pedra da Biblioteca da Pirâmide com Alther seguindo atrás. Eles se lançaram pela portinha, e Márcia se apressou para chegar à janela que dava para fora. Ela se voltou para Septimus.

– Realmente não há necessidade de você vir junto – disse ela.

– Há, sim – disse Septimus. – Você vai precisar de toda a **Magya** que estiver ao seu alcance.

— Eu sei — disse Márcia.
— Por isso, eu vou junto.
— Então vamos tratar de sair — disse Márcia, com um sorriso.
— Não olhe para baixo.

Septimus não olhou nem para baixo nem para cima. Focalizando o olhar somente na barra da capa roxa de Márcia, ele a acompanhou na subida pelos degraus do lado da Pirâmide dourada. Alther ia voando devagar logo atrás.

Foi assim que, pela segunda vez naquela noite, Márcia se encontrou na minúscula plataforma no alto da Pirâmide dourada. Por algum motivo, não sabia bem por quê, Márcia tirou os sapatos pontudos de píton roxa e pisou descalça nos antigos hieróglifos de prata embutidos no topo de ouro batido. Esperou que Septimus a alcançasse; e então, juntos, em vozes que atravessavam cortantes o **Nevoeiro das Trevas**, eles começaram o sortilégio de quarenta e nove palavras da **Grande Extinção**.

— Que haja...

Lá embaixo, a **Coisa** líder fincou seu dedo, devagar, na grande porta roxa que protegia os aposentos de Márcia. Doze **Coisas** estavam paradas atrás dela, na expectativa, aguardando para ocupar sua nova morada.

A porta escancarou-se. A **Coisa** voltou-se para suas companheiras com o que era possivelmente um sorriso. Elas ficaram ali, saboreando o momento, observando o **Nevoeiro das Trevas** entrar rolando e turbilhonando em torno do precioso sofá de Márcia.

* * *

No alto da Pirâmide dourada, Márcia Overstrand, Maga ExtraOrdinária, e seu Aprendiz, Septimus Heap, pronunciaram a última palavra da **Grande Extinção**.

Com um forte *estrondo*, a porta de Márcia bateu na cara das **Coisas**. Seguiu-se um zumbido alto: a porta **Trancou**-se e, para completar, emitiu uma **Onda de Choque**. Treze **Coisas** berraram. Um berro de treze **Coisas** não é dos sons mais harmoniosos; mas, para Septimus e Márcia, tentando se equilibrar lá no alto da Pirâmide dourada, foi o som mais fascinante que já tinham ouvido.

E então eles viram a cena mais bela que jamais tinham visto: o **Nevoeiro das Trevas** se recolhendo. Mais uma vez eles viam o Castelo que amavam: os telhados desordenados, as torres e torreões, as ameias e muralhas decrépitas, o contorno de tudo realçado contra o rosa do amanhecer de um novo dia. E enquanto eles observavam o nascer do sol dispersar as sombras que se escondiam lá embaixo, começaram a cair, pesados, os primeiros flocos de neve do Grande Gelo. Márcia e Septimus sorriram um para o outro: o **Domínio das Trevas** estava extinto.

Alguns minutos depois, com um largo sorriso e ocupada em abrir as janelas para livrar-se do cheiro desagradável das **Trevas**, Márcia convidava todos a entrar em sua sala de estar. Eugênio estava enroscado em seu lugar de costume no sofá, com Jillie Djinn ao lado, exatamente como Márcia os deixara. Mas havia algo de estranho na Escriba Hermética Chefe que fez Márcia correr para perto dela.

— Está morta! — exclamou Márcia, espantada. E então gritou, com aflição muito maior: — Ela morreu *no meu sofá*!

Jillie Djinn estava jogada para trás, com a boca ligeiramente aberta, os olhos fechados, como se estivesse dormindo. Seu corpo estava ali, mas estava claro que ela mesma tinha partido. O que quer que tivesse sido, Jillie Djinn já não era mais. **A Grande Extinção** também a tinha extinguido.

╬➤48╬
Restauração

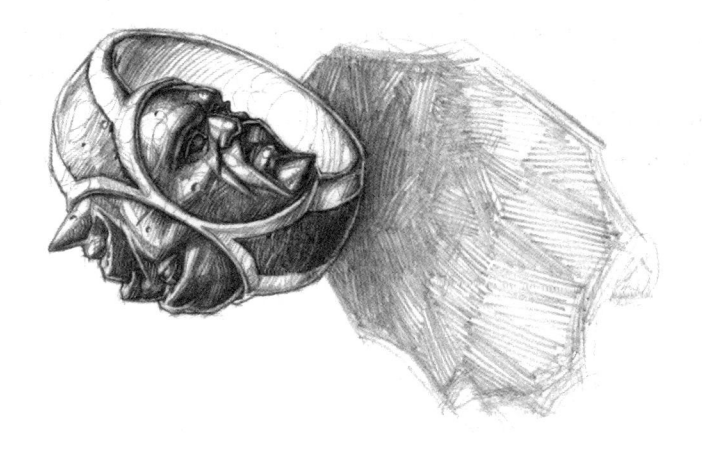

Márcia, Septimus e Jenna saíram pelo Arco Maior e pararam por um instante, contemplando o Caminho dos Magos, recém-liberado. Era uma bela manhã de frio. O sol vinha surgindo por trás de um colchão de nuvens; e raios oblíquos da luz do início da manhã se refletiam ao longo do Caminho dos Magos. Os primeiros flocos de neve do Grande Gelo começavam a cair para valer; vinham descendo preguiçosamente à luz inconstante do sol para pousar no calçamento gelado.

Márcia respirou fundo o ar límpido e estimulante; e uma onda de felicidade por muito pouco não a dominou. Mas ela não podia se permitir um contentamento total enquanto não tivesse **DesLacrado** a Câmara Hermética. *E encontrado Besouro vivo.*

Márcia tinha se preparado para a possibilidade de muitas coisas estarem à sua espera na recepção do Manuscriptorium, mas não pensara no Conventículo das Bruxas do Porto. Elas vieram ver os últimos instantes da Torre dos Magos e, como se entediaram com toda aquela demora, usaram um pé de cabra para arrancar as tábuas da porta de acesso ao Depósito de **Talismãs** e Livros Incontroláveis. Acabavam de sair de lá, cobertas com pelos, penas e leves salpicos de escamas, quando, para horror de todas, viram que não só o lindo **Nevoeiro das Trevas** tinha desaparecido, mas também que a medonha daquela Maga ExtraOrdinária estava à sua espera. O grito ensurdecedor de Dorinda falou por todas elas.

Para alegria de Jenna, Márcia com enorme eficácia fez com que o Conventículo das Bruxas do Porto saísse do recinto. Elas partiram tão apressadas – até mesmo a Bruxa Mãe conseguiu sair rápido manquitolando em seus sapatos de ferrões – que se esqueceram da Enfermeira, despercebida ao lado de uma pilha desmoronada de livros. A Enfermeira havia descoberto um estoque de cobras de alcaçuz empoeiradas no fundo de uma gaveta e as mascava satisfeita. Tinha o que chamava de uma queda por alcaçuz.

Márcia entrou correndo no Manuscriptorium propriamente dito, seguida de perto por Jenna e Septimus. No local estavam espalhadas escrivaninhas de pés para o ar, papel rasgado e lâmpadas quebradas: tudo coberto por uma poeira cinza grudenta, que

Septimus percebeu com nojo tratar-se de muda de pele de **Coisa**. Rápidos, eles abriram caminho em meio ao entulho. Pararam no arco de pedra da entrada para a Câmara Hermética.

— O **Lacre** sumiu — disse Márcia, abatida. — Receio o pior.

O corredor de sete voltas tinha a aparência assustadora de ter sido bem usado: havia um rastro lodoso de **Coisa** no piso. Como lesmas gigantes, pensou Septimus. Ele entrou no corredor e chamou hesitante pela escuridão adentro.

— Besouro... *Besouro*. — Não houve resposta.

— Parece... tudo vazio lá dentro — sussurrou ele.

— Acho — disse Jenna, devagar — que está parecendo que alguma coisa está bloqueando o corredor mais adiante.

— Existe a possibilidade de o **Lacre** ainda estar resistindo mais no interior — disse Márcia.

— Ele pode fazer isso? — perguntou Septimus. — Achei que tudo cairia de uma vez.

— Simplesmente precisamos ver, não é? — disse Márcia, decidida, enfurnando-se no corredor de sete voltas.

Septimus e Jenna seguiram atrás dela.

Quando fez a sexta volta, Septimus colidiu com Márcia.

— *Ufa!*

Márcia estava parada diante de uma parede de pedra toda escalavrada, sem saída.

— Ainda está **Lacrado** — sussurrou ela, animada. — É realmente espantoso. O **Lacre** foi atacado, mas creio... creio que ainda está inteiro.

— Isso quer dizer que Besouro está... — Septimus não conseguiu terminar sua pergunta. A simples ideia de que Besouro pudesse *não* estar bem fazia com que ele se sentisse mal.

— Só podemos ter esperanças — disse Márcia, em tom severo.

Com uma careta, Márcia pôs as mãos na superfície imunda e grudenta do **Lacre**. À luz do Anel do Dragão, Jenna e Septimus observaram enquanto a superfície do **Lacre** se curava. Logo ela estava lisa de novo e cintilante com um roxo **Mágyko**, iluminando o corredor de sete voltas e revelando a película nojenta de lodo e pele de **Coisa** em detalhes horrendos. Septimus pensou em como o **Lacre** devia ter brilhado em meio às **Trevas** quando as **Coisas** começaram a chegar, e como ele devia ter parecido ser uma provocação para elas. Não era para menos que o tinham atacado. *Ele teria acrescentado uma* **Camuflagem**.

Agora Márcia começava a **DesLacrar**. Jenna recuou diante da súbita investida de **Magya**, altamente concentrada por conta do confinamento do corredor, que a fez se sentir enjoada. Mas Septimus estava fascinado. Ficou olhando a superfície brilhante refulgir ainda mais e começar a recuar lentamente diante deles. Passo a passo, Márcia e Septimus acompanharam o **Lacre** até ele parar no fim do corredor. Esperaram ansiosos, vendo a superfície dura como o diamante ir se tornando aos poucos translúcida até eles começarem a ver mais além a imagem cheia de sombras da Câmara Hermética.

O **Lacre** enfraqueceu até não haver mais que um turbilhão ondulante de **Magya** separando-os da Câmara. Através dele,

Septimus podia ver Besouro sentado, caído sobre a mesa. Mas não podia dizer se estava vivo ou morto.

Mais uma vez, Márcia estendeu as mãos, que Septimus percebeu estarem trêmulas, e as aplicou sobre o último vestígio do **Lacre**. Ao seu toque, ele se dissolveu, e uma súbita corrente de ar passou por eles para o interior da Câmara, zunindo.

– Besouro! – Septimus entrou correndo e sacudiu o amigo pelo ombro. Besouro estava tão frio que Septimus recuou com um salto, horrorizado. Jenna apareceu à entrada da Câmara. Ambos olharam para Márcia em pânico.

Márcia caminhou decidida até a gaveta secreta para cercos, que estava virada em cima da mesa com um monte de cadarços de botas de alcaçuz saindo por todos os lados. *Onde estava o Talismã de Suspensão?*

– Ele está frio – disse Septimus. – Frio *mesmo*.

– Bem, ele deveria estar frio se... – Márcia olhou para as balas de alcaçuz. O prognóstico não era bom.

– Se o quê? – perguntou Septimus.

– Se tivesse conseguido fazer a **Suspensão**. – Márcia parecia preocupada.

E estará frio se não tiver conseguido, pensou Septimus, mas não disse nada. Eles ficaram olhando enquanto Márcia levantava Besouro com delicadeza, de modo que ele ficasse sentado empertigado, mas seus olhos estavam fechados e sua cabeça pendeu para a frente como se ele estivesse morto.

Jenna abafou um grito de consternação.

— Besouro — disse Márcia, balançando-o com delicadeza, pelos ombros. — Besouro, agora você já pode voltar. — Não houve resposta. Márcia olhou de relance para Jenna e Septimus. Havia temor nos olhos da Maga.

Pareceu que o tempo passava mais devagar. Márcia agachou-se para seu rosto estar na mesma altura do de Besouro. Ela pôs as mãos de cada lado do rosto dele e o ergueu com leveza até ficar no mesmo nível que o dela. Então, ela respirou fundo. A vibração da **Magya** voltou a encher a Câmara Hermética; e da boca de Márcia saiu uma longa faixa de névoa cor-de-rosa, que se espalhou sobre o rosto de Besouro, encobrindo-lhe o nariz e a boca.

Mal se atrevendo a respirar, Septimus e Jenna olhavam. Márcia soprava. E Besouro não reagia. A palidez mortal do seu rosto transparecia através da névoa rosada acima dele. E então, como fumaça por uma chaminé, Septimus viu filetes da névoa começando a subir pelo nariz de Besouro. *Ele estava respirando.* Muito devagar, seus olhos estremeceram e se abriram. Ele lançou para Márcia um olhar vidrado.

Septimus correu para junto de Besouro.

— Ei, Besouro, *Besouro, somos nós.* Ah, *Besouro!*

Márcia sorriu com alívio.

— Parabéns, Besouro — disse ela. — O coração do Manuscriptorium está intacto, graças a você.

Confiante, Besouro mostrou-se à altura da situação.

— Gaa... — disse ele.

* * *

Eles se reuniram na bagunça de escrivaninhas viradas de pés para o alto. Besouro estava pálido e tremia enquanto bebia um **RefriFrut** revigorante que Septimus encontrara malocado na antiga cozinha de Besouro no quintal do Manuscriptorium. Besouro percebeu que Jenna não havia ficado por ali. Saíra apressada para o Palácio assim que pôde. Enxergando com clareza depois de sua **Suspensão**, Besouro entendeu o que isso significava. Se tivesse sido *Jenna* a acabar de sobreviver a dois dias **Lacrada** numa Câmara sem ar, *ele* não teria ido embora correndo à primeira oportunidade. *Para de sonhar, Besouro*, disse a si mesmo.

A voz de Márcia interrompeu seus pensamentos.

– A Seleção para o novo Escriba Hermético Chefe deve ter início hoje à noite – dizia ela. – Preciso ir. Pretendo visitar pessoalmente todos os escribas. Quero me certificar de que todos continuam... disponíveis.

Besouro pensou em Raposa, Partridge e Romilly. Pensou em Larry. Em Matt, Marcus e Igor do Gothyk Grotto; até mesmo nas pessoas estranhamente irritantes da Sanduíches dos Magos. Quantos deles ainda estavam... *disponíveis*?

Márcia parou, para ter uma conversa discreta com Besouro.

– É uma pena – disse ela – que você já não faça parte do Manuscriptorium. Eu teria gostado muito se sua caneta entrasse no **Vaso**.

Besouro enrubesceu com prazer diante desse elogio.

– Obrigado – disse ele. – Mas o **Vaso** nunca teria me **Escolhido**. Sou jovem demais. E nunca fui um escriba de verdade.

— Isso não tem a menor importância – disse Márcia. – O **Vaso Escolhe** a pessoa certa. – Ela se absteve de acrescentar que não fazia ideia do motivo pelo qual o **Vaso** tinha **Escolhido** Jillie Djinn. – Mas será que você não gostaria de ficar aqui de guarda, até o momento do **Sorteio**? Não quero deixar o Manuscriptorium sem ninguém.

Mais uma vez, Besouro se sentiu lisonjeado, mas já estava se levantando.

— Sinto muito, mas é melhor eu ir ver Larry. Não quero perder meu emprego lá também.

— Entendo perfeitamente – disse Márcia, abrindo a porta da recepção para ele. Percebeu que não devia ter feito aquele pedido. Estava claro que Besouro ainda considerava o Manuscriptorium um lugar perturbador. Márcia observou Besouro sair para o sol da manhã e gritou de volta lá para dentro do Manuscriptorium.

— Septimus! Você está no comando. Tem minha permissão para usar um **Restaurar** total. Volto logo com *todos* os escribas.

Do outro lado da divisória, Septimus ouviu então a voz alta de Márcia.

— O Manuscriptorium está fechado hoje. Sugiro que volte amanhã quando ele estará sob nova direção. O quê? Não, não sei mesmo para onde as bruxas foram. Não, eu *não* sou bruxa. De onde você tirou essa ideia? Minha senhora, eu sou a Maga ExtraOrdinária.

Quando, através da divisória frágil, chegou a Septimus o som da Enfermeira sendo conduzida depressa para fora do recinto, ele sorriu. Márcia tinha voltado ao seu eu de sempre.

* * *

Do lado de fora do Manuscriptorium, Márcia descobriu-se abordada por intrometidos inconvenientes. A Enfermeira estava grudada a ela como pele de **Coisa** e, ainda por cima, ela agora via o vulto conhecido de Marcellus Pye, que se aproximava. Márcia resolveu fingir que não o tinha visto.

– Márcia! Márcia, *espera*! – gritou Marcellus.

– *Licencinha*. Tou com pressa! – respondeu ela.

Mas Marcellus não estava disposto a ser dispensado assim. Ele acelerou o passo, trazendo consigo um companheiro, de má vontade. Quando os dois chegaram mais perto, Márcia viu quem era.

– Merrin Meredith! – explodiu ela.

A Enfermeira já não ouvia tão bem como no passado.

– Pois não – disse ela.

– E eu achei que tinha *lhe* dito para ir para casa – disse Márcia, aborrecida, para a Enfermeira.

Mas a Enfermeira não ouviu nada. Ela estava olhando espantada para a criatura trôpega, de nariz escorrendo, que Marcellus vinha arrastando consigo.

Um Marcellus afogueado e exausto alcançou Márcia e a Enfermeira.

– Márcia, tenho algo para lhe dar – disse Marcellus. Enfiou a mão num bolso profundo, tirou uma caixinha marrom feita de papelão barato e a entregou a Márcia, que olhou para ela, contrariada.

– Botoques Springo – ela leu. – Marcellus, por que cargas-d'água eu ia querer *Botoques Springo*?

— Era a única caixa que Sally tinha – disse Marcellus. – E não se trata de botoques, seja lá o que isso for. De qualquer maneira, eu preferiria um botoque a... bem, é melhor você dar uma olhada.

A curiosidade de Márcia superou sua contrariedade. Ela abriu uma extremidade da caixinha frágil de papelão e tirou dali um pequeno pedaço de pano manchado de sangue. Caiu alguma coisa pesada na palma da sua mão. Ela abafou um grito.

— Puxa vida, Marcellus. Como você conseguiu isso?

— Como você acha? – respondeu Marcellus, baixinho, lançando um olhar significativo para Merrin, que olhava para o chão.

Márcia examinou Merrin com mais atenção e viu que sua mão esquerda estava protegida por uma atadura. Uma mancha de um rosa-escuro aparecia no lado interno dela, onde – agora Márcia sabia – seu polegar já não estava. Ela olhou fixamente para o Anel de Duas Faces, pesado e frio em sua mão, e quase sentiu medo.

— Permita-me sugerir que esse anel seja destruído – disse Marcellus, discretamente. – Mesmo no mais **Oculto** dos esconderijos, ele um dia dará a algum novo tolo, ou a alguém pior, poderes arrogantes.

— Sim, ele deve ser destruído – concordou Márcia. – Mas já não temos os **Fogos** para tanto.

Marcellus estava nervoso ao apresentar sua solução.

— Márcia, espero que você confie em mim o suficiente, a esta altura, para levar a sério meu oferecimento. Gostaria de voltar a minha antiga Câmara da Alquimia. Se você permitir, eu poderia dar início ao **Fogo**; dentro de um mês poderíamos livrar o Castelo desse anel pernicioso para sempre. Dou-lhe minha palavra de que preservarei os Túneis de Gelo e não interferirei em nada.

– Muito bem, Marcellus. Aceito sua palavra. Guardarei o anel na Prateleira **Oculta** até a hora certa.

– Hum... tenho mais um pedido – disse Marcellus, hesitante.

Márcia sabia qual era.

– Sim – disse ela, com um suspiro. – Destaco Septimus para trabalhar com você durante o próximo mês. Posso ver que você precisará da ajuda dele. Todos nós agora estamos juntos nisso. Precisamos da **Alquimia** tanto quanto da **Magya** para manter as **Trevas** em equilíbrio. Você não concorda?

Marcellus deu um largo sorriso à medida que sua antiga vida voltava a se abrir para ele com todas as suas incríveis perspectivas. Uma onda de felicidade espalhou-se por ele.

– Sim, concordo. Concordo *plenamente*.

Enquanto essa conversa transcorria, a Enfermeira segurava a mão ferida de Merrin e resmungava por conta do curativo, que até Marcellus podia ver que estava abaixo da crítica. Márcia olhou para os dois e ficou exasperada. O que faria com Merrin? Ela atribuía à influência maléfica do Anel de Duas Faces a culpa por muito do que ele tinha feito, mas não se podia negar que ele próprio escolhera usar o anel, para começo de conversa.

Márcia sabia que a Enfermeira era a estalajadeira da Casa das Bonecas, uma hospedaria sórdida no Porto, onde Jenna e Septimus tinham certa vez passado uma noite movimentada. Havia algum tempo, tia Zelda dissera alguma coisa sobre a Enfermeira a Márcia, que na ocasião não tinha prestado muita atenção... mas agora, olhando para a Enfermeira e Merrin juntos e, vendo o jeito esquisito dos dois, o nariz comprido e a pele descorada, Márcia percebeu que o que tia Zelda lhe dissera devia ser verdade. Voltou-se então para a Enfermeira:

— Você aceita hóspedes? — perguntou.

A Enfermeira ficou surpresa.

— Por quê? Já não aguenta mais a Torre, é isso? Muita limpeza, imagino. E aquele monte de escadas não pode fazer bem aos joelhos. Bem, é meia coroa por semana, pagamento adiantado. Água quente e roupa de cama por fora.

— Estou perfeitamente satisfeita com a Torre dos Magos, muito obrigada — disse Márcia, com frieza. — Mas gostaria de lhe pagar adiantado por um ano de hospedagem para esse rapazinho.

— *Um ano* adiantado? — repetiu a Enfermeira, pasma, sem conseguir acreditar em tanta sorte. Ela poderia mandar pintar a casa e, acima de tudo, poderia parar de trabalhar para aquelas bruxas medonhas.

— Que deverá incluir atendimento de enfermagem além de atenção e cuidados gerais — disse Márcia. — Com água quente, roupa de cama *e* alimentação. Sem dúvida, o rapaz se disporia a dar alguma ajuda com as tarefas domésticas assim que sua mão melhorar.

— Ela nunca vai melhorar — rosnou Merrin. — Não tenho mais o polegar.

— Você acaba se acostumando — disse Márcia, animada. — Agora que está livre do Anel, vai ter de tirar o melhor partido da situação. Sugiro que aceite minha oferta de ir com a Enfermeira. Do contrário, tudo o que vai ver no futuro previsível será o interior da Câmara de Segurança da Torre dos Magos.

— Vou com ela. Ela é legal — disse Merrin.

A Enfermeira afagou a mão boa de Merrin.

— Bom garoto — disse ela.

— Marcellus, você tem seis guinéus aí? — perguntou Márcia.

— *Seis guinéus?* — guinchou Marcellus.

— Isso mesmo. Você está sempre com ouro tilintando nos bolsos. Eu me comprometo a lhe pagar de volta.

Marcellus remexeu nos bolsos e entregou a Márcia, com muita relutância, seis guinéus novos e reluzentes. Os olhos da Enfermeira arregalaram-se. Ela nunca vira tanto ouro. Márcia acrescentou uma coroa do seu próprio bolso e passou o dinheiro para a estalajadeira estarrecida.

— Um pouquinho mais que o combinado, creio que você vai perceber — disse Márcia, sem rodeios. — Mas cobrirá sua passagem de volta ao Porto. Se se apressarem, ainda pegarão a barca do entardecer.

— Vamos, meu querido. — A Enfermeira passou seu braço pelo braço bom de Merrin. — Vamos sair deste lugar. Não gosto do Castelo. Péssimas lembranças.

— Eu também — disse Merrin. — Isso aqui é um lixo.

Marcellus e Márcia observaram Merrin e a Enfermeira se afastarem.

— Bem, parece até que eles se dão bem — disse Marcellus.

— E deveriam mesmo — disse Márcia. — São mãe e filho.

Raposa foi o primeiro escriba que Márcia localizou e despachou para o Manuscriptorium. No caminho, Raposa encontrou-se com Besouro, que vinha saindo do escritório de Línguas Mortas do Larry.

— E aí, Besouro!

— E aí, Raposa!

Eles se examinaram por um instante, com um largo sorriso.

— Tudo bem com você, Raposa? — perguntou Besouro.

— Tudo — respondeu Raposa, sorridente.

— Quer dizer que você não estava ao ar livre quando as **Trevas** o alcançaram?

— Não. Dormi diante da lareira e acordei dois dias depois. Minha boca parecia o fundo de uma gaiola de papagaio, mas fora isso tudo estava bem. Só que... — Raposa suspirou. — Minha tia sumiu. Ela estava fora quando o **Domínio** foi chegando lá para o nosso lado. Não conseguiu voltar para casa. Não a encontramos em lugar nenhum. E agora... bem, agora estão dizendo que havia um Dragão que *pegava* pessoas. — Ele estremeceu.

— Puxa, Raposa — disse Besouro. — Que pena!

— É. — Raposa mudou de assunto. — Mas você também não está lá essas coisas. Foi ruim na Câmara?

— Foi — respondeu Besouro. — Muitas batidas e tentativas de entrar lá.

– Nada legal – disse Raposa.
– Não. E eu *nunca mais na minha vida* quero ver um cadarço de bota de alcaçuz.
– Ah, certo. – Raposa resolveu não perguntar por quê. Besouro tinha parecido estranhamente desesperado ao dizer "cadarço de bota de alcaçuz". Raposa mudou de assunto mais uma vez. – E então, como vai Larry?
– Também não foi legal – disse Besouro. – Na verdade, acabei de ser despedido. Por chegar atrasado.
– *Atrasado?*
– Com dois dias de atraso.
Raposa pôs o braço em torno dos ombros de Besouro. Nunca tinha visto Besouro tão abatido.
– É uma porcaria só, não é? – disse ele.
– Não é uma maravilha, Raposa.
– Quer um sanduíche de salsicha?
Besouro viu as luzes acolhedoras da Sanduíches dos Magos lançando seu clarão através do crepúsculo do entardecer de inverno e de repente sentiu que estava faminto.
– Pode apostar que sim – respondeu.

Jenna foi se aproximando devagar do Palácio, com suas pegadas mostrando a grama pisoteada através da neve. À sua frente, o Palácio estava escuro contra o céu do fim da tarde, o sol de inverno já tinha se posto por trás das ameias antigas. Era uma visão assustadora, agravada por um ou outro grito de corvo, vindo do alto dos cedros junto do rio, mas não era desse modo que Jenna via a cena. Tinha recusado o oferecimento de Silas e Sarah de virem com ela. Era assim que queria voltar ao seu Palácio – sozinha.

As antigas portas duplas estavam entreabertas, como Simon as deixara ao fugir com Sarah nos braços. E um vulto conhecido estava ali de guarda.

– Seja bem-vinda de volta, Princesa-à-Espera-da-Coroação – disse Sir Hereward.

– Obrigada, Sir Hereward – respondeu Jenna, ao entrar.

Uma lufada de neve a acompanhou. Jenna pendurou sua capa de bruxa na chapelaria e a fechou ali dentro com sentimentos de afeto por ela. A capa tinha prestado bons serviços; e quem poderia dizer se ainda não voltaria a ser útil um dia?

– Melhor entrar também, Sir Hereward – disse ela ao fantasma, que ainda estava lá fora na neve.

– A rigor, Princesa, agora que tomou posse do Palácio *inteiro*, em vez de só do seu quarto, eu deveria me manter do lado de fora – respondeu Sir Hereward.

– Mas prefiro que entre – disse Jenna. – Estou precisando de companhia, se não se importa.

Um Sir Hereward sorridente entrou a passos largos, e Jenna fechou as portas sem demora. Elas bateram com um estrondo que ecoou pela construção vazia. Jenna olhou ao redor do saguão de entrada, cheio de sombras e fantasmas. Enfiou a mão no bolso para pegar o **Talismã de Acender Velas** que Septimus lhe dera de tarde e tratou de acender a primeira de muitas velas apagadas.

Depois, naquela noite, Jenna estava sentada na antiga sala de estar de Sarah, com uma pata desnorteada no colo, quando ouviu passos no Longo Passeio. Não se tratava das batidinhas suaves de passos de fantasmas, mas, sim, de passos firmes de seres humanos, calçados com botas. Sir Hereward, que estava de guarda junto da lareira, saiu para investigar. Para surpresa e prazer de Jenna, ele voltou com tia Zelda e Menino Lobo.

Tia Zelda apanhou-a num enorme abraço acolchoado e Menino Lobo deu um largo sorriso.

– Que pena, que pena *mesmo* que a gente perdeu sua festa – disse ele. – Mas foi muito esquisito. Por dois dias inteiros não conseguimos sair da Sala da Rainha.

Tia Zelda acomodou-se junto da lareira e olhou para a pata nos braços de Jenna.

– Essa criatura esteve nas **Trevas**, querida – disse ela a Jenna, com um pouco de censura na voz. – Espero que você não esteja se metendo com coisas não recomendáveis. Algumas Princesas da sua idade fizeram isso no passado.

– Ah... – Jenna não sabia o que dizer. Era como se tia Zelda soubesse da capa do Conventículo das Bruxas do Porto, pendurada no armário.

– Agora, Jenna querida – disse tia Zelda –, conte-me *tudo* tim-tim por tim-tim.

Jenna pôs mais carvão na lareira. Ia ser uma longa noite.

✢ 49 ✢
O Escriba Hermético Chefe

Era o dia da festa do Solstício de Inverno. Jenna olhava pela janela do salão de baile do Palácio e via a neve caindo veloz, cobrindo os gramados, decorando os galhos nus das árvores, expurgando todos os vestígios do **Domínio das Trevas**. Era lindo.

Jenna dava uma festa de Solstício de Inverno, determinada a se livrar de todos os resquícios deixados pelas **Coisas** no Palácio, e concluíra que o melhor meio para isso era encher o lugar com todas as pessoas de quem gostava. Silas, Sarah e Maxie tinham vindo dos Emaranhados. Depois de um reencontro – lacrimejante pelo menos por parte de Sarah – entre Ethel e Sarah, todos começaram a ajudar Jenna a preparar o Salão de Baile para a noite. Havia muito a fazer, disse Jenna.

Silas sorriu.

– É exatamente isso o que sua mãe diria – comentou.

A manhã de inverno ia passando. A neve empilhava-se do lado de fora das janelas altas enquanto o Salão de Baile era transformado com azevinho, hera, fitas vermelhas, enormes castiçais de prata e uma caixa inteira de serpentinas que Silas tinha guardado para uma ocasião especial.

Lá adiante no Caminho dos Magos, a **Escolha** para o novo Escriba Hermético Chefe estava em andamento.

Na tarde anterior, Márcia conseguira reunir todos os escribas no Manuscriptorium. Numa cerimônia solene, tinha posto o tradicional **Vaso** esmaltado na mesa na Câmara Hermética, e depois cada escriba havia entrado e colocado sua caneta do Manuscriptorium no **Vaso**. O **Vaso** fora deixado ali durante a noite; e Márcia passara uma noite desconfortável no Manuscriptorium, vigiando a entrada para a Câmara.

Agora chegara a hora da **Escolha**. Todos os escribas estavam reunidos, com seus trajes recém-lavados e cabelos penteados. Eles entraram em fila no Manuscriptorium mal iluminado, olhando de relance uns para os outros, perguntando-se quem entre eles seria o próximo Escriba Hermético Chefe. Partridge havia organizado apostas, mas nenhum favorito se destacara.

Um pequeno quadrado de tapete muito bem estampado fora colocado no piso, e Márcia disse aos escribas que se dispusessem em torno dele. Os mais velhos pareciam intrigados: não houvera nenhum quadrado de tapete na última **Escolha**.

Márcia começou dizendo algumas palavras escolhidas com cuidado acerca de Jillie Djinn, que os escribas escutaram com respeito. E então ela fez um pronunciamento de surpresa.

– Escribas. Passamos por tempos terríveis e, embora a maioria tenha sobrevivido à tempestade, algumas pessoas não resistiram. Tenhamos consideração especial por todos os que perderam alguém.

Houve olhares de compaixão para os escribas que ainda tinham parentes e amigos desaparecidos. Márcia esperou um pouco e então prosseguiu:

– No entanto, creio sinceramente que algo de bom resultou de tudo isso. Desde **A Grande Extinção**, ontem, nós na Torre dos Magos vimos muitos bolsões renitentes de **Magya das Trevas** desaparecerem, e creio que o mesmo deve ter acontecido aqui. Espero que tenhamos, por fim, conseguido reequilibrar nossa **Magya** em relação às **Trevas**.

Márcia fez uma pausa quando uma pequena salva de palmas irrompeu.

– Durante estes últimos dias na Torre dos Magos – continuou ela –, quando eu tentava encontrar um meio de derrotar o **Domínio das Trevas**, fiz muitas descobertas importantes. Uma delas afeta a todos nós aqui hoje. Na minha opinião, a escolha do Escriba Hermético Chefe não vem sendo exatamente... ideal. Acredito que pode haver uma razão para isso. Ao longo dos anos, a Câmara

Hermética foi exposta a muita **Magya das Trevas**, e suspeito que a **Escolha** tenha sido contaminada. Agora, com tudo de volta aos seus lugares, espero que a **Escolha** assuma um método diferente e nos dê um resultado verdadeiro.

Os escribas se entreolharam. O que Márcia estava querendo dizer?

Márcia deu um tempo para que seu comentário fosse compreendido e em seguida anunciou, em voz alta, para calar os murmúrios:

— Queira o escriba mais novo apresentar-se por gentileza.

Romilly Badger, muito enrubescida, foi empurrada para a frente por Partridge e Raposa.

— Vá em frente — sussurrou Partridge. — Vai dar tudo certo. Vai, sim.

— Romilly Badger — disse Márcia, em tom muito solene. — Peço-lhe que, na qualidade de escriba mais nova, entre na Câmara Hermética e *traga de lá* o **Vaso**.

Um murmúrio espalhou-se pelo recinto. Normalmente era ordenado ao escriba mais novo que trouxesse a *caneta* que estava na mesa; não o **Vaso**.

— Essas são as palavras originais estabelecidas em *A Extinção das Trevas* — disse Márcia aos escribas. — E se, como eu espero, a **Escolha** tiver voltado à sua forma original, haverá apenas *uma* caneta no **Vaso**, e as outras estarão jogadas sobre a mesa. A caneta no **Vaso** pertencerá ao seu próximo Escriba Hermético Chefe. É claro que, se houver apenas uma caneta na mesa e todas as demais estiverem no **Vaso**, teremos de aceitar essa escolha, como fizemos no passado, apesar de eu pessoalmente considerar esse método falho. Todos concordam?

Houve murmúrios e debates generalizados, dos quais resultou o consenso.

– Portanto, Romilly – disse Márcia –, se houver apenas uma caneta na mesa, você a trará cá para fora. Mas, se houver um monte de canetas na mesa, traga o **Vaso**. Entendeu?

Romilly fez que sim.

Márcia prosseguiu com as palavras prescritas:

– Romilly Badger, peço-lhe que faça isso para que o novo Escriba Hermético Chefe seja **Escolhido** de modo legítimo e correto. Você aceita a tarefa? Sim ou Não?

– Sim – sussurrou Romilly.

– Entre então na Câmara, escriba. Seja correta e não demore.

Romilly entrou constrangida no corredor de sete voltas. Depois do que pareceu uma hora – mas foi menos que um minuto –, ouviram-se seus passos voltando pelo corredor. Palmas espontâneas irromperam quando ela apareceu carregando o **Vaso**.

Márcia abriu um largo sorriso. Tinha se arrependido na mesma hora de suas palavras sobre a **Escolha**, pensando que, se o método anterior permanecesse, quem quer que fosse o **Escolhido** não teria total autoridade. Mas agora tudo estava bem. A **Escolha** voltara ao método verdadeiro – e só faltava Romilly tirar a caneta do **Vaso**.

– Escriba Romilly, ponha o **Vaso** no tapete – disse Márcia.

Com as mãos tremendo, Romilly pôs o vaso no lugar. Ele era alto, com o antigo esmalte azul-escuro gasto e corroído.

— Escriba Romilly, ponha a mão no **Vaso** e tire a caneta.

Romilly respirou fundo. Ela não queria pôr a mão no **Vaso**. Não conseguia tirar da cabeça a ideia de aranhas grandes e peludas escondidas ali dentro, mas reuniu coragem e enfiou a mão no vazio frio e escuro.

— Quantas canetas estão aí? — sussurrou Márcia.

— Uma — respondeu Romilly, também sussurrando.

Márcia ficou aliviada. O **Vaso** tinha funcionado.

— Escriba Romilly, pegue a caneta e mostre-a aos escribas.

Romilly pegou uma bela caneta de ônix negro com um arabesco de jade verde engastado.

— Escriba Romilly, leia o nome inscrito na caneta.

Romilly olhou atentamente para a caneta. Os arabescos cheios de voltas tornavam muito difícil para ela dizer qual era mesmo o nome.

— Por favor, alguém providencie uma vela — disse Márcia.

Partridge segurou a vela a uma altura que permitisse a Romilly ler as letras. Com isso, Raposa viu a caneta com nitidez pela primeira vez, e o sangue lhe fugiu do rosto. No instante seguinte, ouviu-se um baque. Raposa tinha desmaiado.

Márcia teve uma péssima sensação. Raposa reconhecera a caneta. Sem dúvida, o novo Escriba Hermético Chefe não poderia ser Raposa. *Claro que não.*

Esquecendo-se das formalidades da **Escolha**, Márcia perguntou, com insistência.

— Romilly... *de quem é a caneta?*

— Aqui diz... — Romilly forçou muito os olhos para ler. — Ah! Estou vendo. Aqui diz *Besouro*!

Ouviu-se uma forte explosão de vivas por parte de todos os escribas.

Raposa tinha um quartinho numa parte desmazelada dos Emaranhados e convidara Besouro, sumariamente expulso do seu quarto no escritório de Línguas Mortas do Larry, para dormir lá no chão até encontrar algum lugar para morar.

Quando Raposa entrou de supetão, todo afogueado por ter corrido desde o Manuscriptorium até ali, Besouro estava ocupado raspando sopa queimada do fundo da panela. Ele não sabia que era possível queimar sopa — a culinária tinha mais segredos do que ele imaginava.

— E aí, Raposa — disse ele, um pouco distraído. — E então, quem é o novo chefe?

— Ocê... — berrou Raposa.

— O Sebastian Ewe? Bem, podia ser pior. Acho que destruí sua panela. Desculpa, tá?

Raposa foi direto para junto da pia minúscula e arrancou a panela das mãos do amigo.

— Não, seu tonto. É *você*. Você! Besouro, *você* é o Escriba Hermético Chefe!

– Raposa, para de brincadeira – disse Besouro, irritado. – Me dá essa panela, eu estava tentando limpar.

– Que importância tem a droga da panela? Besouro, *é você*. Sua caneta foi **Escolhida**. *Foi, sim*, Besouro. Eu juro.

Besouro ficou olhando para Raposa, com a bucha de arear panela gotejando na mão.

– Mas ela *não pode* ter sido escolhida. Como ela foi parar dentro do **Vaso**?

– Fui eu que a coloquei lá. Lembra quando você foi demitido e não quis levar sua caneta? Bem, eu fiquei com ela. E foi *por isso* que fiquei com ela. Não há nenhuma regra que diga que a pessoa precisa ser um escriba atuante para sua caneta entrar no **Vaso**. Verifiquei isso de maneira especial. Tudo o que importa é que a caneta entre. Foi isso o que fiz. Eu a pus lá dentro.

Besouro estava atordoado.

– Mas *por quê*?

– Porque você merece ser o Escriba Hermético Chefe. Porque você é o *melhor*, Besouro. E porque você salvou o Manuscriptorium. Arriscou sua vida para isso. Que outra pessoa poderia ser Chefe agora? *Ninguém*, Besouro, é isso aí. Ninguém a não ser *você*.

Besouro não podia acreditar. Esse tipo de coisa simplesmente *não* acontecia.

– Vamos, Besouro. Márcia me mandou buscar você para sua Posse. Ela já está com o Códice Críptico pronto. E com os Selos Oficiais. Todo mundo está à sua espera. *Vamos*.

– Ah... – Aos poucos, Besouro começava a acreditar em Raposa. Estava consciente de ter acabado de passar por um daqueles raros divisores de águas. Sua vida alguns minutos antes não tinha nenhuma semelhança com sua vida agora. Era uma reviravolta total. Ele se sentia atordoado.

– Besouro... tudo bem com você? – Raposa começava a se preocupar.

Besouro fez que sim e de repente se sentiu inundado por uma onda de felicidade.

– É, Raposa – disse ele. – Estou bem. Está tudo *muito* bem comigo.

O Grande Gelo chegou rápido. Era raro que começasse no dia da Festa do Solstício de Inverno, mas todos no Castelo deram as boas-vindas ao manto branco que encobriu todos os traços do **Domínio das Trevas**, transformando o Castelo num lugar **Mágyko** mais uma vez. Mesmo quem tinha perdido família e amigos – e esses não eram poucos – acolheu-o bem. O silêncio da neve parecia certo.

Enquanto ia ao Palácio naquela noite, Septimus encontrou Simon indo na mesma direção.

– Oi – disse Septimus, meio sem jeito. – E Lucy?

Simon deu um sorriso hesitante.

– Ela vem mais tarde. Foi apanhar o pai e a mãe. Eles estão bem, mas a mãe está criando confusão.

— Ah!
Eles entraram pelo Portão e se dirigiram para o Palácio. Septimus rompeu o silêncio bastante constrangedor.
— Eu queria lhe agradecer.
Simon olhou para o irmão.
— Por quê? — perguntou, intrigado.
— Por me salvar. No rio.
— Ah! Ah, bem, eu estava lhe devendo.
— É. Bem. E peço desculpas por não ter prestado atenção no caso do **Código Casado**.
— E por que você deveria? — disse Simon, dando de ombros.
— Aconteceu tanta coisa. Também peço desculpas pelo que fiz.
— É. Eu sei.
Simon voltou-se para Septimus.
— Estamos quites, então? — perguntou, sorrindo.
— Estamos. — Septimus sorriu de volta.
Simon passou o braço em torno dos ombros do irmão, percebendo que os dois estavam quase da mesma altura, e juntos foram se encaminhando para o Palácio, deixando um rastro de dois pares de pegadas que rompiam a camada gelada sobre o manto de neve.

Naquela noite, o Salão de Baile do Palácio estava todo iluminado e — pela primeira vez em muitos e muitos anos — cheio de gente. Até mesmo Milo, o pai de Jenna, estava lá, tendo chegado de uma longa viagem, como sempre um pouco atrasado para o aniversário da filha. Às cabeceiras da mesa, por insistência de Jenna, estavam sentados Sarah e Silas. Quando tinham se mudado para o Palácio, Sarah e Silas às vezes ocupavam esses lugares, de brincadeira, com Jenna isolada, desconfortável, em algum ponto entre os dois, mas agora a longa mesa entre eles estava cheia de convidados, risos e conversas.

Do lado de Sarah, estava Milo, com seus trajes vermelhos e dourados refulgindo à luz das velas, enquanto ele a regalava com detalhes de sua viagem mais recente. Diante de Milo estava a Maga ExtraOrdinária, sentada, como era natural, ao lado do Escriba Hermético Chefe. Sarah insistira com Jenna para que se sentasse ao lado do pai, mas Jenna fez questão de conversar principalmente com Septimus, que estava ao seu lado, em frente a Besouro. Septimus olhou para o amigo, resplandecente em suas novas vestes, e viu como elas lhe caíam bem. Besouro já parecia à vontade no traje azul-escuro de seda pesada, com as mangas debruadas com ouro, cores que repetiam as de sua túnica de almirante, que, Septimus notou, ele ainda usava por baixo. Besouro tinha uma aura de felicidade que Septimus nunca percebera nele – e era bom de ver.

Uma risadaria repentina veio da cabeceira da mesa onde Silas estava, com Nicko, Rupert, Maggie e Raposa. Nicko imitava o barulho de gaivotas. Mais para o meio da mesa, Snorri e sua mãe conversavam com discrição enquanto Ullr permanecia de guarda ao lado. De vez em quando, Snorri lançava um olhar de desaprovação para Nicko. Parecia que Nicko não percebia.

Ao lado de Septimus estava Simon. A atenção de Simon estava voltada principalmente para Lucy, o sr. Gringe e a sra. Gringe, que conversavam sobre o casamento – ou melhor, ouviam Lucy falar dele. De vez em quando, Simon olhava de relance para uma caixinha de madeira no seu colo e sorria, com os olhos verdes – desanuviados pela primeira vez em quatro anos – cintilando à luz das velas. Escrita na caixa estava a palavra "Farejadora". Era um presente de agradecimento de Márcia e significou mais para Simon do que qualquer presente que ele tinha recebido na vida.

Igor, com Matt, Marcus e sua nova funcionária, Marissa, estavam entretidos conversando com Menino Lobo e tia Zelda.

Jenna, do outro lado de Septimus, cutucou-o.

– Olhe só para Menino Lobo. Sem o cabelo comprido, você não acha que seria igualzinho a Matt e Marcus?

– Matt e Marcus?

– Do Gothyk Grotto. Olhe.

– Quase idênticos. É *tão* esquisito.

– A voz deles também é igual, sabia? Você sabe alguma coisa sobre a família de Menino Lobo, Sep? Será que *Menino Lobo* sabe?

– Ele nunca me disse nada. Era assim no Exército Jovem, Jen. Eu nunca soube que tinha uma família até topar com vocês todos. – Septimus abriu um sorriso.

– Um choque e tanto, posso apostar – respondeu Jenna, sorrindo também.

– É... – Septimus não costumava pensar na probabilidade de nunca ter sabido quem realmente era; mas naquele momento, entre amigos e familiares, ele teve uma sensação semelhante a terror quando lhe ocorreu como a vida poderia ter sido diferente se Márcia não o tivesse resgatado da neve apenas quatro anos antes. Ele olhou para Menino Lobo e se deu conta de que *o amigo* nunca tinha encontrado a família. Sem dúvida, ele devia ter uma.

– Amanhã vou pedir para dar uma olhada nos registros do Exército Jovem. Talvez haja alguma coisa lá a respeito de 409. Nunca se sabe.

Jenna sorriu: acabava de se lembrar de uma coisa. Tirou do bolso um pequeno presente.

– Feliz aniversário, Sep. Meio atrasado, mas andamos um pouco atarefados ultimamente.

– Ei, obrigado, Jen. Também tenho uma lembrancinha para você. Feliz aniversário.

– Ah, Sep, *obrigada*. Adorei.

– Você nem viu o que é.

Jenna rasgou a embalagem e viu uma coroa muito pequena e cor-de-rosa, cravejada com contas de vidro, provida de longas fitas e um acabamento de pele cor-de-rosa. E caiu na risada.

– Ela é tão *engraçadinha*, Sep. – Jenna pôs a coroa na cabeça e amarrou as fitas rosa no queixo. – Pronto, agora sou Rainha. Abra o seu.

Septimus rasgou o papel vermelho e tirou a dentadura de Grágula.

– Maravilha, Jen! – Ele a enfiou na boca, e os dois caninos amarelos se encaixaram com perfeição sobre seu lábio inferior.

À luz das velas, Septimus parecia tão real que, quando Márcia finalmente terminou sua conversa com Besouro e se voltou para Septimus para perguntar alguma coisa, ela deu um grito de susto.

Rainha e Grágula passaram o resto da noite fazendo palhaçadas diante dos dois grandes dignitários do Castelo – a Maga ExtraOrdinária e o Escriba Hermético Chefe. A felicidade de Jenna era indescritível. Tinha de volta seu Septimus de antes e, quando mais uma risadaria explodiu acompanhando ruídos de gaivotas, seu Nicko de antes também.

Nas sombras, dois fantasmas assistiam, contentes.

– Obrigado, Septimus – dissera Alther quando convidado a juntar-se aos que estavam à mesa –, mas prefiro me sentar tranquilo e estar com minha Alice. Vocês Vivos são muito barulhentos.

E eles foram. A noite inteira.

Quando o sol nasceu, as janelas do salão de baile foram escancaradas. O grupo saiu para a neve e se encaminhou para o Ancoradouro do Palácio. Um fantasma solitário viu que eles se aproximavam e entrou de mansinho na barcaça mercante atracada ali, pronta para partir antes que o Grande Gelo congelasse o rio. O fantasma de Olaf Snorrelssen desceu flutuando para a cabine de cerejeira que, muito tempo atrás, tinha construído para sua mulher, Alfrún. Ficou sentado, sorrindo, à espera da mulher e da filha, pois tinha certeza de que elas chegariam. Por fim, estava em casa.

Mas o grupo não tinha vindo despedir-se de Snorri e sua mãe, que só partiriam no dia seguinte. Eles tinham vindo para um adeus final a Jillie Djinn, que jazia silenciosa e coberta de neve em seu Barco de Partida, pronta para ser lançada à deriva, descendo até o mar na vazante da maré.

Enquanto viam o Barco da Partida seguir rio abaixo, com um belo estandarte de seda azul esvoaçando no mastro, Jenna voltou-se para Besouro.

– Aposto que você está torcendo para ela não voltar e assombrar o Manuscriptorium – disse ela.

O Escriba Hermético Chefe abriu um sorriso.

– Primeiro, vou ter um período de paz e tranquilidade – respondeu ele. – Você sabe onde ela vai passar o próximo ano e um dia.

Jenna deu um risinho.

– Ah! *É claro,* no lugar onde ela estava quando entrou na Fantasmidade. Márcia vai a-do-rar isso!

O QUE ACONTECEU DURANTE O DOMÍNIO DAS TREVAS – E DEPOIS

VÍTIMAS DO DOMÍNIO DAS TREVAS

A **Grande Extinção** de Márcia chegou bem a tempo – três dias e três noites é o período mais longo que a maioria das pessoas consegue sobreviver num **Transe das Trevas**. Quase todas as crianças do Castelo acordaram, sentindo-se bem, mas a maior parte dos adultos não estava tão bem assim. Eles despertaram com a cabeça latejando, uma sede infernal e dores da cabeça aos pés. Muitos supuseram que tinham ido a uma festa muito animada na noite anterior e não conseguiam se lembrar de nada. Houve, porém, alguns que nunca despertaram da pior festa de todos os tempos do Castelo.

Os que caíram no **Transe das Trevas** enquanto estavam ao ar livre tiveram a pior sorte. Muitos sucumbiram ao frio, e –

pelas manchas de sangue encontradas nas áreas mais expostas do Castelo – temia-se que o dragão das **Trevas** tivesse levado os que estavam desaparecidos. Algumas pessoas tinham sido surpreendidas pelo **Domínio das Trevas** num momento perigoso: um morreu quando estava em cima de uma escada de mão, dois quando tentavam fugir por uma janela alta e cinco pessoas caíram numa fogueira que estavam vigiando. Não foi possível acordar três pessoas, que foram levadas para a enfermaria da Torre dos Magos, para serem **DesEncantadas**.

Dois nomes nas placas de homenagem dispostas por todo o Castelo devem parecer familiares:

Bertie Bott. Mago Ordinário. Desaparecido, supostamente devorado.

Una Brakket. Governanta. Encontrada congelada no Beco do Arrepio.

MAIZIE SMALLS & BINKIE

Maizie Smalls foi surpreendida pelo **Domínio das Trevas** na casa da mãe, logo ali junto do Caminho dos Magos. Elas estavam se sentando para sua tradicional ceia da Noite Mais Longa do Ano, antes de sair para ver a iluminação, quando sua porta da frente se escancarou, e o **Nevoeiro das Trevas** entrou. As duas sobreviveram, apesar de a mãe de Maizie ter permanecido doente por mais um tempo.

A primeira coisa que Maizie fez ao acordar – assim que viu que sua mãe tinha sobrevivido – foi correr até o Palácio para tentar encontrar seu gato, Binkie. Embora Binkie parecesse estar bem, não demorou muito para Maizie dar-se conta de que havia algo estranho com ele.

Como todos os gatos do Castelo, Binkie tinha sido gravemente afetado pelas **Trevas**. Os gatos haviam funcionado como esponjas, absorvendo os bolsões renitentes das **Trevas** que permaneceram nos cantos escuros e lugares escondidos aonde os gatos gostavam de ir. Binkie já não era um gatinho doméstico. Ele rosnava, cuspia e arranhava Maizie quando ela tentava lhe fazer carinho. Já não comia a ração para gato que Maizie lhe trazia com todo o amor. Binkie queria sangue: passarinhos, filhotes de ratos e camundongos. E o que Binkie queria, Binkie conseguia.

Cinco dias depois da **Grande Extinção**, Binkie deixou o Palácio com Maizie quando ela saiu para acender os archotes do Caminho dos Magos. Maizie ficou muito animada ao ver o súbito desejo de seu gato por companhia enquanto ele a seguia pela entrada do Palácio. Mas ela nunca mais o viu. Binkie subiu, arrogante, pelo Caminho dos Magos, atravessou a ponte levadiça do Castelo pouco antes de ser recolhida para a noite e foi para a Floresta se juntar ao bando crescente de gatos do Castelo recém-expostos às **Trevas**. No prazo de algumas semanas – para grande prazer de Stanley – não restava absolutamente nenhum gato no Castelo.

STANLEY E OS RATINHOS

Stanley e seus ratinhos passaram o que restou do **Domínio das Trevas** no Caminho de Fora. Stanley se preocupava com Jenna enquanto Flo, Mo, Bo e Jo divertiam-se a valer, correndo para cima e para baixo no caminho, brincando de Estátua. Quando o dragão das **Trevas** rugia, ganhava a brincadeira quem fizesse a pose mais boba, e a mantivesse durante todo o rugido.

Assim que o **Domínio das Trevas** terminou, Stanley e os ratinhos fizeram uma faxina no Escritório de Ratos – ou melhor, Stanley fez uma faxina enquanto os ratinhos começaram uma briga de vassouras e depois foram embora para se encontrar com os amigos. Stanley não protestou. Estava simplesmente feliz por tudo ter voltado ao normal e por seus ratinhos estarem a salvo.

Stanley logo concluiu que eram infundadas suas preocupações quanto à contratação de pessoal para o Serviço de Ratos Mensageiros. À medida que se espalhou, na comunidade de ratos do Porto, a notícia de que o Castelo era uma zona livre de gatos, Stanley descobriu que podia escolher entre os candidatos "mais qualificados", como ele os chamava. O Serviço de Ratos Mensageiros começou a prosperar novamente – e até adquiriu novas calhas.

EPHANIAH GREBE

Ephaniah Grebe, Escriba da Conservação, Preservação e Proteção no Manuscriptorium, por um triz não sobreviveu ao **Domínio das**

Trevas. Ele se trancou no Armário de Fumigação, mas o **Nevoeiro das Trevas** conseguiu se infiltrar ali e o subjugou. Ephaniah estava enfraquecido por seus dois enfrentamentos anteriores com as **Trevas**: o feitiço permanente de rato, quando tinha catorze anos; e, recentemente, o fato de uma **Coisa** ter se **InCorporado** nele.

O novo Escriba Hermético Chefe encontrou seu Escriba da Conservação espremido dentro do Armário de Fumigação, com a pequena boca de rato aberta e a língua caída para fora. Besouro achou que ele estava morto, mas um súbito espasmo do rabo de rato de Ephaniah indicou que estava enganado. Ephaniah juntou-se a Syrah e a outras três vítimas do **Domínio das Trevas** na Câmara de **DesEncantamento**.

Márcia espera que uma leitura cuidadosa do *Índice das* **Trevas** revele um modo de acelerar o processo de **DesEncantamento** – a Câmara de **DesEncantamento** está ficando um pouco lotada.

SYRAH SYARA

Syrah sobreviveu, mas foi por muito pouco. A Câmara de **DesEncantamento** era um ambiente fechado; e, como um congelador quando falta luz, ela teria se mantido bem por algumas horas, desde que ninguém abrisse a porta. Mas foi por um triz. Uma **Coisa** tinha acabado de abrir com um empurrão a primeira porta da antecâmara quando Márcia pronunciou as últimas palavras da **Grande Extinção**. De imediato a **Magya** voltou a se impor, e a **Coisa** foi atirada para o outro lado da enfermaria, sendo esmagada de encontro à parede. O Mago de plantão teve de raspá-la toda e retirá-la dali num carrinho de mão. A ajuda de Rose foi dispensada.

Septimus foi visitar Syrah mais tarde naquele dia, depois de receber de Márcia a avaliação da sua **Semana das Trevas**. A enfermaria estava movimentada, os novos ocupantes precisavam ser preparados para a Câmara de **DesEncantamento**. Septimus passou espremido pelo novo companheiro de quarto de Syrah – um menino que ainda não tinha saído do **Transe** – e, lembrando-se da última vez que a tinha visitado, ele de repente sentiu uma felicidade espantosa e um alívio por ter terminado a **Semana das Trevas** e tudo estar novamente como deveria ser. Quando lhe contou que tinha voltado em segurança, com Alther, ele achou que viu as pálpebras de Syrah estremecer de leve, por uma fração de segundo. Septimus logo foi enxotado dali por Rose e pelos Magos de plantão, que traziam mais um ocupante. Ele não se importou. Tudo estava certo. Saiu da Câmara de **DesEncantamento** andando animado e foi ver se alguém estava a fim de uma guerra de bolas de neve.

Sophie Barley

No dia da abertura da Feira dos Mercadores, Sophie Barley tinha acabado de armar sua banca quando se viu cercada por cinco freguesas muito estranhas, todas envoltas em preto. Uma delas pegou um lindo pingente – um coração alado no qual estava suspenso um cavalo-marinho. Ela o segurou diante dos olhos de

Sophie e o balançou para lá e para cá... para lá e para cá... para lá e para cá. Essa era a última coisa de que Sophie se lembrava.

Sophie despertou no sótão do Antro do Fim do Mundo, com os pés e as mãos amarrados; e ali ficou abandonada enquanto as bruxas assumiam sua banca, esperando a Princesa passar por lá, como um caçador aguarda ao lado de seu chamariz. Dorinda, que todas as noites dava a Sophie sua ceia de camundongos ensopados ou baratas no bafo, começou a se afeiçoar à prisioneira e a sair de mansinho para conversar com ela. Sophie acabava de conseguir que Dorinda a desamarrasse quando o **Domínio das Trevas** chegou. As bruxas podiam adorar as **Trevas**, mas Sophie caiu num **Transe das Trevas**. Ela sobreviveu e, quando acordou, encontrou o Antro do Fim do Mundo vazio. Aproveitou a oportunidade e fugiu. Depois de uma revigorante cerveja Springo Special e de uma fatia bem grande de bolo de cevada na taberna de Sally Mullin, Sophie pegou a primeira barca para o Porto e jurou nunca mais voltar ao Castelo.

Jenna ficou preocupada com o que tinha acontecido com Sophie. Assim que pôde, ela foi ao Porto e encontrou Sophie a salvo em seu atelier junto ao cais dos pescadores. Jenna comprou um belo par de brincos de presente de aniversário para Sarah – e um pingente de cavalo-marinho para si mesma.

MARISSA LANE

Marissa – com Igor, Matt e Marcus – ficou presa no Gothyk Grotto pelo **Domínio das Trevas**. Eles se retiraram para a **Câmara de**

Segurança extremamente secreta – e embaraçosamente pequena – do próprio Igor. Foi um período terrível para eles; mas deu a Marissa uma chance de refletir sobre sua vida. Conversar com Igor fez com que percebesse como era perigoso e desagradável o caminho que estava trilhando com o Conventículo das Bruxas do Porto, e ela decidiu **Desfazer** seus votos de bruxa assim que pudesse. Depois que tomou essa decisão, Igor ofereceu-lhe um emprego como auxiliar no Gothyk Grotto – para grande prazer de Matt e Marcus. Ambos gostavam muito mesmo de Marissa. Igor, entretanto, não se deu conta de que estava arrumando sarna para se coçar...

REGISTROS DO EXÉRCITO JOVEM

Como Septimus já tinha se reunido à sua família, foi-lhe negado acesso aos registros do Exército Jovem. Mas Besouro interveio para ajudar. Recorrendo à sua permissão especial de Acesso-a-Todas-as-Áreas do Castelo, Besouro foi ao Escritório de Registros do Exército Jovem, sediado num pequeno prédio perto da sapataria de Terry Tarsal. A maioria dos documentos estava disponível para qualquer um, mas os que se referiam a famílias eram considerados de interesse pessoal e só podiam ser vistos por quem ainda estivesse em busca de algum parente – ou por quem tivesse a permissão de ATA.

Besouro pediu para ver o Registro de Meninos Soldados Sacrificáveis. Sob o olhar atento da encarregada dos documentos (que o considerou jovem demais para ser Escriba Hermético Chefe), Besouro abriu o livro na página com o cabeçalho *Números 400 a 499 Inclusive*. Ele percorreu a página com o dedo até chegar aos seguintes dados:

> *409 Mandy Marwick. Condição: Alistamento Forçado. Família de Traidores.*
> *410 Marcus Marwick. Condição: Alistamento Forçado. Família de Traidores.*
> *411 Matthew Marwick. Condição: Alistamento Forçado. Família de Traidores.*
> *412 Merrin Meredith. Condição: Bebê enjeitado. Mãe nega ser seu filho.*

Os três primeiros registros eram o que Besouro tinha imaginado – Menino Lobo era um dos trigêmeos. Ele abriu um sorriso. Não tinha suspeitado, porém, que seu nome fosse *Mandy*.

No entanto, Besouro ficou consternado com o registro 412, que ele sabia ter sido o número de Septimus no Exército Jovem. Não era possível que Sep fosse realmente Merrin Meredith. Ou era? E então ele se lembrou do que Septimus lhe contara numa tarde chuvosa na cozinha nos fundos do Manuscriptorium enquanto tomavam uma caneca de **RefriFrut**...

"*Eu vi, Besouro. Tia Zelda estava fazendo cristalomancia no seu lago e nós vimos imagens em movimento do que aconteceu. Foi estranho – e muito triste também... A parteira me arrancou dos braços de*

Sarah – quer dizer, de Mamãe – quando eu só tinha horas de vida. Ela disse a Mamãe que eu estava morto, mas tudo tinha sido planejado. DomDaniel queria que eu fosse seu Aprendiz – porque sou o sétimo filho de um sétimo filho. A parteira me levou para o Berçário do Exército Jovem, onde a Enfermeira de DomDaniel viria me apanhar. Mas, quando chegou, apressada e de fato alvoroçada, ela simplesmente agarrou o primeiro bebê que viu – o bebê da parteira. Acho que a parteira o estava embalando quando a Enfermeira chegou. A parteira ficou louca – louca de verdade – quando o guarda a impediu de correr atrás de seu próprio bebê."

"Ela bem que mereceu", Besouro lembrou-se de ter dito.

"É. Acho que sim. Mas que coisa terrível de acontecer... ao seu bebê, quer dizer. E é claro que a parteira teria dito a todo mundo que eu não era seu filho, mas ninguém teria lhe dado ouvidos. Eles nunca ouviam nada. No que lhes dissesse respeito, eu era o filhinho da parteira, que ela de repente tinha abandonado. E foi assim que entrei para o Exército Jovem. Imagino que eu esteja nos registros do Exército Jovem com o nome do filho da parteira, o que é estranho. Mas o mais estranho de tudo é que agora eu sei que me encontrei com a parteira de novo: ela era a estalajadeira daquela hospedaria horrenda aonde Jen nos levou no Porto. Tia Zelda descobriu tudo e me contou."

Besouro fechou o documento e o devolveu à encarregada, com o par de luvas brancas de algodão que ela o forçara a calçar. *Então era verdade: Merrin Meredith era o filho da Enfermeira, da Enfermeira Meredith.*

Besouro voltou andando devagar para o Manuscriptorium, pensando naqueles curtos momentos, pouco mais de catorze anos atrás, que tinham afetado a vida de tanta gente. Agora entendia a resposta de Márcia quando ele questionara a prudência de deixar Merrin livre: "Todo mundo merece uma oportunidade de estar com sua mãe, Besouro", dissera ela. Na ocasião, Besouro tinha passado tanto tempo ganhando coragem para fazer a pergunta a Márcia – e ficou tão surpreso quando ela de fato respondeu com gentileza –, que não quis perguntar o que ela queria dizer. Agora ele entendia.

SNORRI E ALFRÚN

Snorri e sua mãe, Alfrún, estavam fora durante a Noite Mais Longa do Ano e não presenciaram o **Domínio das Trevas**. Elas voltaram na manhã da **Grande Extinção**.

No ano anterior, Snorri recuperara sua barcaça mercante – que na realidade pertencia à sua mãe – de alguns ladrões de barcos que a tinham roubado da Doca de Quarentena. Ela trouxera a *Alfrún* de volta para o Castelo, onde foi restaurada no estaleiro de Jannit Maarten.

Snorri não se sentia feliz morando no Palácio com os Heap. Sentia falta de sua casa e ficou surpresa ao descobrir que sentia falta de sua mãe também. Parecia a Snorri que ela e Nicko tinham passado tempo suficiente juntos. Quinhentos anos, disse ela a Nicko, bastavam para qualquer um. Estava na hora de eles fazerem alguma coisa diferente. Nicko não tinha respondido, o que deixara Snorri irritada. A chegada de Alfrún Snorrelssen forçou-a a tomar a decisão. Estava na hora de voltar para casa.

E assim Snorri e sua mãe levaram a *Alfrún* para o mar aberto, para um teste. A barcaça teve um desempenho perfeito, e a decisão foi tomada: elas voltariam para casa na Terra das Longas Noites. Snorri sentia pavor de contar a Nicko; tinha certeza de que ele não entenderia, mas para sua surpresa ele entendeu.

Snorri, Ullr e Alfrún partiram no dia seguinte à Festa do Solstício de Inverno. Enquanto acenavam para o pequeno grupo reunido no Embarcadouro do Palácio, Snorri ficou surpresa ao perceber como sentia vontade de chorar ao ver Nicko acenando para ela enquanto elas se afastavam do Palácio e se dirigiam para a correnteza veloz no meio do rio. Snorri acenou até a *Alfrún* dar a volta na Rocha do Corvo e desaparecer; ela já não podia ver Nicko. Desceu então para a bela cabine de cerejeira que seu pai, Olaf, tinha construído. Quando Snorri sentou na cabine, olhando pela escotilha para sua mãe no timão, uma inesperada sensação de felicidade abateu-se sobre ela. Estava indo para casa. Tudo daria certo. Foi então que ela viu o fantasma de Olaf Snorrelssen sentado no banco, nas sombras à sua frente, sorrindo para ela.

– *Papai?* – sussurrou Snorri.

Olaf fez que sim, em silêncio.

– Snorri – disse ele então, sorridente. Eram uma família, novamente.

No Embarcadouro do Palácio, Nicko assistia em pé à partida da *Alfrún* através da neve espessa que caía. E quando, por fim, a barcaça mercante desapareceu de vista, Nicko teve a sensação de que um peso tinha sido tirado dos seus ombros. Ele estava livre.

O APOSENTO POR TRÁS DA GRANDE PORTA VERMELHA

Sarah e Silas voltaram a se instalar no aposento por trás da Grande Porta Vermelha. Sarah ia ao Palácio todos os dias para ver Jenna, mas o Palácio agora era a casa de Jenna – não a dela. A peça por trás da Grande Porta Vermelha logo recuperou sua aparência anterior, de lugar habitado, e às vezes Sarah considerava difícil acreditar que um dia tinham saído dali.

Trovão sobreviveu ao **Domínio das Trevas** e foi residir na estrebaria nos fundos de uma pequena casa na Rampa da Cobra. Sarah limpou o cômodo de cima a baixo até não restar a menor pista de que um cavalo tivesse passado uma semana ali, se bem que, quando o tempo estava úmido, ela ainda achasse que sentia cheiro de bosta de cavalo.

Ethel nunca mais foi a mesma depois do **Domínio das Trevas**. A pata tinha tido um começo de vida difícil, e agora se tornara tão nervosa que não deixava Sarah sair de vista. Sarah fez uma bolsa para a pata – com dois buracos para as patas de Ethel se encaixarem. E carregava Ethel onde quer que fosse. Silas reclamava muito daquela *bolsa da pata maluca*, mas Sarah e Silas estavam felizes demais por estar de novo em casa para deixar que uma pata numa bolsa atrapalhasse sua vida.

O RASTRO DO DRAGÃO

O sangue de dragão deixa uma nódoa impossível de ser eliminada, e as gotas que pingaram do ferimento na cabeça de Cospe-Fogo deixaram um rastro que atravessou o Castelo, desde o Portão Sul até a Torre dos Magos. Apesar de algumas gotas caírem em cima de telhados, a maioria marcou um caminho sinuoso ao longo de becos minúsculos. A trilha do sangue do dragão logo tornou-se um passeio adorado tanto para as crianças do Castelo como para visitantes.

Cospe-Fogo recuperou-se bem das lesões e, agora que era realmente um dragão adulto, começou a se acalmar um pouco... mas só *um pouco*.

SEMANA DAS TREVAS: RESULTADOS

Septimus foi aprovado em sua **Semana das Trevas**.

Caso seja de seu interesse, encontra-se logo adiante o conteúdo de parte de uma folha de papel rasgada em pedaços, encontrada na lata de lixo do escritório de Márcia. Depois dele, está o relatório de avaliação de Septimus, com comentários de Márcia.

COMITÊ DE SEGURANÇA DA TORRE DOS MAGOS

Relatório Básico de Saúde e Segurança para projetos de Aprendizes.
A ser preenchido pelo Mago Orientador.
PROJETO DO APRENDIZ: **Semana das Trevas**
NOME DO APRENDIZ. Septimus Heap
MAGO ORIENTADOR: *Márcia Overstrand*
ÁREA DE OPERAÇÃO: *os* **Salões das Trevas**

Análise de risco-benefício escalonada de 0 a 49 (onde 49 é o máximo e 0 é o mínimo).
RISCOS: 49^{++} *O que vocês esperavam?*
BENEFÍCIOS: 49^{+++}
• Você acha que a relação risco-benefício foi aceitável? *É claro que sim.*
• Você realizaria essa avaliação do mesmo modo outra vez? *Agradeço, mas nunca mais.*
• Quais instalações sanitárias foram fornecidas? *Ora, pela madrugada...*

AVALIAÇÃO DA **SEMANA DAS TREVAS** DO APRENDIZ EXTRAORDINÁRIO

ORIENTADOR: *Márcia Overstrand, Maga ExtraOrdinária*
APRENDIZ: *Septimus Heap. Aprendiz ExtraOrdinário Sênior*

Avaliação do Aprendiz em escala de 0 a 7 (onde 7 é a nota máxima e 0 a mínima).

Importância da Tarefa das **Trevas** Escolhida: 7.
Extremamente importante.

Método de Entrada nas **Trevas**: 6.
Septimus, tiro um ponto por conta do seu uso não autorizado do **Disfarce das Trevas**. *Tenho consciência de que, sem ele, você não teria sobrevivido, mas, mesmo assim, nesse caso acho que era necessário demonstrar algum respeito pelas normas.*

Habilidade **Mágyka**: 7.
Sua **Revogação** *do* **Banimento** *saiu perfeita já na primeira vez. Você recorreu à sua ligação anterior com o* **Talismã de Voo** *com grande sucesso (fale comigo sobre seu acesso supervisionado ao talismã a partir de agora). Você também obteve* **Sincronia** *com um dragão. É preciso dizer mais?*

Iniciativa e Tomada de Decisões: 7.
Você usou sua iniciativa para decidir onde entrar nas **Trevas** *e por quê. Usou a lógica para descobrir o caminho pelos* **Salões das Trevas**. *Excelente.*

Conduta Geral: 7.
Você foi gentil com a menina fantasma e demonstrou enorme presença de espírito ao se deparar com Tertius Fume. Muito boa, mesmo.

Método de Saída das **Trevas**: 7.
Muito bom.

Sucesso da Tarefa das **Trevas**: 7.
Sucesso total.

Avaliação do Orientador Quanto à Adequação do Candidato a Incorporar um uso Equilibrado e Responsável das **Trevas** em Seus Estudos Futuros: 8.
Considero esse candidato altamente adequado. Também me reservo o direito de dar a nota que eu bem entender.

Pontos de Um Total de 49: 49

Resultado da **Semana das Trevas:** *(risque os que não se aplicarem)*
~~REPROVADO: sem permissão de recuperação~~
~~REPROVADO: com permissão de recuperação~~
~~APROVADO com restrições: recuperação apenas teoria~~
~~APROVADO~~
~~APROVADO COM MÉRITO~~
APROVADO COM DISTINÇÃO

Assinatura: Márcia Overstrand
E em nome de Alther Mella: Obrigado, Septimus.

Impresso na Gráfica JPA Ltda., Rio de Janeiro – RJ.